식민지 말기 소설의

권력 담론

이기영 · 한설야 · 김남천을 중심으로

황지영(黃智英, Hwang Ji-young)

이화여자대학교에서 「식민지 말기 소설의 권력담론 연구」로 박사학위를 받았으며, 현재 충북대학교 국어교육과에 재직 중이다. 국가, 권력, 파시즘 등을 중심으로 식민지 시기에 창작된 소설들을 연구하면서, 이 소설들의 대중화에도 관심을 갖고 역사, 정치, 철학, 문화연구 등과 접목된 글을 쓰고 있다. 저서로는 『타자들의 시공간을 열다』가 있고, 주요 논문으로는 「근대 여학교 기숙사와 젠더규율의 이중성」, 「테크노-파시즘의 문학적 형상화 연구」, 「실패한 가족로망스와 고아들의 공동체」 등이 있다.

식민지 말기 소설의 권력담론 이기영·한설야·김남천을 중심으로

초판 인쇄 2020년 11월 20일 **초판 발행** 2020년 11월 30일
지은이 황지영 **펴낸이** 박성모 **펴낸곳** 소명출판
출판등록 제13-522호 **주소** 서울시 서초구 서초중앙로6길 15, 2층
전화 02-585-7840 **팩스** 02-585-7848
전자우편 somyungbooks@daum.net **홈페이지** www.somyong.co.kr

값 22,000원
ISBN 979-11-5905-507-2 93810
ⓒ 황지영, 2020

식민지 말기 소설의
권력 담론

황지영

이기영 · 한설야 · 김남천을 중심으로

A Study on Power Discourse of Novels in Late Colonial Era

Focusing on Novels by Lee Gi-yeong and Han Seol-ya and Kim Nam-cheon

소명출판

언제부터 식민지 시기에 창작된 소설들을 좋아하게 되었는지는 정확히 기억나지 않는다. 처음 이 소설들을 읽은 이유는 중학교 입학 전에 읽어야 할 필독서였기 때문이었다. 거의 모든 작품들에서 사람들이 고생하는 이야기가 펼쳐져서 '이 사람들은 열심히 사는데 왜 이렇게 가난하지?'라는 생각을 어렴풋이 하기는 했었다. 그 후에도 이 시기의 소설들을 읽을 기회는 계속 있었다. 고등학교 입학 전에 읽어야 할 필독서 목록에는 유명 작가들의 장편소설들 제목이 꽤 여러 개 들어 있었고, 국문학을 전공하는 학생이 읽어야 할 작품들은 더더욱 많았다.

그리고 대학원에 들어오면서 식민지 시기에 창작된 소설 속에서 여러 인물들이 겪는 문제를 '노동'과 '빈곤', 그리고 '사회 구조'의 문제와 연결하여 바라보게 되었다. 노동하는 사람들은 부유하진 않더라도 생계에 어려움을 겪어서는 안 된다. 그런데 죽도록 일하는 사람들이 가난에서 벗어날 수 없다면 그것은 더 이상 개인의 문제가 아니라 사회 구조의 문제일 수밖에 없다. 노동하는 사람들이 가난하지 않고 노동 현장에서 다치거나 죽는 사람들이 없는 세상을 꿈꾸며, '국가', '권력', '통치' 등으로 연구의 방향을 잡게 되었다. 이러한 사유의 경로를 거쳐 만들어진 것이 바로 '권력담론'이라는 거창한 제목이 붙은 이 책이다.

이 책은 박사논문을 수정·보완한 것이다. 여러 이유들이 겹치면서 단행본 작업이 계속 늦어졌고, 그래서 이제야 한 권의 책으로 나올 수 있게 되었다. 이 작업을 진행하면서 어색한 표현들은 수정하였고 논지가 부족한 부분들은 보완하기 위해 노력을 하였다. 하지만 커다란 흐름은 박사논문에서 거의 그대로 가져왔다. 논문의 틀이 완벽해서라기보다는 미숙한 틀 자체가 박사논문을 집필할 당시의 나를 있는 그대로 보여줄 수 있다고 생각했기 때문이다.

처음 박사논문을 구상할 때는 논문의 결론을 '죽음의 정치'로 마무리할 예정이었다. 해방이 가까워질수록 식민지 조선의 매체들에서 조선어와 조선어 소설들은 자취를 감추었고, 그 소멸의 기운은 수많은 죽음들을 떠올리게 만들었다. 선량한 의지들이 사라진 세계에서 절대적인 힘을 갖게 된 제국 일본과 협력이 생존을 보장받는 가장 확실한 방법이 된 이 시기에 인간적 가치를 보증하는 정치적 행위들, 즉 연대連帶와 연립聯立을 위한 모색은 불가능해 보였다.

하지만 시간이 갈수록 이러한 결론은 문학의 본질과 문학자들의 가치를 과소평가한 것일지도 모른다는 생각이 들었다. 사실주의를 표방하는 작가들의 문학은 끊임없이 이상을 향하여 나아갔고, 체제에 동조할 것을 강요받는 순간에도 문학자들은 자신들의 '끄덕임'이 왜 폭력의 결과물인지를 다양한 언어와 비틀린 형식과 인물들의 상처받은 내면을 통해서 드러냈다. 그러므로 이들의 뒤를 이은 문학 연구자는 소멸의 기운 속에 파묻힐 것이 아니라 그 속에서 희미하게나마 존재하는 생성의 기운을 찾기 위해 노력해야 한다는 사실을 깨달았다. 이것이 바로 이 책의 결론이 '삶의 정치'가 된 이유이다.

대학원에 들어온 이후 다양한 공부를 하면서 여러 선생님들과 많은 친구들을 만났다. 혼자 있는 것이 훨씬 편안하고 익숙하지만 그래도 공부는 같이해야 한다고 믿는 만큼 함께 공부했던 많은 분들께 감사의 인사를 드린다. 예전의 나보다 지금의 내가 조금이라도 성장했다면 그것은 모두 함께 책을 읽고 이야기 나누고 글을 쓴 선생님들과 친구들 덕분이다. 앞으로도 멋진 친구들을 만나 계속 공부하는 삶을 살 수 있기를 희망한다.

2020.11
황지영

차례

제1장

문학과 권력의 상관성

1. 시원-정치적^{proto-political} 영역으로서의 소설

1910년 한일합병조약 이후 대한제국의 법적 지위는 일본의 '공통법' 제1조[1]에 의해 국가적 실체가 인정되지 않는 특수법역, 즉 일본이 '지역' 이라 칭한 식민지 중 하나였다. 이 시기 한반도에 살던 조선인들에게 서구적 의미의 근대국가는 존재하지 않았고, 중일전쟁 이후에는 '황국'과 '천황' 이데올로기가 제국 일본[2]이 식민지를 본격적으로 제국에 편입시키기

---

1 『조선총독부관보』, 1918.4.22; 『조선총독부』 1, 1926. 1918년 4월 17일 '공통법'(법률 제39호) 은 일본의 각 법역 간의 민사와 형사 적용 법규에 관한 법률로서, 제1조에서 "이 법에서 지역이라 칭하는 것은 내지, 조선, 대만 또는 관동주를 말한다"고 규정하고 있다. 1923년 개정에 의해 제1조의 지역에 남양군도가 추가되었다.

2 이태일, 『정치학대사전』, 박영사, 1983, 1,380~1,381쪽. 제국(Reich, empire)이란 정치조직 중 하나의 형태로서 근대 민족국가보다도 그 역사가 길며, 특히 고대제국은 세계제국 원리에 입각한 정치조직이라는 데 그 특징이 있다. 따라서 제국은 근대국가보다도 세계적 규모의 보편성 또는 통일성을 지니는 관념으로 성립했다. 그 통치의 권위는 일반적으로 신격화되는 황제(Kaiser, emperor)로 상징되었다. 그러나 근대에 민족국가의 성립과 더불어 제국 개념의 보편성은 구체성을 상실하고, 추상화되었다. 제국 개념은 고대처럼 하나의 세계적 규모의 정치사회를 의미하는 것에서부터 정치적 사회의 보편적 지배를 지향하는 것으로 쓰였으며, 제국적 팽창정책을 제국주의라 불렀다. 독일의 제2·제3제국, 영국제국, 일본제국 등이 이에 속한다.

제1장 | 문학과 권력의 상관성   **9**

위해 단행한 군사 파쇼화와 그것을 뒷받침하는 왜곡된 '신화 만들기' 작업의 일환으로 강조되었다. 이 시기에 일본 제국이 내세운 '국가'란 단순히 국민에 대한 관리기구나 통치기구가 아니라, '만세일계의 천황지배'와 연결되면서 더 이상 서구의 타자가 아니라 새로운 역사의 주체가 되고자 하는 일본 제국의 욕망을 담고 있는 것이었다.

하지만 이러한 상황은 조선인들이 쉽게 받아들일 수 있는 것이 아니었기에, 식민권력이 조선인에게 '일본 국가'의 정체성을 강요하는 방식은 폭력적일 수밖에 없었다. 더욱이 식민지 말기에는 국가와 국민 사이의 불일치가 심화되고, '국가총동원법'[3]이 제정되면서 국가의 필요를 위해 언제든 국민을 그 수단으로 동원할 수 있는 강력한 국가가 현실 정치 속에서 힘을 발휘함은 물론, 담론적 차원에서도 이러한 국가의 모습이 높은 빈도로 재생산되었다.

그러나 식민권력에 의해 강요된 '국민'이라는 말은 조선인의 정치적 주체성을 드러내기에는 불충분했기에 혼란을 불러일으켰다. 뿐만 아니라 조선인들은 자신들의 정치적 정체성을 '일본 국민'이 아니라 '조선 민족'에서 찾으려 했기 때문에 제국의 질서화 방식에 대한 저항은 지속되었다.[4] 식민지의 조선인에게 '국가=국민'의 등식은 성립할 수 없었고, 헌법에 의해 조직된 단체적 통일체로서의 국가는 계속해서 결여인 채로

---

3 안자코 유카, 「조선총독부의 '총동원체제'(1937~1945) 형성정책」, 고려대 박사논문, 2006, 13쪽. 1937년 중일전쟁이 발발한 이후 일본은 '국가총동원법'을 1938년 4월 1일에 제정하였다. 이 법은 제목을 통해서도 알 수 있듯이 '국가'를 위해 인적·물적 자원을 동원하기 위한 것이었으며, 이에 부응하여 강조된 것이 '국가정신총동원운동'이었다. 근로보국이라는 인적 동원이 '국민정신'과 연결되어 강조되었고 점차 근로보국은 '국민개로'운동으로 이어지면서 파시즘적 동원체제의 담론이 되었다.
4 박명규, 『국민·인민·시민―개념사로 본 한국의 정치주체』, 소화, 2009.

남아 있었다.[5]

식민지 시기의 조선인들에게 국가와 국민이 부재로서 존재했다고 해서 이들을 둘러싼 권력적 움직임 역시 부재했던 것은 아니다. 오히려 식민지라는 상황 때문에 제국권력과 식민권력, 그리고 촌락의 공동체권력 등 권력적 현상은 식민지가 아닌 근대국가들보다 다층적으로 존재했다고 보는 것이 타당할 것이다. 권력이란 이론인 동시에 사상이며 실천을 포괄하는 것이어서 본래 그 속성이 복합적인데, 그 복합성에 다층적 권력이라는 식민지의 특수성까지 더해진 것이 식민지 말기에 조선이 놓인 상황이었다.

이 글은 이러한 역사적 상황 위에서 1935년 카프 해산 후부터 8・15해방 전까지 카프 출신 작가들, 그중에서도 이기영・한설야・김남천의 작품들을 주요 텍스트로 다루되, 중일전쟁 이후에 창작된 작품들을 중심으로 식민지 말기 소설에 나타나는 '권력담론'을 연구하고자 한다. 이를 위해 이 글은 현실 정치적 맥락에서 작가들에게 억압으로 작동했거나 해방의 가능성을 제시했던 통치권력[6]과 '전향' 후 각 작가들의 작품들에서 재현되는 권력의 양상들을 함께 검토할 것이다. 이 작업을 통해 식민지 말기는 제국 일본이라는 절대권력에 눌려 식민지 조선의 정치주체들이 억압으로 점철된 삶을 살았을 것이라는 통념에 이의를 제기하고자 한다.

더 나아가 이 시기에는 문화권력장과 생산권력장, 그리고 생활권력

<hr>

5 한승연, 「일제시대 근대 '국가' 개념 형성과정 연구」, 『한국행정학보』 44-4, 한국행정학회, 2010, 1~27쪽.

6 이 글에서 사용하는 '통치권력'은 식민지 조선을 통치하는 과정에서 작동하는 권력으로, 일본에서 시작되어 조선에 영향력을 행사하던 '제국권력', 조선총독부를 중심으로 조선에서 작동하던 '식민권력', 행정체제가 부족했던 조선의 촌락에서 작동했던 '공동체권력' 등을 포괄하는 개념이다.

장이 함께 작동하고 있었으며, 이러한 권력장들과의 관계 속에서 지식인, 중간층, 민중들이 각각의 방식으로 정치적 삶을 꾸려갔었다는 점을 밝히고자 한다. 이들 각 계층들은 자신들의 고유성을 드러내는 방식으로 권력과 관계를 맺었는데, 이때 지식인들은 교양과 의식의 측면을, 중간층들은 숙련을 통해 체득한 감각을, 민중들은 연대를 기반으로 한 행위를 중심으로 하여 정치적 삶을 구축해 나갔다.

이 글에서는 통상적으로 '강제력'과 '억압하는 힘'으로만 인식되었던 '권력'에 대한 기존의 정의를 넘어, 미셸 푸코의 권력이론을 중심으로 정치주체들과의 관계에서 '작동'하는 권력과 그들을 '관리'하는 권력, 그리고 주체의 욕망을 '생산'하는 힘으로서의 '권력'이라는 측면도 함께 고찰할 것이다. 권력관계는 동태적이고 가변적이어서 상황에 따라 다르게 표출될 수 있으며, 조직 전체가 갖는 권력의 양이나 개인이나 집단이 갖는 권력의 수준은 권력장 내외의 여건 변화에 따라 언제라도 변동될 수 있다. 또한 권력관계는 하향적인 관계는 물론 수평적 관계와 상향적 관계에서도 존재하여 다방향적으로 얽히고설킨 하나의 망을 형성한다.[7]

이 글에서는 권력에 대한 개념을 정립한 후 이기영·한설야·김남천 소설들에 등장하는 권력과 권력장, 그리고 권력장치들과 정치주체들의 양상, 더 나아가 주체들이 권력과 상호관계를 맺을 때 사용하는 매체와 언어의 특징 등을 각각 분석할 것이다. 그리고 마지막으로 이 세 작가의 작품과 그에 대한 분석을 종합하여 식민지 조선의 다양한 계층들이 식민지 말기라는 시대적 한계 속에서 나아갈 수 있는 정치적 가능성의 임

---

7 오재록, 「관료제 권력 - 개념화, 조작화 그리고 측정모형」, 『한국행정학보』 40-4, 한국행정학회, 2006, 379쪽.

계점은 어디까지였는지에 대해서도 생각해보고자 한다.

우선 식민지 말기 소설에 등장하는 권력담론에 대한 논의를 진행하기에 앞서, 권력과 문학 혹은 권력과 서사화 방식과의 연관성에 대해 검토해보자. 개화기 조선에서는 현실 정치적 맥락에서 '부국강병'의 논리와 더불어 담론적 차원에서 국가권력을 강화하기 위해 '이야기하기story-telling', 즉 '서사화' 전략이 사용되었다. 대한제국 시기 최초로 서구의 폭력적인 권력[8]과 마주한 이후 조선에서는 역사적 전환기를 맞아 국가권력을 강화하기 위해 역사서술과 소설쓰기 작업이 하나의 권력장치로 사용되었다. 다시 말하면 개화 현상을 창출하기 위한 일련의 흐름들 속에서 역사서술과 소설쓰기는 공식적으로 정치적 의미가 있는 운동으로 작용[9]하였다. 특히 민족적 자부심을 고취시키기 위해 자국의 '신화 만들기' 과정에서 소설쓰기는 정치적·문화적 운동으로 규정되었다.[10]

이와 같은 움직임은 근대적인 주체가 형성되는 방식과 근대국가가 문학을 위시한 서사화를 통해서 국가권력을 강화해 가는 방식, 그리고 문학과 정치의 상관관계를 짐작케 한다. 특히 식민지처럼 본격적인 정

---

8 최정운, 「서구 권력의 도입」, 『근대한국의 사회과학 개념 형성사』, 창비, 2009, 66~124쪽. 최정운은 근대 서구 권력의 특징을 다음과 같이 정리한다. 첫째, 근대 서구문명에서 권력이란 어떤 사람이 다른 사람에게 어떤 수단으로든지 어떤 행동을 효과적으로 강요하는 것을 말한다. 둘째, 권력에 사용되는 수단은 주로 폭력과 금력 등 외부에서 작용하는 요인이며, 이들의 사용은 법에 부합하는 한 정당하고, 이것은 전문기술의 영역이다. 셋째, 국가가 다른 국가에 대해 이를 행사하는 경우 거의 모든 경우에 국제 전쟁법에 직접 위배되지 않는 한 정당하다. 넷째, 권력의 행사는 주로 관료주의적 조직에 의해 이루어진다. 이러한 조직은 권력의 도구이자 동시에 주체이며, 조직은 위와 같은 권력관계의 총체로서의 제도이다.

9 한나 아렌트, 홍원표 역, 『혁명론』, 한길사, 2004, 23쪽. 아렌트의 '이야기하기(story-telling)'는 소리 나는 언어가 아닌 글로 쓰인 언어에 의해 진행되며, '회상적' 공공 영역의 정치적 의미를 부각할 수 있기 때문에 현재와 미래를 위한 지침을 제공한다. '이야기하기'에 대해서는 뒤에서 상술하겠다.

10 최정운, 앞의 글, 66~124쪽.

치 행위가 제약을 받는 시공간 속에서 문학 창작을 통한 담론 생산과 정치에의 참여 문제 혹은 권력과의 소통 문제는 어떤 역사적 함의를 지닌다. 문학은 시대와 사회, 계급의 공적 재산[11]으로 기능하며, 정치주체들이 역동적인 삶을 확보하는 데 일조한다.

또한 문학을 중심으로 구성되는 담론의 장과 현실은 필연적 관계를 맺고 있다. 앞에서도 언급했듯이 문학이 현실을 있는 그대로 반영하는 것은 아니다. 그럼에도 문학은 현실의 특정한 부분을, 특정한 의도를 담아, 특정한 시각을 통해 재현해낸다. 그리고 이렇게 생산된 담론은 늘 현실에 중대한 영향을 미친다. 문학은 "이상에의 적합을 향하여, 현실을 개조하는 행위, 즉 이미 존재한 것을 가지고 존재하지 않은, 그러나 존재할 수 있고, 또 반드시 존재할 세계를 창조하는"[12] 힘을 가지고 있기 때문이다. 그러므로 현실과 상호적인 영향관계를 지니는 문학은 '비-정치적a-political'인 영역이 아니라 '시원-정치적proto-political'인 영역, 즉 정치의 기본 조건이라고 보는 것이 적합할 것이다.[13]

이 글에서는 시원-정치적 영역으로서, 권력과 연동하는 담론을 형성하고 정치적 행위에 참여하는 문학의 기능에 주목한다. 그리고 사회주의를 기반으로 이루어진 공동의 세계[14]를 상실한 카프 출신 작가들이,

---

11 임화, 「文藝理論으로서의 新휴머니즘論 — 文藝學의 基礎問題에 비쳐 본」, 『풍림』 5, 1937.4.
12 임화, 「偉大한 浪漫的 精神 — 이로써 自己를 관철하라!」, 『동아일보』, 1936.1.1~4.
13 최정운, 「현대 사랑의 사회정치적 의미」, 『전통과 현대』 13, 전통과현대사, 2000, 79·92쪽;
    최정운, 「문화와 권력」, 『세계정치』 7, 서울대 국제문제연구소, 2007, 46~67쪽.
14 한나 아렌트, 이진우·태정호 역, 『인간의 조건』, 한길사, 1996, 105쪽. 아렌트에 따르면 세계는 예술을 위시한 인공품과 연관되며, 인위적 세계에 거주하는 사람들 사이에서 일어나는 사건과 관계가 있다. 세계에서 함께 산다는 것은 본질적으로 탁자가 그 둘러앉은 사람들 사이에 자리 잡고 있듯이 사물의 세계도 공동으로 그것을 취하는 사람들 사이에 존재한다는 것을 의미한다. 모든 사이(in-between)가 그러하듯이 세계는 사람들을 맺어주기도 하고 분리시키기도 한다. 카프 작가들이 카프 해산 후 공동의 세계를 상실했다는 것은 아렌트의

전향을 강행한 후에 자신들의 정치적이고 공적인 삶을 유지하기 위해 창작한 소설들을 검토할 것이다. 또한 그 작품들에 등장하는 새로운 권력의 양상과 권력이 주체의 삶과 관계 맺는 방식에 대해서도 살펴볼 예정이다.

이 글의 주제와 관련하여 살펴보아야 할 기존 연구들은 2000년대 이후에 식민지 말기를 새롭게 보기 위한 시도들이다. 이 글은 '근대 미달'이나 '왜곡된 근대'로 평가되는 식민지 말기와 한국문학사의 '암흑기'로 규정된 이 시기의 문학을 새롭게 사유해야 할 필요성에서 촉발된 것이다. 그리고 이러한 문제의식은 문학뿐 아니라 역사학에서 진행되고 있는 "봉인된 진실의 판독"[15] 과정, 즉 '근대를 다시 읽기' 위한 연구들, 그리고 식민지 말기의 정치적 상황과 문학을 함께 고찰하는 연구들과 맥을 같이 한다.

특히 이 연구들에서는 '식민지 근대'라는 개념과 통치권력에 대한 '협력'을 재해석하면서 "모든 근대는 '식민지 근대'"라는 전제 아래, '식민지 근대'를 근대의 양가성과 식민지의 양가성을 동시에 설명하기 위한 문제틀로 설정한다. 그리고 '친일'이라는 개념을 '협력' 담론으로 바꿔 읽을 것을 제안한다. 제국의 억압적이고 이데올로기적인 권력장치는 식민지인의 반발과 저항을 초래하는 한편 부분적인 동의를 통해 식민지인의 협력을 이끌어내기도 했기 때문이다. 통치권력은 근대적 국

'탁자'의 비유와 연결시켜 생각해볼 수 있다. 카프 작가들은 카프라는 세계를 공유하고 있었으나, 일제의 탄압으로 인해 카프가 해산된 후 그 세계를 상실하고 새로운 주체화의 방식을 모색하기 시작한다. 이 과정에서 패배의식과 절망감이 작품들 속에 표출되기도 하지만 다른 한편에서는 다양한 방식의 주체 변형이 시도되기도 한다.

15 미셸 푸코, 박정자 역, 『사회를 보호해야 한다』, 동문선, 1998, 93쪽.

가장치를 이용해 식민지인을 협력의 주체로 구성하는 세밀한 작업을 진행했고, 이에 대해 식민지인은 '민족'을 단위로 저항하거나 협력하는 것이 아니라, 저항과 협력의 축을 계급, 성, 인종, 문화, 언어 등 다양한 축으로 확장하였다.[16]

이러한 연구의 선구자격인 윤해동[17]은 저항과 협력 사이에서 계속적으로 동요하는 식민지인의 '일상'을 '식민지 인식의 회색지대'라고 명명한다. 그리고 이를 '일상적 저항'이라는 범주로 설정하여 식민지배에 대한 저항의 의미를 확대하고, '친일' 개념을 '협력' 개념으로 전환한다. 즉 식민지인의 일상은 저항과 협력이라는 선명한 양극단의 어느 지점이 아니라, '협력적 저항'과 '저항적 협력' 사이에 존재한다는 것이다. 나아가 저항과 협력이 교차하는 지점, 즉 회색지대에는 '정치적인 것'으로서 '공적 영역'이 존재하기도 하였다. 공적 영역은 식민권력의 자장을 벗어나지 못한 채 지속적으로 확대되었다. 그리고 이런 '식민지적 공공성'은 근대화의 진전과 맞물리면서 규율권력화되었다. 식민지의 정치주체들은 끊임없이 정치적 영역을 확장하려고 시도했지만, 그런 노력을 통해 식민질서를 유지, 강화하는 상태로 떨어질 위기에 처했다. 이와 같은 이율배반의 상태, 그것이 바로 식민지의 존재형식이었다.

이러한 상황에서 식민지 말기를 복원하기 위해 등장한 국문학 연구 중 대표적인 것은 윤대석[18]을 중심으로 이루어진 '국민문학' 연구이다. 그는 임종국이 『친일문학론』에서 제기한 1940년대 전반기 문학을 '식

---

16 윤해동 외, 『근대를 다시 읽는다』 1, 역사비평사, 2006.
17 윤해동, 「식민지 인식의 '회색지대' – 일제하 '공공성'과 '규율권력'」, 위의 책, 37~61쪽.
18 윤대석, 『식민지 국민문학론』, 역락, 2006.

민지 국민문학'으로 규정하면서 '식민성'을 타파하되 '국민문학'을 배워야 한다고 주장한 것에 반기를 든다. 그리고 식민지 말기에 집단주체로서의 민족이 담론의 표면으로 부상하는 현상을 예로 들면서, 식민성은 국민문학이 가진 제국주의적 성격으로부터 그것을 일탈시킨다고 보고, 1940년대 전반기 문학이 가진 '모방'적 성격과 그 모방이 빚어내는 '차이'에 관심을 갖는다. 식민지 지식인은 스스로를 제국주의의 주체로 세우고자 하는 욕망과 제국주의가 가지는 억압을 인식하고 '제국주의가 아닌 다른 질서를 상상'하는 양가적인 욕망을 동시에 지녔다. 그렇기 때문에 식민지배와 식민지인의 정체성은 균질적일 수 없었다.

차승기[19]는 식민지 말기의 조선담론장에서의 전통, 세계, 주체를 둘러싼 논의를 고찰하면서 근대의 이율배반이 착종된 형태로 전개되어 간 역사적 경험을 고려하여 근대 극복의 상상이 품고 있는 아포리아를 사유한다. 이때 문제가 되었던 것은 서양적 근대를 거부하면서 동아시아의 질서를 재편해 가는 일본의 태도와 그 태도에서 비롯되는 식민지 조선의 상황이었다. 그는 중일전쟁 발발을 전후한 '전환기'에 식민지/제국 체제가 변동되는 과정과 그 속에서 이루어진 반근대 담론들의 시간-공간 정치학에 초점을 맞춰 논의를 진행해 나간다. 그리고 이러한 문제의식을 바탕으로 한 연구를 심화 확대하여 문학과 정치의 상관성을 중심으로, 식민지 말기의 생명과 정치, 언어와 기술의 문제에 천착한다.

---

19 차승기, 「전시체제기 기술적 이성 비판」, 『상허학보』 23, 상허학회, 2008, 13~46쪽: 차승기, 『반근대적 상상력의 임계들―식민지 조선담론장에서의 전통·세계·주체』, 푸른역사, 2009; 차승기, 「문학이라는 장치―식민지/제국 체제와 일제 말기 문학장의 성격」, 『현대문학의 연구』 44, 한국문학연구학회, 2011; 차승기, 「'비상시(非常時)'의 문/법―식민지 전시(戰時) 레짐과 문학」, 『사이間SAI』 12, 국제한국문학문화학회, 2012.

방민호[20]는 식민지 말기의 특징을 '국민문학'과 '국어(일본어)'로 규정한 윤대석의 논의에 반대하며, '한글'이 여타의 식민지 문학과 식민지 조선문학을 구분 짓는 요소라고 보고, 이것이 탈식민주의 전략의 근간이자 요체라고 역설한다. 그의 논의에 따르면 조선은 제국의 언어를 전유할 필요가 없었기 때문에 식민지 조선의 문학은 '조선문'만의 세계를 이루다가, 식민지 말기의 이중어 문학 상황이 등장하면서 '조선문학'에 대한 폭력적 압제와 변질화가 시도되었다. 이러한 주장을 통해 그가 주목하는 것은 조선문학과 연결되는 현실이란 시대적이고 관계적인 것이기에, 이를 정확하고 총체적으로 파악하기 위해서 문학은 대립관계의 바깥에서 일종의 역사철학을 가지고 접근할 필요가 있다는 사실이다. 그리고 이 시기의 문학 독해를 위해 '위장'과 '연기'에 주목한다. 식민지 말기의 지식인들이 제국권력의 '공포'로부터 자유로울 수 없었다면 당연히 자신의 생각을 '있는 그대로' 쓰기는 어려웠을 것이기 때문이다.

황호덕[21]은 식민지기 '한국문학'을 역사적으로 고립시키거나 특권화하지 않으면서 그것을 근대의 역사 경험 전체를 질문하는 장소로 삼을 수 있는 방법을 모색한다. 그러면서 식민지 말기라는 극한 상태를 통해 근대국가의 질서가 움직이는 원리와 거기서 파생되는 문제들을 파악하기 위해 언어, 생명정치, (지배 혹은 자기의) 테크놀로지라는 세 문제계를 탐구한다. 그리고 이에 대한 결론으로 식민지야말로 근대의 폭력과 생명정치, 지배 테크놀로지, 국가 구성에 관한 전쟁 모델과 언어 모델, 민족과 국가, 자본주의와 국가 경제 등을 근원에서부터 질문할 수 있는 장

---

20 방민호, 『일제 말기 한국문학의 담론과 텍스트』, 예옥, 2011.
21 황호덕, 『벌레와 제국─식민지말 문학의 언어, 생명정치, 테크놀로지』, 새물결, 2011.

소 그 자체라고 역설한다.

카프 출신 작가들의 전향 후 작품에 나타난 권력관계와 새로운 주체화의 방식을 모색하는 이 글의 시각은 기존 연구에서 '친일'이라고 부르던 개념을 '협력담론'의 차원에서 다시 사유하려는 연구방법과 연결될 수 있다. 특히 이 글은 사회주의 성향을 지닌 작가군, 그리고 그들의 작품에 등장하는 지식인, 중간층, 민중이라는 계층적 층위와 더불어 각 계층이 사용하는 언어의 특수성을 분석의 대상으로 삼기 때문에 기존의 연구들에서 저항과 협력의 축을 다양하게 범주화하여 확장한 것과도 이어진다.

그러므로 선행연구를 바탕으로 이 글에서는 이 시기 작품에 등장하는 다양한 권력의 양상들과 더불어 정치주체들의 복잡다단한 성격들을 살필 것이다. 그리고 작가들이 검열을 피하기 위해 하나의 태도만을 고수했던 것이 아니라 다성적인 언어를 사용하여 복수적인 권력의 양상들을 재현하고, 그에 상응하는 정치주체들을 소설 속에서 생산하고 있었다는 사실을 밝힐 것이다.

2. 전향 후 카프 작가들의 '이야기하기'

이 글에서는 식민지 말기 소설에 나타난 권력담론을 연구하기 위해 카프 해산 후부터 해방 전까지 카프 출신 작가들, 그중에서도 이기영·한설야·김남천의 소설들을 주요 분석의 대상으로 삼되, 중일전쟁 이후에 창작된 작품을 중점적으로 분석할 것이다. 그리고 카프 작가들의 전향과 연결해서 그들의 의식세계와 작품세계를 설명하기 위해 한나 아렌트의 정치이론을 참고하고, 정치철학의 권력이론 중에서도 미셸 푸코의 이론을 중심으로 하여 식민지 말기 소설에 등장하는 권력과 주체의 모습들을 사회적 · 역사적 · 문화적 · 정치적 관점과 연결시켜 논의를 진행해 나가고자 한다.

이 글에서 카프 작가들이 본격적으로 활동하던 시기가 아니라, 카프 해산 후에 발표한 소설들을 다루는 이유를 설명하기 위해서는 우선 '전향'의 의미를 좀 더 면밀하게 검토해 보아야 한다. 일반적으로 전향은 '통치권력에 의해 강제됨으로써 일어나는 사상의 변화'[22]라고 정의된다. 이 정의에 따르면 전향은 어떤 개인의 사상적 태도를 그에게 강제력을 행사하는 통치권력과의 관계에서, 즉 '통치권력' 대 '개인'이라는 대항관계에서 묻는 일이다. 여기에서 전제가 되는 것은 개인 앞에 놓인 강력한 통치권력의 자립적 존재 여부이고, 이를 바탕으로 통치권력에 대한 개인의 태도가 '저항'이나 '동조' 등으로 운위될 수 있다.[23]

하지만 전향에 대한 이와 같은 정의는 권력의 억압성과 주체의 수동성만을 단선적으로 부각시킨 것이어서, 대대적인 전향이 이루어지던

---

22 思想の科學硏究會, 『共同硏究 轉向』, 平凡社, 2012.
23 나카노 토시오, 「미키 키요시와 제국적 주체의 형성」, 『동아시아 지식인 회의 관련 자료집』, 연구공간 '수유+너머', 2004, 287~299쪽. 나카노 토시오는 '전향'에 대한 이러한 정의에 대해 다음과 같은 의문을 제기하고 있다. 전향이 단순히 국가권력에 의해서 개인이 자신의 사상을 포기하는 과정이기만 한 것인가? 그리고 이 관계 속에서 국가권력과 개인의 관계는 대항관계이기만 한 것인가? 오히려 억압적인 권력의 작용으로 인해서 그 억압에 상응하는 만큼 개인들의 자발성이 육성되고, 역으로 개인들의 자발적 행위가 그 권력의 구성요소가 되기도 하는 것은 아닌가? 만약 그렇다면 권력과 개인은 내적인 상호관계를 이루고 있는 것은 아닌가? 또한 권력과 개인의 관계가 성립되는 장 그 자체를 그 외부와의 관계로부터 포착하는 시선도 있는 것은 아닌가? 그리고 이러한 질문들은 '시대적 상황과 전향 지식인의 내면 사이에 이루어진 상호작용의 가능성'이라는 문제 제기로 수렴될 수 있다.

시대의 역사적 상황과 전향 지식인들의 내면이 상호작용할 수 있는 가능성에 대해서는 온전히 설명하지 못한다. 이 가능성은 동아시아에서 집단 전향의 문제가 본격적으로 논의되었던 '총력전' 시기, 즉 제국 일본뿐 아니라 그 식민지에 대해서도 '국민총동원령'이 내려졌던 시기와 연결하여 생각해 볼 수 있다.

통치권력과 주체와의 관계가 전반적으로 재구성되었던 '총력전 체제'[24]는 전시나 전후에 대한 정통적인 자기 인식에 정면으로 이의를 제기하고, 다양한 사회조직에 대한 '전시 변혁'을 이루어냈다.[25] 이 시기 통치권력은 '전시 변혁'이라는 이름을 통해서 국민들의 일상에까지 개입하여 국민 생활의 모든 영역을 조직하려는 권력으로 재편되었는데, 이 과정에서 새롭게 생성 중이던 권력은 체제 유지를 목표로 하던 기존 권력의 규정적이고 정태적인 성격을 넘어, 국민들의 생활 전반을 재구축하면서 그전보다 자발성과 적극성을 지니게 되었다.

반면에 이러한 통치권력과 대비적인 위치에 놓이며 사회주의를 표방하던 지식인들은 자율적 선택에 의해서든 타율적 강제에 의해서든 전향을 단행한 후, 자신 안에서 전향을 합리화하기 위한 내적 논리를 구축해 나간다. 기존의 사상을 고집하면 방향을 바꾸는 것이 불가능하기 때문

---

24 에릭 홉스봄, 이왕우 역, 『극단의 시대-20세기 역사』, 까치글방, 1997, 33~81쪽. '총력전' 이라는 개념은 제1차 세계대전 당시에 독일에서 등장하였다. 총력전은 인적·물적 자원을 대량으로 동원하여 전쟁을 수행해야 하며 이를 위해서는 사회체제를 효율적으로 관리해야 한다는 뜻을 가지고 있다. 홉스봄은 총력전의 특징을 군수물자의 대량생산 체제를 갖추기 위해 국가의 주도하에 경제계획의 수립, 경영 합리화, 기술혁신이 촉진되었다는 점에서 찾고 있다. 병력과 노동력의 대량동원은 노동자 조직과 여성의 사회적 위상을 높이는 데 기여했다. 이 과정에서 계획의 주체인 정부의 권한은 강화되었다. 또한 전투원이 아닌 민간인 대중도 적대 감정을 가지고 전쟁 수행에 협력하며 정치주체의 일원이 되었다는 점에서는 역설적으로 민주화가 확산되는 효과가 나타났다고도 볼 수 있다.
25 요네타니 마사후미, 조은미 역, 『아시아/일본』, 그린비, 2010.

에, 이들에게 전향은 자기 자신이고자 하는 욕구가 결여된 상태에서 일어나는 것이었고, 정신과는 반대 방향으로 육체가 돌아서는 문제와 연결되어 있었기 때문에 전향 지식인들은 "'나'이면서 내가 아닌 상태'[26]를 경험하였다.

이 지점에서 이들은 통치권력과 주체의 문제를 다시 생각할 수 있는 계기를 발견한다. 제국 일본은 식민지에서 전향을 강요하기 위해 강압뿐 아니라 회유의 전략도 사용하였다. 그렇기 때문에 이 과정에서 작가들은 통치권력이 제시하는 새로운 가능성들을 접할 수 있었고, 전향 여부에 따라 자신이 통치권력과 맺는 관계가 바뀌리라는 것을 짐작하였다. 전향은 주체 자신의 주체성과 객관세계의 환경이 관계를 맺는 과정에서 발생하는 문제였기에[27] 식민지 조선의 지식인들이 '전향'을 한다는 것은 비판적 관점에서 보면 단순한 사상의 포기로 보일 수도 있지만, 관점을 바꾸어 생각해 보면 새로운 주체화의 방식에 대한 탐색까지를 포괄하는 것이었다.[28]

이 글에서 카프 출신 작가들 중에서 이기영・한설야・김남천을 주로 다루는 이유 역시 새로운 주체화에 대한 문학적 탐색의 결과라고 할 수 있다. 이 세 작가는 카프 출신의 다른 작가들과 달리 사상에서 생활로

---

26 다케우치 요시미, 서광덕・백지운 역, 『일본과 아시아』, 소명출판, 2004.
27 김철, 『국민이라는 노예』, 삼인, 2005, 58쪽.
28 윤해동 외, 앞의 책, 150~155쪽. 2000년대 들어서 이루어지고 있는 협력담론에 대한 연구는 첫째, 식민지를 우리 민족의 고유한 경험이 아니라 세계사의 일환으로 파악하고 '친일'의 특권을 해체하고자 한다. 둘째, '친일'을 식민권력에 대한 협력이면서 동시에 근대 권력에 대한 협력으로 확장한다. 셋째, '친일'이 '민족'에 고정된 협력과 저항의 축을 계급, 성, 인종, 문화, 언어 등으로 다양하게 확장한다. 카프 출신 작가들의 전향에서 새로운 주체화의 방식을 모색하는 이 글의 시각은 사회주의 성향을 지닌 작가군, 그리고 그들의 작품에 등장하는 지식인, 중간층, 민중이라는 계층적 층위를 다루기 때문에 위의 세 가지 연구방법 중 특히 세 번째 방법과 연결된다.

향하는 변화, 즉 '삶의 방식으로서의 전향'을 단행하였다. 이때의 '전향'은 적극적인 사상운동 혹은 정치행위로서의 글쓰기를 포기하고 삶과 생활의 문제, 즉 사회로의 복귀를 의미하는 것이었다. 그렇기 때문에 이들은 이 과정에서 전향 현실에 대응하는 자기만의 방식을 고민할 수밖에 없었다. 그리고 이 고민이 묻어나는 작품들을 창작하였다.

　김윤식은 전향 후 이 세 작가의 특징을 설명하면서, 이기영은 절망적 상황 속에서 공동체의 민족적 공간 속에 맞물려 시대성을 획득하고, 한설야는 적극적이고 생리적인 저돌성으로 현실에 대응하며, 이 둘 사이에 위치하는 김남천은 심리적 균형 감각을 확보하기 위해 지식인의 심리묘사에 치중한다고 보았다. 그리고 이 셋의 공통점을 "삶의 방식으로서의 전향"이라고 명명하였다.[29]

　이 글은 세 작가의 특성을 위와 같이 분류한 김윤식의 논의에 동의한다. 그리고 여기에서 한걸음 더 나아가 식민지 말기에 세 작가가 하나의 경향성만을 보이는 것이 아니라 다양한 문학적 시도를 감행했음을 확인하고자 한다. 이기영·한설야·김남천은 소설 속에서 특정 계층만을 주요 인물로 그려낸 것이 아니라 세 작가 모두 교양을 지닌 지식인, 조직사회에 포함된 중간층, 그리고 촌락이 삶의 터전인 민중들을 다루면서 이들이 통치권력과 관계 맺는 방식과 이들을 둘러싼 다층적 권력관계를 형상화하였다.

29　김윤식, 「1930년대 후반기 카프 문인들의 전향 유형 분석」, 『한국 현대현실주의 소설 연구』, 문학과지성사, 1990, 503~540쪽. 김윤식은 이 시기 카프 출신 문인들의 전향 유형을 분석하면서 대외적으로 뚜렷이 드러나는 '관념으로서의 전향'과 근소한 차이로 드러나는 '삶의 방식으로서의 전향'을 나누어 설명한다. 그러면서 전자에 해당하는 문인으로는 박영희, 백철, 임화를 지목하고, 후자에는 이기영·한설야·김남천를 포함시킨다.

1935년 카프 2차 검거사건을 계기로 김남천이 경기도 경찰국에 카프 해산계를 제출하고, 이를 계기로 카프 출신 작가들은 자신들이 추구했던 이데올로기적 지향점을 상실하게 되었다. 그 후 이들은 정신적 방황과 육체적 타락을 경험하거나, 무기력한 채로 생활세계에 집착하거나, 좀 더 긍정적인 경우에는 새로운 삶의 가능성을 모색하였다. 그리고 자신의 경험을 바탕으로 1935년 이후 전향자들의 삶과 내면을 다룬 전향소설들을 본격적으로 발표하였다.

그러나 이 글에서는 전향이나 전향자를 소설의 전면에 배치한 전향소설만을 다루는 것이 아니다.[30] 이 글에서는 전향소설과 더불어 카프 작가들이 식민지 말기에 창작한 소설 중에서 권력과 주체의 문제가 표출된 다양한 작품들을 분석의 대상으로 삼고자 한다. 그 이유는 자신들이 지향했던 세계를 상실한 작가들이 그 상실을 대체하기 위해, 혹은 그 상실을 복원하기 위해 노력하는 과정에서 자신의 내면을 드러내는 전향소설들 외의 작품 속에서 권력과 주체의 문제가 오히려 새롭게 사유되었다고 판단했기 때문이다. 이 시기는 식민권력이 사회주의자들에 대한 감시와 그들이 창작한 작품에 대한 검열을 본격화했을 뿐 아니라, 문학의 핵심 내용으로 국책 사용을 강요하던 시기[31]였다. 그럼에도 '자

---

30 사회주의자들의 전향에 대한 사상사적 연구와 전향소설에 대한 주요한 연구는 다음과 같다. 김인옥, 『한국 현대 전향소설 연구』, 국학자료원, 2002; 노상래, 『한국 문인의 전향 연구』, 영한, 2000; 노상래 편, 『전향이란 무엇인가』, 영한, 2000; 쓰루미 슌스케, 최영호 역, 『전향』, 논형, 2005; 이상갑, 『한국 근대문학과 전향문학』, 깊은샘, 1995; 후지타 쇼조, 최종길 역, 『전향의 사상사적 연구』, 논형, 2007.

31 임종국, 『친일문학론』, 평화출판사, 1966, 96~107쪽. 일본이 조선 작가들에게 작품을 창작할 때 국책을 반영할 것을 강요한 것은 '조선문인협회'의 실천요강을 통해서 확인할 수 있다. 이광수, 김동환, 이태준, 박영희, 유진오, 최재서, 김문집의 참여로 1939년 10월 창립된 친일 어용 단체인 '조선문인협회'의 실천요강은 다음과 같다. ① 문단의 국어화 촉진―국어문학상 설정, 잡지 국어란의 확충, 국어창작의 지도(작가회의 소집). ② 문인의 일본적 단련―성지(聖地) 참배,

아 연속성'을 유지해야 하는 작가들은 유산자와 무산자의 대립을 주로 다루었던 기존과는 다른 방식으로, 주체의 문제와 더불어 주체의 삶에 작용하는 권력의 문제를 작품 속에서 그려내기 위해 골몰하였다.

작가들의 이러한 태도는 한나 아렌트의 정치이론[32] 그중에서도 '이야기하기'[33]와 연결될 수 있다. 아렌트는 '행위'를 '활동적 삶vita activa' 중에서 정치적 삶의 차원을 담당하는 것이라고 주장하면서, '정치적인 것'을 공적인 삶과 연결되는 다양한 영역 사이의 관계망으로 정의한다. 이 글에서는 아렌트의 논의를 이어받아 '정치' 개념을 "정부라는 공식적인 제도와 그 안에서 일어나는 활동"이라는 좁은 의미[34]에 국한시키지 않고, "모든 제도와 사회적인 존재의 다양한 차원에서 일어나는 행위"라고 넓게 정의한 후 사용할 것이다. 아렌트의 연구 영역이기도 한 넓은 의미의 정치는 인간이 생활을 영위하는 데 필요한 일반적 규칙을 만들고 보존하고 수정하는 활동 전반을 포괄한다. 그리고 이때의 정치는 정치주체로서의 개인이 공적인 영역과 관계 맺는 방식을 뜻하기도 한다.

정치의 문제에 대해 논하면서 아렌트는 '언어'의 역할을 강조한다. 서로

근로봉사의 실천, 일본 고전의 연구회 개최. ③ 작품의 국책 협력－일본 정신의 작품화, 도의(道義) 조선 확립의 의의 탐구, 동아신질서 건설의 인식 철저, 징병제 취지 철저. ④ 현지의 작가 동원－선내(鮮内) 증산운동 현지조사, 북남지의 전지(戰地) 탐방, 만주개척 시찰.

32 한나 아렌트, 이진우・태정호 역,『인간의 조건』, 한길사, 1996; 한나 아렌트, 김정한 역,『폭력의 세기』, 이후, 1999; 한나 아렌트, 김선욱 역,『칸트 정치철학 강의』, 푸른숲, 2002; 한나 아렌트, 홍원표 역,『혁명론』, 한길사, 2004; 한나 아렌트, 김선욱 역,『예루살렘의 아이히만－악의 평범성에 대한 보고서』, 한길사, 2006; 한나 아렌트, 이진우・박미애 역,『전체주의의 기원』 1・2, 한길사, 2006; 한나 아렌트, 홍원표 역,『어두운 시대의 사람들』, 인간사랑, 2010; 한나 아렌트, 김선욱 역,『공화국의 위기－정치에서의 거짓말・시민불복종・폭력론』, 한길사, 2011.

33 이 글에서는 아렌트의 개념을 전유하여 '이야기하기(story-telling)'를 문학을 창작하는 행위와 더불어 작가가 문학 그중에서도 소설 창작을 통해 정치적 힘을 창출하고, 그 힘을 지속시키기 위해 노력하는 과정까지를 포괄하는 개념으로 사용할 것이다.

34 앤드류 헤이우드, 조현수 역,『정치학－현대정치의 이론과 실천』, 성균관대 출판부, 2009, 23~37쪽.

다른 타자들이 공존하는 정치 영역에서 인간의 복수성이 드러나게 되는 것은 언어의 사용을 통해서이고, 언어의 본질적 기능이 중시되는 곳에서 발생하는 사건은 늘 정치적인 것이기 때문이다. 여기서 언어의 본질적 기능이란 단순히 의사를 전달하는 수단이 아니라 복수의 인간들이 합의를 이룩해낼 가능성을 뜻한다. '언어가 필요 없는 관조speechless contemplation' 를 통해 진리가 드러난다고 믿었던 기존의 철학자들에게 인간은 늘 '단수로서의 인간Man'이었다. 그러나 아렌트에게 사태를 경험하고 그 경험에 대해 서로 이야기를 하는 가운데 자신과 남의 경험을 의미 있게 만들고 나눔에서 새로운 의미를 생산하는 것은 항상 '복수로서의 인간men'이다. 언어는 이러한 복수로서의 인간의 모습을 보여주고, 그들이 정치적 행위를 할 수 있는 길을 제공한다.

언어에 대한 아렌트의 태도는 언어를 매개로 이루어지는 행위, 다시 말해 '이야기하기'에 대한 문제제기로 이어질 수 있다. 앞에서 살펴본 것처럼 '이야기하기'는 개화기 시절부터 조선에서 정치·문화운동의 방식으로 사용되었는데, 아렌트 역시 복수로서의 인간 사이에서 만들어지는 '이야기하기'를 정치적 행위와 연결시킨다.[35] 사적 이익과 생존의 문제가 공적 문제를 압도하는 순간에도, 공적 영역을 확보하기 위해 투쟁할 것을 주장하는 아렌트는 '이야기하기'를 통해 근대사회에 내재한 인간

---

35 사이먼 스위프트, 이부순 역, 『스토리텔링 한나 아렌트』, 앨피, 2010, 23쪽. 아렌트 연구자인 스위프트는 문학 연구와 철학 연구, 정치 연구 등을 분리하여 한정짓는 학문적 경계의 설정이 종종 이 주제 영역들이 가질 수 있는 다른 창조적 가능성을 억제한다고 말한다. 그는 아렌트가 그 같은 경계를 뛰어넘으려 시도했으며, 아렌트의 이러한 태도는 문학 텍스트를 역동적이고 예기치 않은 방식으로 읽는 법을 모색할 수 있게 한다고 지적한다. 이것은 한나 아렌트가 문학과 철학과 정치를 아우르는 글쓰기를 시도했으며, 그의 이론을 통해 문학 텍스트를 해석할 경우 문학과 정치의 상관성을 역동적으로 사유할 수 있음을 뜻한다.

소멸의 가능성에 대한 대안을 모색한다. 문학을 창작하는 행위와도 연결되는 '이야기하기'는 사유를 구체화할 수 있는 활동이며, 자기소외와 세계소외[36]가 동시에 발생한 상황에서 이를 복원하기 위한 노력의 일환으로 작용할 수 있다.

또한 '이야기하기'는 인간 존재의 독특하고 변별적 정체성에 대한 이해를 돕고, 역사적 객관성과 필연성을 공평성으로 전환시킨다. 그리고 주변부의 현상을 중심으로 끌어들여서 인간의 다원성을 발현시키는 언어행위를 창출하여 세계에 기여한다. 아렌트는 개별적 인간과 인간이 구성되는 공동체, 그리고 세계와의 관계를 절대적인 '진리'를 주장하는 패권적인 철학이 아니라 '이야기하기'를 통해 그려나가고자 한다.

아렌트가 '이야기하기'에 주목한 근본적인 이유는 기존의 이론과 철학으로는 설명할 수 없는 전체주의적 체제를 설명하기 위해서였다. 전체주의의 본질을 이해하기 위해서는 사건들을 개별적으로 주의 깊게 다루어야 하는데, '이야기하기'는 그 이야기를 듣는 사람들의 다양한 세계관과 이야기가 지닌 결말, 그리고 상이한 해석의 가능성을 향해 열려 있다. 또한 '이야기하기'는 의미를 규정하는 오류를 범하지 않고서 의미를 드러내는 동시에 있는 그대로의 사물들과 조화를 이룬다.

'이야기하기'는 이해하거나 상상하기 어려운 공포스럽고 혼란스러운 사건들을 마주할 때, 특히 그러한 사건들을 겪지 않은 사람들에게 유용하다. 그래서 '이야기하기'는 비극과 역사적 트라우마에 대처하는 유용

---

36 아렌트가 자주 사용하는 '무세계성' 또는 '세계소외'라는 개념은 공적 영역으로서의 공적세계 또는 공동세계에 대한 애착이 배타적인 자기중심의 사고 또는 빈곤을 위시한 경제 문제로 대체된 상태를 의미한다. 그러므로 무세계성은 현실적으로 정치의 조건인 공동세계의 쇠퇴 또는 상실을 의미하는 만큼 정치적 위기와 연결된다.

한 도구가 될 수 있다. 아렌트는 이자크 디네센의 표현을 인용하여 "모든 슬픔을 이야기로 만들거나 이에 대한 이야기를 말로 할 수 있을 경우, 여러분은 모든 고통을 참을 수 있다"[37]고 말한다.[38] '이야기하기'가 공포와 슬픔의 역사에 대처하는 도구일 수 있으며, 정치적 행위에 도움을 줄 수 있다고 판단한 것이다.

이러한 아렌트의 논의를 카프 작가들의 상황과 연결시켜 보면, 사회주의를 지향하면서 카프에 가담했던 작가들에게 '카프'란 단순히 프롤레타리아 예술가들의 동맹만을 의미하는 것은 아니었다. 이들에게 카프는 아렌트가 이야기하는 '세계'와 상통하는 것이었다. 아렌트가 규정한 바로서의 '세계'는 작업의 창조, 즉 제작인의 창조를 통해 만들어지는데, 이때의 '작업'은 노동과 달리 유용성과 지속성을 지니는 것이다. 예술을 포함하는 개념으로서의 작업은 인간이 만든 인공품으로서의 세계라는 관념을 구축하고, 작업이 인간에게 안정적이고 확고부동한 거주지, 즉 진정한 세계를 제공하게 한다. 이때의 '세계'란 사람들을 통합시키면서 동시에 분리시키는 '공동의 세계'이며, 이러한 '세계'는 제도적으로 인간의 복수적 실존을 지탱한다.[39]

카프가 해산된 후, 혹은 전향을 선언한 후에도 계속해서 작품을 창작했던 카프 출신의 작가들에게 창작의 길은 '세계'와 더불어 아렌트가 정치 행위가 실현되는 공간으로 설정한 '공적 영역'의 확보를 위해 필수 불가결한 것이었다. 이 세계에서 행위하며 살아가는 인간들은 "자신

---

37 한나 아렌트, 홍원표 역, 『어두운 시대의 사람들』, 인간사랑, 2010, 160쪽.
38 사이먼 스위프트, 이부순 역, 앞의 책, 13~17쪽.
39 필립 한센, 김인순 역, 『한나 아렌트의 정치이론과 정치철학』, 삼우사, 2008.

과 타인에게 의미 있는 말"을 할 경우에만 의미를 지니기 때문이다.[40]

그러나 이들에게 '카프'라는 정신적 기반은 이미 상실된 상태였기에 이들은 기존의 전통과 단절된 상태에서, 한편으로는 위험을 느끼면서도 다른 한편으로는 새로운 가능성을 향해 열리게 된다. 아렌트는 이처럼 의지할 곳 없는 곳에서 이루어지기 때문에 위험하지만 가능성을 지닌 상태를 '난간 없는 사유thinking without banister'라는 개념을 통해 설명한다. 이것은 카프 해산 후 카프라는 보호막이 없는 대신 작가들이 자유로이 출구를 향해 나아갈 수 있는 상태를 설명해 준다.

아렌트에게 이러한 논의의 전제가 되는 것은 "모든 이야기란 항상 공동체의 작품"[41]이라는 생각이다. 아렌트는 행위의 자발성과 창조적 잠재력을 가장 잘 담지하고 있는 것이 바로 문학을 위시한 이야기라는 사실을 강조한다. 이야기의 '주인공'은 죽은 이후에도 살아남아 공동체에서 중요한 역할을 담당한다. 그래서 아렌트는 한 개인보다는 공동체가 의미의 진정한 원천이라고 보았으며, 공동체가 예술과 '이야기하기'를 통해 그 공동체 구성원들이 수행하는 행위의 의미를 인지하고 이해할 수 있다고 생각하였다. 궁극적으로 삶의 이야기는 타인들에 의해 말해지는 것이며, 행위의 의미는 행위자가 죽은 이후 그의 이야기를 듣는 공동체에서 드러난다. 아렌트는 행위와 관련하여 공동체와 이야기를 듣는 청중이라는 새로운 의미의 원천을 제공한다.

이와 같은 아렌트의 성찰은 함께 살아가는 우리의 공동세계에 대한 믿음과 희망, 즉 '세계사랑Amor Mundi'으로 귀결된다. 그래서 아렌트는 정치

---

40 한나 아렌트, 이진우 · 태정호 역, 앞의 책, 53쪽.
41 한나 아렌트, 홍원표 역, 『어두운 시대의 사람들』, 인간사랑, 2010.

란 탄생과 죽음 사이에서 살아가는 모든 인간들의 공동세계에 대한 관심과 사랑이라고 말한다. 오직 인간의 상호적 행위와 끊임없는 '이야기하기'를 통해 형성되고 유지되는 인간의 관계망인 그 세계는 지금까지 살아왔던 사람들과 지금 살아가는 사람들, 그리고 앞으로 살아갈 사람들이 공존하는 곳이다. 그러므로 아렌트에게 정치적 행위는 세계에 대한 사랑인 동시에 과거와 미래에 대한 책임이기도 하다.[42]

지금까지 살펴본 것처럼 아렌트는 행위와 정치, 그리고 언어를 기반으로 한 '이야기하기'에서 근대 이후에 등장한 인간성 소멸의 문제를 해결할 수 있는 가능성을 탐색한다. 아렌트의 이러한 논의는 이 글에서 식민지 말기 카프 출신 작가들의 글쓰기 전반을 설명하는 데 유용할 것이다. 아렌트가 주장하는 '세계사랑'과 같은 이유에서 카프 작가들은 '이야기하기'를 포기하지 않았다. 이야기를 매개로 하지 않고서 이들이 세계와 접촉할 수 있는 길은 존재하지 않았기 때문이다. 또한 이야기를 나눌 수 있는 세계와 자신의 이야기를 읽거나 들어줄 사람이 남아 있는 한 '이야기하기'라는 이들의 정치적 의무는 계속되어야 하기 때문이다.

---

42 박혁, 「사멸성, 탄생성 그리고 정치 – 한나 아렌트(Hannah Arendt)에게 있어서 사멸성과 탄생성의 인간조건이 갖는 정치적 함의」, 『민주주의와 인권』 9-2, 전남대 5·18연구소, 2009.

3. 이론적 모색—권력, 권력장, 권력장치

이제 이 글에서 사용할 권력과 권력장, 그리고 권력장치에 대해 알아

보자. '할 수 있다'는 의미를 지닌 고대 고트어 'magan'를 어원으로 하

는 권력은 폭력보다도 더 일반적으로 행사되며 그 적용공간도 더 넓고

포괄적이다. 또한 권력은 공간과 시간 속에서 연장되는 속성을 지니기

에[43] 권력 일반에 대한 연구[44]가 아니라, 특정한 시공간 속에서 작동하

---

43 엘리아스 카네티, 강두식·박병덕 역, 『군중과 권력』, 바다출판사, 2002, 379~382쪽.
44 권력에 대한 일반적인 연구, 즉 권력이론의 전개를 간단히 정리하면 다음과 같다. 고대 정치
     사상에서는 정치체제와 그에 따른 권력이 윤리적 목적을 위해 존재했다. 각 개인은 공동체의
     선을 위해 봉사하고, 공동체 안에서 자기정체성을 찾았다. 이 시기에는 인간의 미덕과 정의로
     운 정치체제에 대한 탐구가 주요 관심사였기 때문에 선한 권력과 악한 권력, 혹은 부패한
     권력이 정치체제의 성격을 규정한다는 정도가 사유되었다. 플라톤과 아리스토텔레스의 경
     우를 보더라도 정치체제의 변화와 타락, 무질서에 관심을 두면서 절제와 중용의 논리로 정치
     체제를 구상했지만 그 정치체제를 수립하는 정치권력의 본성에 대해서는 큰 관심을 두지
     않았다. 즉 권력의 본질 및 형성과정과 같은 권력 자체에 대한 연구는 별로 없었다.
     정치사상사적 측면에서 근대적 인식의 변환은 마키아벨리에 의해 이루어졌다. 그는 정치를
     종교나 형이상학과 구분되는 독자적인 영역으로 상정하고, 군주의 권력에 초점을 맞추어
     논의를 진행해 나간다. 마키아벨리 이후에 등장한 권력이론 중에서 주요하게 고찰해 봐야
     할 것 중 하나는 사회계약론자들의 주장이다. 홉스, 로크, 루소 등으로 대변되는 근대 사회계
     약론은 특정 공동체의 권력을 주어진 것으로 이해하지 않고 구성원의 의지와 합의로부터
     정치적 의무와 정치적 정당성의 원천을 찾으려 했던 담론이다. 이들에 의해서 통치자 또는
     왕은 하늘로부터 정해진 것이므로 신민들에 대한 지배가 당연한 것으로 여겨지던 시대에서
     지배와 피지배의 관계가 당사자들 간의 약속이자 계약으로 규정하는 시대로 전환되었다.
     그리고 독일에서 등장한, 권력욕을 모든 생명의 근본원리로 본 헤겔과 관료제와 행정의 문제에
     중점을 둔 베버의 논의, 그리고 예외상태를 결정하는 절대권력으로서의 주권을 주장한 슈미트
     등을 생각해볼 수 있다. 그리고 국가권력을 넘어 계급권력을 주장한 마르크스와 그를 바탕으로
     피지배층의 동의를 통해 구성되는 헤게모니 권력론을 강조한 그람시, 국가장치를 사용할 수
     있는 권리를 권력으로 인식한 알튀세르 등의 논의 역시 권력에 대한 이론을 보강하였다.
     이 글의 이론적 틀을 제공하는 이론들은 좀 더 후대에 등장한다. 권력은 공동체 구성원들의
     합의를 통해서 도출된다고 본 한나 아렌트와 아렌트의 공동권력론을 받아들이되 권력의 의
     사소통적 측면을 강조한 하버마스, 미시적인 것에 규율적으로 작동하는 권력과 국가의 유지
     를 위하여 생명을 관리하는 권력에 주목한 푸코, 마지막으로 권력은 물질적 측면에만 작동하
     는 것이 아니라 추상적이고 관념적인 차원에서도 작동하고 있음을 보여준 부르디외 등이
     이 글의 권력이론을 구성하는 데 영향을 주었다.
     이와 같이 권력이론은 서구의 근대 초기에 규정되었던 '강제력'과 '억압하는 힘'이라는 정의에

는 권력을 연구하기 위해서는 그 시공간적 특수성이 세계사적 맥락과 함께 고려되어야 한다.

통상적으로 권력은 남을 지배하려는 의지와 연결된다. 그리고 권력을 지닌 자는 집단의 단결력을 조장하고, 집단의 구성원들을 한자리에 모이게 할 수 있는 강력한 힘을 소유한 것으로 간주된다. 또한 그는 집단의 이익과 효용을 위한 산물이며, 사회적인 관계에서 필요한 기능을 수행한다. 이러한 입장에서 본다면 모든 권력 체계는 상황에 따라서 구성원들의 효과적인 적응을 위해 공동체를 통제하고 조절해 나가는 것이다. 만약 조정이 이루어질 수 없다면, 그 집단은 존속이 위태로워지고, 모든 질서와 정의는 병들게 되며, 그 사회의 사기가 저하되어 권력을 쥐고 있는 집단은 해체되거나 다른 집단에게 권력을 양도할 수밖에 없는 상황에 이르게 된다.[45]

이와 같이 누군가가 소유할 수 있고 실체적인 힘으로 '권력'을 이해할 경우, 권력의 형태에 대한 다음과 같은 분류가 가능해진다. 첫째, 권력은 '무엇을 하는 권력'과 '무엇에 대한 권력'으로 나눌 수 있다. 여기서 '무엇을 하는 권력'이란 역량 혹은 힘, 즉 어떤 행위를 수행할 수 있는 능력을 뜻한다. 그리고 '무엇에 대한 권력'이란 지위의 불균등 혹은 힘의 차이에 근거한 능력을 기반으로 어떤 개인이나 집단을 구속할 수 있는 능력이다.

서 차츰 '소통'과 '생성'을 기반으로 하는, 다시 말해 상호적 관계를 나타내는 개념 쪽으로 이동하고 있다. 이러한 변화는 근대 초기의 권력 개념이 국가권력을 강화해야만 했던 역사적 전환기에 등장한 반면 최근의 권력이론이 물리적 힘으로서의 권력만이 아니라 권력장치와 그 효과를 연구하는 방향으로 진행되고 있기 때문일 것이다. 그리고 이처럼 권력에 대한 개념들이 변하는 것은 권력이 고정된 실체가 아니라 변화 가능성을 지닌 하나의 현상임을 알려준다.

45 C. E. Merriam, 신복룡 역, 『정치권력론』, 선인, 2006, 47~48 · 64쪽.

둘째, 권력은 '실제의 가능성(힘)'과 '법적·도덕적 가능성(권리)'으로 구분할 수 있다. 여기서 실제적 가능성에 해당하는 주관적 권리란 어떠한 개인에게 주어진, 어떠한 행위를 할 수 있는 능력이다. 그리고 그 능력은 규칙들에 의해서 주어지는데, 그 규칙들의 총체가 객관적 진리로서의 법적·도덕적 기능과 연결된다.

셋째, 권력은 '실제 지배'와 '법률의 총체에 의해 정당화된 권력'으로 구별된다. 여기서의 정당화란 권력을 지속시켜 주며, 권력의 초월성을 보장해 준다. 때로는 그 정당화에 힘입어 폭력이 힘으로 탈바꿈될 수도 있다. 권력은 전통, 개인의 능력, 금전 등에 의해서 정당화되기도 하지만, 일반적으로 정치적 권력은 무엇보다도 권리에 의해, 그리고 법률상의 규칙들에 의해 정당화된다.

마지막 유형은 '국가와 관련된 권력들'이다. 국가와 권력은 흔히 동일시되어 국가의 대표가 권력의 대표로 일컬어지고 국가에 대한 투쟁이 권력에 대한 투쟁으로 인식되곤 한다. 그러나 권력 없는 국가는 없겠지만 그렇다고 모든 권력이 국가에 속해 있는 것은 아니다. 알튀세르가 보여주고 있듯이 국가의 권력을 차지한다는 것은 '국가장치'[46]를 사용할 권리를 갖는다는 것이다. 국가의 권력은 그 장치를 사용할 권리를 전제로 하며, 그 권리를 부여해 주는 어떤 법률들의 총체를 전제로 한다.

앞에서 살펴본 것처럼 권력에 대한 일반론에서 권력의 양태는 다양하지만 거기에는 한 가지 근본적인 공통점이 존재한다. 그것은 모든 권력들이 개인이나 집단의 행동을 억압하거나 강요하는 그리하여 강제하

---

46 루이 알튀세르, 김웅권 역, 「이데올로기와 이데올로기적 국가장치」, 『재생산에 대하여』, 동문선, 2007, 349~410쪽.

는 어떤 능력에 속한다는 사실이다. 왜냐하면 한 개인이 타인에게 그가 자발적으로는 취하지 않을 행동을 하게 만드는 능력이 발휘되는 모든 현상에는 권력이 있다고 보기 때문이다.[47]

그러나 이 글에서 사용하는 '권력' 개념은 '의도한 결과를 생산하는 힘'(버트란트 러셀), '결과의 가능성을 변화시킬 수 있는 능력'(로버트 달), '자기 의사를 관철시킬 수 있는 모든 가능성'(막스 베버), '다른 사람의 마음과 행동을 통제할 수 있는 능력'(한스 모겐스)[48] 등으로 한정되지 않는다. 또한 권력은 복종자의 의사와 상반되는 역할도 수행할 수 있도록 하는 강제성, 권력이 행사되는 범위 안에서는 일괄적으로 적용된다는 의미에서의 일반성, 권력이 작용되는 범위 안에서 여러 구성원들을 결속시키는 통합성[49]만을 지니는 것도 아니다.

이 글에서 사용할 권력 개념은 푸코를 위시한 정치철학의 이론을 기본으로 하되 식민지 말기 조선의 상황을 보다 효율적으로 설명할 수 있는 방식으로 재전유한 것이다. 푸코는 "올바른 권력이론을 만들려고 한다면 주어진 시점과 자리에서 권력을 내다볼 수 있어야 하며, 권력의 근원을 재구성해야"[50] 한다고 주장한다. 이 글에서는 이러한 푸코의 주장을 참조하여 권력의 성격을 크게 편재성, 관계성, 운동성, 이중성, 연속성 등 다섯 가지로 규정하고자 한다.

우선 권력은 매 순간 모든 상황에 편재한다. 푸코는 이것을 "권력은

47 프랑수아 스티른, 이화숙 역, 『인간과 권력』, 예하, 1989, 55~64쪽.
48 Barry Hindess, *Discourses of power : from Hobbes to Foucault*, Oxford, UK : Cambridge, Mass : Blackwell Publishers, 1996.
49 유광준, 「정치권력의 특성과 그 정당성을 논함」, 『고시연구』 21-2, 1994, 338~341쪽.
50 콜린 고든 편, 홍성민 역, 「육체의 고백」, 『권력과 지식-미셸 푸코와의 대담』, 나남출판사, 1991, 241쪽.

이미 거기에 있다"라는 말로 표현했다. 권력은 이미 존재하며, 누구도 권력 밖에 있을 수 없다. 권력의 형성은 관계의 형성과 동시에 이루어지고, 권력의 개입이 없이 이루어지는 관계는 있을 수 없다. 모든 사회적 관계는 권력의 효과이며 권력은 그러한 사회적 관계의 효과이다.[51] 이와 같은 권력의 편재성은 권력의 관계성으로 자연스럽게 이어진다.

둘째, 권력의 관계성은 사물처럼 누군가가 소유하고 넘겨줄 수 있는 실체가 아니라 관계 속에서 등장하는 것이다. 권력은 제도도 구조도 아니고 실체로서 유일한 권력이란 존재하지 않는다. 권력은 둘 이상의 주체가 있을 경우 발생하는데 이때 권력은 한 명이 소유하는 것이 아니라 주체들 사이에 존재한다. 그렇기 때문에 권력관계는 절대적으로 고정된 것이기보다는 상황과 맥락에 따라 다르게 작동하는 상대적인 것으로 이해해야 한다. "실제로 권력은 유기적이고 서열적이며 잘 조정된 관계의 묶음"[52]이다.

셋째, 권력은 정태적인 것이 아니라 운동성을 지닌다. 권력은 자기를 보존하기 위해 권력의 공간을 넓히려는 확장운동을 펼치기도 하고, 자신의 권력을 안정화시키기 위해 권력의 시간을 연장하려는 지속운동을 감행하기도 한다. 그리고 때로는 권력의 효율성을 제고하기 위한 집중운동을 진행해 나간다. 그러므로 권력은 명사보다는 동사로 보는 것이 타당하며, 권력에 대해 질문할 때는 '권력이란 무엇인가?'보다는 '권력은 어떻게 작동하는가?'를 생각해야 한다. 그러다 보면 권력 없는 삶이

---

51 김부용, 「권력의 행사방식 논의에 대한 푸코의 비판과 보완」, 『철학사상』 38, 서울대 철학사
    상연구소, 2010, 242~243쪽.
52 콜린 고든 편, 홍성민 역, 앞의 책, 241쪽.

아니라 권력의 배치와 작동방식을 바꾸는 삶[53]에 대한 사유로까지 이어질 수 있다.

넷째, 권력은 이중성을 지닌다. 이것은 권력과의 관계에서 주체는 자신의 권력에 대해서는 확장·지속·집중운동의 경향을 지니는 반면 타인의 권력은 제한·변경·분산시키려는 경향을 지닌다는 것을 뜻한다.[54] 그리고 주체의 이러한 역설적인 성향은 권력과 주체, 그리고 그 대상과의 관계가 단선적인 것이 아님을 환기시키며 권력과 주체의 이중성을 재고하게 만든다.

마지막으로 권력은 연속적인 현상이다. 권력은 권력자에게 더 넓은 자아의 공간을 마련해주고, 모든 권력장은 자기 자신이고자 하는 자아의 구조를 가지고 있다. 권력관계 속에서 개인도, 초개인적 권력체도 다양한 수준의 매개 구조와 자아의 성격을 가지고 연속성을 유지하기 위해 작동한다.[55]

이처럼 다섯 가지 속성을 지니는 이 글의 권력 개념은 실체적 개념이 아니라 관계 속에서 작동하는 것이다. 그렇기 때문에 소설 속에 등장할 때나 이 글에서 분석을 시행할 때 권력의 작동을 가시화 시켜주는 요소들, 즉 권력관계를 분석할 수 있게 해주는 새로운 개념틀을 설정할 수밖에 없다. 그래야지만 추상적이고 관념적으로 느껴질 수 있는 권력에 대한 담론을 물질적 차원으로 구체화할 수 있기 때문이다. 그래서 이 글에서는 '권력'과 더불어 '권력장'과 '권력장치'라는 개념도 함께 사용하고

---

53 이수영, 『권력이란 무엇인가』, 그린비, 2009, 7쪽.
54 유광준, 앞의 글, 338~341쪽.
55 한병철, 김남시 역, 『권력이란 무엇인가』, 문학과지성사, 2012, 13~47쪽.

자 한다.

먼저 '권력장' 개념부터 살펴보자. 일반적으로 권력은 개별적인 권력 관계들이 잠재해 있는 장소를 창출하기 때문에 공간과 밀접한 관계를 갖는다. 권력은 모호한 힘들을 하나로 결집해 전체 질서를 형성하는 중력으로 작용하고, 이 과정에서 특정한 행위가 비로소 자신의 방향과 의미를 얻는 공간을 열어준다. 그러므로 권력은 장소가 없는 곳에서는 생겨날 수 없다. 영토적 공간에서건 디지털 공간에서건 권력의 발생은 '장소화'를 통해 이루어진다. 권력의 형성과 확장을 위해서는 공간의 점유와 획득이 필수적이기에 권력은 자기 자신이 공간적이 되도록, 그리고 공간적으로 성장하도록 작동한다. 다시 말해 권력의 구조적이고 구성적인 발산은 권력의 공간화로 나타난다. 권력은 점적으로 일어날 수도 있지만 기본적으로 공간의 현상이기에 정점에 권력이 집중된 순간에도 공간의 사건, 함께함 또는 전체성의 사건이라고 할 수 있다.[56]

이 글에서 사용하는 권력장에서의 '장champ'[57]이란 외부의 심급에서

---

56 위의 책.

57 이상길, 「문화생산과 지배―피에르 부르디외의 '장이론'에 대한 비판적 고찰」, 『언론과 사회』 9-1, 언론과사회, 2001, 7~46쪽. 이 글의 '장(champ)' 개념은 부르디외의 '장이론'과 그 성격이 유사하다. 부르디외의 '장(champ)'은 커뮤니케이션 과정의 다양한 수준들을 서로 간에 연결시킬 뿐 아니라, 사회구조와 사회과정의 중심적인 차원들과도 연결시킬 수 있는 통합적 틀의 성격을 지닌다. 그리고 각 장들은 나름대로 특수성과 독립성을 지님에도 불구하고 공통성 또한 지니기 때문에 '장의 일반법칙'을 정식화한 '일반이론'이 가능하다. 부르디외의 분석 속에 나타난 장의 공통된 속성들을 간단히 요약해 보면 다음과 같다.
① 사회공간이라는 대우주 속의 소우주들로서의 장. 사회공간(혹은 '계급관계의 장')은 문학적 장, 정치적 장, 경제적 장, 권력의 장 등 위계적으로 조직된 일련의 장들에 의해 구조화된다. 고유한 내적 논리를 가지는 이 장들은 서로에 대해 '상대적 자율성'을 지니며 '구조적 동형성'을 띤다.
② 위치공간으로서 장. 장은 객관적인 위치들 사이의 구조화된 공간이다. 위치는 장 안에 불균등하게 분포되어 있는 자본, 특히 경제자본과 문화자본의 양과 구조에 의해 결정되며 따라서 자본의 불균등한 분포는 장의 구조를 결정한다. 이 구조는 장 내 개인, 기관들 사이의 역사적 세력관계에 의해 규정된다.

행사되는 모든 제약과 영향력이 '굴절', '재구조화' 또는 '재번역'되는 장소이다. 그러므로 이 글의 권력장 개념은 구체적으로 생산을 담당하는 행위자들의 공간이자 사회구성체 속의 한 공간이기도 하다. 복수의 권력장은 가능성의 장이기도 한데, 이들 사이에는 상대적 자율성, 구조적 동형성이 존재하기 때문에 '권력장' 개념은 현실의 복잡성을 설명하기 위한 장치로 기능할 수 있다. 이러한 권력장 안에서 권력은 분절적이고 국지적이며 중층적인 형식으로 존재한다.

중층적으로 존재하는 권력장이 상호 매개적인 성격을 지닐 수 있는 이유는 '상대적 자율성' 때문이다. 각각의 권력장은 자율성을 지니지만 자율성이 아무리 크더라도 그 내부의 역학과 투쟁은 다른 권력장과 단절된 채 작동하지 않으며, 외부의 요인들로부터도 결코 완전히 독립되어 있지 않다. 즉 권력장 외적인 것과 내적인 것 사이의 관계 때문에 상대적 자율성은 그 역학관계가 변한다. 그리고 권력장들 사이에서 힘의 위계는 각 사회의 구체적 정황과 역사적 국면에 따라 변할 수 있다.

권력장들 사이의 분리와 거리가 상대적 자율성의 논리 속에서 드러난다면, 연결과 접합은 '구조적 동형성'의 논리를 통해 드러난다. 각 권력장마다 환원 불가능한 특수한 형식을 띠고서이긴 하지만 각 권력장

③ 투쟁공간으로서의 장. 각각의 장은 특수한 내기물과 게임의 규칙을 가지는데 이는 다른 장들의 그것으로 환원될 수 없다. 이 공간은 다양한 위치를 점유하는 여러 행위자들 사이의 투쟁의 공간이다. 투쟁의 목표는 장에 고유한 자본의 전유와 정당한 독점, 혹은 자본의 재정의이다.
④ 아비투스, 전략, 일루지오, 게임과 내기물의 신성한 가치에 대한 집단적 신념으로서 '일루지오(illusio)'는 게임의 조건이자 산물이다. 장 안의 행위자들은 위치, 아비투스, 궤적에 의해 특징 지워진다.
⑤ 위치공간, 가능성의 공간, 입장공간. 장이 객관적 위치공간이라면 상이한 위치들은 그에 상응하는 입장을 가지면서, 위치공간에 대응하는 '입장공간'이 발생한다. 위치와 입장 간의 조응은 기계적으로 결정되지 않으며, 행위자들의 아비투스와 가능성의 공간에 의해 매개된다.

에서는 지배자와 피지배자, 보존과 전복을 위한 투쟁, 재생산의 기제 등이 공통적으로 나타난다. 각 권력장은 상이한 계층 사이의 대립과 동일한 분할선에 의해 특징지어 지는데, 이와 같은 '차이 속의 유사성'이 바로 '동형성'이다.

이 글에서는 이러한 권력장 이론을 기반으로 하되, 식민지 말기 조선의 상황을 설명할 수 있게 '권력장' 개념을 재구성하고자 한다. 이 글의 권력장 개념은 다양한 권력현상이 작동하는 물리적인 공간과 그 권력관계들이 만들어내는 추상적인 사유, 그리고 경험적 행위까지를 포괄한다. 그리고 권력장 안에서 주체와 대상의 자리를 점유하는 요소들은 개별적 영역뿐 아니라 상호 충돌하고 길항하고 교섭하는 영역도 지니고 있기 때문에 수직적, 수평적, 전방위적 구조 속에서 작동한다.

또한 권력장은 집단과 집단, 집단과 개인, 개인과 개인의 중층적인 관계를 기반으로, 하나의 구조가 아니라 여러 겹의 교차구조 속에서 발생하기 때문에 고정된 형태를 지니지 않는다. 권력장은 그 안에서 작동하는 권력관계들이 변함에 따라 그 모양이 변할 수 있다. 야마무로 신이치가 만주의 권력관계를 '키메라'의 은유를 통해 설명한 것[58]처럼 권력장의 모습과 그 권력장을 구성하는 권력관계의 축들은 새로 구성되거나 때로는 한 축이 소멸되면서 계속해서 변화한다.

그런데 권력관계를 이루는 다수의 축 중에 하나가 압도적인 힘의 우위

---

58 야마무로 신이치, 윤대석 역, 『키메라 만주국의 초상』, 소명출판, 2009. 야마무로 신이치는 만주국 안에서 작동하는 권력관계를 머리는 사자, 몸은 양, 꼬리는 용인 '키메라', 즉 신화 속의 존재로 설명한다. 초기의 만주는 머리에 해당하는 관동군, 몸에 해당하는 천황제 국가, 꼬리에 해당하는 중국 황제와 근대 중국이 권력의 각 축으로 작동하는 공간이었다. 그러나 태평양전쟁이 발발한 이후 꼬리는 몸으로 변하게 되고, 만주에는 관동군과 천황제 국가라는 두 개의 권력축만 남게 된다.

를 차지하게 될 때 권력장은 균형을 잃고 강대한 힘이 작동하는 쪽으로 굴절될 수 있다. 그리고 이러한 불균형 상태가 발생하면 이 불균형을 해소하기 위한 움직임이 등장하기 시작한다. "권력이 있는 곳에 저항이 있"[59]기 때문이다. 권력관계의 불균형 상태가 미미할 경우 균형을 회복하려는 노력은 다채로운 방식으로 등장할 수 있다. 그러나 식민지 말기의 제국권력처럼 한 축이 압도적인 힘을 과시하고 그 힘에 대항하는 존재의 생존이 위태로울 경우, 저항은 직접적이기보다는 간접적인 방식, 즉 조선의 정치주체들이 사용한 것처럼 위장과 연기의 방식으로 출현한다.

이 글에서는 이러한 다양한 층위와 성격을 지닌 권력장 중에서 식민지 주체들이 주로 활동했던 세 가지의 권력장, 구체적으로는 지식계층의 문화권력장과 중간계층의 생산권력장, 그리고 민중계층의 생활권력장에 중점을 두고 논의를 진행해 나갈 것이다. 이 세 가지 권력장은 식민지 말기 조선에서 통치권력이 신체제를 본격화하면서 진행한 '문화신체제', '생산신체제', '생활신체제'와도 연결되는 개념이다.

이 글은 서술의 명확성을 위해 세 개의 장을 구분하여 설명하지만 이들은 통치권력과의 관계 속에서 연결되어 있었다. 부르디외가 '장'을 모빌의 가느다란 철사에 매달린 크고 작은 형상의 쇠붙이로 설명했듯이,[60] 이 글의 권력장들은 하나의 모빌처럼 통치권력 및 다른 권력장들

---

59 미셸 푸코, 이규현 역, 『성의 역사』 1, 나남출판, 2004, 115쪽.
60 박청자, 「문화분석 방법론으로서의 부르디외 문화사회학 연구- 문화장의 변동과 '문화기획'을 중심으로」, 홍익대 박사논문, 2008, 93~94쪽. 부르디외는 '장은 역사적으로 기원하며, 사회적으로 구조화된다'고 말한다. 그에게 장은 사회를 구성하는 단위라고 할 수 있는데, 이와 관련하여 1994년의 한 인터뷰에서 그는 사회공간과 장의 관계를 모빌의 이미지를 차용하여 설명하였다. 칼더의 모빌처럼, 가느다란 철사에 매달린 크고 작은 다양한 형상의 쇠붙이들이 특정한 축을 중심으로 공간 속에 이리저리 뻗어 나와 있는 것을 상상해 보자. 그것은 어느 한 지점이 불균형해 지면 금방 다른 지점에 영향을 미쳐, 모든 쇳조각들이 위치와 방향을

과 관계를 맺고 있었다. 모빌에서 어느 한 지점이 균형을 잃으면 금방 다른 지점에도 영향을 미쳐 흔들리듯이, 한 권력장이 흔들리면 다른 권력장들도 위치와 방향을 달리하며 흔들리게 된다.

이 글에서 권력장과 더불어 사용할 '권력장치'[61]라는 개념은 푸코가 권력과 접속하는 장치dispositif라고 정의한 개념을 수용하여 전유한 것이다. 푸코는 장치를 담론, 제도, 건축상의 정비, 법규에 대한 결정, 법, 행정상의 조치, 과학적 언표, 철학적·도덕적·박애적 명제를 포함하는 확연히 이질적인 집합, 특히 이 요소들 사이에서 세워지는 네트워크라고 말한다.[62] 그러므로 장치는 늘 구체적인 전략적 기능을 갖고 있으며 권력관계 속에 기입되는 것으로 여겨진다. 특정한 권력의 작용 속에서 살아있는 개인들을 어떤 방향으로 보거나, 생각하거나, 말하거나, 움직이게 하는 모든 요소들의 활동을 '장치'라는 개념으로 설명할 수 있다.

아감벤은 푸코의 논의에서 한 발 더 나아가 장치를 "생명체들의 몸짓, 행동, 의견, 담론을 포획, 규정, 차단, 제어, 보장하는 능력을 지닌 것"으로 정의함으로써 보다 일반화시킨다. 또한 언어와 문학, 그리고 글쓰기 자체도 권력과 접속하기 때문에 하나의 장치라고 주장한다.[63]

달리하며 함께 움직이거나 흔들린다. 이때 우리는 모빌에서 이러한 움직임이나 흔들림 속에서도 결코 각각의 단위들(쇠붙이)이 서로 혼합되지 않는다는 점, 즉 위치는 바뀌지만 각 단위 자체는 변하지 않는다는 점을 확인할 수 있다. 바로 이점이 부르디외의 이론을 전유하여 사용하는 이 글의 '권력장' 개념의 단초가 될 수 있을 것이다.

61 루이 알튀세르, 김웅권 역, 앞의 책, 125~157쪽. 이와 유사한 맥락에서 알튀세르는 억압적 국가장치와 이데올로기적 국가장치를 구분하여 설명하고 있다. 그의 논의에 따르면 억압적 국가장치가 물리적인 폭력을 직접 혹은 간접적으로 사용하는 장치라면, 이데올로기적 국가장치는 물리적 폭력을 사용하지 않는 대신 이데올로기에 따라서 작동하는 것이다. 사람들은 '자유롭게' 이데올로기적 국가장치와 접속한다. 전자의 예는 정부, 행정조직, 경찰, 법원, 감옥, 군대 등이고, 후자의 예로는 학교, 가족, 종교, 정치, 조합, 정보, 출판-보급, 문화장치 등을 들 수 있다.

62 콜린 고든 편, 홍성민 역, 앞의 책, 235쪽.

아감벤의 개념을 참조할 경우 장치는 단지 규율권력의 편재만을 보여주기보다 살아 있는 개개의 존재자들이 사회를 구성하면서 포획되는 다층적이고 불균등한 조건을 뜻하게 된다.

이 맥락에서 권력장치는 규율적·통제적 기능을 수행하는 것을 넘어 인간적인 욕망을 발육시키는 장소[64]가 되며, 이 계기를 가운데 두고 장치와 살아 있는 생명체들 사이에서 발생하는 길항과 투쟁을 주체화의 길로 인도하는 형식이 되기도 한다. 이처럼 주체화의 조건 및 형식과 직결된다는 점에서 권력장치 개념은 식민지의 역사적 특이성을 해명하는 데도 유용할 것이다.[65]

앞에서도 언급한 것처럼 이 글의 연구방법론 중 가장 큰 비중을 차지하는 것은 프랑스의 철학자 미셸 푸코의 권력이론이다.[66] 2010년대 초

---

63 조르주 아감벤, 양창렬 역, 『장치란 무엇인가』, 난장, 2010, 28~33쪽. 아감벤은 푸코적 의미의 장치를 좀 더 일반화하여 생명체들의 몸짓, 행동, 의견, 담론을 포획, 지도, 규정, 차단, 주조, 제어, 보장하는 능력을 지닌 모든 것을 장치라고 부른다. 그리고 푸코가 든 예를 포함하여 펜, 글쓰기, 문학, 철학, 농업, 담배, 항해(인터넷 서핑), 컴퓨터, 휴대전화, 그리고 언어 자체도 권력과 접속되어 있기 때문에 장치라고 보고 있다.

64 미셸 푸코, 오트르망 역, 『생명관리정치의 탄생』, 2012, 107쪽. 푸코는 『생명관리정치의 탄생』에서도 억압의 기제인 동시에 욕망을 산출하는 '장치의 다의성'을 설명한다. 그는 "모든 '자유생산적' 장치들, 즉 자유를 생산하게 되어 있지만, 경우에 따라서는 그것과 정반대의 것을 생산할 수도 있는 장치의 다의성"에 주목한다.

65 차승기, 「문학이라는 장치-식민지/제국 체제와 일제 말기 문학장의 성격」, 『현대문학의 연구』 44, 한국문학연구학회, 2011, 179~209쪽. '장치' 개념을 통해 식민지 말기의 문학장을 분석하고 있는 이 논문은 '식민지/제국체제'를 지속시키는 조건으로 통제적 합리화, 욕망의 내재화, 가시성의 절대화를 들고, 이 체제의 비유기적인 구성요소로서의 문학은 식민지의 생명체들에게 특정한 주체성의 가상을 부여하는 장치로서 작동한다고 지적한다. 다양한 담론적·비담론적 조건이 결합되어 만들어내는, 특정한 "의미를 갖는" 쓰기·읽기·말하기·듣기 체제로서의 근대문학은 '반성적 주체=내면적 주체'와 '상상적 연대의 주체=국민적 주체'를 구성한다. 또한 중일전쟁 발발 이후 총력전 시기를 식민지/제국 체제의 '체제'로서의 성격이 극명하게 드러난 시기이며, '조선문학의 위기'라는 형태로 문학장의 변동이 표면화된 시기로 규정한다. 그리고 전쟁, 동원, 외지의 내지화 등이 문학장의 구조를 변동시키며, 그동안 근대문학의 장치 속에서 생산되어 왔지만 은폐되어 있었던 기술자-작가와 번역가-작가를 산출하는 효과를 발휘한다고 주장한다.

66 콜린 고든 편, 홍성민 역, 앞의 책, 289쪽. 다음의 구절은 이 글의 문제의식이 푸코의 논의에

반 푸코의 후기 저작이라고 할 수 있는 콜레주드 프랑스의 강의록, 즉 자유주의와 신자유주의의 문제를 '통치성'을 중심으로 살펴보는 『안전, 영토, 인구』와 『생명관리정치의 탄생』 등이 새롭게 번역·출간되면서 푸코에 대한 연구가 다시 활기를 띠기 시작했다. 그리고 기독교의 사목 권력에서 시작해 신자유주의의 통치성으로 이어지는 푸코 권력이론의 계보학을 다시 점검해 보는 작업 역시 활발히 진행되었다.

푸코의 권력이론[67]은 서양의 기존 형이상학적 세계관을 근본적으로 비판하고, 니체의 '계보학'을 계승하면서 등장한다. 그는 계보학적 접근을 통해 근대의 당위론 자체를 해체하여 근대 사회에 대한 새로운 분석을 가능케 하였다. 본래 서양의 정치철학은 지식과 권력의 이분법적 구도를 상정하고, 정치철학의 가장 근본적인 과제는 지식으로 권력의 횡포를 막을 수 있는 방법을 강구하는 것이라고 생각하였다.

그러나 푸코는 권력과 지식의 이분법을 거부하고, 권력이 지식을 만들어낸다고 주장한다. 이것은 '순수지식', 즉 권력의 영향을 전혀 받지 않은 참된 지식이란 없음을 뜻한다. 모든 지식과 권력은 담론의 효과로

의해 촉발되었음을 보여준다. "우리가 해야 할 작업은 칸트에서처럼 존재론적으로는 원초적이며, 개념적으로는 실재하는, 역사적 실체를 구성하는 것이 아니라, 차라리 사회 속에서 움직이고 있는 유동적인 권력관계의 그물망을 추적해 내고 그러한 관계의 집합이 일정한 대상을 포착하여 지식을 형성하고 질서를 부여함에 있어서 어떠한 역할을 하는가를 밝혀내는 것이라고 볼 수 있다."

67 미셸 푸코, 박정자 역,『사회를 보호해야 한다』, 동문선, 1998; 미셸 푸코, 이정우 역,『지식의 고고학』, 민음사, 2000; 미셸 푸코, 박혜영 역,『정신병과 심리학』, 문학동네, 2002; 미셸 푸코, 이규현 역,『성의 역사』1, 나남출판, 2004; 미셸 푸코, 문경자 역,『성의 역사』2, 나남출판, 2004; 미셸 푸코, 이혜숙 역,『성의 역사』3, 나남출판, 2004; 미셸 푸코, 오생근 역,『감시와 처벌』, 나남출판, 2005; 미셸 푸코, 이규현 역,『광기의 역사』, 나남출판, 2005; 미셸 푸코, 심세광 역,『주체의 해석학』, 동문선, 2007; 미셸 푸코, 이정우 역,『담론의 질서』, 중원, 2011; 미셸 푸코, 오트르망 역,『안전, 영토, 인구』, 난장, 2011; 미셸 푸코, 이규현 역,『말과 사물』, 민음사, 2012; 미셸 푸코, 오트르망 역,『생명관리정치의 탄생』, 난장, 2012.

생산되는 것이고, 지식과 권력을 생산하는 담론은 권력과 지식의 상호 작용 없이는 존재할 수 없다.[68]

푸코가 권력과 지식, 그리고 담론의 관계를 심도 있게 파헤치는 궁극적인 의도는 이성을 사용하여 '권력관계의 미시망network of power relation' 속에서 이루어지는 주체화를 탐구하기 위함이다. 계보학을 통해 현재의 역사가 지닌 오욕의 혈통을 밝혀냄으로써 현재를 비합법화하는 작업을 진행하고, 이를 통해 주체를 생산하는 권력의 관계를 탐구하겠다는 것이 푸코의 의도이다. 푸코에게 권력은 일종의 관계망이며, 지배계급이나 국가의 소유물인 실체적인 힘이 아니라, 생활상의 복합적이고 전략적인 상황들이 연결되어 있는 것이다.

권력은 매 순간 모든 지점에서, 그리고 그 지점들의 상호관계 속에서 생산된다. 권력은 제도도, 구조도, 어떤 권한도 아니다. 권력은 한 사회의 복잡한 전략적 상황에 대한 이름이다. 권력관계는 경제적 과정, 사람들의 관계, 성 관계 등의 바깥에 위치하는 것이 아니라 그 관계들에 내재한다. 또한 권력은 위에서 내려오는 것이기도 하고 밑에서부터 올라오는 것이기도 하다. 지배자와 피지배자 간의 이원적인 대립이 수직적으로 내려와 생산기구나 가족, 혹은 제한된 집단이나 제도들 안으로 내려오는 것이 아니라 오히려 이것들에서 형성되는 역학관계가 바로 권력이다.

또한 권력관계는 지향적인 동시에 비주관적이다. 권력은 하나의 망을 형성해서 지배계급, 국가통치기구, 정책결정의 담지자들, 그리고 그 외의 모든 일상적 개인들을 포섭한다. 권력이 있는 곳에는 저항이 있게 마

---

68 함재봉, 「미셸 푸코의 권력관과 정치 비판」, 『현상과 인식』 60, 한국인문사회과학회, 1994, 135~154쪽.

런이며 저항 역시 권력 밖에 있는 것이 아니다. 저항이 없는 곳에는 권력 관계가 존재하지 않는다. 권력관계의 망이 제도와 기구 속에 어떤 자리를 차지하는 것이 아니라 그것들 전체를 뒤덮는 것과 마찬가지로 저항의 수많은 거점들도 사회의 여러 층과 개인들의 통합체를 뒤덮는다.[69]

그리고 편재성과 미시성을 지닌 권력은 '규율'적으로 작동한다. 감옥, 군대, 공장, 학교, 병원 등에서 권력은 사회 전체를 사법적인 그물망을 통해 예방적이고, 공리주의적이며, 교정적인 처벌의 권한을 가지고 실제를 형성함과 동시에 그 실제들을 떠받치고 형성하는 권력의 체계적인 담론들을 생산해 낸다. 이 권력과 담론의 생산구조 속에서 사회 구성의 토대가 되는 국가권력이나 경제권력은 권력관계망을 바탕으로 해서 생겨난 하나의 '메타권력'이다.[70]

그런데 이처럼 어떤 역할, 기능, 주체를 갖는 메커니즘과 절차의 총체라고 할 수 있는 푸코의 '권력'은 시간이 지나면서 그 초점이 옮겨간다. 초기의 저작들에서 푸코는 주체의 신체에 작동하는 '규율권력'을 중점적으로 다루었으나, 『사회를 보호해야 한다』와 『안전, 영토, 인구』, 『생명관리정치의 탄생』 등 후기 저작에서는 인간이라는 종의 생물학적인 요소를 관리하는 '생명관리권력'에 방점을 두고 있다. 초기의 푸코가 허용과 금지라는 코드를 통해 규제하는 권력의 '규율장치'를 중시했었다면, 후기의 푸코는 방임을 기반으로 하는 '안전장치'를 중시한다. 그리고 이 '생명관리권력'은 '인구'를 관리하는 문제, 즉 주권의 행사가 아니라 '통치(성)[71]의 문제'로 나아간다.[72]

---

69 미셸 푸코, 이규현 역, 『성의 역사』 1, 나남출판, 2004, 113~114쪽.
70 조광제, 「미셸 푸코의 권력론」, 『시대와 철학』 2-1, 한국철학사상연구회, 1991, 149~169쪽.

그렇다면 '통치' 혹은 '통치성'이란 무엇인가? '통치성governmentality'이란 개념은 푸코 스스로 만들어낸 신조어이다. 그것은 흔히 통치govern와 사고방식mentality을 뜻하는 두 가지 낱말을 결합한 것으로 이야기된다. 즉 통치성은 푸코가 18세기를 전후하여 등장한 새로운 권력관계의 특성을 가리키기 위해 제시한 '통치'가 갖는 일반적인 특성을 가리키기 위해 채택한 개념이다. 특히 행동방식 혹은 행위에 대한 통솔conduct of conduct을 통한 권력의 작용을 가리킨다. 그리고 이 용어는 정치 이성political reason, 정치적 합리성political rationality 혹은 통치 합리성governmental rationality 같은 개념들과 맞바꿔 쓸 수 있기 때문에 푸코는 자신의 강의와 글에서 이러한 개념들을 섞어서 사용하고 있다.

최근에 주목받고 있는 '통치성'을 포함하여 기본적으로 푸코에게 권력의 문제는 주체의 문제와 불가분의 관계에 놓여 있다. 푸코는 「주체와 권력」에서 본인 연구의 일반적 주제는 "권력이 아니라 주체(화)"라고 밝히고 있지만, 뒤이어 자신이 권력 문제에 깊이 연루되어 있음 역시 시인한다. 그 이유는 주체가 매우 복잡한 권력관계 속에 놓여 있기 때문이다. 그러면서 우리에게 권력이론이 필요한 이유를 첫째 '개념적 필요conceptual needs', 둘째 '실제의 유형the type of reality', 셋째 '권력관계들의 새로운 경제'를 향해 나아갈 수 있는 '저항resistance의 형식들'이라고 정리하고, 그중에서 마지막 요소를 이론적이고 실천적인 의미에서 중시한다.

그리고 이러한 '저항'을 권력관계들 사이에 존재하는 전략들의 대립

---

71 James Faubion, ed., Michel Foucault, "Governmentality", *Power*, New York : New Press, 2000, pp.201~222.

72 홍기숙, 「국가의 "통치성"을 통해 본 푸코의 "바깥의 사유"」, 『문학과사회』 24-4, 문학과지성사, 2011, 438~443쪽.

을 통해 분석한다. 저항의 형식들은 '권위에 반하는 투쟁들'이라고 말하는 것만으로는 불충분하다. 이에 대해 보다 면밀히 검토하기 위해서는 이것들이 갖는 공통점들을 살펴보아야 한다. 우선 저항의 형식들은 '횡단적transversal 투쟁'의 성격을 지니고 있으며, 이러한 투쟁들은 '권력효과power effect'[73] 그 자체라고 할 수 있다. 그리고 이 투쟁들의 주된 목적은 권력의 기술과 형식을 공격하는 데 있다.[74]

그러므로 푸코에게 '권력 없는 사회'란 허구에 불과하다. 푸코는 근대 권력의 특이성은 인간이 지닌 생명의 힘과 욕망을 확대한 것이고, 해방의 꿈은 근대 권력이 창조한 발상이라고 지적한다. 근대의 자유(주의)란 권력이 자신의 활동 공간을 넓히기 위해 창조한 이념이라는 것이다. 권력은 생명을 살리는 권력, 즉 인간의 생명력을 극대화시키는 '생산적 권력'인 동시에 인간을 자신의 의도에 따라 특정한 형태로 바꾸어가는 폭력을 적용한 기술이다. 권력은 인간의 삶을 지속적으로 변화시키기 위해 끊임없이 인간에 대한 관찰을 시도하고 이를 통해 인간을 자신의 영역 안에 복속시키고자 한다.[75]

이처럼 권력은 특정한 행동양식을 검열하고 심지어는 못하도록 금지하기도 하지만, 또한 새로운 행동양식의 가능성을 열어주는 생산적인 측면도 가지고 있다. 그리고 이러한 권력은 사회의 모든 관계 속에 존재하며, 일상적인 관계 속에서 발현되거나 저항을 받게 된다. 푸코의 권력

---

73 Graham Burchell, Colin Gordon and Peter Miller, ed., *The Foucault Effect : Studies in Governmentality : With Two Lectures by and an Interview with Michel Foucault*, University of Chicago Press, 1991.
74 미셸 푸코, 정일준 역, 「주체와 권력」, 『미셸 푸코의 권력이론』, 새물결, 1994, 86~92쪽.
75 최정운, 「푸코를 위하여―지식과 권력의 관계에 대한 재고찰」, 『철학사상』 10, 서울대 철학사상연구소, 2000, 65~70쪽.

이론 속에서 인간은 알튀세르의 이론에서처럼 국가와 이데올로기의 억압에 포섭된 수동적 존재가 아니라, 능동적으로 행동하는 주체가 될 수 있다.[76]

이와 같은 연구방법을 사용하여 전개될 이 글에서는 분석의 대상이 된 소설들 속에서 권력의 배치와 작동방식의 변화에 대응하는, 혹은 그것들을 변화시키려는 정치주체들의 움직임에 주목한다. 이들은 식민지 말기 조선이라는 권력장 속에서 권력의 장치이자 그 효과로 나타난 '조선어에 대한 탄압', '사회주의와 서구 지식에 대한 규제', '전쟁으로 인한 죽음의 위협', '사상범에 대한 사회의 예속화' 등이 산재하는 현실 속에서 역설적이게도 권력의 산물들, 즉 담론, 지식, 주체, 쾌락 등의 생산에 참여하고 있었다.

'총력전 체제'는 '전시 변혁'을 이루어냈고, 이 시기 통치권력은 국민생활의 모든 영역을 조직하려는 권력으로 재편되었다. 그리고 권력의 작동이 변화하는 곳에서 주체들의 움직임도 변하였다. 새롭게 생성되는 권력이 보다 적극적인 방식으로 식민지 조선의 정치주체들을 대했던 만큼 그들 역시 새로운 방식으로 권력과 관계 맺으면서 자신들의 역량을 발휘하였다. 그러므로 이 글에서는 식민지 말기에 권력과 주체의 관계가 기존과는 다르게 변화되는 양상을 살피고, 이것을 현실 정치의 맥락과 소설 속 재현에 초점을 맞추어 논의를 진행하려고 한다.

그리고 여기서 한 가지 강조하고 넘어가야 할 것은 앞에서도 언급한 바와 같이 식민지 말기 조선에 존재했던 권력장의 양상을 세 가지로 나

---

76 사라 밀스, 임경규 역, 『현재의 역사가 미셸 푸코』, 앨피, 2008, 74~75쪽.

누어 논의를 진행하더라도 이 셋이 모두 통치권력과 긴밀한 연관성을 지닌다는 사실이다. 각각의 소설 속에 재현되는 상황에 따라 문화권력 장과 생산권력장, 그리고 생활권력장 중 하나가 강도나 빈도 면에서 더 발현될 수는 있을 것이다. 그러나 이 글의 권력 논의는 설사 그것이 개 인들 간에 작동하는 권력이라 하더라도 식민지 조선의 정치주체들을 "제 촉각권내觸覺圈內로 웅켜넣으"[77]려는 통치권력[78]과의 상관관계와 더 불어 진행될 것이다.

권력이론과 담론연구를 연구방법으로 하여 진행되는 이 글의 구성방 식은 다음과 같다. 각 장에서는 각각의 정치주체들과 상동하는 권력장, 그리고 그들이 사용하는 언어의 특성에 대해서 논의하고자 한다. 제2장 에서는 지식계층과 연동하는 문화권력장과 다양하게 해석될 수 있는 그 들의 중의적 언어를, 제3장에서는 중간계층이 등장하는 생산권력장과 그 들이 사용하는 모방언어를, 마지막으로 제4장에서는 민중계층이 권력관 계의 주축을 담당하는 생활권력장과 그들의 수행언어를 살펴볼 것이다.

각 장의 1절에서는 각각의 계층들을 둘러싸고 있는 권력장치를 교양 권력장치, 직능권력장치, 교화권력장치로 나누고, 그 권력장치들의 속 성을 불균형성과 편향성, 그리고 전도성으로 규정한 후 논의를 진행해

77　한설야, 『초향(草郷)』, 박문서관, 1941, 21쪽.
78　다카시 후지타니, 박선경 역, 「죽일 권리와 살릴 권리－제2차 세계대전 동안 미국인으로 살았던 일본인과 일본인으로 살았던 조선인들」, 『아세아연구』 51-2, 고려대 아세아문제연 구소, 2008, 13~47쪽. 여기서 간과하지 말아야 할 것은 정치주체뿐 아니라 권력들 역시 중층적인 성격을 지닌다는 사실이다. 민족국가에 기반을 둔 제국 일본은 한편에서는 식민지 인들을 차별하고 폭력적인 방식으로 대하는 동시에 다른 한편에서는 조선인들의 삶과 복지 를 향상시키기 위해 노력했다. 물론 그 이유는 식민지인들의 생명을 관리하여 최대한 활용하 기 위해서였지만, 이 시기 제국권력과 식민권력은 '국민화를 통한 탈식민지화'의 논리를 확 산시키고, 제국 국민과 식민지인들에게 '평등담론'을 유포하였다.

나갈 것이다. 그리고 이 권력장치들에 대응하는 정치주체들의 특성도 살펴볼 예정이다. 지식인들은 제국과 식민지, 일본어와 조선어를 통섭하는 모습을 보여주고, 중간층들은 작업 현장에서 타인을 향하는 감정은 최대한 자제한 채 기능적으로 대응한다. 민중들에게서는 자신의 문제와 타인의 문제를 구분하지 않은 채 움직이는 모습을 확인할 수 있다.

이 글에서는 교양권력장치와 더불어 활동하는 지식인을 전향자와 서재인으로 나누어서 고찰한다. 제국의 정책에 협력하라는 요청이 쇄도하는 시기에 전향자들은 자신의 마음을 잃어버린다. 그리고 제국이 자신들의 의도를 관철시키기 위해 논리를 넘어 신화적이고 제의적인 체계를 만들어갈 때, 이 시대의 희생양이 되어 그 구조의 기만성을 폭로한다. 그리고 학문을 연구하는 서재인들은 제국과 식민지 사이의 소멸될 수 없는 간극으로 인해 고독과 다층적 부재의식을 느끼는 것으로 재현된다.

반면 자신들이 가치중립적이라고 믿는 중간계층들은 직능권력장치와 연동한다. 하지만 이 시기의 직능은 국가의 이익을 위해 봉사하는 것이었기 때문에 이 권력장치는 제국권력 쪽으로 기울게 된다. 그래서 이해타산적인 언론인과 자신을 통제하는 기술자들의 삶은 의도치 않게 제국권력에 동조하는 결과를 낳는다. 이때 중요한 것은 자신이 놓인 권력장과 권력장치의 편향성을 인정하는 실리적인 정치주체들이 권력을 판별할 수 있는 주체로 부상한다는 사실이다.

마지막으로 자신과 타인을 구분하지 않고 개인의 문제를 집단의 문제로 받아들이고 해결하는 민중들은 교화권력장치와 관계를 맺는 가운데 자신들의 정치적 삶을 영위한다. 하층민들은 자신과 비슷한 처지의 타인이 고통을 받으면 함께 분노한다. 이들의 분노는 실제로 가난한 사람들이 활동할 수 있는 유일한 형태이지만, 그것이 곧바로 혁명의 완성으로 이어지는 것은 아니다.[79] 그래서 이들을 지원하기 위해 외부경험을 지닌 전위대들이 등장하여 공동체 안에서 기존의 경계를 넘어 새로운 경계들을 만들어 나간다.

2절에서는 권력담론이 형성되는 분야를 정치사상, 정치상황, 정치행위로 나누고, 각각의 항이 시대적이고 역사적인 상황과 어떻게 상호작용하는지 확인하고자 한다. 또한 이것들이 어떤 매체를 사용하여 어떻게 전파되는지에 대해서도 검토할 것이다. 일반적으로 정치는 언어를 매개로 행해진다. 그래서 지배층들은 언어를 단순한 의사소통의 도구가 아니라 정치적 무기로 생각했다. 그들이 사용하는 언어는 결코 중립적이지 않으며 이념적인 의미를 수반한다.[80] 동시에 정치주체들 역시 자신들의 언어가 지닌 고유성을 사용하여 이러한 권력현상에 대응한다. 식민지 말기 조선의 정치주체들이 사용하는 언어는 겉과 속이 다른 '복화술'의 언어[81]라고 할 수 있는데, 이러한 언어의 사용은 통치권력과 대면했을 때 자신을 위장하기 위한 것이었다. 또한 위장의 언어는 통치권력의 총괄적인 정치에 맞서 국지적인 역습과 반격, 능동적이며 때론 예방적인 방어책들을 수행해야 했기 때문에 등장하였다.[82]

---

79 한나 아렌트, 홍원표 역, 『혁명론』, 한길사, 2004, 198쪽. "프랑스혁명은 빈민 대중, 즉 전체 인간의 압도적 다수를 가난한 사람으로 명명했고, 이들을 분노한 사람으로 변화시켰는데, 이들을 방치했을 뿐 아니라 19세기 당시 사람들의 표현대로 비참한 사람들(les misérables)의 상태에 다시 빠지게 내버려두었다."
80 앤드류 헤이우드, 이종은·조현수 역, 『현대 정치이론』, 까치, 2007.
81 엘리자베스 D. 하비, 정인숙·고현숙·박연성 역, 『복화술의 목소리』, 문학동네, 2006. 하비는 가부장제 하에서 여성이 목소리를 내는 방식을 설명하기 위해 '복화술' 개념을 사용한다. 이것은 권력관계에서 약자들이 발화하는 방식을 연구한 것이기 때문에, 이 개념은 식민지 시기에 제국권력과의 관계에서건, 식민권력과의 관계에서건 열위를 차지했던 조선인들의 발화를 논의하는 데도 유용할 것으로 보인다.

식민지 말기에 정치사상은 대개 제국 일본이 생산자이자 송신자이고, 식민지 조선이 수신자가 되는 형태로 전파되었다. 이때 매개가 되었던 것은 인쇄매체와 지식인들의 독서였고, 이렇게 받아들인 정치사상은 조선에서 자조적 수사가 담긴 고백을 통해 곧바로 수용할 수 없는 것으로 재현되었다. 그래서 팽창하는 제국 일본의 통치권력에 대해 식민지 조선의 지식인들은 섣불리 판단하지 않고 유보적인 태도를 취한다.

그리고 이 시기에 언론매체를 통해 전달되는 일본의 정치상황들은 조선이 모방해야 하는 것이었다. 일본의 정치상황이 조선에 시차 없이 전달되는 모습은 제국과 식민지가 동시대적인 체계를 갖추고 효율적으로 연동해야 하는 전시기라는 특수성과 연결된다. 일본의 정치상황은 언론을 통해 소개되고 중간층들은 제국발 언어를 모방하여 당위적 수사를 담은 연설을 시행한다. 그런데 이 과정에서 발생하는 식민지인의 제국언어 '모방'은 도리어 제국과 식민지의 이질성을 부각시키는 역할을 담당한다.

바바에 따르면 '모방'은 양가성을 둘러싸고 구성되며, 효과를 산출하기 위해 끊임없이 미끄러짐·초과·차이를 생산하고, 그 자체가 부인의 과정인 차이의 표상화로서 나타난다. 그러므로 모방은 이중적 분절의 기호로 작동할 수밖에 없다. 즉 모방은 한편으로는 개명과 규칙, 규율의 복합적 전략의 기호이며, 다른 한편으로는 부적합뿐 아니라 차이와 반항의 기호이기도 하다. 이러한 모방은 통치권력의 권위에 '심화와 방해'라는 이중적인 효과를 낳는다는 점에서 이 글의 논의와 연결된다.[83]

---

82 미셀 푸코, 이승철 역, 『푸코의 맑스-둣치오 뜨롬바도리와의 대담』, 갈무리, 2010, 199쪽.
83 호미 바바, 나병철 역, 『문화의 위치』, 소명출판, 2002, 177~191쪽.

마지막으로 이 시기 조선의 촌락공동체에서는 제국의 행정체계가 도시에 비해 온전하게 작동하기 어려웠다. 그래서 공동체 구성원들의 관계가 중시되는 이곳에서 정치주체들은 정치적 사건을 개인이 돌아다니면서 전파하고, 이웃 간의 상호 침투적인 대화를 이용하여 정치적 삶을 구성해 나갔다. 특히 민중들은 자신들의 삶이 통치권력으로부터 배제되고 있다는 사실을 느낄 때, 통치권력과 대결하기 위해 인용의 방식을 띤 소문을 이용한다.

각 장의 3절에서는 각각의 계층들이 통치권력과 관계 맺는 방식과 그 안에서 발견되는 긍정적 가능성들을 검토할 것이다. 표층에 드러난 사실만을 본다면 식민지 말기에 통치권력과 지식인의 관계는 공모적이었고, 중간층들은 통치권력에 동조했으며, 민중들은 통치권력과 길항하는 관계였다. 그러나 이들 권력관계의 심층에는 '공모'하는 듯 보였으나 '불화'가 존재했고, '동조'는 '횡단'을 위한 것이었으며, '길항' 속에는 적극적이진 않더라도 '내파'의 가능성이 잠재해 있었다.

제2장

문화권력장의 기획과
지식계층의 중의언어

　제2장에서는 중일전쟁이 시작되면서 제국 일본이 '내선일체內鮮一體'와 '오족협화五族協和'의 논리를 내세워 식민지 조선에서도 문화권력장을 새롭게 기획하려는 모습을 살펴보고자 한다. 또한 이에 대응하는 지식인 주체들이 표층적 의미와 심층적 의미가 다른 언어를 사용하여 통치권력 앞에서 자신을 위장하는 방식을 고찰할 것이다.

　중일전쟁의 발발로 제국 일본은 일만지日滿支 삼국을 기반으로 한 동아신질서 건설에 주력하게 되었고, 1941년 제2차 세계대전이 발발하자 이를 계기로 동북아뿐 아니라 동남아까지 포괄하는 '대동아'를 심상지리적으로 구축해 나아갔다. 그리고 전쟁을 위한 '총동원'이라는 현실적 필요 앞에서 조선인의 육체와 정신까지 동원하기 위해 조선과 일본이 모두 천황의 자손이라는 '동족동근同族同根'에 바탕을 둔 '내선일체론'[1]을 확산시켰다.

1　안자코 유카, 「조선총독부의 '총동원체제'(1937~1945) 형성정책」, 고려대 박사논문, 2006, 13쪽. 식민지 조선에서 나타난 '내선일체론'은 일본이 조선을 식민지로 병합하는 순간부터 예견된 수순이었다. 이것이 식민지 조선의 통치정책으로 정식화된 것은 1937년 중일전쟁

또한 통치권력의 국책에 충실한 문화를 본격적으로 생산하기 위해 문화[2]의 영역에도 '신체제'의 논리를 적용하여, 조선의 문학가들에게 시국에 협력할 것을 강요하였다.[3] 이 글에서는 이러한 움직임이 일어나는 공간을 '문화권력장'[4]이라고 명명하고 논의를 진행해 나가고자 한다. 이 시기의 문화는 제국 일본으로부터 주어진 이념이자 '국민'의 의무로 선전[5]되기 시작하였다. 그리고 제국 일본이 식민지를 재편함에 따라 동양문화가 새로운 이념형으로 부상하였고, 그것이 1940년에 이르러 '국민문화' 이념으로 확장되면서 조선의 '문화권력장'은 가치의 전도와 이념의 전환을 여실하게 드러내는 장이 되었다.[6]

발발을 전후로 한 시점이었다. 미나미 지로가 1936년 8월 5일 제7대 조선총독으로 부임하면서 취해진 이 정책은 이후, '황국신민의 서사'의 제정 및 공포(1937.10), '국가총동원법'의 제정(1938.4), '국민정신총동원 조선연맹'(1938.7), '국민총력운동', '징병제'의 실시 등으로 구체화되었다.

2　니시카와 나가오, 윤대석 역, 「한자 문화권에서의 문화 연구 ─ 문명·문화·민족·국민의 개념을 둘러싸고」, 『국민이라는 괴물』, 소명출판, 2001, 97~125쪽. 니시카와 나가오는 '문명'과 '문화' 개념을 유럽과 한자문화권 안으로 나누어 설명하면서, 후자에서 문화가 국민국가 및 국가시스템과 결합하는 과정을 검토한다. 그리고 국민국가의 이데올로기적 통합을 위해서 '문화'가 지극히 중요한 역할을 담당한다는 점과 교육과 문화가 '국민화'에 기여하는 바에 대해 논의한다.

3　임종국, 『친일문학론』, 평화출판사, 1966, 96~107쪽.

4　복거일, 「문화권력과 정치권력」, 『본질과 현상』10, 본질과현상사, 2007, 77~79쪽. 일반적으로 "문화권력이란 문화 분야에 미치는 정치권력"을 가리키는 것으로 이해된다. 그리고 "문화권력장 안에서 문화보다 정치권력의 힘이 압도적으로 강성해질 경우" "문화의 자율성과 진화는 근본적으로 위협받게 된다"고 여겨진다. 그러나 이 글에서는 '문화권력'을 '문화'와 '정치권력'의 합성어가 아니라 '문화 영역 안에서 작동하는 (권력)관계들의 양상'을 나타내는 용어로 사용하고자 한다. 그리고 이러한 움직임이 나타나는 '장소(place)'를 '문화권력장'이라고 정의한다.

5　인정식, 「조선문화의 특수상」, 『문장』, 1940.3, 148쪽. "문화인(文化人)다운 문화인(文化人)의 첫째의 조건(條件)은 무엇보다도 지식(知識)과 문화(文化) 그 자체(自體)의 체계(體系)를 위(爲)하여 전생애(全生涯)를 종속(種屬)시킬 만한 고도(高度)의 정열(情熱)과 의욕(意慾)을 가져야 할 것이다. / 또 문화(文化)를 사랑하고 지식(知識)을 사랑하는 나머지에 그들은 이 문화(文化)와 지식(知識)이 전민중(全民衆)의 간(間)에 보편화(普遍化)되기를 희망(希望)하는 강렬(强烈)한 정열(情熱)과 신념(信念)을 가져야 한다. / 진실(眞實)한 문화인(文化人)은 문화(文化)를 사랑하기 때문에 국가(國家)를 사랑하며 또 민중(民衆)을 사랑한다."

6　서승희, 「최재서 비평의 문화담론 연구」, 이화여대 박사논문, 2010, 11~12쪽. 서승희는 "그람시의 헤게모니(hegemony) 개념을 응용하여, 문화를 이데올로기와 이에 대한 대항적

중일전쟁 이전까지의 '문화권력장'이 문화가 지닌 자율성과 독자성을 어느 정도는 담보하는 방식으로 작동했었다면, 중일전쟁을 기점으로 식민지 조선에서 문화는 국가의 정책을 선전하는 도구적 성격을 보다 많이 지니게 되었다. 그리고 이러한 과정에서 등장하는 사상과 문학에 대한 통제는 '사회주의'나 '민족주의'처럼 반제국적인 움직임을 섬멸함으로써 문화권력장의 역학을 제국권력에 유리한 방식으로 바꾸는 방편[7]으로 사용되었다.

이러한 시대적이고 역사적인 배경을 기반으로, 제2장에서는 학자와 문필가를 아우르는 '서재인書齋人'과 사회주의 사상을 포기한 '전향자'가 주로 등장하는 작품들을 중심으로 검토하고자 한다. 이기영·한설야·김남천은 카프 해산 후 전향자의 모습을 담은 전향소설들뿐 아니라 대학과 재야에서 학문을 연구하는 인물과 예술가, 그중에서도 글을 쓰는 인물이 주인공으로 등장하는 소설들을 연이어 발표하였다. 그리고 이러한

실천이 경합하는 역동적 장으로 파악할 것을 제안"한다. 그리고 "당대 문화라는 용어에 담긴 중층성과 복합성을 고려한건대 '복수의 헤게모니'가 공존, 경합, 교차하는 장으로서 조선문화를 분석할 필요성"이 있다고 주장한다.

7 아베 도모지(阿部知二), 「문화와 투쟁-동아의 신이념」, 『문장』, 1940.5, 111쪽. "금일(今日)에는 민족(民族)의 전문화(全文化)는 여상(如上)한 사상전(思想戰)에 집중(集中)되고 있다. 즉(卽) 생활(生活)의 방법(方法)으로서의 문화(文化)에서, 사상(思想) 생활(生活)에 지(至)하기까지 각(各) '이데올로기'가 '우리나라와 같은 생활방법(生活方法)이나 사상생활(思想生活)이 가장 합리적(合理的)이요 행복(幸福)하다'고 전파(電波)를 통(通)하여 혹(惑)은 비행기(飛行機)로부터의 전단(傳單)을 통(通)하여 호소(呼訴)되고 있다. 밖을 향(向)하여는 모든 자국(自國)의 문화(文化)의 힘을 선전(宣傳)하고, 일방(一方) 안을 향(向)하여는 그 힘으로 민족(民族)의 정신(精神)을 단결(團結)케 하고 앙양(昂揚)시키려고 노력(努力)하고 있는 환언하자면 가장 힘있게 남을 움직이고 가장 강고(强固) 긴밀(緊密)하게 국내(國內)에 힘을 주는 '문화(文化)'를 갖는 것이 심(甚)히 중요(重要)한 것이다. 그것은 무력전(武力戰), 경제전(經濟戰)에도 지지 않는 중요(重要)한 것이다— 이들 투쟁(鬪爭)이 종지(終止)하는 날 문화(文化)는 다시 평화(平和)한, 관용(寬容)한 것이 되어 빛날 것이나 금일(今日)에는 문화(文化)는 사상전(思想戰)을 중심(中心)으로 그 강력(强力)을 다루기 위(爲)한 도구(道具)일 뿐이다."

지식인 주체들은 식민지 말기에 문화신체제[8]로 대변되는 문화권력장 속에서 통치권력과 관계 맺는 방식에 대한 탐색을 멈추지 않았다.

'신체제'가 본격화되면서 사회주의 사상을 기반으로 한 '계급적 주체'들은 소설 속에서 퇴장하거나 몰락의 길을 걷게 되었고 대신 '제국적 주체'[9]가 등장하였다. 이 시기에 사회주의를 표방하면서 '계급 해방'이라는 보편적 가치를 추구하던 사상가들은 점차 먹고 사는 문제에 집착하는 생활인으로 변모해 갔다. 이들은 제국과 식민지, 사상가와 생활인, 저항과 협력 사이를 오갔고, '아시아적 퇴영성'을 보여준다는 이유로 폄하되었던 '동양적인 것'이 식민지 사회의 새로운 통합적 지배 이데올로기로 부상하였다.

그렇다고 해서 신체제가 시작된 이후 이들 작가들이 제국담론에 즉각적이고 본격적인 방식으로 편승했다고 볼 수는 없다. 이 시기 작가들이 작품 속에서 서사를 만들어나가는 방식은 묘하게 비틀려 있어서 주인공의 의식이 제국 일본이 원하는 방식으로 곧바로 회수되지는 않았기 때문이다. 작품 속 인물들이 제국의 편에 서서 발화를 하는 듯 보이는 장면에서도 그들의 목소리는 하나가 아니라 두 가지 이상으로 해석되는 '중의적重義的'인 성격을 지닌다. 그것은 더욱 강력해진 제국권력이 조선이라는 권력장 안에서 압도적인 우위를 지닌 권력장의 핵으로 변모한 것에 대한 필연적인 결과라고 할 수 있다. 김남천은 이처럼 "문학이 자기 분열

---

8   谷口吉彦, 『新體制の理論-政治・經濟・文化・東亞の新原理』, 千倉書房, 1940, 72~88쪽.
9   정종현, 「1940년대 전반기 이기영 소설의 제국적 주체성 연구-『동천홍』, 『광산촌』, 『생활의 윤리』, 『처녀지』를 중심으로」, 『한국근대문학연구』 7-1, 한국근대문학회, 2006, 123쪽. 정종현은 '제국적 주체'가 "식민지의 주변성에서 비롯된 동요와 분열의 의식과 함께 의사-제국 주체로서의 식민주의자의 의식을 봉합하고 있는 상태를 표현하기 위한 개념"이며 "식민지 후반기 조선 지식인들의 의식 상태와 관련된 임의적인 개념"임을 밝히고 있다.

을 반영하고 작가가 자기의 속에 극도로 격화된 자기모순을 경험하는 시대"를 "정상적인 시대가 아니"[10]라고 지적한다.

위와 같은 사실을 확인하기 위해 제2장에서는 이기영의 「고물철학」(1939), 『생활의 윤리』(1942)와 한설야의 「귀향」(1939), 「이녕」(1939), 「모색」(1940), 「파도」(1940), 「숙명」(1940), 「혈血」(1942), 「영影」(1942), 그리고 김남천의 「처를 때리고」(1937), 「춤추는 남편」(1937), 「제퇴선」(1937), 「요지경」(1938), 「녹성당」(1939), 「경영」(1940), 「맥」(1941), 『낭비』(1940 ~1941), 「등불」(1942), 『구름이 말하길』(1942), 「어떤 아침或る朝」(1943) 등을 분석의 대상으로 삼고자 한다.

1. 교양권력장치의 불균형성과 통섭적 지식인

1939년 11월 『인문평론』에는 '교양론 특집'이 수록되었는데, 이 호에 수록된 「권두언-문화인의 책무」[11]에는 문화의 안정성을 추구하는 신질서 속에서 문화인은 "세계적 입장에서 동양의 운명과 문화의 장래"를 생각해야 한다는 주장이 담겨 있다. 『인문평론』의 주간인 최재서로 추정되는 이 글의 저자는 "문화는 그 문화권을 형성하고 있는 개인의 질과 의사에 따라 결정된다"고 보고, "전체적인 문화의 운명"에 대해 "개인의 책임과 운명에서 생각하는 것이 교양의 정신"이라고 말한다. 이러한 서술은 '교양'과 '문화' 사이의 연결고리와 더불어 '시국'과 '문

---

10 김남천, 「자기분열의 초극-문학에 있어서의 주체와 객체」, 『조선일보』, 1938.1.26.
11 편집부, 「권두언-문화인의 책무」, 『인문평론』, 1939.11, 2~3쪽.

화'의 상관성 역시도 암시한다.

매슈 아놀드의 교양론을 바탕으로 최재서는 이 특집에 「교양의 정신」[12]이란 제목으로 글을 싣는다. 이 글에서 그는 '교양'을 '개성'에 관계된 문제로 규정하고, '교양의 정신'은 '고독의 정신'에서 배양된다고 말한다. 이때 교양의 바탕이 되는 것은 '문화'이며, 문화를 기반으로 숨은 능력을 개발할 때 교양은 형성된다. 그리고 "교양의 목표는 인간성의 자유롭고 조화로운 발달"에 있기 때문에 '교양'을 '휴머니즘'과 함께 고찰하고, "교양의 정신은 결국 비평의 정신"이라고 정리한다.

박치우는 「교양의 현대적 의미 – 불감의 정신과 세계관」[13]에서 예술가적 교양은 작자의 예술적 감흥을 추체험追體驗하여 작자와 함께 작품을 제작·분석·비판할 수 있느냐에 달려 있다고 지적한다. 그에게 교양이란 언제나 새로운 가치를 받아들여 정신적 안식眼識을 높이는 동시에 우리들의 영혼으로 하여금 경양營養의 윤택을 확보하게 하는 것이다. 그리고 보다 중요한 문제는 시대에 대해 흔들리지 않을 맑고도 강한 시력視力을 갖는 것이다. 이러한 시력의 힘을 그는 '불혹不惑의 정신'이라고 불렀다. 박치우는 시대를 정당히 꿰뚫고 미래를 모색할 수 있는 눈과 세계관을 얻기 위해서 역사의 구조와 방향에 대한 철학적인 교양을 쌓아야 한다고 주장한다.

이원조는 『문장』 창간호에 실린 「교양론」[14]에서 지식과 교양을 지닌

---

12 최재서, 「교양의 정신」, 『인문평론』, 1939.11, 24~29쪽. 최재서는 '교양'이 지닌 '관용의 정신'을 이야기하면서, 동양은 구라파의 문화를 너무 많이 유입하여 '자아 분열'을 겪고 있다고 지적한다. 이 부분은 외래문화의 유입으로 인한 '주체의 분열'이라는 점에서 '식민지 조선'에 '제국 일본'의 문화가 착종되면서 식민지의 정치주체들이 분열을 일으킨다고 판단한 이 글의 입장과 상통한다.
13 박치우, 「교양의 현대적 의미 – 불감의 정신과 세계관」, 『인문평론』, 1939.11, 30~35쪽.

인텔리겐차의 주요 임무는 사회에 대한 비판이라고 지적한다. 그리고 그는 교양의 거점은 '현대적 모랄'이라고 보고, '사회에 대한 개인의 양심'을 강조한다. 그리고 『인문평론』에 수록된 「조선적 교양과 교양인」[15]에서는 학문은 지식의 객관적 체계를 이룬 것인데 반해 교양은 지식을 주관화하는 것이라고 말한다. 그는 현재의 '교양' 개념을 과거의 '수신' 개념과 연결시키고, 우리는 오래전부터 수신의 방법을 터득하고 있었기 때문에 현대를 살아가는 사람 중 윤리적 실천을 터득할 수 있는 사람이면 누구나 다 교양인이 될 수 있다고 주장한다. 하지만 우리에게는 '교양적 사실'만이 있었고 '교양'은 없었기 때문에, 그가 말하는 '수신' 개념이 '교양'과 일치하는 것은 아니다.

유진오는 「구라파적 교양의 특질과 현대 조선문학」[16]에서 근대문화의 개념을 구주를 중심으로 설정하고, 현대 조선의 작가와 근대정신을 연관지어 논의한다. 그의 논의에 따르면 조선의 근대정신은 구주로부터 직접 들어온 것이 아니라 내지를 통해 고찰되었기 때문에, 조선은 신문학을 건설하지 못하고 근대정신을 개화시킬 지반이 부족한 상태다. 그러므로 그는 조선의 작가라면 근대정신, 즉 구라파적 교양을 획득하기 위해 노력해야 한다고 말한다.

한편 「교양과 조선문단」[17]에서 임화는 작가의 필수조건으로 박학다식함을 들고 있다. 그는 어떤 것에 대해 안다는 것은 그것에 관한 지식을 가지고 있음을 의미하며, 지식은 노고를 거듭한 학득學得의 결과이기

---

14 이원조, 「교양론」, 『문장』, 1939.2, 133~138쪽.
15 이원조, 「조선적 교양과 교양인」, 『인문평론』, 1939.11, 36~40쪽.
16 유진오, 「구라파적 교양의 특질과 현대 조선문학」, 『인문평론』, 1939.11, 41~44쪽.
17 임화, 「교양과 조선문단」, 『인문평론』, 1939.11, 45~51쪽.

때문에 의미가 있다고 본다. 그는 문학작품의 생산과 창작은 지식 있는 사람의 소업所業이라고 말하지만 여기서의 지식이 곧 교양은 아니다. 지식은 대상적이고 객관적인 것이나, 교양은 주관적이고 개성적인 것이다. 또한 지식은 학문이나 교양은 지성이다. 임화의 주장에 따르면 교양인은 단순히 교양만 지닌 것이 아니라 감성과 지성이 조화롭게 결합된 상태이며, 교양 있는 작가에게 지식은 항상 주체화되어야 하는 것이다.

앞에서 살펴본 다수의 교양론들이 공통적으로 인정하는 사실은 조선 문단에는 '교양'이 부재한다는 사실이다. 이들이 논의를 진행하는 방식이나, 교양을 배양하기 위해 제시하는 방법에는 다소 차이가 있지만 이들은 조선문학의 위기를 극복하기 위해 교양을 쌓아야 한다는 결론에는 동의한다.[18] 이러한 생각이 등장하는 이유는 교양이라는 권력장치가 식민지 조선의 낙후된 문화 혹은 문화권력장을 재건할 수 있다고 판단했기 때문이다.

하지만 개인의 특성과 자질을 기반으로 하는 '교양'이 시대의 '문화'를 구축하기 위한 핵심요소로 평가된다는 것은 교양이 이미 가치중립적이지 않음을 뜻한다. 특히 한 시기의 '문화'가 강력한 통치권력의 자장 속에서 자유롭지 못할 때 교양을 매개로 해서 가치중립성과 불편부당성을 추구하려고 했던 지식계층의 기대는 무너지기 마련이다.

이 절은 식민지 말기에 문화권력장의 결핍을 해소하기 위해 부각된 교양이라는 권력장치가 권력장 속에서 균형을 잡지 못할 때, '교양인', '문화인', '지식인' 등으로 명명되는 소설 속의 정치주체들이 그 불균형

---

18 황지영, 「김남천 소설의 국가담론 연구」, 이화여대 석사논문, 2008, 73~75쪽.

을 해소하기 위해 만들어낸 움직임에 주목할 것이다. 문화권력장 안에서 이들 지식계층은 기존에는 관계 맺지 않았던 영역들과 통섭하려는 태도를 보이며, 직업을 바꾸거나 복화술을 사용하는 등 다양한 방법을 통해서 문화권력장 안에서 불균형을 회복하기 위해 노력한다.

1) 전향자의 상심喪心과 희생양의식의 역설

중일전쟁 이후 '내선일체'가 조선의 담론장에서 본격적으로 힘을 발휘하게 되면서 사상통제 및 사상전향의 문제에서도 커다란 변화가 일어났다. 1920년대의 치안유지법을 위시한 사상통제는 사회주의자들을 검거하고 처벌하는 엄벌주의에 입각했으나, 1930년대 들어서면서는 '사상범보호관찰령'(1936) 등을 통해 사회주의자의 전향 작업에 중점이 두어졌다. 그리고 조선사상범예방구금령(1941), 치안유지법전시특례(1944)에 이르기까지 사상통제를 위한 관련 법령의 제정과 개정은 지속되었고, 전향자에 대한 제국권력과 식민권력의 관리 방식 역시 계속해서 변화해 나갔다. 중일전쟁 전까지만 하더라도 '전향'은 사회주의 사상을 포기하고 사회로 복귀하는 것을 의미했지, 그것이 곧바로 제국 일본에 적극적으로 협력하는 '친일'의 문제로 이어지지는 않았다. 그리고 사상통제의 초점은 주로 사회주의자들에게 맞추어져 있었다.

그러나 중일전쟁은 이러한 사상통제의 지형도를 크게 바꾸어 놓았다. 내선일체론 앞에서 일본과 조선을 구분 짓는 기존의 논의는 모두 부정될 수밖에 없었으며, '조선 민족'에 대한 단순한 부정을 넘어 '제국 일본'에 대한 협력이 본격적으로 요구되었다. 그러므로 식민지 말기 전향에 대한 일반적인 인식은 전향자들의 변론을 단순한 '변명'으로 간주하는 데서 그리 멀리 않았고, 전향은 쉽게 '변절'로 치부되었다.

카프는 두 차례의 검거 사건 후 1935년 5월 해산계를 제출한다. 유명무실하지만 합법단체인 '카프'가 해산계를 내도록 한 당국의 이 조치는 "애초에 해당 단체에 합법이라는 존재방식을 허용한 통치권력의 책임 소재적 딜레마를 해결하고자 한 시도"였다. 그리고 그 후에 이루어진 전향의 최종 목표는 "지배적인 사회규범에의 순응, 즉 정상성의 회복"에 있었다. 식민지에서의 전향정책은 치안유지법과 조선사상범보호관찰령을 그 강제적 수단으로 삼아, 궁극적으로는 제국의 규범에 '공감'하라[19]는 통치권력의 요구로 이어진다.

한설야의 「태양」과 「귀향」에서는 출옥한 사상범이 여전히 삶의 희망과 자유의 중요성, 그리고 연대의 가치를 인식하고 있으며 그것을 지키려고 하는 것으로 그려진다. 이러한 모습은 사상과 생활의 측면에서 작동하는 권력관계 속에서 아직까지는 사상이 우위를 차지함을 보여준다. 중일전쟁이 발발하기 전에 발표된 이기영의 「적막」에서도 출옥한 주인공은 현실에 절망하지 않고 자연과 예술에서 삶의 빛을 발견한다. 하지만 주인공을 제외한 과거의 사상가들은 몰락의 길을 걷는 것으로 서술된다.

과거에 있어서 쟁쟁한 이름을 드날리고 일반에게 신임을 받던 선배 누구는 청상과부로 수절하던 여자가 중년에 음분도주하듯이 어느 유부녀와 연애 사건이 생겨서 비난을 듣고 누구누구는 사기를 하다가 들켜서 법에 걸리고

---

19 최영욱, 「전향이라는 法, 김남천의 Moral」, 『어문학』 116, 한국어문학회, 2012, 329・334・338쪽. 최영욱은 이 글에서 식민지 조선에서의 전향은 국가와 개인 혹은 국가와 국가라는 추상적 대립관계의 문제이기 이전에 "구체적인 법의 적용, 해석, 집행의 문제"로 볼 필요가 있음을 지적하였다.

누구는 술장사를 하고 어떤 문사는 미두쟁이가 되고 또 누구는 고리대금을 하고 누구는 기생서방이 되었다는 사실을 일일이 설명하는 것이었다.[20]

사상범으로 추정되는 명호는 출옥한 후, 위의 인용문에 나오는 것처럼 생활의 힘에 압도된 창규의 모습과 삶의 방향을 상실하고 타락한 선배들의 소식을 듣고는 '고독감'과 '증오감'을 느낀다. 창규가 변했다는 이야기를 들었을 때 명호는 그것이 "동물계의 보호색"과 같은, 다시 말해 통치권력의 감시망을 피하기 위한 사상가 창규의 위장 전략일 것이라고 생각했었다. 하지만 그러한 생각은 착각이었고 과거에는 사회주의를 추구했지만 지금은 과부와의 연애사건, 사기, 술장사, 미두쟁이, 고리대금 등에 연루되어 있는 창규와 선배들의 운명 앞에서 명호는 공허를 느낀다.

이와 유사한 모습은 이기영의 「수석燧石」에서도 확인할 수 있다. 이 작품의 주인공인 '나'는 전향한 지식인으로 지금은 '고리대금업'을 하는 금융회사에서 수금원 생활을 하고 있다. '고리대금업'이란 과거에 그가 지녔던 사회주의 이론 안에서 가장 비판받는 행위였다. 그럼에도 그가 이 일에 종사할 수밖에 없는 이유는 그의 아내가 "황금의 마술"인 '생활'을 원하기 때문이다.

결국 나는 황금의 마술에 번롱(翻弄)을 당하는 셈이다. 하긴 그게 어디 나 하나뿐이랴. 온세상 사람이 모두 다 그렇다 하겠지만, 안해도 황금의 신(神)

이 씌어서 나를 별안간 떠받들게 되었다. 나도 황금 앞에 머리를 숙이기 때문에 그 반대로 인금이 떨어진 것 아닌가?[21]

현실의 문제를 외면할 수 없어서 타협점을 찾는 전향자들의 모습은 김남천의 전향소설들에 자주 등장한다. 「처를 때리고」의 남수는 출옥한 후에 '문화사업'이라는 미명 아래 "출판사와 인쇄소의 주식회사"를 준비 중이지만 이 일은 수포로 돌아간다. 그리고 남수의 아내인 정숙의 발화를 통해서 남수가 과거에 신봉했던 '사회주의'와 현재에 치중하고 있는 '문화사업'의 허구성, 그리고 남수의 무의식 속에서 은연중에 자부심을 불러일으켰던 '징역'살이가 사실은 자신의 치졸함을 은폐하기 위한 위선적인 장치였음이 폭로된다. 정숙이 보기에 남편을 위시한 사회주의자들의 내면에는 "질투심. 시기심. 파벌심리. 허영심. 굴욕. 허세. 비겁"만이 가득하다.

「춤추는 남편」에서 홍태는 딸 혜라의 민적 문제 때문에 지금 같이 살고 있는 영실이가, 본처와의 이혼 착수금으로 준비해준 돈으로 술을 마신다. 그리고 술에 취해 집에 들어와서는 "꼽장춤"을 추다가 "바람벽에 머리를 꽉 박고 쓰러진다. 그리고는 킥킥 소리를 내이며 울기 시작한다." 아버지의 사회주의 이력으로 공립학교 진학이 어렵다는 본처 소생의 아들로부터 편지를 받은 날, 그는 마음의 중심을 잃고 결국 울음을 터트린다.

전향자는 다시는 변치 않을 '마음의 지주'를 세워야 한다. 그러기 위해

---

21 이기영, 「수석(燧石)」, 『조광』, 1939.3, 283쪽.

서는 사회의 규범 혹은 생활양식에 대한 공감이 이루어져야 할 것이다. 하지만 앞에서 언급한 전향소설의 주인공들을 통해서도 알 수 있듯이 통치권력이 전향자들에게 요구하는 공감은 주관적인 영역에 속하는 것이었기에 철저하게 강제하는 것은 불가능했다. 말하자면 이들의 삶은 치안유지법 위반이라는 '객관적 외피'에서 제국에 대한 공감이라는 '주관적 내피'로 이행돼야 했지만, 그 둘 사이에서 발생하는 동요로 인해 식민지 조선에서 사회주의자들의 전향은 완벽하게 이루어지기 어려웠다.[22]

전향자의 내면에서 발생하는 동요와 방향 상실은 사회주의에 대한 이중적인 태도에서 기인한다. 식민지 말기의 소설 속에서 인물들의 사회주의 이력은 '아편'의 은유로 자주 등장하는데, 이것은 사회주의에 대한 이중적 태도를 효과적으로 드러내기 위한 장치이다. '아편'의 은유는 전향자들의 상태를 정신분석학의 우울증 개념으로 설명할 수 있게 해준다. 우울증적 주체의 내면에서는 대상에 대한 애정과 증오가 공존하기 때문에, 우울증 환자는 상실 대상에 대한 나르시즘적 자기동일화 속에서 애정과 증오의 이중감정을 최대한 즐긴다. 전향자들이 잃어버린 것은 사회주의 이념인데 그들은 일찍이 거기에 중독되었고, 지금 아편으로서의 사회주의는 사라졌지만 중독은 남았다. '빠지고 싶다'는 매혹이 커질수록 '버리고 싶다'는 혐오도 커지는 상태, 그 양가성의 극단이 바로 '중독'이다.[23]

이것은 조선의 지식인들에게 사회주의는 '약물적 각성'[24]의 과정에

---

22 위의 글, 339쪽.
23 김철, 「우울한 형/명랑한 동생 – 중일전쟁기 '신세대 논쟁'의 재독(再讀)」, 『상허학보』, 25, 상허학회, 2009, 183~184쪽.
24 이진경, 『불온한 것들의 존재론 – 미천한 것, 별 볼일 없는 것, 인간도 아닌 것들의 가치와

서 사용되는 '약물'이자 그 '효과'라는 것을 짐작케 한다. 마르크스는 "세계를 뒤집기 전에 먼저 '인간'을 바꾸어야 한다"고 역설하였다. 계급혁명과 민족해방에 앞서 인간을 개혁하기 위해 조선의 지식인들은 '사회주의'라는 '약물'을 사용하였는데, 이것은 억압에 대해 무비판적인 감각적 타성에서 벗어나려는 시도였다. 하지만 '약물적 각성'은 '약물'의 힘이 사라지면 지속될 수 없는 것이기에 영구혁명으로 이어지지 않는다. 대신에 약물을 끊을 경우 빠지고 싶음과 버리고 싶음의 동시태인 '중독'만이 남게 된다.

이처럼 사회주의 사상에 대한 양가감정이 '중독'을 통해 설명될 수 있다면 여기서 짚고 넘어가야 할 것은 소설 속의 전향자들이 자신의 사상을 이야기할 때 반복적으로 등장하는 '마음의 문제'라는 구절이다. 전향자들에게 마음이란 무엇인가? 마음을 단순히 사상과 등치되는 개념으로 이해해도 되는 것인가? 이러한 문제를 좀 더 면밀히 천착하기 위해서는 '마음을 잃어버린喪心' 전향자들이 서사를 이끌어 나가는 김남천의 「제퇴선」과 「요지경」, 「포화」, 「경영」과 「맥」 등의 작품을 분석해 볼 필요가 있을 것이다.

「포화」의 '나'는 "직업만을 잃은 것이 아니라 내 마음마저 잃어버린 것은 아닌가"라는 생각을 하고, 「요지경」의 '나'는 자신의 문제가 "마음의 성곽이 무너져 가는 것"임을 직시한다. 또 「경영」과 「맥」에 등장하는 오시형은 자신의 전향 이유를 "영웅 심리의 쇠퇴"에서 찾고 있다. 이러한 표현들의 원인은 사상범에게 적용된 "법이 정신을 침탈하는 정

___
의미』, 휴머니스트, 2011, 33~40쪽.

황"[25] 때문으로 추정된다.

하지만 대동아로의 팽창을 추구하고, 식민지 조선 안에서는 억압적이고 수직적으로 작동하던 통치권력의 의도와 위의 표현들을 함께 생각해 본다면, 전향을 통해 사상범들이 도달하는 상태는 '사상'과 더불어 '마음'마저도 잃어버린 상태, 즉 '상심喪心'의 상태라고 할 수 있다. 이 시기 통치권력이 조선의 사상범들에게 원했던 것은 '마음'을 내놓는 것, 다시 말해 제국 일본을 위해 그들의 '마음'을 바치는 것이었다. 내선일체론의 궁극적 도달점은 조선인과 일본인의 생활양식이나 외모가 같아지는 것이기보다는 '마음의 하나됨'이었기 때문이다. 마음으로 하나가 되어 황국신민이 되고, 내선일체를 이루는 것, 그것이 바로 제국권력이 궁극적으로 조선인들, 특히 제국권력에 저항적인 태도를 지니며 조선에서 지도자적 위치를 점하고 있던 사상범들에게 요구했던 것이었다.

그러므로 내선일체론과 사상범의 전향을 둘러싸고 만들어지는 권력장 안에서 그들의 '마음'은 하나의 권력장치로 기능한다. 제국권력이 갖고 싶어 했지만 사상범들이 끝까지 놓고 싶어 하지 않았던 것, 제국권력과 식민지 지식인들이 대결하게 만들었던 것, 그것이 바로 사상범들의 '마음'이기 때문이다. 그러나 결국 시대적 상황과 생활의 무게, 사상에 대한 회의 등으로 인해 대다수의 사상범들이 마음을 내려놓고 전향을 선언한다. 김남천은 「맥」에서 오시형의 전향 선언을 통해서 이러한 과정을 핍진하게 그려낸다.

사상범의 마음이 어떤 경로를 거쳐 변해 가는지를 보여주는 오시형[26]

---

25 최영욱, 앞의 글, 342~343쪽.
26 오시형의 의식 변화는 무경과 대화를 하는 듯하지만 기실은 자신을 청자로 설정했던 독백,

은 감옥에서 출소한 후 애인인 무경이 준비해둔 야마토 아파트에서 며칠 머물다가 고향으로 내려간다. 그리고 얼마 후 "새로운 맹아에 대해서 극진한 사랑"을 지니며 "새로운 정세 속에 나의 미래를 세워놓기 위해서" 일체의 과거와 그것에 부수되었던 모든 사물이 희생되고 유린당하는 것을 감수하겠다는 내용의 편지를 무경에게 보낸다.

사실 시형이 발견했다고 믿는 '새로운 맹아'와 '새로운 정세'는 제국권력이 동아협동체론과 동아신질서 등의 담론을 통해서 식민지의 지식인들에게 강제로 주입한 것이었다. 다시 말해 식민지를 본격적으로 전쟁에 동원하기 위해 제국권력은 보다 강력한 통제정책을 펴는 동시에 일본과 조선이 함께 '내선일체'를 통해 대동아로 뻗어나갈 수 있으리라는 환상을 만들어 식민지 지식인들의 내면에 주입하였다. 이것은 식민지 지식인들에게 신체제에 대한 협력을 통해서 시간상으로는 창조적인 미래로, 공간상으로는 대동아뿐 아니라 전세계로 나아가는 판로가 개척될 수 있다는 허구적인 믿음을 갖게 하였다.

그러므로 공판장 안에서 이루어지는 오시형의 전향 선언에서 중요한 것은 그의 선언이 지니는 객관적 진리치도, 주관적 정직성도 아니었다.[27] 전향 선언이란 사회주의를 금지하는 통치권력의 법 앞에서 다시는 이를 위반하지 않겠다고 맹세를 하는 것이었다. 그리고 이 맹세는 인

평양으로 내려간 뒤에 무경에게 보낸 편지, 마지막으로 재판정에서의 전향 선언이라는 삼단계를 거쳐서 완성된다. 그리고 이 단계들은 점차적으로 개인적 차원에서 대사회적 발언쪽으로 진행된다. '독백'과 '편지'에 나타나는 시형의 고백은 뒤에서 좀 더 자세히 살펴볼 것이다.

27 슬라보예 지젝, 한보희 역, 『전체주의가 어쨌다구?』, 새물결, 2008, 159~167쪽. 1937년 공산당 중앙위원회 앞에서 이루어진 부하린의 선언에서 중요한 것은 객관적 진리치도, 주관적 정직성도 아니었다. 여기서 중요한 것은 하나의 형식으로 존재하는 그의 선언과 그를 유죄로 만들어야 하는 당의 결정뿐이었다.

간만의 특성인 언어를 매개로 해서 이루어지는 것이기 때문에 살아있는 인간의 봉헌을 완성한다. 맹세의 성격을 담고 있는 전향 선언은 언어로 이루어지는 성사聖事[28]이며, 이것이 소설 속에서 재현될 때는 하나의 권력장치로 작동한다. 이 선언에서 전향자들은 통치권력이 원하는 '마음'을 내놓고 그에 대한 보상으로 '생활'을 보장받는다.

하지만 시형이 전향과 함께 받아들인 '대동아 공영권'의 논리는 협동주의의 방식을 표방하면서 겉으로는 다른 국가와의 연대 및 협력을 주장했으나, 그 실상은 일본의 절대 우위를 강조하는 것이었다. 주변국을 일본이라는 중심적 형태의 확장과 쇄신의 새로운 영역에 포섭함으로써 중심과 주변의 분할을 제거하겠다는 움직임이 협동주의였던 것이다. 그러므로 협동주의의 논리 안에서 중심과 주변의 분할은 끝까지 사라질 수 없었다.

그럼에도 오시형이 이에 대해 전폭적인 지지를 보내는 이유는 역사적 현재에 대한 '객관적 사실성'이 부족해서이기보다는 그의 내면이 요구하는 '주관적 진실성'이 갖는 절실함 때문이었다. 푸코는 인간이 정체성을 갖게 되는 것은 자신을 장악하는 자를 내면화할 때라고 주장한다.[29] 오시형은 이와 같은 맥락에서 일본 천황으로 읽힐 수 있는 '태양의 빛'을 향해 몸과 마음을 비틀고, 일본과 조선이 본래는 하나였다는 신화적 믿음 속으로 침잠한다. 그리고 자신의 믿음 속에서 일본의 승전을 통한 창조적인 미래를 구상해 나간다.

그러나 오시형과 같이 전향을 선언한 사회주의자들은 제국권력의 입

---

28   조르주 아감벤, 정문영 역, 『언어의 성사(聖事) – 맹세의 고고학』, 새물결, 2012, 136~138쪽.
29   한병철, 김남시 역, 『권력이란 무엇인가』, 문학과지성사, 2012, 108쪽.

장에서 볼 때는 한 개의 희생양에 불과했다. 제국권력은 사상범들의 전향 선언을 통해서 종교적 성격을 지니는 황국의 신성함을 절대적인 것으로 만들어간다. 최재서는 「현대적 지성에 관하여」[30]에서 어느 시대에나 존재했으며 그 시대의 모든 결점과 죄악을 등에 걸머지고 멀리 추방당하는 존재인 '희생양'에 대해서 이야기하는데, 이 글은 식민지 말기의 전향자들의 지정학적 위치를 설명하는 데도 하나의 단서를 제공한다.

한 마리의 양을 추방함으로써 얻을 수 있는 "종교적 안심"의 중대함을 지적하는 최재서의 이 글은 현대의 희생양으로 '지식인'을 지목한다. 그 이유는 지식인들은 "무기력하고 비행동적이면서도 교활하고 공리적"이며, "창백하고 침울하면서도 이지적이고 향락적"이기 때문이다. 이것은 지식인들이 "현대의 모든 요소를 일신에 걸머진 복잡한 성격"의 소유자임을 뜻한다. 지식의 중압에 눌려 있는 지식인은 모든 문제를 자기 자신을 경유하여 구명하고 해결하기 때문에 필연적으로 자의식 과잉 상태에 빠진다.

식민지 말기는 이러한 지식인에게 본래의 속성인 비행동성을 내려놓고 행동대원이 될 것을 강요하였다. 그런데 지식인들의 고유성이며, 그들이 최후까지 유지하려고 했던 비행동성을 포기하는 순간, 그들은 '현대의 희생양'으로 완성된다. 통치권력이 사회주의자들에게 전향 선언을 종용한 이유 역시 이와 맞닿아 있다. 사회주의자들이 사상이라는 비행동성을 기반으로 한 지식인이 아니라, 행동하는 생활인으로 탈바꿈되기

---

30 최재서, 「현대적 지성에 관하여」, 『문학과 지성』, 인문사, 1938, 131~144쪽. 최재서는 이 글에서 당대의 지식인들을 '현대의 속죄양'이라고 표현했다. 이 글은 이 시기의 지식인들에 대해 최재서와 유사한 관점을 지니고 있긴 하지만 사회주의자들의 전향에 담긴 비의도성을 강조하기 위해 '속죄양' 대신 '희생양'이라고 표현하였다.

를 바라는 것이 바로 통치권력의 의도였기 때문이다. 통치권력의 이와 같은 의도와 맞물려 어떤 지식인들은 자신이 시대의 희생양이라는 사실을 직감하고 김남천의 소설인 「등불」의 '나'처럼 아무것도 하지 않는 것이 최선의 행동이라고 판단하게 된다. 이들은 아무것도 하지 않음으로써 하지 '않을 수 있는 잠재성'[31]을 실현한다.

「등불」의 서술자인 '나'는 자신이 "지나가는 떠떠방의 장작을 잘못 샀던 일"[32]로 인해 회사를 대표해 순사 앞에 서서 열심히 용서해 달라고 빌었던 일화를 소개한다. 그리고 그로 인해 파출소를 나오면서 문득 회한에 젖었다고 말한다. 이 순간 나는 자신이 그토록 경멸하던 "저급한 장사치"에 가까워졌음을 느끼고, 이렇게 변하는데 그다지 오랜 시일이 필요치 않았음도 새삼 깨닫는다.

'나는 언제부터 이렇게 아무 잡념 없이 빌어 모시는 데 철저해질 수 있었는가' 하는 의문에 붙들렸습니다. 그것은 나를 놀라게 하기에도, 적막하게 만들기에도 충분한 의문이었습니다. 오륙 년 전까지도 나는 나 자신의 소행의 탓으로 가끔 경관 앞에 취조를 받은 일이 있었는데, 그때에는 한 번도 지금과 같은 태도를 취하지 않았기 때문입니다.[33]

그리고 이러한 변화 속에서 다시 한번 '놀라움'과 '적막'을 느낀다. 오

---

31 조르주 아감벤, 박진우 역, 『호모 사케르－주권 권력과 벌거벗은 생명』, 새물결, 2008, 117쪽.
32 이상열, 「일제 식민지 시대하에서의 한국경찰사에 관한 역사적 고찰」, 『한국행정사학지』 20, 한국행정사학회, 2007, 85쪽. 식민지 시기의 경제 경찰은 납세독촉, 국경 세관업무, 밀수입 단속, 국고금 및 공금 경호, 부업·농사·산림·광업 등의 단속을 시행하였다.
33 김남천, 「등불」, 권영민 편 『한국근대단편소설대계』 4, 태학사, 1988, 468쪽.

륙 년 전 서술자가 경관 앞에 선 이유는 사상관계였을 것으로 추정되는데, 그는 자신의 행동에 대해 자부심이 있었기 때문에 한 번도 경관 앞에서 용서를 빌지 않았다. 하지만 지금은 소신보다는 생계유지가 목적인 삶을 살다 보니 경관과의 마찰은 가급적이면 피하고 싶은 것이 되었다. 만약 이 장면에서 주인공이 '적막'이 아니라 '수치심'을 느꼈다면 그것은 자신의 행동을 개선할 수 있는 의지로 이어질 수 있었을 것이다. 그러나 그는 의지와 희망이 부재하는 상황 속에서 '적막'을 절감한다.

이 작품은 소설가인 내가 자신이 일 년 동안 소설을 쓰지 못한 이유와 지금 자신이 쓰고 있는 이 작품이 소설 같지 않은 소설인 이유를 해명하는 구조로 되어 있다. 그래서 이 작품에서는 정치적 행위이자 '이야기하기'와 연결되는 '소설쓰기'를 포기한 작가의 피로와 회한이 고스란히 구현된다. 내가 생활의 중요성을 깨달았다고 생각한 촉탁보호사의 얼굴에 "안도의 빛"이 비치는 것을 보고, 나는 "공복과 가벼운 피로"를 느끼며 집으로 돌아온다. "자신이 이제는 가족을 위하여 희생되어야 할 차례라는 깊은 각오"를 하면서 말이다.

집으로 돌아온 그날 밤 이야기를 해달라고 조르는 아이에게 나는 다음과 같은 이야기를 들려준다.

하느님은 여태껏 하느님한테 쫓겨나서 쓸데없지 않은 일 같은 데 엄벙부려 뒹구는 바른 팔을 부르시었다. 쫓겨났던 하느님의 바른 팔은 어서 가봐야겠다고 덤비면서 하느님 보좌 앞에 엎드렸다. 하느님은 인제야 나의 죄를 용서하실 게라고 바른 팔은 생각했던 것이다. 아름답고 젊고 힘이 있는 바른 팔을 무릎 앞에 보셨을 때, 하느님은 바른 팔을 용서해주시려고 생각했었다.

그러나 이내 옛날 일을 다시 생각하고 그편으론 얼굴도 돌리지 않은 채 이렇게 명령하였다.

"지상으로 내려가거라. 네가 본 인간의 모양 그대로, 내가 충분히 관찰할 수 있도록 발가숭인 채 산 위에 서는 거다." (…중략…)

그렇게 하려면, 지상에 이르자 아무개나 젊은 여자가 있는 곳으로 가서 이렇게 말하라. 나직한 귓속말로,

"나는 살고 싶다."[34]

최재서는 「국민문학의 작가들」[35]에서 김남천의 「등불」과 「어떤 아침」에 주목한다. 그 이유는 최재서가 이 작품들에는 파국을 예감하면서도 전쟁에서 물러설 수 없는 상황, 그리고 그 안에서 정치적 신념보다는 생존의 문제가 압도적인 무게로 다가올 때, 현실 속에서 지식인이 택할 수 있는 최선에 대한 성찰이 담겨 있다고 판단했기 때문이다.

특히 「등불」의 마지막에 실린 이 이야기는 하나의 알레고리로 기능하면서 지식인의 내면을 둘러싼 복잡한 권력장의 모습을 추정케 한다. 알레고리는 의미의 결정 불가능성이라는 문제에 상응하는 형상으로 존재하며, 자신이 아닌 것과 미리 결정되지 않은 관계성 속에서 스스로를 전달하는 잠재성의 형식으로 존재한다. 따라서 알레고리의 잠재적 의미를 확정하기 위해서는 초월적인 심급을 설정해야 한다.[36]

「등불」에 등장하는 알레고리와 "나직한 귓속말"로 전달해야 하는 "나

---

34 위의 글, 478~479쪽.
35 최재서, 「국민문학의 작가들」, 『전환기의 조선문학』, 1943, 165~167쪽.
36 김수림, 「식민지 시학의 알레고리—백석·임화·최재서에게 있어서의 결정 불가능성의 문제」, 고려대 박사논문, 2011, 8~10쪽.

는 살고 싶다"라는 구절에 의미를 부여하기 위해서는 지식인과 당대의 통치권력과의 관계를 초월적 심급으로 설정해야 한다. 그렇게 되면 이 구절은 한편으로는 생활인으로서의 삶을 선택한 자신에 대한 옹호로, 다른 한편으로는 신념을 포기한 채 살아가는 자신의 죽음 같은 삶 속에서 벗어나고자 하는 외침으로 해석될 수 있다. 김남천이 이 시기에 체제에 협력했음을 주장하는 논자들은 전자의 논리를 따르고, 위장을 통해서 체제에 계속해서 저항했음을 강조하는 논자들은 후자의 논리를 취하여 자신들의 주장을 펼쳐 나간다.

그러나 이 구절은 하나의 목소리로 회수될 수 있는 것이 아니라 두 개의 목소리가 공존하는 것으로 보아야 한다. 생활인으로 살 수밖에 없는 자신의 처지에 대한 자조自嘲와 더불어 이러한 삶을 잘 살아내 보고자 하는 의지의 표현이 함께 녹아들어 있는 것이 바로 이 문장이다. 직접 소리칠 수 없어서 복화술로라도 말해야 했던 외침. 글을 쓰지 않을 수도 없고, 제대로 된 글을 쓸 수도 없는 진퇴양난의 상황에서 자조와 절규를 섞어 두 겹의 소리로 "나는 살고 싶다"를 외치는 것이 「등불」의 주인공, 더 나아가 작가 김남천의 마음일 것이다.

이처럼 중의적 언어를 통해서라도 자신의 내면을 밝히는 것이야말로 이 시기 작가들에게 요구되었던 모랄이며, 지식인의 책무였다. 그리고 이 문장은 복화술마저 불가능해져 침묵의 무게만이 가득할 세상을 직감한 이 시대의 마지막 희생양인 지식인, 그중에서도 전향자가 세상에 던졌던 최후의 외침이었다.

식민지 말기의 통치권력은 마음을 내놓은 지식인들에게 행동대원이 될 것을 강요하였다. 그러나 지식인들은 스스로의 비행동성을 포기하는 순간 자신들이 사회적 죽음을 맞게 될 것을 알고 있었다. 통치권력은 '국민'들을 보호하기 위해 폭력의 방향이 '비국민'에 해당하는 조선의 사상범들을 향하게 만들었다.[37] 그러나 제의를 완성하는 희생양들이 침묵 속에서 사라져야 한다는 상식을 뒤엎고, 살고 싶다고 외치는 희생양의 목소리가 발화될 때 '대속代贖'이라는 구조가 지닌 폭력성은 극대화된다.

한설야의 「두견」과 「태양은 병들다」에서도 확인할 수 있듯이 가장 선량한 존재들이 실제적으로든 상징적으로든 죽음을 맞이해야 하는 현실이 펼쳐지는 가운데 식민지의 지식인으로서 글을 쓴다는 것은 통치권력에 협력하거나, 시대에 대한 비판 없이 통속소설에 안착함을 의미했다. 그러나 자신이 시대의 희생양이라는 사실을 직감한 「등불」의 '나'는 글쓰기를 포기하면서 나타나는 자존감의 훼손과 생활의 관성 사이에서[38] 갈등하며, 침묵해야 하는 희생양의 규약을 깨고 "나는 살고 싶다"라는 욕망을 표출한다. 이 외침은 통치권력이 사상범을 제물로 준비한 희생제의의 폭력성을 폭로하며, 역설적이게도 독자들이 희생양이 느끼고 있는 번민에 대해 동조하게 만든다.

2) 서재인書齋人의 고독과 다층적 부재의식

신체제가 시작되기 전 제국권력의 대타항은 시국에 편승하기보다는 자기 고유의 분야를 연구하는 학자와 문필가 등의 모습으로 재현되었다. 이들은 제국 일본이나 조선총독부의 정책에 대해 어떤 입장을 드러

---

37 르네 지라르, 박무호 역, 『폭력과 성스러움』, 민음사, 2000.
38 황지영, 「박태원의 『애경』 연구―'사이'의 구성력과 미시정치의 재현 양상을 중심으로」, 『한국문학이론과 비평』 59, 한국문학이론과비평학회, 2013, 282~283쪽.

내기보다는 가치중립적이라고 할 수 있는 '철학'이나 '문학' 등을 연구하면서 그 과정 속에서 자신을 발견하고, 반성하고, 구축해 나갔다.

1936년 작인 이기영의 『인간수업』에는 '자기창조'를 목표로 고군분투하는 철학자 현호가 등장하는데, 그는 가치중립적인 철학이라는 학문을 매개로 삶의 진리에 도달하고자 한다. 그리고 현호와 유사한 인물은 1939년에 발표된 이기영의 「고물철학」에도 등장한다. 이 둘은 당대의 지식인으로 개인의 삶을 보다 가치 있게 만들기 위해 고뇌한다는 점에서 유사하다.

하지만 『인간수업』은 중일전쟁 이전의 작품이고 「고물철학」은 전쟁 이후의 작품이기 때문에 이들에 대한 독해는 다른 방식으로 진행된다. 두 작품의 주인공들은 모두 지적 허영을 벗어버리고 진정한 생활인으로 거듭나기 위해 노동의 가치를 중시하는데, 그중 「고물철학」의 주인공인 긍재는 식민지 통치권력이 조선의 지식인들에게 기대했던 전형이라고 할 수 있다.

긍재는 아내인 남희의 "비뚤어진 상식"과 "비굴한 생활태도"를 마음에 들어 하지 않는다. 남희는 다른 사람의 이목을 생각해 남편이 물을 길어다 주는 것도 마다하는 인물이다. '권세'와 '평온 무사주의'를 추구하는 남희는 '외면치레'에 치중하느라 '진실된 생활'을 영위할 수 없는 인물이다. 남희가 원하는 권세를 위해서는 정신적 가치보다는 '돈'이 필요하기 때문에, 남희를 바라보는 긍재의 시선에는 번뇌가 담겨 있다.

그리고 긍재의 이러한 고민은 작품의 말미에 가면 '전문학교'를 나온 '평론가'이자 '문화인'이었던 그가 '고물상'을 시작하면서 '고물철학'을 깨닫는 과정에서 해소된다. 과거에 함께 운동을 했지만 지금은 술친구가 된 윤걸로부터 "마음이 변했다"는 이야기를 들은 긍재는 "현실을 떠난 관념의 유희"였던 과거의 사상을 버리고, "새것이 헌 것 속에서 생기구 헌 것이 새것 속에서" 생긴다는 내용의 '고물철학'을 긍정한다. 그리고 '폐물'과 '고물'이 '새 물건'으로 변하듯, 사람도 그렇게 변할 수 있다는 것을 깨닫는다.

"사람두 고물이나 마찬가지거든- 아니 사람은 고물보다두 더, 더, 고물이지- 사람은 몇 만 년 전에 생겼다니까……."

"인간의 역사가 말이지."

"그러이- 역사가 그렇게 오래된 인간이라면, 그것은 고물보다도 더, 오래된 고물이라 볼 수 있거든. 그러니 낡은 상식에 저질 수밖에- 하지만 이러한 고물이라도 생활의 풀뭇간에서 다시 달구워나오면 새 물건- 즉 새 사람이 될 수 있는 것 아니겠나."

"생활의 풀뭇간이란 무엇인가?"

"진리- 이론과 실천이 일치되는 행동!"[39]

긍재는 고물도 제 값을 가지고 있듯이 사람도 제 값을 지니고 있다고 확신한다. 세상에 쓸모없는 사람은 없다는 것, 사람은 심리적 변화로 새 사람이 될 수 있다는 것이 긍재의 생각이다. 이 작품은 "낡은 시대는, 새 사람을 요구한다"라는 문장으로 끝나고 있다. 이 문장 속에는 낡은 시대가 가고 새로운 시대를 예비하는 '전환기'[40]의 요구에 대해 새로운 인

---

39 이기영, 「고물철학」, 『문장』, 1939.7, 92~93쪽.
40 김남천, 「전환기와 작가- 문단과 신체제」, 『조광』, 1941.1, 258쪽. '전환기'라는 개념에

간형으로 변신한 긍재와 그를 긍정적으로 그려내는 작가 이기영의 대답이 담겨 있다. 이 작품은 신체제가 원하는 인간형, 즉 사상과 관념보다는 생활과 실천을 중시하는 인간형이 "생활의 풀뭇간"에서 새롭게 태어나는 모습을 보여준다.

한편 1940년부터 1941년에 걸쳐 발표된 김남천의 「맥」과 『낭비』 연작은 학문을 연구하는 인물을 다룬다는 점에서 이기영의 『인간수업』이나 「고물철학」과 유사성을 지니지만, 이 작품의 주요인물인 '이관형'의 내면은 '현호'나 '긍재'와는 사뭇 다르게 비춰진다. 대학 강사 임용에 실패한 관형은 제국 일본에서 만들어진 '동양론'과 '다원사관'에 대해 회의적인 태도를 보인다. 과거와도 단절되어 있고 현재의 생활도, 미래에 대한 전망도 존재하지 않는 인물로 제시되는 관형에게 이 시기 통치권력이 청년들에게 요구했던 '명랑성'은 찾아볼 수 없다. 그는 시대적 상황으로 뛰어들지도 못하고, 자신의 의지로 구성되는 시간도 갖지 못한 채 방황한다.

침대 위에 누워 있는 사내는 그대로 번뜻이 천장을 바라보며 담배만 피우고 있을 뿐 (…중략…) 얄따란 차렵이불을 배퉁이께로부터 발치 위에 덮었고 상반신은 여자의 것이기 확실한 화려하고 화사한 가운을 두르고 있었다. (…중략…) 머리가 뒤설켜서 구숭숭한데 면도를 넣은 지 오래된 얼굴 전체에는

대한 정의를 내린 이 시기의 비평가들은 많지만, 이 문제에 대해 가장 다각도로 접근해 가는 인물은 김남천이다. 그는 이원조, 박치우, 서인식 등의 논의를 정리하며 이들은 두 개의 시대에 끼어 있는 시기를 전환기라고 이해한다고 지적한다. 그러나 전환기를 이해할 때 중요한 것은 "현대의 과도적 성격"이며, 전환기는 단순히 몇 년간의 시간이 아니라 한 사람의 인생 전체만큼이나 긴 시간일 수도 있음을 상기시킨다.

지저분한 반찬 가시 같은 수염이 쭉 깔렸다. 얼굴은 해사했으나 몹시 창백한 것 같았다. 옆구리에 놓았던 것인지 빵 조각이 침대에서 굴러떨어진다.[41]

서인식은 본래 윤리의 관습성Sittlichkeitl과 윤리의 심정성Moralität이 조화를 이루지 못하고, 상극하는 생활 속에서는 "다면적인 행위의 제계역을 통일적으로 지배하는 완미한 인간성"이 형성되기 어렵다고 보았다. 그래서 윤리의 짓테와 게뮤트가 통일을 잃어버린 시대에 인물들은 그 시대를 살면서도 정신만은 과거의 기억 속의 세계나 미래의 기대 속의 세계로 이행하려 한다고 지적한다. 그리고 이러한 부재의식이 해소되기 위해서는 일단 분열되었던 짓테와 게뮤트가 다시 통일되어야 함을 역설한다.[42]

인용문에서 확인할 수 있듯이 야마토 아파트에서 관형은 의복도 식사도 제대로 갖추지 않은 채 삶을 낭비한다. 현재의 삶 속에서 가치 있는 일을 찾지 못한 채 부재의식에 쌓여 있는 관형은 자신의 시대와 거리를 두면서 동시에 그 시대에 들러붙는 방식으로 독특한 관계를 맺는다. 김남천이 자신의 작가적 지향을 담아 그려내고 있는 이관형은 겉보기와 달리 "자신의 시대에 시선을 고정함으로써 빛이 아니라 어둠을 지각하는 자"인 동시에 "이 어둠을 볼 줄 아는 자"이고 "펜을 현재의 암흑에 담그며 써내려갈 수 있는 자"라고 할 수 있다.[43]

41　김남천, 「맥」, 권영민 편, 『한국근대단편소설대계』 3, 태학사, 1988, 758쪽.
42　서인식, 「문학과 윤리」, 차승기 · 정종현 편, 『서인식 전집』 2, 역락, 2006, 259쪽.
43　조르주 아감벤, 양창렬 역, 『장치란 무엇인가』, 난장, 2010, 72~76쪽. 아감벤이 정의하는 '동시대성'은 "거리를 두면서도 들러붙음으로써 자신의 시대와 맺는 독특한 관계"이다. 그리고 '동시대인'은 "자신의 시대에 시선을 고정함으로써 빛이 아니라 어둠을 지각하는 자"인 동시에 "이 어둠을 볼 줄 아는 자, 펜을 현재의 암흑에 담그며 써내려갈 수 있는 자"이다.

그렇기 때문에 "질서 없는 비위생적인 생활"을 하던 관형이 주변을 정비하기 시작할 때, 무경은 관형의 모습에서 "교양 있고 얌전한 지식인"을 발견한다. 그리고는 그가 "탈피 작용을 하고 있는 동물처럼 생각되어 웃음"을 짓는다. 무경은 관형에게서 "구렁텅이로부터 정상된 생활 상태로 복귀하려는 사람의 몸부림"을 느낀 것이다. 무경이 '탈피작용'이라고 느낀 관형의 행동은 다층적 부재의식을 경험한 이가 자신의 자리를 되찾기 위해 투쟁하는 과정이라고 할 수 있다.

그렇다면 이관형에게는 무슨 일이 있었으며, 무엇이 그를 '구렁텅이'에 빠지게 했을까? 이 질문에 대한 답을 담고 있는 것은 『인문평론』에 연재되었던 미완의 장편소설 『낭비』이다. 이 작품에는 '경성제국대학 영문과'의 강사 임용을 둘러싸고 벌어지는 이관형의 고군분투와 부르주아적 퇴폐성을 지닌 이관형 주위의 사람들, 그리고 대학 내의 파벌싸움에 대한 이야기가 담겨 있다.

『낭비』의 첫 장면에 제시되는 공간은 송도해수욕장에 있는 "당대의 부르조아, 이규식 씨의 별장"이다. 무역상 이규식 씨의 장남이면서 경성제국대학의 영문과 강사 채용 논문을 준비 중인 이관형은 그곳에서 집필에 몰두한다. 하지만 별장에서 같이 지내고 있는 사람들과 옆 별장에 들어와 있는 사람들이 만드는 퇴폐적인 분위기 속에서 그는 자신의 "정신 상태에 위기"가 도래했음을 느낀다. 관형에게 이 별장은 집필실의 의미가 있지만, 다른 이들에게 이곳은 규범적인 일상에서 벗어난 일탈의 공간이자 유흥의 공간이기 때문이다.

이러한 관점에서 식민지 말기에 '헨리 제임스'를 매개로 하여 '부재의식'을 연구하는 이관형은 이 시대의 어둠을 핍진하게 그려나갈 수 있는 '동시대인'이라고 할 수 있다.

그래서 관형은 위기에 빠진 정신상태를 구하고, 헨리 제임스의 위대한 영혼과 싸우기 위해 산 속으로 들어갈 것을 결심한다. 그리고 이러한 이관형의 행보는 앞에서 살펴본 최재서가 '교양의 정신'은 '고독의 정신'에서 배양된다고 말한 것과 연결될 수 있다. 교양의 목표는 "인간성의 자유롭고 조화로운 발달"에 있는데, 이러한 논의는 논문 집필을 위해서 산으로 들어가는 이관형의 행동방식과 연결 가능하다. 교양 대신 퇴폐성만이 가득한 공간을 등지고, 고독한 정신의 소유자인 헨리 제임스와 대면하기 위해 떠나는 이관형의 모습은 '인간성'을 회복하여 진정한 '교양인'의 경지에 오르기 위한 노력의 일환으로 읽힌다.

부재의식! 그것은 단마디로 말하면 기성된 관습(既成慣習)에 대한 어떤 개인의 심정상(心情上)의 부조화로부터 일어나는 의식상태라고 말할 수밖에 없다. 그러니까 가령 헨리·제임스에 있어서의 '국제적 무대'라는 것은, 아메리카적인 관습이나 구라파적인 관습이나 조화될 수 없는 헨리·제임스의 심정상의 괴리에서 유래된 것이라고 보지 않을 수 없다. (…중략…) 그렇다고 보면, 이러한 부재의식이 어째서 단순히 심리학의 형식상 문제임에 그칠 수 있을 것인가. 푸로이드의 리비도-도, 또는 이십세기에 들어 와서 갈 턱까지 가본 조이스의 심리적세계도 결국은 이러한 사회적인 구경의 원인을 둔 부재의식이 아니랄 수는 없을 것이다.[44]

『낭비』에서 '헨리 제임스'를 연구하는 관형은 '부재의식'을 위와 같

---

44 김남천, 『낭비』, 『인문평론』, 1940.11, 145쪽.

이 정의한다. 그런데 '기성관습에 대한 개인의 심리상의 부조화'를 뜻하는 '부재의식'은 '기성관습'의 범위를 어떻게 설정하느냐에 따라서 다층적으로 구성될 수 있다. 구체적으로는 자신과 가장 친밀한 집단인 가정적 층위에서 느끼는 부재의식과 학문적 층위의 부재의식, 마지막으로 국가제도적 층위의 부재의식 등으로 세분할 수 있을 것이다.

"이층에서는 양식을 잡숫고 아래층에 와서는 깍두기를 집어 먹는" 식민지 조선의 부르주아 가정에서 성장한 이관형이 느낀 첫 번째 층위의 부재의식은 가족들과의 관계에서 발견된다. 별장에서 이관형이 주변사람들과 섞이지 못하는 이유는 성에 대한 욕망이나 물질적 풍요를 추구하는 주변 사람들과 관형이 추구하는 삶이 거리가 있기 때문이다. 그래서 고고한 관형은 사람들과 쉽게 어울리지 못하고 고독을 느끼며, 일상 속에서 가정적 층위의 '부재의식'을 만들어낸다. 소통이 부재하는 관계 속에서 정치주체가 '고독'을 감각하기 시작하여 '자아'의 문제에 천착하게 될 때 이 '부재의식'은 표면 위로 부상한다.

두 번째 층위, 즉 학문적 층위의 부재의식은 관형이 소속되어 있는 경성제국대학이라는 아카데미 안에서 발견된다. 교수회에 강사 채용 논문을 제출해야 하는 이관형이 논문의 대상으로 삼은 것은 1844년에 뉴욕에서 태어나 1916년 첼시에서 죽은 헨리 제임스이다. 이관형은 이 논문의 제목을 "「文學(문학)에 있어서의 不在意識(부재의식)」"이라고 붙이고 소제목을 "「헨리·젬스에 있어서의 心理主義(심리주의)와 인터내슈낼·시튜에-슌國際的 舞臺」"이라고 명기한다.

헨리 제임스는 「미국인」에서 구라파의 미국사람을, 그리고 「구라파인」에서 미국의 구라파인을 다루었기 때문에, 많은 연구자들이 헨리 제임스의 특징을 '국제적 입장'[45]이라고 규정하고 '심리주의적 방법'을 연결하여 분석을 시도하였다. 하지만 헨리 제임스 문학의 배후에 있는 사회적·시대적 의의를 찾고자 한 연구는 거의 존재하지 않기에 이관형은 기존의 "아카데미스트들의 기정된 연구 업적과 평가"를 뒤집고, 헨리 제임스의 "국제적 무대, 인터내슈널·시튜에-슌과 심리주의"를 밀접하게 연결시켜, 시대와의 연관성 속에서 헨리 제임스의 문학을 사회적으로 규정하려고 한다.

헨리·제임스를 시작할 때에도 끝까지 심리현상을 냉혹한 과학적인 태도로 분석하려는 명심만은 버리지 않으려 애썼으나, 그것이 어느 정도까지 이루어졌는지는 역시 의문이 아닐 수 없었다. 학문 속에 '자기'가 섞이고 '자기'가 끌려들어가 버리는 것이다. 헨리·제임스, 이관형은 이관형, 거기에 어떠한 교섭이 있을 리 없다고, 거듭 생각해 보았으나, 일개의 후진한 문화 전통 속에서 자라난 청년의 정신이 '너'와 '나'를 구별하기 힘든 가운데 헨리·제임스가 현대인의 사상으로 통하는 길이 있고, 다시 동방의 하나의 청년의 마음이 세계사상으로 통하는 통로가 열려있는지도 알 수 없었다. 여하튼 관형은 논문의 타이프를 마쳐 버리고는 연구방향을 바꾸어버렸다.[46]

그런데 이러한 작업을 진행하면서 이관형은 자신과 헨리 제임스가

---

45 최경도, 『헨리 제임스의 문학과 배경』, 영남대 출판부, 1998, 185~186쪽. 헨리 제임스를 논의할 때 언급되는 '국제 소설', 혹은 '국제적 입장' 등은 상이한 국가 배경이나 상이한 관습, 혹은 윤리관의 차이를 가진 인물들 사이에서 비롯된 갈등이나, 특정 세계의 인물이 다른 문화 환경에서 겪는 갈등을 취급한 것을 뜻한다. 그리고 국제소설의 기본적 성격은 미국과 유럽으로 대변되는 신구문화와 가치의 비교이다.
46 김남천, 「낭비」, 『인문평론』, 1940.11, 140~141쪽.

굉장히 유사하다는 사실을 발견한다. 그리고 이 유사함으로 인해 관형이 놓인 자리는 헨리 제임스의 그것과 오버랩되고, 관형은 학문적 층위에서의 부재의식을 경험한다. 이관형과 헨리 제임스의 공통점은 "일개의 후진한 문화전통 속에서 자라난 청년"이라는 것이다. 그래서 이관형은 헨리 제임스를 연구하면서 자신과 헨리 제임스를 "구별하기 힘든" 상태에 놓이게 된다.[47] 연구의 주체인 이관형과 연구 대상인 헨리 제임스가 '부재의식'이라는 경험을 공유하게 되면서 이 둘은 분리 불가능한 상태가 되고, 주체와 대상 간에 객관적 거리가 유지되어야 쓸 수 있는 논문은 진척되지 않는다.

이관형과 헨리 제임스가 분리되기 어려운 상태에 이르게 되면서, 헨리 제임스가 느꼈던 "이중인 유랑", 즉 "모국에서의 국외자, 유럽에서의 국외자"라는 두려움[48]은 이관형에게 전염된다. 이관형이 자신의 처지와도 연결되는 위와 같은 생각에서 벗어나기 위해서는 '학문의 대상'인 헨리 제임스를 넘어뜨리고 자신의 세계를 개척해야만 한다. 그는 "나는 이긴다"라고 외치며 부재의식을 자신의 의지로써 극복해 보고자 분투한다.

하지만 국가제도적 성격을 지니는 세 번째 층위의 부재의식이 발현되는 문화권력장, 즉 경성제국대학이라는 아카데미 안에서 관형의 노력은 힘을 발휘하지 못한다. 이관형에게 헨리 제임스를 소개해준 것은

---

47 물론 이들에게는 공통점만 존재하는 것이 아니다. 이관형의 지적처럼 헨리 제임스에게는 "현대인의 사상으로 통하는 길"이 있었고, 동방의 청년인 이관형에게는 "세계사상으로 통하는 통로"가 열려 있는지조차 알 수 없기 때문이다. 미국이 문화적 식민지라고는 하지만 헨리 제임스는 제국의 일원이었던 반면 이관형은 문화적으로뿐만 아니라 정치적으로도 식민지인이었기 때문이다. 그러니 이 둘이 공통적으로 가지고 있는 '부재의식'의 경중을 따지려고 한다면 이관형의 '부재의식'이 더 커다란 무게로 다가올 수밖에 없었다.
48 여경우, 『헨리 제임스 생애와 작품세계』, 건국대 출판부, 1994, 31쪽.

대학원의 일본인 주임교수인 가사이笠井였지만 그는 이관형의 성실성은 높이 평가하면서도, 관형이 논문 심사를 받을 때 관형을 옹호해 주었는 지에 대해서는 정확히 드러나지 않는다.

김남천은 자신의 소설 속 인물들에 대해 설명하는 「직업과 연령」[49]이 라는 글에서 가사이 교수의 특징을 "대학 파벌의 일부 대표격"이라고 서술하고 『낭비』 이후의 이야기를 담고 있는 「맥麥」에서 이관형이 "교 내의 파벌과 학벌 다툼"에 희생되어 강사 임용에 실패한 것으로 그려낸 다. 이 파벌의 내용이 제국대학 안에서 조선인과 일본인을 경계 짓는 일 과 관련되어 있음은 다음의 구절을 통해서 추측할 수 있다.

요즘 며칠 채 궁금히 생각되는 것은 지도교수한테 타이프로 쳐서 제출한 그의 논문에 대해서였다. 어떻게나 되어 나가나 물론 가사이 교수는 끝까지 이관형의 어학적인 실력과 성실한 학문태도에 대해서 전폭의 지지를 아끼지 않을 것을 믿는 것이나, 이런 방면에서 조선사람 학생의 진출이란 것이 도시 흔하지 않은 일이고보니 어떻게나 결말이 날것인지 근심되지 않는 바 아니었다.[50]

이 구절은 가사이 교수에게 초점이 맞춰져 있는 듯 보이나, 사실 이 장면의 초점화자는 이관형이다. 그러므로 위의 인용문은 이관형의 생 각이라고 할 수 있다. 이것은 가사이 교수가 자신을 지지할 것이라는 믿 음도 결국은 이관형의 착각일 수 있음을 암시한다. 제국대학의 강사 임 용에서 "조선사람 학생의 진출"이란 전대미문의 사건[51]이었다. 관형이

---

49 김남천, 「직업과 연령」, 정호웅·손정수 편, 『김남천 전집』 2, 박이정, 2000, 647쪽.
50 김남천, 『낭비』, 『인문평론』, 1940.11, 140쪽.

아무리 뛰어난 영어 실력을 보유하고 있다 하더라도 '조선인'이기 때문에 강사가 될 수 없으리란 것은 강사 임용을 준비하는 관형을 보고, (조선인에게) "누가 교술 준대나"라고 말하는 후배의 대사를 통해서도 간접적으로 확인된다.

그러므로 논문 제출 후 관형이 전형위원이 된 심리학과 사끼자끼向坂 교수의 부름을 받는 것은 당연한 수순이다. 사끼자끼 교수는 크게 네 가지의 질문을 관형에게 던진다. 첫째, 심리학과 사회학의 학문적인 관계, 둘째, '크레아타·에트·크레안스'의 의미, 셋째, 아메리카 심리학에 대한 지식 정도, 넷째 논문을 쓰게 된 동기가 그것이다. 이 질문들 중 특히 네 번째 질문을 던지는 사끼자끼 교수의 시선은 식민지인인 이관형의 정치적 무의식을 파악하려는 제국권력의 시선을 대변한다.

사끼자끼 교수는 심리주의를 사회적인 근원까지 연결시키려는 이관형의 의도 속에서 제국권력을 부정하려는 식민지인의 내면과 더 나아가 체제 전복적인 측면까지를 읽어내려고 한다. 즉 심리주의적인 문학현상을 사회학적인 근원에까지 연결시키고, 인간은 환경에 의해서 창조된 것이지만 또한 사회와 환경을 만드는 힘도 가지고 있다고 믿는 관형의 생각이 도달할 수 있는 "위험한 결론"으로 제국에 대한 식민지인의 저항과 민족의식을 상정한다.

헨리·제임스는 군의 설명에도 있는 것과 같이 미국에 났으나 구라파와 미

---

51 김윤식, 『최재서의 『국민문학』과 사토 기요시 교수』, 역락, 2009, 20~26쪽. 경성제국대학 법문학부의 교수 요원을 살펴보면 조선인 교수는 전무한 상태이다. 대신에 조선 관련 과목에 세 명의 강사가 있었다. 1931년에 조선예속사와 조선어를 담당했던 어윤적과 정만조, 1941년에 조선식 한문을 강의한 권순구만이 경성제국대학의 강사로 재직하고 있었다.

국 사이를 방황하면서 그 어느 곳에서나 정신의 고향을 발견치 못하였다고 말하오. 또 그의 후배라고 할 만한 제임스·조이스는 아일랜드 태생이 아니오? 뿐만 아니라 군이 부재의식의 천명의 핵심을 관습과 심정의 갈등, 모순, 분리에서 찾는 바엔 여기에 단순히 문학적인 이유만으로 해석될 수 없는 다른 동기가 있는 것이 아니오?[52]

제국에서도 식민지에서도 정신의 고향을 찾지 못한 헨리 제임스, "헨리·젬스·조이스"라는 말이 가능할 정도로 그와 밀접한 관련성을 지닌 아일랜드 태생[53] 제임스 조이스 등을 문제 삼으며 사끼자끼 교수는 조선인 이관형을 강사에 채용하지 않기 위해 신랄한 지적을 쏟아 붓는다. 이관형은 그의 질문들에서 "적지 않은 사취와 독기가 풍기는 화살"을 느끼고, 결국 관형의 강사 채용은 무산된다.

지금까지 서술한 바와 같이 이 글에서 상정한 세 가지 층위의 부재의식은 '식민지 조선'이라는 동일한 기반에서 등장한다. 조선은 전근대적 상황에서 서구적 근대를 받아들이고 일본의 점령으로 인해 강제적으로 제국적 질서에 편입되면서, 생활 양식적 측면에서의 착종과 대립적인 가치관의 혼란 상태를 감당해야 했다. 『낭비』의 서사를 이끌어가는 '경성제국대학'이라는 문화권력장 역시 이러한 모습을 잘 보여준다. '경성

---

52 김남천, 『낭비』, 『인문평론』, 1941.2, 205쪽.

53 김병구, 「고전부흥의 기획과 '조선적인 것'의 형성」, 『'조선적인 것'의 형성과 근대문화담론』, 소명출판, 2007, 25쪽 재인용. 일본 총독부 산하의 조선가법협회(朝鮮可法協會)에서 1926년 영문학자 등정추부(藤井秋夫)를 초빙하여 아일랜드 '민족운동과 문예부흥'에 관한 강연을 하였다. 이 강연에서 등정추부(藤井秋夫)는 아일랜드 민족운동이 언어 및 문학과 맺는 관계, 영국에 대한 정치운동, 문예부흥운동 등을 자세하게 소개했다. 그런데 이 강연회 서두에서 그는 "조선은 일본의 아일랜드"라는 취지로 자신의 글을 참고할 것을 청중에게 권하고 있다.

제국대학'이라는 이름을 통해서도 알 수 있듯이, 이곳은 식민지 조선의 수도인 '경성'이라는 물리적 공간을 점유하고 있으면서도 '제국'의 대학이기 때문에 제국 일본의 정책을 지향할 수밖에 없는 곳이었다.

조선인도 일본인과 동등한 자격을 얻을 수 있다고 선전하던 일본의 정책은 관형의 좌절을 통해 기만적 술책임이 드러난다. '내선일체'는 전쟁을 효과적으로 수행하기 위한 기본 인력을 양성할 때 필요한 구호였다. 그렇기 때문에 근대의 학문을 이끌어가야 하는 조선의 최상위 지식인들이 포함되어 있는 '경성제국대학', 즉 당대의 핵심적인 문화권력 장 안에서 내선일체는 성립될 수 없었다.[54] 다시 말하면 '내선일체'라는 말 속에 내재되어 있는 '내지內地'와 '외지外地'의 경계는 가치중립적으로 보이는 학문을 매개로 하더라도 끝까지 넘어설 수 없는 것이었다.[55] 그리고 이 경계를 넘어설 수 없음에 대한 직관적인 인식이 바로 다층적인 부재의식을 불러오는 근본적인 원인이었다.

기존의 관습과 타자에 대한 '공감'이 회복되지 않는 한 부재의식은 극복되지 못할 것이다. 헨리 제임스가 미국에서도 유럽에서도 진정한 공감을 느낄 수 없었던 것처럼, 이관형 역시 식민지 조선의 척박한 문화적 환경을 보여주는 송도해수욕장과 식민지인을 배척하는 제국대학 내에서 자신의 자리를 찾지 못한다. 그리고 타자들과 감정을 공유하지 못한 채 홀로 바닷가를 거닐며 "누를 수 없는 고독"을 느낀다. 헨리 제임스를

---

54 박용규, 「경성제국대학과 지방학으로서의 조선학」, 『'조선적인 것'의 형성과 근대문화담론』, 소명출판, 2007, 124~147쪽. 박용규는 일제시대 경성제국대학의 '조선어문학과'에서 조선어학과 조선문학을 강의하는 교수도 모두 일본인이었음을 지적한다. 그리고 조선인은 강사나 조수에 불과했다는 사실을 말하면서, 이것은 이 시기 조선에서의 근대 학문의 세계를 일본인이 독점하고, 조선인들은 그 핵심에서 배제되었음을 보여주는 증거로 제시한다.
55 황지영, 「김남천 소설의 국가담론 연구」, 이화여대 석사논문, 2008, 85~88쪽.

매개로 해서 세계 사상으로 뻗어나가려던 관형의 모든 노력은 수포로 돌아간다.

헨리·제임스는, 실무적으로나 직업상으로나 결코 사람과 교제하지 않았다. 그는 결혼까지도 하지 않았다. 그는 인생으로부터 멀리 떠나서, 그들의 일분자가 되지 아니하고, 이것을 관찰하였다. 그는 주로 구라파에서 만나는 아메리카인을 통하여 아메리카를 알았다. 또한 그는 타곳에서 온 만유객으로서 구라파의 사회를 알았다. 그러므로 그는 진정한 의미에서는 아무것에 대하여도 공감을 가지지 못하였던 것이다

그는 '아무것에 대하여도 공감을 느끼지 못하는' 상태를 지금 뼈아프게 경험하고 있지는 아니하는가? 공감이 없이 사는 생활, 그것의 반영인 문학, 그것은 곧 헨리·제임스이다. 그리고 이것이 '부재의식'의 사회적인 근원이 되어야 할 것이다.[56]

그렇다면 식민지 지식인으로 '부재의식'을 경험하고 있는 이관형이 나아갈 수 있는 임계는 어디까지인가? 제국의 공식적인 지식인으로 호명될 수 없는 관형은 가사이 교수와 개인적으로 교감한다. 가사이 교수는 이관형의 논문이 선발되지 않을 것임을 짐작한 후, 그를 사택으로 초대해서 함께 게임을 하고 저녁을 먹으면서 관형의 기분을 풀어주기 위해 노력한다. 이관형 역시 "스승의 친절한 마음씨에 저윽히 감격"을 맛본다. 하지만 제국의 제도로 편입되지 못한 이관형의 "유쾌치 못한 심사"

---

56 김남천, 『낭비』, 『인문평론』, 1940.3, 199쪽.

는 가사이 교수의 노력에도 완전히 풀리지 않은 채 소설은 끝이 난다.

이 시기 일본의 문화와 제도가 조선에 침투한 것에 비하면 훨씬 적은 양이겠지만 조선의 문화가 일본인에게 전달되기도 했었을 것이다. 이 관형의 모델이기도 한 최재서[57]와 그의 스승인 사토 기요기 교수의 「상추」[58]에 나타나는 것처럼 조선의 '상추쌈'이라는 문화는 일본인 교수에 의해서 기름과 소금을 쳐서 먹는 것으로 전유된다. 조선문화의 알레고리로도 볼 수 있는 '상추'를 먹으며 사토 교수는 그 맛의 분석과 종합이 불가능함을 노래하였다. '상추'의 맛을 분석하고 종합하는 것이 가능하지 않은 것처럼 민족과 문화라는 기반을 무시할 수 없는 조선인과 일본인 사이에서 완전한 이해와 공감은 불가능해 보인다. 그러므로 이관형이 느꼈던 다층적 부재의식은 제국과 식민지의 경계를 넘을 수 없었기 때문에 해소되지 못하고, 제국권력이 그에게 허락한 자리는 제국의 지식을 사사하는 제국대학의 대학원생이라는 자리까지였음이 드러난다.

제국 일본은 조선의 지식인들에게 함께 할 미래를 약속하며 '내선일체'를 위해 '동족동근론'을 사용해 신화적 시간까지를 전유하려 했지만, 제국의 아카데미라는 장벽 앞에서는 끊임없이 제국의 국민과 식민지인에 대한 구별짓기를 시행하였다. 그리고 제국대학이라는 근대 아

---

57 와다 도모미, 「김남천의 취재원(取材源)에 관한 일고찰」, 『관악어문연구』 23, 서울대 국어국문학과, 1998.

58 김윤식, 『최재서의 『국민문학』과 사토 기요시 교수』, 역락, 2009, 203쪽. 『국민문학』 1944년 8월 호에 실린 사토 기요시의 「상추」의 전문은 다음과 같다. "한 포기의 상추, / 잘 씻은 한 포기 상추, / 기름을 조금 치고, / 가는 소금을 뿌리고, / 따뜻하게, / 내 손수 지은 밥을 싸서 먹는다, / 석양을 향해, / 떨어지는 아카시아를 향해, / 혼자서 먹는 상추, // 최재서가 가르쳐주어, / 올해도 먹는 맛 좋은 상추, / 그런데 이것도 / (길고 긴 세월이 지난 뒤) / 올해까지 오고 말았지만, 그 맛에는 털끝만큼의 푸념도 없다. / 그렇지만 이 상추에 깃든 맛, / 그 누가 이 맛을 분석하며, / 그 누가 이 맛을 종합하랴."

카데미즘의 정점 속에서 서구적 교양과 학문의 자유를 교육받았으나 여전히 관형의 내면은 식민지 지식인의 그것을 유지하고 있었다.

「맥」의 마지막 장면에서 관형은 "보리알을 또 한번 땅 속에 묻어"보기 위해 경주로 여행을 떠난다. 그는 통치권력의 도구가 될 수도 있는 "빵가루가 되기보담 어느 흙 속에 묻혀 있기를 본능적으로 희망하는 인물"인지도 모른다. 여기에는 제국 일본이 요구하는 직분에 충실한 삶을 살 수도 없고, 그렇다고 무경처럼 '꽃'을 피워보겠다는 낙관적인 전망을 지닐 수도 없는 식민지 지식인의 비극성이 담겨 있다.

그러나 이 비극성은 절망으로 끝나지 않을 것이다. 이 비극성의 근본 원인인 다층적 부재의식은 역설적이게도 제국권력이 주장하는 '내선일체'의 허구성을 폭로한다. 또한 이 의식으로 인해서 이관형은 제국권력이 '동족동근'의 기원으로 삼았던 곳, 동시에 민족문화의 기점인 '경주'로 여행을 떠난다. 관형이 퇴폐와 허무의 옷을 벗고, 기원을 탐색하려는 여정을 떠났다는 것은 삶의 긍정성을 찾기 위한 그의 '탈피작용'이 계속될 것임을 암시한다.

2. 정치사상의 수직적 전달과 권력 유보의 서사

제2장의 2절에서는 혈통을 기저로 한 민족 개념이 거부되고 세계로 뻗어나가려는 제국 일본의 야망이 펼쳐지는 가운데 조선의 지식인들이 사용하는 언어와 매체의 특성을 중점적으로 살펴보고자 한다. 식민지 말기가 되면 서구를 중심으로 하던 일원사관에서 벗어나 대동아공영의 논

리를 뒷받침하는 다원사관이 등장한다. '서구'만이 세계사의 주체라고 생각하는 일원사관 안에서 동양은 세계사의 전사前史로 취급받았고, 하나의 지리적 개념으로 간주되었다. 그러나 다원사관은 "세계는 각각 고유한 세계사를 가지고 있다"는 생각을 바탕으로 동양도 세계사의 주체가 될 수 있다는 논리를 피력해 나가면서 제국 확장 프로젝트에 일조한다.

식민지 말기에 등장한 동양론이나 다원사관처럼, 그 시대의 인식을 구성하는 필수불가결한 요소들의 집합을 푸코는 '지식savoir'이라고 불렀다. 지식은 담론적 실천discursive practices 속에서 그에 대해 말할 수 있게 하는 것이며, 주체가 그 담론 속에서 대상들에 대해 말하기 위해 자리 잡을 수 있는 공간이다. 지식은 개념들이 나타나고, 사라지고, 적용되고, 변환되는 장이며, 담론에 의해 제공되는 사용과 전유의 가능성들에 의해 정의된다.[59]

이 지점에서 푸코의 논의가 주효한 이유는 푸코가 특정 지식이 다른 지식에 비해 더 우월한 정보로 자리매김하게 되는 과정, 즉 사상의 물적 조건에 주목했기 때문이다. 그리고 그는 그 과정 속에서 지식을 권력관계와 정보에 대한 욕망이 결합된 지점이라고 규정한다. 지식은 언제나 권력관계를 동반하기 때문에 '지식권력'으로 규정되고, 정치적 고려가 배제된 순수한 것이 아니라 권력투쟁의 핵심적인 요소[60]임이 강조된다.

그런데 여기서 놓치지 말아야 할 것은 지식을 생산하는 행위 안에는 배제의 과정이 포함되어 있다는 사실과 지식 생산 그 자체가 권력을 추구하는 방식이 될 수 있다는 사실이다. 그러므로 이 절에서 정치사상이

---

59 미셸 푸코, 이정우 역, 『지식의 고고학』, 민음사, 2000, 252~253쪽.
60 콜린 고든 편, 홍성민 역, 「육체의 고백」, 『권력과 지식-미셸 푸코와의 대담』, 나남출판, 1991.

라고 명명되는 푸코적 의미의 '지식'이란 객관적이고 가치중립적인 것이 아니라 언제나 특정 집단의 이익을 위하여, 그리고 권력을 위하여 봉사하는 것이다.[61]

푸코의 논의와 식민지 말기의 상황을 연결시켜서 생각해 보면, 중일전쟁으로 인해 제국의 권력장이 본격적으로 그 역학을 바꾸어 가는 가운데 권력장의 효과인 동시에 이 권력장의 움직임을 지원하기 위한 지식이 생산되었다. 「맥」에서 오시형이 전향을 선언하면서도 밝히고 있듯이, 와쓰지 데쓰로和辻哲郎의 풍토사관과 헤겔 철학을 수용한 타나베 하지메田邊元, 문학계·일본 낭판파·교토학파를 중심으로 한 근대초극론 등이 바로 그것이다.

이 시기 이기영·한설야·김남천은 여러 작품 속에서 일본의 제국권력이 재편되어 가는 모습을 직·간접적으로 제시하였다. 특히 천황제를 중추로 삼아 대동아로 뻗어나가려는 일본의 제국권력이 만들어내는 동아신질서나 대동아공영권 등의 정치사상을 주체들의 문제와 연결하여 형상화하고 있다. 이제 식민지 조선의 담론장 안에서 경제에 기반을 둔 마르크시즘은 배제의 대상으로 간주되고, 아시아의 맹주인 제국 일본이 생산한 다원사관이 강력한 힘을 발휘한다. 하지만 이기영과 한설야, 김남천은 자신들의 작품들에서 제국권력과 지식의 공조체계가 만들어내는 담론에 대해 우호적인 인물과 비판적인 인물을 동시에 등장시킨다. 그럼으로써 제국 일본이 만들어낸 정치사상과 제국권력 양쪽에 대해 동조하기보다는 유보적인 태도를 취한다.

61　사라 밀스, 임경규 역, 『현재의 역사가 미셸 푸코』, 앨피, 2008, 135~156쪽.

1) 인쇄매체의 지시성과 인식적 독서

이 시기 제국권력은 동양이 세계사의 전사前史라는 문화지정학적 위상을 거부하고, 동양을 세계사를 이끌어가는 오롯한 주체로 자리매김하기 위해 동양론, 다원사관, 근대초극론 등의 정치사상을 생산하여 자국과 식민지뿐 아니라 '대동아' 전역에 유통시키고자 하였다. 그리고 이러한 정치사상을 수용하여 현실이 되게 만들 수 있는 정치주체들, 특히 지식인들의 욕망을 간파해서 이들과 접속하기 위한 움직임을 만들어 나갔다.

제국의 '국민'으로 호명되면 이에 응답해야 하지만 먼저 제국을 호출할 수는 없는 식민지 지식인들의 주된 욕망은 자신의 불안전한 자리를 공고히 하고, 제국과 자신 사이에 존재하는 균열을 봉합하는 것이었다.[62] 그래서 제국 일본은 '오족협화'와 '내선일체', '만선일여' 등 제국이라는 좌표계 속에서 서로 다른 공간을 점유하던 이들을 융합과 일체의 상상력 속으로 소환하고, 식민지 조선의 지식인들은 이에 응답하였다. '조선'을 제국 일본이라는 국민국가의 균질적 공간 안으로 위치 지우면 식민지의 불균등성 unevenness은 은폐되는 듯 보이기 때문이다. 그리고 이 은폐되고자 하는 식민성의 공간 위에서 새로운 경계들과 주체들의 모습들이 등장한다.[63]

그렇다면 제국 일본이 전파하고자 했던 이 시기 정치사상은 식민지의 지식인들에게 어떤 경로로 전파되었으며 어떤 방식으로 수용되고 변용되었는가? 이 시기의 제국발 담론들은 대부분 서적과 잡지 등 인쇄매체를 통해 조선으로 들어왔고 조선의 지식인들은 일본에서 나온 서

---

62 이상옥, 「담론의 균열과 지식인의 위치」, 『우리말글』 57, 우리말글학회, 2013, 365~369쪽.
63 김철, 「동화(同化) 혹은 초극(超克) ― 식민지 조선에서의 근대초극론」, 『동방학지』 146, 연세대 국학연구원, 2009, 211쪽.

적들을 읽음으로써 이 사상들을 받아들였다. 그리고 이 과정에서 시비是非와 호오好惡, 그리고 진위眞僞 등 정치사상의 타당성을 검증하기 위해 이들은 인식적 독서를 시행하였다. 그러나 일본이 동양의 맹주로 거듭나고 고도국방국가를 모토로 내세운 상황 속에서, 그리고 사유의 재구조화를 목표로 제작되는 인쇄매체의 특성 앞에서 이들이 객관적이고 중립적으로 사유하는 것은 쉬운 일이 아니었다.

본래 문자란 인간의 사고과정을 구조화하는 것에 직·간접적으로 관여하는데, 문자로 '쓰인 담론written discourse'은 그것을 작성한 사람에게서 분리되어 물리적 공간의 장벽을 넘어 전파된다. 그리고 이때 인쇄매체는 독자와 그것을 말한 사람 또는 쓴 사람과 이어지게 만든다. 작자와 분리되어 유통되고 독자와 작가를 연결시키는 담론 전달체로서의 인쇄매체는 직접 반박하는 것이 거의 불가능하고, 독자가 완벽하게 반박했다고 생각할지라도 여전히 전과 같은 것을 계속해서 말하는 고집스러운 속성을 가지고 있다.[64]

이런 이유에서 인쇄매체는 글을 쓴 사람과 글을 읽는 사람 사이에 수직적으로 작용하는 권력관계를 만든다. 이 글에서는 이러한 인쇄매체의 성격을 '지시성'이라고 명명하고 논의를 진행해 나가고자 한다. 일반적으로 통치권력은 문화가 결핍되면 붕괴될 위험을 지닌다.[65] 그러므로 인쇄매체와 이를 통해 전파되는 담론을 관리하는 것은 문화적이면서 정치적인 편향을 함축하는 것인 동시에 제국 발전에 적합한 조건을 만들기 위한 것이었다. 그러므로 소설 속에 재현된 인쇄매체를 분석하

---

64 월터 J. 옹, 이기우·임명진 역, 『구술문화와 문자문화』, 문예출판사, 2012, 128~129쪽.
65 해럴드 A. 이니스, 김문정 역, 『제국과 커뮤니케이션』, 커뮤니케이션북스, 2008, 285쪽.

는 것은 문화권력장 안에서 작동하는 권력관계를 파악하는 데 일조할 것이다.

이기영의 『인간수업』에는 "쏘크라테스, 플라톤, 아리스토텔레스의 그리스 시대 삼대 철학자"뿐 아니라 "스토아 철학자, 스피노자, 라이프니쯔, 스펜서, 쇼펜하우에르 또 누구 누구 기타 근세철학자"와 "유교, 불교" 등 동서고금의 철학자들과 도학자들의 책이 가득한 현호의 서재가 등장한다. 그의 철학 독서 편력은 당대의 통치권력이 지식인을 포섭하기 위해 사용한 전략 속에 함몰되지 않고 자율성을 확보한 듯이 보인다. 철학이라는 학문이 지닌 보편성과 시대와 지역을 폭넓게 수용하는 포용력으로 인해 현호의 철학 독서는 시대적인 상황과 대결관계에 놓이는 것이 아니라 나름의 자율성을 획득한다.

이와 달리 중일전쟁 이후에 발표된 김남천의 작품들에 등장하는 서책들의 목록들은 당대적 상황과 직접적으로 결부되는 측면들이 있다.[66] 특히 「길 우에서」의 서술자 박영찬이 K기사의 책상 위에 놓인 책들에 대해 관심을 갖는 것은 1930년대 후반 제국권력에 의해 '청년'으로 호명된 기술자의 취향에 대한 전향 사회주의자의 호기심을 단적으로 보

66　윤금선, 「1920~30년대 독서운동 연구」, 단국대 동양학연구소 편, 『근대 한국의 일상생활과 미디어』, 민속원, 2008, 73~74쪽. 1930년대 말에 조선일보사에서 편집국장, 학무부장, 남녀 학생들이 참석한 「일반학생들의 독서하는 경향」이라는 좌담회 기사를 보면 당대 학생계의 독서 경향을 가늠할 수 있다. 이 글에서 주목되는 내용은 "요즘 대개 어떤 책을 읽나?"에 대한 대답으로, "전공 관련 서적을 많이 읽으며 얼마 전까지 유행했던 사상 방면의 서적들은 잘 읽지 않는다." 또한 "내지 신인작가들의 책, 이와나미문고(岩波文庫)의 소책자들이나 순문학 경향"의 서적을 읽는다는 것이다. 그리고 학생들이 주로 애독하는 잡지로는 『개조』, 『중앙공론』, 『문예』, 『신사조』, 특히 『조광』, 『삼천리』 등이 꼽히고, 책은 대개 학교 도서실의 서적을 읽기 때문에 학교에 비치된 고전문학을 주로 읽는다. 한 참석자는 입학시험 볼 때부터 취직과 관련된 공부에 집중해야 하고, 일본인에 비해 취업난에 허덕이기 때문에 조선 학생들은 독서의 여지가 없다고 답하기도 하였다.

여준다. 이 관심 속에는 도서를 하나의 기호로 코드화하여 K기사의 내면을 투시하고자 하는 염탐의 시선이 담겨 있다.

'책, 책이 가장 K의 내면 생활을 증명할 것이다!'

나는 속으로 이렇게 생각하면서 내심에 꺼리는 것을 그대로 책궤 앞으로 기어갔다.

'혹시 『킹구 청년』이나 『강담』의 애독자는 아닐는가?'

그랬으면 하는 생각과 제발 그렇지 않아주었으면 하는 생각이, 함께 기묘하게 설켜 도는 것 같다.

『난센스 전집』이 한 권 끼었으나, 『개조』도 있고, 『중앙공론』도 끼어 있었다. 그러나 그러한 책은 합쳐서 네다섯 권, 그 나머지 네다섯 권은 토목에 관한 기술적인 특수 서적, 학생 시대의 노트, 그러나 그 밖에 근 스무 권에 가까운 책의 전부가 수학사나 과학사, 단 한 책이기는 하나 『자연변증법』의 암파문고도 들어 있었다. 그러나 목을 굽히고 궤짝의 뒤를 살펴보니 한 자길이로 두겨 놓은 책 가운데는 알랭의 번역이 한 권, 괴테와 하이네의 시집, 포앙카레의 작은 책자들이 섞여 있었다. 나는 가슴속을 설레고 도는 동계를 스스로 의식하면서 내가 지금 경험하고 있는 감상의 결론을 찾으려고 애써 보고 있었다.[67]

독서는 인간의 내면을 구성하는 강력한 작업이기 때문에 책의 목록을 통해서 한 인간의 "내면생활을 증명"하려는 서술자의 태도를 비약이

---

67 김남천, 「길 우에서」, 『문장』, 1939.7, 233~234쪽.

라고 볼 수는 없을 것이다. 다만 여기서 문제가 되는 것은 K기사가 당대의 대중독자들이 즐겨 읽었던 『킹구 청년』이나 『강담』의 애독자이길 바라면서, 또 바라지 않는 서술자의 이중적인 태도이다. "취직난이 유례가 없는 시대"에 특등의 대우를 받는 기술자를 전향 사회주의자는 "선망이 절반, 질투가 절반"인 감정으로 바라본다.

여기서 책의 목록을 구체적으로 살피기 전에 박영찬이 보이는 이율배반적인 태도에 대해 생각해보자. 이 태도는 그가 K기사에게 바라는 두 가지를 짐작하게 만든다. 첫째는 K기사가 전문 분야에는 깊은 지식을 가졌더라도 그 외의 세상사에는 무관심한, 즉 대중오락잡지 수준의 교양을 지닌 인물로 살아가길 바라는 것이고, 둘째는 K기사가 세계와 시대에 대한 특정한 입장의 연장선 위에서 신념에 따라 직업을 선택하고 살아가길 바라는 것이다.

그러나 K기사의 책상자에는 『개조』와 『중앙공론』처럼 사회비평잡지, 기술 관련 전공서적과 기초 과학서적, 그리고 엥겔스의 저작부터 최근의 유럽 현대철학과 고전문학 작품까지 들어 있다. 이 일관성 없어 보이는 책의 이름들과 저자들이 불규칙하게 들어 있는 K기사의 책상자는 박영찬이 해독할 수 있는 범위를 넘어서는 세계이다.[68] 형 친구 앞에서 형 세대의 사상적 고민을 "청년다운 센티멘탈"[69]로 치부해 버리는 K기

---

68 차승기, 「"비상시(非常時)"의 문/법 – 식민지 전시(戰時) 레짐과 문학」, 『사이間SAI』 12, 국제한국문학문화학회, 2012, 13쪽.

69 1929년 10월 3일 자에는 「신흥사조에 몰두한 조선청년의 독서열」이라는 기사가 실린다. 이 기사에서는 당대 경찰 당국에서 '조선사람의 사상, 경향이 어떠한 방향으로 움직이고 있는가?'를 알기 위하여 조선 사람들이 어떠한 신문, 잡지, 단행본 등을 보고 있는가를 매우 정밀하게 조사하였다는 내용이 담겨 있다. 그리고 이 조사를 통해 『맑스전집』, 『맑스, 엥겔스전집』, 『신흥문학전집』, 『크로포트킨전집』, 『경제학전집』 등의 전집물과 『개조』, 『스스메』, 『문예전설』, 『적기』 등 사상문제에 치우치는 서적 잡지가 많이 구독되어 당국이 놀랐다는

사는 사회주의에서 삶의 희망을 발견하고자 했던 형 세대처럼 책에서 배운 지식을 가지고 자신의 가치관을 결정하지는 않는다.

그렇다면 이 시기 인쇄매체에서 읽은 내용을 바탕으로 자신의 세계관을 형성하고 삶의 지향점을 설정한 이들은 누구인가? 그리고 그들은 어떤 책을 읽었고, 그 속에서 무엇을 얻었으며, 또 그 영향은 어떻게 발현되었는가? 이 질문들에 대한 답을 찾기 위해서는 김남천의 「경영」과 「맥」, 그리고 『낭비』 연작을 살펴보아야 한다. 이 작품들 속에 등장하는 인물들, 즉 전향자인 오시형과 비판자인 이관형, 모색자인 최무경의 내면은 책을 매개로 해서 구성·굴절·변용되고 있기 때문이다.

사상범으로 감옥에 간 오시형은 출소한 후에 감옥 안에서 가장 감격하며 읽은 책은 플라톤의 『소크라테스의 변명』과 『크리톤』이라고 밝힌다. 그리고 이 책들이 감동적인 이유는 소크라테스의 사정이 자신과 비슷해서라기보다는 글의 내용이 자신의 환경을 완전히 잊어버리게 했기 때문이라고 말한다. 하지만 철학자 플라톤의 책을 읽으며 자신의 환경이 지닌 특수성을 잊고 보편적 세계와 접속하게 되는 시형은 소크라테스의 그 훌륭한 태도가 자신에게는 "직선적으로 통하지 않는 것" 같아 불쾌한 느낌을 받는다.

소크라테스와 오시형은 둘 다 당대에 반사회적 인사로 분류되지만 재판정에서 이 둘이 보이는 태도는 상반된다. 오시형은 소크라테스처럼 자신의 신념을 지키고 죽음에 이르는 대신 공판장에서 제국을 향해 마음을

내용이 등장한다. 「길 우에서」의 K기사가 1930년대에 학생시절을 보낸 세대라면 그의 형과 형의 친구인 박영찬은 1920년대에 청년시절을 보냈을 것이기 때문에 이 둘이 보이는 사상과 취향, 그리고 가치관의 차이는 상이한 독서 체험과 연결시켜서 생각해볼 수 있을 것이다.

돌리는 전향을 선언한다. 근대의 재판장에서 재판받고 처벌받는 것은 몸이 아니라 마음속에 있는 그림자, 즉 욕망이나 충동이기 때문이다.[70]

"경제 방면 서적은 전부가 불허가"인 형무소 안에서 시형은 마르크시즘으로 대변되는 경제학과 절연하고 철학이라는 보편과 접속하여 전향에 이른다. 그렇기 때문에 전향 후의 시형에게 경제학은 "변통성 없는 완고한 학문"으로서의 의미를 갖는다. 시형의 논리대로라면 경제학에서 철학으로 돌아선 덕에 그는 완고함에서 벗어나 융통성의 세계와 변형의 가능성을 향해 열려 있게 된다.

무경의 이해 여부와는 상관없이 시형은 자신의 사상은 경제학에서 철학으로 넘어갔고, 자신의 사관은 구라파의 학문을 중심으로 하던 일원사관에서 동아신질서의 논리를 뒷받침하는 다원사관으로 이동하였음을 설명한다. 그리고 수감 전에는 사상의 차이로 인해 대립했던 "평양서 부회 의원과 상업회의소에 공직을 가지고" 있는 아버지를 따라서 고향인 평양으로 내려간다. "사상과 여러 가지 가정 문제로 의견을 달리하던 부자"의 충돌 없는 화해는 감옥 안에서의 독서 체험을 통해 이루어진 시형의 변화와 관련이 있다.

시형이 고향으로 내려가고 일주일이 지나서 도착한 편지에는 시형의 마음이 담겨 있다. 그는 자신의 장래를 생각하며 어떻게 하면 "정신적으로 재생하여 자기를 강하게 하고 자기를 신장시킬 수 있을까"에 대해 고민하였다. 일찍이 사회주의를 위시한 경제학을 통해 외부세계에 대한 준열한 "비판의 정신"을 배웠던 그가 비판만으로는 창조가 나올 수

---

70 미셸 푸코, 오생근 역, 『감시와 처벌』, 나남출판, 2005, 45쪽.

없음을 깨달았다는 것이다.

그래서 시형은 "머리를 청결하게 깎은 국민복 입은 청년"의 모습으로 공판장에서 자신의 사상적인 경로가 '딜타이의 인간주의'에서 '하이데겔'로 옮겨왔음을 시인한다. 그리고 '히틀러리즘'과 파시즘에 동조한 '하이데겔'을 긍정하고, '풍토사관'에 바탕을 두고 다시 "국가, 민족, 국민의 문제"에 관심을 보인다. 그래서 그의 전향 선언을 들은 일본인 재판장은 만족한 미소를 짓는다.

저의 사상적인 경로를 보면 딜타이의 인간주의에서 하이데겔로 옮아갔다는 느낌이 듭니다. 하이데겔이 일종의 인간의 검토로부터 히틀러리즘의 예찬에 이른 것은 퍽 깊은 감명을 주었습니다. 철학이 놓여진 현재의 주위의 상황으로부터 새로운 문제를 집어 올린다는 것은 최근의 우리 철학계의 하나의 동향이라고 봅니다. 와쯔다(和辻) 박사의 풍토 사관적 관찰이나 다나베(田邊) 박사의 저술이 역시 국가, 민족, 국민의 문제를 토구하여 이에 많은 시사를 보이고 있습니다. 제가 과거의 사상을 청산하고 새로운 질서 건설에 의기를 느낀 것은 대충 이상과 같은 학문상 경로로써 이루어졌습니다.[71]

전향을 선언한 후 시형이 떠나고 무경은 그가 남긴 책들을 읽으며 그의 내면이 겪었을 복잡다단한 과정들을 되새겨 본다. 대부분 철학 서적으로 가득 찬 무경의 서가에는 세계정신을 떠받들고 구라파를 구해보겠다는 거물들, 즉 "니체, 키에르케고르, 베르그송, 뒤르켕, 딜타이, 하

---

71 김남천, 「맥(麥)」, 권영민 편, 『한국근대단편소설대계』 3, 태학사, 1988, 795~796쪽.

이데거, 세렐, 페기, 오르테가, 짐멜, 슈미트, 로젠베르크, 트레루치, 듀이……" 등의 책이 "뭇별처럼 찬연히 빛나고" 있다.

이제 무경은 이 책들의 목록을 코드화하고 그 코드들을 사용해서 시형의 내면과 접속하기 위한 노력을 할 것이다. 그 내면의 심급에 도달하기 위해서는 수많은 관문을 통과해야 한다. 무경은 위의 책들에서 단서가 될 만한 것들을 찾아서 그 단서들을 바탕으로, 미지의 영역인 시형의 내면을 퍼즐처럼 맞춰 나가야 한다. 시형에게 구원을 준 철학자와 사상가들을 이해함으로써 궁극적으로 시형의 내면을 읽고자 하는 탐색자 무경의 노력은 "학문과 애정의 문제가 함께 얽혀" 있는 가운데 "그의 생활의 전체를 통솔하고 지배하는 열쇠"를 찾기 위한 것이다.

주지하다시피 인쇄매체인 책들에 담겨 있는 내용은 고정불변의 것이다. 하지만 그 내용들이 놓인 맥락에 따라 해석은 다각도로 이루어질 수 있다. 제국권력이 인쇄매체를 통해서 보여주고자 한 지시성이 한 곳만을 가리키더라도 그 지시성은 각각의 권력장 안으로 들어오는 과정에서, 혹은 들어온 후 기존의 권력관계들 때문에 굴절과 변형을 겪게 된다. 그러므로 팽창하는 제국권력이 인쇄매체를 통해 상명하달의 방식으로 식민지에 제공한 동양론과 근대초극론 등에 대한 조선 지식인들의 반응은 오시형처럼 그것을 수용하는 방식으로만 나타나지는 않았다.

동양론의 자의성과 그 안에 담겨 있는 제국의 의도를 간파한 관형은 시형과는 전혀 다른 방식으로 당대의 정치사상에 대응해 나간다. 『낭비』에서 제국대학 강사 채용에 실패한 관형은 「경영」, 「맥」에서 제국권력이 생산한 담론에 대해 비판적인 태도를 보이며 이러한 사상을 맹목적으로 받아들이는 것을 경계한다. 그 원인은 그의 독서와 집필 이력을 통해서 탐색해 볼 수 있다.

앞에서 살펴본 것처럼 그가 강사 채용에 실패한 이유는 식민지인이라는 조건 때문이었다. 관형에게 "영문학이라는 보편성은 자신의 식민지성을 은폐하는 기제"[72]가 되기도 했었다. 하지만 논문을 심사받는 과정에서 관형은 자신의 학문세계가 식민지 지식인이라는 자신의 처지로 인해서 의식적으로든 무의식적으로든 오염될 수밖에 없었음을 발견한다.

식민지 지식인인 이관형이 영문학을 공부하고 헨리 제임스에 대한 글을 썼다는 사실 자체가 제국의 지식인인 심리학과 교수의 심기를 불편하게 만들었다. 이관형의 논문을 읽는 그의 태도 속에는 식민지인을 감시하고 검열하는 제국권력의 시선이 작동하였다. 그러므로 제국의 시선과 권력의 프레임을 공유하는 그의 시선이 관형의 논문을 일본인 지원자가 쓴 논문과 같은 기준으로 심사했다고 보기는 어려울 것이다. 식민지인인 관형의 의식이 오염된 것처럼 일본인 교수의 의식도 제국권력이 만들어 놓은 권력장의 움직임 안에서 공정성을 유지하기는 어렵기 때문이다.

헨리 제임스를 통해 "세계사상으로 통하는 통로"를 발견하고자 했던 이관형이 '쓴 것'과 일본인 교수가 '읽은 것'은 분명 동일한 논문이다. 그러나 이관형이 '쓰고자 한 것'과 교수가 '읽고자 한 것'은 전혀 다른 모습으로 드러난다. 학문을 통해서 자신을 넘어서고자 했던 이관형과 그의 논문에서 제국에 대한 식민지인의 저항과 전복의지를 읽으려 한

---

72 장문석, 「소설의 알바이트화, 장편소설이라는 (미완의) 기투─1940년을 전후한 시기의 김남천과 『인문평론』이라는 아카데미, 그 실천의 임계」, 『민족문학사연구』 46, 민족문학사학회, 2011, 248쪽.

교수 사이의 간격은 좁혀지기 어려운 것으로 보인다.

이 둘의 관계는 '지식권력'을 둘러싸고 만들어지는데, 여기에서 드러나는 '지식권력'의 양상은 서구의 사상을 배척하면서 근대초극론으로 나아가려 한 제국권력의 이율배반을 증명한다. 이러한 지식과 권력의 유착관계 안에는 이미 제국의 지식인과 식민지의 지식인들이 하나로 융합될 수 없게 만드는 간극이 내포되어 있다. 그리고 융합을 강조하는 제국권력의 의도가 식민지 지식인에게 흡수되기보다는 유보해야 할 것으로 분류되는 모습이 포착된다.

헨리 제임스를 연구하면서 연구대상과 연구주체가 분리되지 않는 상황을 경험한 관형은 논문 심사가 진행되는 중에 연구 방향을 '영국비평사'로 바꾸어 버렸다. 영국비평사는 "하나의 역사요, 남의 나라에서 점차 비평이 형성되고 성립되는 과정을 정밀히 살피는 사업"이라서, 이관형은 조금만 노력하면 연구대상과 자기 자신을 완전히 분리해 놓을 수 있다고 판단했다. 그러나 이러한 관형의 노력은 강사 채용을 위한 논문이 반려되면서 더 이상 의미를 지니지 못한다.

제국권력은 대동아라는 '공간적 왜곡spatial biases'을 통해 영토 내외의 경계를 분명히 하고, 이 경계 안에서 자신들이 생산한 정치사상들을 유통시켰다. 전쟁이 장기화되면서 인쇄매체는 정밀성, 통합성, 선형성을 바탕으로 지면의 공간에 보다 확고한 질서 개념을 도입하였으며,[73] 제국의 언어인 '일본어'를 매개로 대동아라는 제국적 정체성을 확보하려 하였다.

이러한 상황 속에서 이관형은 내선일체의 허구성을 절감하고 다층적

73　조맹기, 『커뮤니케이션의 역사』, 서강대 출판부, 2004, 149~150쪽.

인 부재의식에 사로잡혀 자신의 자리를 지우며 허무감에 젖는다. 헨리 제임스가 모국에서도 유럽에서도 불안을 느끼는 이중적인 유랑 상태[74]을 경험했었다면, 식민지의 지식인으로서 이관형은 자신을 드러내면 억압당하고 침묵하면 의심받는 이중적인 억압 상태[75]를 겪은 것이다.

1930년대 말이 되면서 일본의 전시체제가 반영된 국책문학이 등장하고, 조선문학에 대한 검열이 강화되었다. 이로 인해 당시 조선인들의 독서는 제국권력의 정책적인 통제 하에 있게 되었다는 것도 주시할 만한 사항이다.[76] 이것은 작품을 발표하는 작가나 시인, 혹은 비평가에게만 해당되는 것은 아니었을 것이다. 신문지법과 출판법이 검열의 기준을 제공하긴 했겠지만 논문을 집필하는 영문학자 이관형도 사끼자끼 교수로 대변되는 제국권력의 통제를 비껴갈 수는 없었다.

이러한 문제는 작가가 주인공인 소설에서 보다 구체적으로 드러난다. 김남천의 「등불」의 서술자인 장유성은 자신의 몸에 배어버린 생활인의 비굴함을 감지하기 시작했을 때, 잡지사를 운영하는 문우 신형을 만나 조선의 작가들이 소설을 쓰지 않아서 "국어 원고에 비해서 조선어 원고가 얻기" 힘든 현실에 대한 이야기를 듣는다. 그리고 작품을 쓰는 작가들은 어떤 내용을 다루는지 질문하고 다음과 같은 답을 듣는다.

소극적인 인생태도를 가지고 오던 분은 역시 애조나 실의(失意)나 쇠멸의 정조 같은 것을 그전처럼 취급하고 있지만 그것으로 어느 때까지 쓸 수

---

74 여경우, 앞의 책, 31쪽.
75 서승희, 「전환의 기록, 주체화의 역설」, 『현대소설연구』 41, 한국현대소설학회, 2009.
76 윤금선, 앞의 글, 85쪽.

있을런지오, 또 시대적인 감각을 가졌다는 분들은 모두 시국편승이라고 욕
먹어 마땅할 천박한 테마로 일시를 호도하는 현상이지오. 가장 딱한 것은 내
선일체의 이념을 작품화한다고 곧 내선인간의 애정문제나 결혼문제를 취급
하는 태돕니다. 이런 주제는 퍽 흔합니다. 되려 일상생활에서 출발하는 편이
자연스럽고 시국으로 보아도 좋을 것인데. 그러니까 아직 시대와 겨누어서
하나의 확고한 작품세계를 발견했다고 볼 작가는 없는 셈이지요.[77]

"시대와 겨누어서 하나의 확고한 작품세계를 발견"한 작가가 부재하
는 상황 속에서 잡지사를 운영해야 하는 신형을 보면서 장유성은 그가
지금 "정신적으론 깊은 고독" 속에 살고 있다고 생각한다. 잡지라는 인
쇄매체를 통해 세계를 구성하고, 또 현실과 접속해야 하는 자가 느끼는
'깊은 고독'이란 자신과 세계를 공유할 사람이 부재하는 데서 오는 것
이다. 고독은 "타인과의 '객관적' 관계와 이 관계들에 의해 보장되는 현
실성이 박탈된 상태"에서 탄생하기 때문이다.[78]

게다가 장유성은 "오랫동안 잡지에 나는 동료들의 작품을 구경하지
못한" 상태이다. 그는 절필뿐 아니라 독서도 멈춘 상태로 생활세계에
안주한다. 통치권력이 전달하고자 하는 정치사상을 유보할 수 있는 인
식적 독서마저 힘겨워진 상황 속에서 '역동적 무의'[79]라고 부를 수 있는
행동 양식이 등장한 것이다. 무엇을 읽었는지 감시받고, 어떻게 썼는지
검열받는 시국 속에서 통치권력에 대한 최선의 대응은 아무것도 하지

---

77 김남천, 「등불」, 『국민문학』, 1942.3, 116쪽.
78 한나 아렌트, 이진우 · 태정호 역, 『인간의 조건』, 한길사, 1996, 112쪽.
79 장 뤽 낭시, 박준상 역, 『무위의 공동체』, 인간사랑, 2010.

않는 '역동적 무의'일 수 있다. 기존의 것을 거부하는 '비-행동', 그리고 모든 가치에 괄호를 치고 모든 힘으로부터 물러나는 '무위'야말로 식민지 말기 조선의 지식인들이 보다 강력해진 통치권력의 위협으로부터 자신을 보호할 수 있는 최선의 위장전략이었을 것이다.

2) 전쟁의 전면화와 고백의 자조적 수사

1930년대 말에는 전쟁이 전면화되면서 식민지의 인구와 물자를 전쟁에 동원[80]하기 위해 국책이 변하고,[81] 그와 더불어 사상통제가 유례가 없을 정도로 강력해지면서 사회주의 경향을 지닌 문학은 쇠퇴할 수밖에 없었다. 그러나 카프의 공백을 대신할 만한 문학계의 정신적 구조가 구축된 상태는 아니었기에 이 시기의 소설들은 주류의 담론을 형성하지 못하고 조심스럽게 새로운 가능성을 모색하고 있었다. 사회주의라는 "보편 이념과 가치가 전면적으로 붕괴되었다는 위기의식"과 그러한 "이념적 공백을 대신할 새로운 비전에의 욕망"[82]이 공존했던 것이다.

1936년 작품인 한설야의 「홍수」에서 전쟁은 '비결秘訣'을 근거로 예

---

80 편집부, 「권두언-신체제와 吏道宣揚」, 『조광』, 1941.2, 24쪽. 다음의 글은 경제 중심의 구체제를 정치 중심의 신체제로 바꾸기 위해 국민들에게 정치의 우월성을 인식시키고 경제적 이익을 국가에 헌납하게 하기 위한 의도를 담고 있다. "내 손으로 지은 쌀을 내 마음대로 소비하고 처분할 수 있는 것이 구체제라면, 그 쌀을 나라에 바치고 그 처분을 바라는 것이 신체제요 총력운동이요 신절(臣節)이라고 할 수 있다. 구체제에서는 정치보다도 경제의 힘이 더 컸지만, 동아신질서 건설의 깃발을 높이든 오늘날 성업을 완수하기 위해서는 일체의 구체제를 지양되지 않으면 안 된다. 구체제의 탈양은 정치의 우월성, 즉 힘센 정치력으로만 그 성과를 얻을 수 있다."

81 최유리, 「일제 말기(1938년~45년) 내선일체론과 전시동원체제」, 이화여대 박사논문, 1995. 1936년 미나미 지로(南次郎) 총독 부임. 1938년 국민정신 총동원 조선연맹 결성, 공적 영역에서 조선어 사용 금지하는 제3차 교육령 개정, 조선인이 일본 군인으로 지원할 수 있도록 하는 조선육군특별지원병령 공포. 1940년 국민총력 조선연맹 결성, 창씨개명, 내선통혼 정책 실시. 1943년 병역법 개정. 1944년 조선인에게도 징병제 실시.

82 김철, 앞의 글, 222쪽.

견되고 '소문'을 통해서 전파되는 것이었다. 반면에 1939년부터 1940년에 걸쳐『조선일보』에 연재된 김남천의『사랑의 수족관』에서는 호외를 통해 급박한 국제정세와 구주전쟁의 여파[83]가 드러난다. 그 결과 경성에서는 '휘발유'가 없어서 자동차가 다니지 못하고, 호텔에 '커피'가 떨어질 정도로 물자가 부족해졌다. 그리고 아래의 인용문에도 나와 있듯이 '방공연습'과 '등화관제'가 일상이 된 상황 속에서 조선인들은 자신의 행동을 스스로 규율한다.

> 구라파에는 제이차 세계대전이 버러졌고 서울에는 대규모의 방공연습이 시작되었다. 등화관제로 하여 지척을 가릴 수 없는 시각에 남의 저택을 방문하는 것은 실례도 심한 일이다. 그래서 광호는 황혼이 장안을 가리기 시작하는 해 질 무렵을 선택했던 것이다.[84]

이처럼 전쟁이 전면화된 시대적 상황 속에서 식민지 조선의 작가들은 시대적 문제를 회피하거나 개인의 내면으로 침잠하는 작품들을 주로 발표하였다. 그렇다고 해서 이 시기에 이루어진 개인의 내면을 형상화하는 작업이 의미가 없었던 것은 아니다. 이즈음 발표된 이기영·한설야·김남천의 여러 작품들이 개인, 그중에서도 지식인이나 전향 사회주

---

83   황지영, 앞의 글, 58쪽.『사랑의 수족관』에는 통치권력의 정책적 문제와 세계정세 등 현실의 시사적 사건들이 다양하게 등장한다. 이러한 특징은 시사성이 두드러지는 신문연재소설이라는 형식과도 연결해서 생각할 수 있다. ① 영일정상회담(1939.7), ② 장고봉 사건(1938.7), ③ 독일과 소련의 불가침조약(1939.8), ④ 만주이민문제(1939.9), ⑤ 가뭄과 그로 인한 쌀값 폭등(1939.8~10), ⑥ 제2차세계대전 발발(1939.9.1), ⑦ '동아신질서'의 건설 표방, ⑧ 가솔린 부족 현상(1939.7) 등.
84   김남천,『사랑의 수족관』, 인문사, 1940, 115~116쪽.

의자들의 내면을 다루고 있다. 이 작품들에서는 시대의 고통과 이를 직면한 지식인들의 정치적 내면이 구체적으로 드러난다. 이현식의 주장처럼 식민지 조선에서 근대라는 시공간은 소설 속에서 주체의 '내면'[85]을 만들어냈고, 전쟁이라는 시공간은 '정치적 내면'[86]을 만들어낸 것이다.

1942년 『조광』에 연재되다가 완결을 보지 못한 「구름의 말하길」 제4회에는 '축승祝勝의 날'이라는 장이 포함되어 있다. 9월 연재분인 이 장에는 대동아전쟁이 시작되고 제국권력이 전쟁에서 승리한 것을 기념하기 위한 행사가 사실적으로 그려진다. 소설 속에서는 깃발을 든 소학생들의 행렬과 영국 수상인 '처칠'과 미국 대통령인 '루즈벨트'를 희화화한 인형이 일본군의 공격을 받는 퍼포먼스 등이 진행된다. 또한 무사들의 행렬, 비행기의 등장, 여장남자와 남장여자, 그리고 남방 토인의 의장을 한 이들의 행렬이 이어진다.

세 때로 나누어 긔를 두르며 창가를 부르는 소학생들의 긔행렬이 물줄기처럼 한곳에 모이여 웅장한 코-러스를 이루면서 아래쪽으로 길이 넘치도록 몰려 네려간다. 보이느니 까만 머리 우에 규칙적으로 펄럭이는 긔빨의 물결, 물결뿐.

그것이 사라지고 멀리 바람결에 베이에이 우쯔베시가 희미하게 들려올

---

85 김동환, 「1930년대 한국 전향소설 연구」, 서울대 석사논문, 1987, 97쪽. 김동환은 "한국소설의 내면화"에 전향소설이 이바지했다고 주장하면서, 한국 전향소설의 내적 형식에 주목한다. 그리고 전향의 수용방식과 현실과의 대결 양상을 중심으로 그 유형을 ① 자아와의 대립과 현실 도피, ② 가족의 발견을 매개한 현실 타협, ③ 생활 속의 실천을 통한 현실 극복, ④ 전향의 간접 체험과 미래 지향 등 네 가지로 나눈다.
86 이현식, 「정치적 상상력과 내면(內面)의 탄생 – 문학사적 관점에서 바라보는 1930년대 후반 김남천의 문학」, 『한국근대문학연구』 24, 한국근대문학회, 2011, 435쪽.

무렵에 영국 수상 처-칠과 미국 대통령 루-즈벨트의 희화화된 인형이 황군의 총검에 소탕되는 커다란 지구떵이가 올라앉은 화물자동차를 선두로 옛날 무사들의 투구와 갑옷으로 몸을 찬란하게 장식한 틀림없는 아마회사의 축승 행렬이 천천히 우편국 앞을 지내갔다.[87]

그런데 여기서 중요한 것은 축승 행렬을 기다리는 주인공 웅호의 내면에서 울리는 소리는 전쟁의 승리에서 오는 감격이나 기쁨이 아니라는 사실이다. 우편소에서 일하는 웅호는 일본인 우편소장인 모리다를 보면서 그가 두 아들을 전쟁에 보내고 그중 한 아들은 "나라에 받혀 버렸"다는 사실을 기억해 낸다. 그리고 "한번의 축승날을 마지하기 위해서 얼마나 귀한 목숨이 살아지는 것인가"를 생각하며 안타까워한다. 또한 "축승 속에 감축되어 있는 수많은 사신捨身의 정신"을 느낀다.

축승! 한마듸로 축승이라 하지만 신가파가 떨어지기까지 얼마나 많은 생명이 희생되었을 것이냐.[88]

"대영제국의 생명선의 하나"인 싱가포르 함락[89]이라는 역사적인 사건을 맞이하고, 조선에서도 '징병제'를 실시할 것이라는 발표가 있은

---

87 김남천, 「구름이 말하길」, 『조광』, 1942.9, 216・218쪽.
88 위의 글, 215쪽.
89 편집부, 「권두언-싱가파 함락」, 『조광』, 1942.3, 23쪽. 제2차 세계대전 중인 1942년 2월 15일 일본에 의해 "대영제국의 생명선의 하나"인 싱가포르가 함락된다. 『조광』 1942년 3월 호에서는 이 사건을 권두언에서 다루면서 앞으로 제국권력이 서남태평양의 모든 식민지, 즉 미얀마, 말레이반도, 호주, 뉴기니아, 보르네오 외에 인도까지 진격할 것을 다짐한다. 싱가 포르 함락으로 일본은 동아공영권의 확립에 대한 확신을 갖게 되었고, 조선인들에게 만난(萬難)을 무릅쓰고 돌진할 각오를 갖으라고 역설한다.

후에 연재된 이 작품에서 전쟁을 축승이 아니라 죽음과 희생으로 계열화하는 것은 징병제가 "커다란 선물"[90]이라고 주장했던 제국발 담론과는 대립되는 것이다. 제국권력이 징병제를 통해 조선인에게도 국가적 삶을 약속하면서, 이들에게 생을 받고 죽음을 돌려줄 것[91]을 강요하는 동안 조선인들은 여기에 대해 적극적으로 거부의 몸짓을 취할 수는 없었다.

하지만 일부 조선인들의 내면은 위에 제시된 웅호의 독백처럼 전쟁에 대한 회의[92]와 제국권력에 대한 유보의 시선을 통해 구성되고 있었다. 웅호의 독백은 이 시기 개인의 내면이 사회적이고 정치적인 맥락에서 구성되었음을 단적으로 보여준다. '삶의 정치'를 표방하고 있었지만 제국권력이 요구하는 것은 국민들의 목숨이 희생되어야만 유지[93]될 수 있는 '죽음의 정치'[94]라는 사실을 웅호는 간파한 것이다.

김남천이 웅호의 내면을 이처럼 그려낼 수 있었던 이유는 카프가 해산되고 조직운동으로서의 문학운동은 좌절되었지만 김남천이 "예술의 사상성과 사회성"을 포기하지는 않았기 때문일 것이다. 이 시기 카프 출신 작가들은 집단적 저항 대신 개인으로 흩어진 인물들이 동시대의 현실과 전면적으로 대결하는 문제를 다루었다. 왜냐하면 그들이 설정한 문학의 가치와 지향점은 "문학이란 사람들이 살아가는 공동의 문제를 함께 고민하고 풀어나가는 방식"을 탐구하는 것이기 때문이다.[95]

---

90 편집부, 「권두언─징병령 실시와 상무정신(尙武精神)」, 『조광』, 1942.6, 21쪽.
91 황호덕, 「천황제 국가와 증여의 신화」, 『벌레와 제국』, 새물결, 2011, 84쪽.
92 황지영, 「언론권력장과 전쟁의 가촉화(可觸化)」, 『한국민족문화』49, 부산대 한국민족문화연구소, 2013.
93 Jacques Derrida, *The Gift of Death*, trans. by David Wills, The University of Chicago Press, 1995.
94 Achille Mbembe, "Necropolitics", *Public Culture* 15-1, 2003.

이러한 생각은 김남천의 「경영」과 「맥」 연작에서도 확인할 수 있다. 이 두 작품은 오시형이라는 문제적 개인이 시대와의 대결에서 패배하고 전향을 선언하는 이야기와 오시형이 떠난 후 최무경이 스스로의 삶을 설계해 보려는 이야기로 이루어져 있다. 시형은 공식석상인 공판장에서 전향을 선언하지만, 그의 전향은 무경이 이해할 수 없는 독백체로 자신의 마음을 고백했을 때 이미 예비된 것이었다. 대화가 아니라 "어딘가 연설 같은 느낌을 주는 어조"를 구사하는 시형을 보며 무경은 시형의 변화로 인해 자신들의 관계가 파경에 이를 것이라는 불길한 예감에 휩싸인다.

출옥한 후 시형은 무경의 이해 여부와는 상관없이 자신의 사상은 변했음을 고백하였다. 그리고 자신이 "세계사관에 대해서 중대한 반성"에 이르게 되었고 이것이 "동양인의 학문적 사명"이라고 역설한다. 시형은 "혼자서 제 자신에게 타이르거나 하듯이" 계속해서 독백적 어조로 논리를 전개해 나간다. 무경은 이러한 "오시형의 열의 있는 독백"에 대해 "이렇다 할 의견"을 건네지 않는다.

> "옛날과는 모든 것이 다른 것 같애. 인제 사상범이 드무니까 옛날 영웅 심리를 향락하면서 징역을 살던 기분도 없어진 것 같다구. 그 안에서 어느 친구가 말하더니…… 달이 철창에 새파라하게 걸려 있는 밤, 바람 소리나, 풀벌레 소리나 들으면서 잠을 이루지 못할 때엔 고독과 절망이 뼈에 사무치는 것처럼 쓰리구……."

---

95 이현식, 앞의 글, 432~433쪽.

그렇게 가느다랗게 독백처럼 말하고 있었다. 무경이는 돌아서서 창밖을 바라보는 척하면서 수건으로 가만히 눈을 닦았다.[96]

"영웅 심리를 향락하면서 징역을 살던 기분도 없어"졌다는 시형의 고백에는 자조의 목소리가 담겨 있다. 고백은 권력이 용인하는 자신의 내면을 산출하며, 자신이 권력에 예속되었음을 가시화시켜주는 사건이다.[97] 독백만을 일삼는 시형의 태도는 식민지 조선의 사회주의자들에게 전향이란 사회를 향해 발언해야 할 사항이기 이전에 스스로가 자신을 설득해야 하는 문제임을 암시한다. 일상인으로서의 삶을 회복하기 위해 전향은 불가피한 것이었다. 그러나 이들에게 더 중요한 것은 사회주의 사상을 통해 새로운 세계를 구성해 보고자 했던 열망과 신념을 모두 버린 자신을 용납하는 문제였다. 그러므로 전향의 수사는 타인의 이해에 앞서서 자신을 납득시키는 행위를 위한 형태로 구현되는 것이고, 그 안에 담겨 있는 절실함은 대사회적 발언을 할 때의 발화와는 다른 위상을 지닐 수밖에 없었다.

무경을 앞에 두고 이루어지는 시형의 고백은 그 순간에 떠오르는 것들을 발화한 것이 아니었다. 형무소의 독방 안에서 보낸 이 년의 시간 동안 시형은 꾸준히 그 고백의 내용들을 채워갔을 것이다. 분명 시형의 "내면생활은 무경이가 생각하는 것보다는 좀 더 복잡한 과정을 경험"했을 것이므로, 그것은 형무소 밖의 사람이 해석할 수 있는 범위를 넘어선다. 옥중에서의 사색과 반성을 통해 시형의 생각은 섬세해지고 치밀해

---

96 김남천, 「경영」, 권영민 편, 『한국근대단편소설대계』 3, 태학사, 1988, 723쪽.
97 미셸 푸코, 이규현 역, 『성의 역사』 1, 나남출판, 2004, 78~84쪽.

지고 풍부해졌다. 그리고 "자기의 정신상 갱생을 사상과 학문상의 전향"에서 찾기 위해 시형은 생활세계와 천황의 세계로 훼절한다.

한설야의 소설들에서도 출옥 후 생활세계로 복귀한 전향 사회주의자들이 자주 등장한다. 이들은 하나 같이 사회생활을 하기보다는 집안에 머물면서 건강하고 활력 넘치는 아내에 대한 거부감을 표출한다. 나약하고 자의식 강한 지식인 남성과 자식들과 삶을 유지하기 위해 생활력으로 무장한 아내들이 한 가정 안에 공존하면서 벌어지는 갈등이 이들 소설에서 서사의 대부분을 이끌어간다.

1940년 11월에 『조광』과 『인문평론』에 각각 발표된 「숙명」과 「파도」에는 생활 공간에 안착한 주인공들의 삶과 내면이 잘 드러난다. 「숙명」의 주인공인 치술은 작품의 마지막 장면에서 흙을 파고 있는 아내를 보며 "안해가 타고난 그 무서운 숙명" 즉 "전해로부터 가지고 온 그 무서운 힘, 질리고 질린 강심, 그 보이지 않는 보배랄가 무어랄가 알 수 없는 그것"을 깨닫는다. 가족들의 생계가 걸려 있음에도 공장에 띄엄띄엄 나가는 치술과 달리 아내는 닭을 키우고 달걀을 팔아 살림에 보태는 등 생계를 유지하기 위해 언제나 성실하게 일한다.

이렇듯 생활을 이끌어 가는 아내의 모습은 「파도」에서도 나타난다. 명수의 아내는 본래 부잣집에 한번 시집을 갔다가 소박을 맞은 여자이기 때문에 먹고 살 걱정을 하지 않아도 될 정도의 재산을 가지고 있다. 명수는 고향을 떠나서 이십 년 동안 만주와 동경으로 떠다니며, 하숙, 감옥, 무슨 단체 회관, 잡지사 사무실, 친구의 집 등에서 그럭저럭 지내다가 선배의 소개로 지금의 아내와 만났다. 하지만 문학에 관여하는 지식인 명수는 먹고 살 걱정이 없는 지금의 생활에 만족하지 못한다.

그래 이만저만 다시 어둠에 빠진 그에게는 글로 옮겨 놀 아무말도 없는 것 같았다. 도대체 아무것도 탐탐히 쓸만한 것이 없는 것이다.

한대 여게서 더 한 번 딱한 것은 자기가 지고 있는 것만은 분명히 알고 있는 그 사실이다. 아무리 오복전 조리듯 안달을 쳐 봐도 제가 시방 볼 꼴 없이 무엇에게 패배 당하고 있는 것은 가릴 수 없는 사실이다. 패하고 있는 것이 실은 이기고 있는 것이어니, 이렇게스리 역(逆)으로 생각하려는 조고만 교지(巧智)따위는 인제 아무 소용도 없다. 또 어떻게 졌으며 어째서 졌는지도 그는 모른다. 다만 지고 있는 것만을 알 뿐이다.

아마 이것은 바닥이 나도록 지지 않았기 때문이리라고 생각하니 그러면 이제 깡그리 밑바닥이 드러나도록 저 보았으면 싶었다. 그러면 무엇이고 지금보다는 딴 것이 불거져 나올상도 싶었다.[98]

위의 인용문은 명수의 내면을 담고 있다. 감옥에도 다녀온 그이지만 그가 살아있음을 느끼는 순간은 아내를 학대할 때뿐이다. 그는 자신이 괴롭히면 아파하는 아내를 보면서 살아있는 인간을 느낀다. "때리지도 않고 맞지도 않"는 것은 "돌과 같은 인간"이라고 말하는 명수는 "피없는 인간은 칼루라두 쿡 찔러 봐야" 한다고 생각한다. 여기서의 "피 없는 인간" 과 "돌과 같은 인간"은 명수가 자신을 표현하기 위해 구사한 자조적 고백으로 이해될 수 있다. "지고 있는 것"이 분명한 삶, 그래서 "밑바닥이 드러나도록 져 보았으면" 하고 바라는 삶이 명수의 생활이기 때문이다. 그는 패배의식에 젖어 아내를 학대하면서 자신도 마음의 상처를 키워간다.

---

98 한설야, 「파도」, 권영민 편, 『한국근대단편소설대계』 29, 태학사, 1988, 782쪽.

문학에 소질이 있기는 하나 사회주의로 추정되는 "시대적 매력을 가진 일"에 몰두했던 명수는 문제작이라고 할 만한 것은 없는 상태이며, 경제적으로도 여유 있고 미모도 갖춘 아내가 자신을 선택한 이유도 이 "결함미缺陷美" 때문이라고 느낀다. 사람이란 본래 "아귀다툼을 하면서 살아가는 것"인데 사회적 관계가 부재한 상황 속에서 아내에게만 몰두하는 그의 내면은 자학을 담은 고백들로 채워진다.

결혼을 하고 글을 쓸 수 없게 되었다는 명수의 고백은 개인적이기보다는 사회적 맥락에 좀 더 접근해 있다. 명수의 고백은 자신에 대한 성찰을 담고 있지만 그가 성찰을 해야 하는 상황이 만들어진 이유는 더 이상 사회에 대해 비판하거나 시대적 문제를 논의할 수 없게 되었기 때문이다. 이러한 현실 속에서 이루어지는 고백은 개인적 내면의 독백이라는 한계를 넘어서서 사회적 문제를 담아내는 담론의 장소로 기능한다.[99]

시대의 문제를 고민하고 새로운 세상을 꿈꾸며 사회주의에 몰두했던 명수는 생계를 잇기 위한 노동으로부터 자유로운 상태에서 내면을 천착하는 일에 몰두한다. 유사한 힘들이 대립할 수 있는 권력관계, 즉 '아귀다툼'은 더 이상 작동하지 않고, 외부적 세계는 제국권력에 의해 압도된 상황에서 전향 사회주의자들이 대결할 수 있는 존재는 자기 자신 밖에 남지 않은 것이다.

죽지 않으면 안 될 것 같은 사람, 응당 벌써 죽었어야 할 상 싶은 작자들은

---

99 임병권, 「고백을 통해 본 내면성의 정착과 주체의 형성 – 현상윤과 양건식을 중심으로」, 민족문학사연구소 기초학문연구단, 『한국 근대문학의 형성과 문학장의 재발견 – 제도로서의 한국 근대문학과 탈식민성』, 소명출판, 2004, 153~154쪽.

지질이 살려고 애를 쓰고 애는 쓰는데 실상은 보기 좋은 자살행위를 하고 있지 않느냐, 죽어서 관 뚜게를 닫는 날 그놈의 일생을 들처 보면 어느 놈이고 간에 이 자살행위를 하지 않는 놈이 있는가, 하나 정말 죽을 졸결에 살고 죽고 싶어 못 견디게 될 때, 사람은 정말 사는 게 아닌가, 그러기 기름땀이 솟도록 애를 먹으면 낭중은 버쩍 살구 싶어 날 것이다 하는 따위 횡설수설이다.[100]

명수의 의식 속에서 삶과 죽음은 더 이상 이분법적으로 분리되지 않는다. 살고자 하는 자의 곁에서 풍기는 시취尸臭와 죽고자 하는 자들이 발산하는 생을 향한 욕구를 그는 동시에 감지하면서 그것을 내면의 언어로 풀어낸다. 삶과 죽음의 경계에서 오락가락하는 자신에 대한 인식이 두서없는 고백, 즉 '횡설수설'을 만들어낸다. 이 고백은 사회적 삶이 부재하는 곳에 남은 개인이 자신의 무기력하고 피폐한 삶에 대해 폭로하는 성격을 지닌다.

고백이 한국 근대문학에서 '내면'을 드러내는 문학적 장치임은 주지의 사실이다. 내면의 호출은 주체의 문제와 맞닿아 있다. 그렇기 때문에 내면의 권력을 여타의 사회적 가치보다 우월한 것으로 승인하면 사회와 분리된 자율적 개인이 등장할 수 있다. 슈람케가 지적한 것처럼 "내면은 실체적 범주라기보다는 구성적 범주"[101]이며 그래서 내면성은 본래적으로 존재하는 것이 아니라 고백이라는 제도적 장치를 경유하여 만들어진다.[102]

---

100 한설야, 「파도」, 권영민 편, 『한국근대단편소설대계』 29, 태학사, 1988, 780~781쪽.
101 위르겐 슈람케, 원당희·박병화 역, 『현대소설의 이론』, 문예출판사, 1995, 83~157쪽.
102 임병권, 앞의 글, 140쪽.

그렇지만 고백을 하는 화자의 내면을 정확하게 진단하기 위해서는 개인적 측면과 사회적 측면으로 나누어 생각해 보아야 한다.[103] 「파도」에서 고백을 하는 명수는 개인적 측면에서 보자면, 상당히 불안정한 심리 상태를 지닌 채 자기 자신에 대해 환멸감을 표현하고 있다. 그것은 있어야 하는 자아와 현재 있는 자아 사이의 불일치에서 생겨난 것으로 화자는 이런 자아의 불연속성 내지 불일치성을 극복하기 위해 자신에게 칼을 겨누며 고백을 감행한다.

명수의 심리상태가 불안정한 또 다른 이유는 상실감 때문으로 보인다. 화자는 '대사회적 발언'을 할 수 있는 여건의 상실로 인해 현실세계에서 사회적 존재로 살 가치와 의미를 잃어버리게 되어 자기 내면의 세계에 몰입한다. 이것은 자연스럽게 사회적 측면으로 이어지는데, 명수의 고백은 자신이 속한 불안정한 사회에 대한 일종의 비판적 장치로 사용되고 있는 것이다.[104]

식민지 말기에 창작된 한설야의 작품에 지식인 남성의 고백이 등장할 경우, 그 고백에 담겨 있는 외부세계에 대한 경멸과 조소는 자기자신의 나약함에서 기인한다. 이때 세상의 속물적 모습에 대한 비판이 개인의 성격 문제로 환치되어 대사회적 발화는 그 목소리를 잃기도 한다. 그러므로 개인의 성격 문제가 올바른 의미를 지니기 위해서는 그 성격의 근저에 있는 사회적 관계가 그려져야 하는데,[105] 이 시기 한설야의 작품 속에서 그것은 공백으로 남겨져 있다.

---

103 우정권, 『한국 근대 고백소설의 형성과 서사양식』, 소명출판, 2004, 28~29쪽.
104 임병권, 앞의 글, 142~143쪽.
105 김외곤, 「자의식의 과도와 현실의 왜곡」, 『귀향－한설야 단편선집』 3, 태학사, 1989, 317쪽.

계속해서 외부세계를 외면하다 보니 어느 새 시대 현실을 그려낼 때 '사실성'이 부족하다는 지적을 받게 된 명수는 문단에서 점점 잊혀져 간다. 그리고 명수는 그것을 "주검과 같이 무서운 일"이라고 여긴다. "응친 것은 어떻게든지 튀여 나오고야 백이는"[106] 법이기 때문에 아내에게 행사하는 폭력과 자조적인 고백은 명수가 사회적 죽음 앞에서 느끼는 공포를 자신만의 방식으로 표출한 것이라 할 수 있다.

두디는 고백이란 "자신의 본성을 존재할 필요가 있고 자신을 확정시켜 줄 필요가 있는 공동체를 대표하는 청자에게 자신의 본성을 설명하려는 한 개인의 의도적이고 자의적인 시도"[107]라고 주장한다. 이 말은 고백은 개인적 행위라기보다는 언제나 공동체의 행위라는 점을 강조한 것이다. 자신을 공동체 속에서 깨달으려는 화자의 고백은 공동체와 의사소통을 전제로 하는 발화이고, 독백을 통해 사회적 자아를 드러내고 싶어 하는 욕망의 발현이라고 할 수 있다.[108]

고백의 이러한 속성과 연결되는 지점에 김남천의 「등불」이 놓인다. 이 작품은 네 개의 편지와 하나의 일화로 구성되어 있는데, 고백의 형식을 포함하는 편지의 소설화 전략은 사적인 영역의 내밀성을 공유하게 함으로써 한 인간을 개인의 이름으로 불러낸다. 그리고 독자들을 편지의 소통구조 속으로 끌어들여 전향자의 사적 영역을 공론화[109]할 수 있

---

106 지그문트 프로이트, 임홍빈·홍혜경 역, 『정신분석 강의』, 열린책들, 2005, 402~404쪽. 프로이트는 '억압'된 것은 '귀환'한다고 주장한다. 정신분석에서 억압은 증상 형성의 전제조건이기 때문에, 증상은 억압에 의해서 저지당한 것의 대체물이다. 명수가 보여주는 행동역시 이러한 맥락에서 이해 가능하다.
107 Terrence Doody, *Confession and Community in the Novel*, Louisiana State Univ. Press, 1980, p.4.
108 임병권, 앞의 글, 142~143쪽.
109 정소영, 「김남천 「등불」에 나타난 서사 전략」, 『한국문예비평연구』 29, 한국현대문예비평학회, 2009, 355쪽.

게 만든다.

「등불」은 "인문사 주간"에게 보내는 편지에서 시작한다. 실존인물인 최재서로 추정되는 인문사 주간은 서술자인 '나(장유성)'에게 "살아가는 방식이 다소 특이해졌"으니 직장인으로 살아가는 "새로운 생활 신념과 체험[110]에서 오는 바를 소설로 작품화시켜보라"고 요청하였다. 이 요청에 부응하려고 하지만 나는 두 주일 넘게 작품을 쓰지 못한다. 그러다가 주간의 "노력과 우정에 새로이 용기와 책임을 느껴" 쓴 것이 바로 "구김살 있는 이상한 기록", 그리고 절반은 사실이고 절반은 허구인 「등불」이다.

여기서 '살아가는 방식'이 특이해졌다는 인문사 주간의 지적은 사회주의자이면서 소설가였던 장유성이 제약회사에 취직해서 생활인의 삶을 살게 된 것을 뜻한다. '전향'[111]을 계기로 삶의 방향이 바뀌고 사상가는 점차 생활인이 되어 간다. 그리고 생활인의 대열에 합류했다는 것은 장유성이 신체제를 거부할 수 없는 상태에 놓였음을 짐작케 한다. 낮에는 회사에서 일을 하고, 저녁이면 아이들과 시간을 보내거나 독서를 하고, 그날 꼭 해야 할 일을 '일정표'로 정리하는 주인공의 목소리에는 '자조'가 담겨 있다. 그리고 통치권력의 대리인이라고 할 수 있는 촉탁보호사를 만나고 돌아오는 길에 그는 '공복'과 '피로'를 느낀다.

「등불」에서 내가 일 년 동안 글을 쓰지 못한 이유 역시 이와 같은 맥락에

---

110 1936년 12월에 공포 시행된 조선사상범 보호관찰령과 1941년의 조선사상범 예방구금령은 '문인들의 전업'을 불러오는 계기가 되었다. 전자가 전향자의 '완전한 국민적 자각'과 '생활의 확립'을 중심으로 '보호'에 초점을 맞추었다면 후자는 '사상이 의심스럽다'는 이유만으로 '예방구금'이 될 수 있어 문인들에게 압박으로 다가왔고, 검열의 내면화를 가중시켰다.

111 권희영, 「1930년대 한국 전향소설 연구―개념 문제를 중심으로」, 숙명여대 석사논문, 2012. 물론 여기서의 전향을 1930년대 중반의 전향처럼 단순한 '사상의 포기'라고 볼 수만은 없을 것이다. 중일전쟁 이후 사상통제가 본격화되면서 '전향'의 의미는 국책인 '신체제에의 협력'이라는 의미에 좀 더 가까워지기 때문이다.

서 생각해 볼 수 있다. 본격적인 정치적 행위가 막혀 있는 식민지의 현실 속에서 소설 창작이라는 우회적인 방법을 통해서 정치운동을 하던 나는 통치권력의 감시와 억압으로 인해 더 이상 글쓰기마저 불가능한 상황에 놓이게 된다. 그래서 나는 한발 물러나 자신의 심경을 담고 있는 이 네 편의 편지와 하나의 일화를 묶어 "문단의 습속에 숨어 이것도 소설 축에 넣어" 보려고 한다. 이것은 정치적 행위를 담은 온전한 '소설쓰기'가 아니라 '비행동적 행동', 즉 소설 창작을 통해 세계를 구성할 수 없는 상황 속에서 '비소설적 소설' 쓰기의 작업을 진행한 것이라고 볼 수 있다.

그렇다고 해서 이러한 행동이 모두의 공감을 받는 것은 아니다. 문학 청년인 김 군은 나의 삶, 즉 "문학자의 전업轉業"에 대해 불만을 표시하는 편지를 보낸다. 그래서 나는 한편으로는 "문학의 우월감"에 대한 신념이 지닌 위험을 지적하면서도, 다른 한편으로는 "문학에 대한 높은 우월감과 남모르는 즐거움과 긍지감과 사명감과 자부심"이 필요하다고 지적한다. 이는 분명 모순된 주장이다. 하지만 생활인들의 '성실한 삶'이라는 테제가 당대의 사회적 맥락에서 주체의 의도를 넘어 통치권력과 그 대행자들이 의도하는 방향으로 주체를 몰아갈 경우, 하나의 현상에 대한 상반되는 두 가지 진술, 즉 이율배반적인 명제는 통치권력에 대해 유보적인 태도[112]를 취할 수 있게 만든다.

작가는 이 작품에서 하나의 현상에 대한 두 가지 태도, 혹은 다양한

---

112 장성규, 「김남천 서술기법 연구」, 서울대 석사논문 2006. 장성규는 이 작품을 분석하면서 각 편지의 화법과 문체를 통해 '일상'의 의미를 새롭게 규정한다. 즉 이 작품은 체제협력적 인물군에게는 체제협력적 글쓰기를 거부하는 내용을, 새롭게 문학을 시작하려는 세대에게 는 체제협력적 글쓰기가 지닌 위험성을 경고하고 있다는 것이다. 그리고 "나는 살고싶다"를 '일상'으로 규정하면서 동시에 이 일상이 체제협력을 빗겨나가는 공간으로 포착한다.

해석을 불러올 수 있는 "나는 살고 싶다"라는 외침을 통해서 일상을 장악한 제국권력을 용인하면서 동시에 구체적인 사건들 속에서 통치권력으로부터 이탈하는 효과를 만들어낸다. 이 고백에는 사상을 버리고 생활을 선택한 것에 대한 자조가 담겨 있는 것이 사실이다. 하지만 이 자조에서 긍정성을 발견한 이들은 "죽을 것 같은 현실을 극복하고자 하는 문학자의 의지"[113] 혹은 "생명이 충일한 삶을 살아갈 수 있기 위해 일신상의 진리를 지키는 글을 쓰겠다"[114]는 의지로 해석한다. 그러므로 자조와 의지를 함께 담고 있는 이 고백은 제국권력에 대한 저항이 불가능해진 시대에 "암울한 시대의 유곡을 혼자만의 진리에 의존해서 나아가야 하는 작가 자신의 고독한 심경"[115]을 보여주는 것이라고 할 수 있다.

3. 공모적 권력관계와 불화의 가능성

중일전쟁 이전 지식인들이 자기창조와 자기완성을 위해 분투할 수 있는 영역이었던 문화권력장은 중일전쟁이 시작된 이후에 기존과는 다른 성격을 지니게 되었다. 1936년 말이 되면 독일의 나치스 정부가 예술비평의 자유를 제한하는 것에 대한 비판이 등장한다. 그러나 모든 문화 각 방면에 대해 "국가에의 노예적 봉사를 강요하고" "반국수적인 문화는 그 존립을 거부"하는 독일의 현실은 "새로운 문화적 성장을 저해

---

113 정소영, 앞의 글, 365쪽.
114 방민호, 『일제 말기 한국문학의 담론과 텍스트』, 예옥, 2011, 384쪽.
115 위의 책, 401쪽.

하는 전초전"[116]에 불과했고, 나치스가 문화를 통제했던 방식은 곧이어 제국 일본을 경유하여 식민지 조선에서도 출현하였다.

한설야는 1939년에 발표한 「술집」에서 병원 안에서 같은 삼등실이 더라도 조선인과 일본인이 기거하는 병실에 차이가 있음을 보여준 바 있다. 아래의 인용문에서도 확인할 수 있는 것처럼 한민은 '가난'과 '조선인'이라는 이중의 속박 상태에서 돌파구를 찾지 못한 채 술을 마신다. 그러다 "헐벗은 자기와 자기의 겨레들과 병든 아들 기준이"를 생각하면서 비참한 삶과의 대결에서 자신이 "이기리라"고 다짐한다.

> 그는 돌아오다가 무심코 저편 방을 들여다보았다. 그 방 역시 이편 방만큼 너른 방으로 얼른 보기에 환자가 여럿이 누워 있으나 이편 방과는 판판결 다르게 정결하다. 환자들도 그렇고 의복도 그렇고 이불까지도 그렇다. 방바닥은 쓸리고 닦이고 해서 이편과는 딴방같이 번들거리고 반반하다. 지저분한 살림 도구도 보이지 않는다. (…중략…) 같은 삼등이면서 정결하고 환자도 많지 않은 방은 일본 사람들 방이라서 길이 막히고 이등은 돈으로 길이 막혀 부득이 냄새 나는 그 방에 눌러 있는 수밖에 없었다.[117]

정확하게 표현되고 있지는 않지만 작품 속에서 한민이가 자신과 대결하는 대상으로 설정한 것은 '제국 일본'과 빈부 격차를 만드는 '식민 자본주의'라고 할 수 있다. 그의 의식 속에서 조선과 일본은 일체의 대상은 물론이거니와 융화의 대상도 될 수 없다. 병실의 '벽'은 물리적 공

---

116 김오성, 「예술비평 통제와 문화의 옹호」, 『조선일보』, 1936.12.25・27.
117 한설야, 「술집」, 권영민 편, 『한국근대단편소설대계』 29, 태학사, 1988, 227쪽.

간만을 분할하는 것이 아니라, 조선인과 일본인이라는 민족까지도 분할한다. 이 시기 조선 사회 안에서 조선인과 일본인 사이에서 작동하는 민족 간의 대립은 규격화의 원칙에 따라 작동하고 있었기 때문에[118] 물리적 힘을 가지고 조선에 침입한 일본인으로부터 '겨레'를 지키고자 하는 의지가 "이기리라"라는 독백으로 발현된다.

앞에서 살펴본 것처럼 1937년 이후가 되면 그 전까지는 자율성을 지니고 있던 문화권력장이 정치적 영역으로 흡수되고, 제국과 식민지의 차이를 부각시키던 소설들은 점점 사라져간다. 그리고 제국 일본과 식민지 조선의 융화를 주장하던 태도는 오롯이 하나됨의 욕망, 즉 '융합'의 상상력인 '내선일체'를 추구하는 것으로 대체된다. 그리고 이것이 문화권력장 안에서 주류의 담론을 형성한다.

김남천의 「경영」과 「맥」에 등장하는 '오시형'은 사회주의에서 다원사관으로 넘어가는 한 인간의 사상적 경로를 보여주었다. 작품 속에서 오시형은 '사상범'이기 때문에 그를 둘러싼 권력관계는 감옥과 공판장으로 대변되는 '법과 정치'의 공간에서 재현된다. 그는 전향을 선언하면서 '사회주의'라는 '낡은' 보편을 버리고 '천황제'라는 '새로운' 보편 쪽으로 몸을 돌린다.

오시형이 출옥하는 날, 무경이 감옥 앞에서 만난 '서대문 경찰서 고등계'의 형사는 보석으로 풀려나오는 시형에 대해서 "일단 형무소 밖으로 나오면 책임은 그 시각부터 경찰에게로 옮겨지는" 것임을 강조한다. 일반적으로 감옥과 경찰은 쌍생아적으로 작동하며 위법 행위를 차별화

---

118 미셸 푸코, 박정자 역, 『사회를 보호해야 한다』, 동문선, 1998, 79쪽.

하고, 격리하고, 이용한다. '경찰-감옥' 체계는 톱니바퀴처럼 작동하여 '경찰-감옥-범죄'의 연계가 상호보완적이 되도록, 그리고 결코 중단되지 않도록 만든다. 경찰의 감시는 감옥에 법률 위반자들을 계속해서 공급하고, 감옥은 그들 가운데 일부를 정기적으로 다시 감옥에 집어넣는 경찰 단속의 대상이자 보조자로 변모시킨다.[119]

이처럼 "인간을 '관찰 상태'에 두는 방법은 당연히, 규율의 방법과 시험절차의 방법이 널리 침투해 들어간 재판의 연장"[120]이라고 할 수 있다. 대동아를 자신의 권력장으로 만들려는 일본의 제국 확장 프로젝트는 오족협화를 내세워 동아 안에서 '우대의 정치'를 표방하였다. 그러나 이와 더불어 등장한 사상범 예비구금은 제국권력의 적으로 규정된 사상범이 아직 법을 어기지 않았다 하더라도 이들을 범법 예비자로 규정하고 감금하는 '적대의 정치'[121]를 확장하는 것이었다.

반면에 전향 선언은 통치권력의 입장에서 본다면 적이었던 이가 친구가 될 수 있는 순간을 포착한 것이었다. 적대에서 우대로 넘어가는 그 경계에 '전향 선언'이 존재한다. 전향을 선언하는 순간 전향자의 신체는 개인의 것이 아니라 국가의 것이 되고,[122] 통치권력에 가장 강력하게 대항했던 세력이 훼절할 때 선전효과는 배가된다. 그리고 전향자가 제국권력이 생산해낸 당대의 핵심 담론을 역설할 때 담론을 구성하는 관념과 실천이 통합된 '지식권력'과 접속하게 된다. 권력과 지식은 단일

---

119 미셸 푸코, 오생근 역, 『감시와 처벌』, 나남출판, 2005, 428~429쪽.
120 위의 책, 346~347쪽.
121 칼 슈미트는 타자를 적과 친구로 구분하면서 정치의 성격을 규명해 나갔다. 특히 전쟁을 '적대'의 현상 상태로 설명하는 슈미트의 논의는 이 시기에 전체주의 속에서 민족을 하나로 단결시키는 역할을 담당하였다.
122 미셸 푸코, 오생근 역, 앞의 책, 177쪽.

한 과정의 양면과 같은 것이기 때문에, 지식은 권력관계를 반영하는 것에 그치지 않고 그 자체 내에 권력을 소유한다.[123] 그리고 전향자는 이러한 지식을 바탕으로 한 지배 담론을 수용함으로써 통치권력에 공모하는 권력관계를 만들어간다.

이러한 담론들에 대해 식민지 조선의 작가들, 특히 김남천이 보여주었던 태도는 푸코가 하나의 담론적 실천이 형성되는 과정을 설명하는 방식과 유사하다. 행동들과 전략들에 싸여 있는 사회에서 이론이 발생하고 서로 간섭하며 상호변환시키는 지식들이 어떻게 형성되는가[124]를 보여주고 있는 것이다.

본래 일본과 식민지 조선을 구분하고, 가진 자와 못 가진 자로 계급을 나누는 사상범들은 제국권력이 설정한 '대동아'라는 시대적 사명에는 어긋나는 존재들이었다. 하지만 감옥에서 나온 시형은 "비판보다는 창조가 바쁘다"고 말하며 전향을 선언하고 제국의 일원이 되기 위한 단계를 밟아간다.

내 자신이 서 있던 세계사관(世界史觀)뿐 아니라, 통틀어 구라파적인 세계사가들이 발판으로 했던 사관은 세계일원론(世界一元論)이라고도 말할 수 있는 것인데, 이러한 경우에 동양세계는 서양세계와 이념(理念)을 달리하는 것이 아니라, 동양세계는 대체로 세계사의 전사(前史)와 같은 취급을 받아 온 것이 사실이었죠, 종교사관이나 정신사관뿐 아니라 유물사관의 입

---

123 스티븐 J. 볼 외, 이우진 역, 『푸코와 교육―푸코를 통해 바라본 근대교육의 계보학』, 청계, 2007, 22쪽.
124 미셸 푸코, 이정우 역, 『지식의 고고학』, 민음사, 2000, 271쪽.

장도 이러한 전제로부터 출발했단 말입니다. 그러니까 동양이란 하등의 역사적 세계도 아니었고 그저 편의적으로 부르는 하나의 지리적 개념(地理的 槪念)에 불과했었단 말입니다. 그러나 만약 이러한 세계 일원론적인 입장을 떠나서, 역사적 세계의 다원성(多元性) 입장에 입각해 본다면, 세계는 각각 고유한 세계사를 가지고 있다는 것을 알 수도 있고 증명할 수도 있지 않은가. 현대의 세계사의 성립을 이러한 각도에서 이해하려고 한다면 우리가 가졌던 세계사관에 대해서 중대한 반성을 가질 수도 있으니까…….[125]

오시형의 주장은 고야마 이와오高山岩男가 「세계사의 이념」에서 일원사관을 거부하고 세계의 역사를 다원사관의 측면에서 보려고 한 논의를 거의 그대로 가져온 것이다. 고야마는 다원사관의 입장에서 현대세계사의 문화이념을 세워보자는 취지 아래, 서양의 몰락을 서양문화의 유형 속에서 구명하고 동양문화의 장래에 새로운 빛을 던지려고 하였다.

그러나 김남천은 「전환기와 작가―문단과 신체제」[126]에서 고야마의 논의를 정리해서 소개한 다음, 우리는 서양의 중세와 같은 문화적 개념이 가지는 것과 동일한 통일성을 동양이 가지지 못하였다는 사실을 인정해야 한다고 말한다. 그리고 이러한 전제를 기반으로 동양의 지성이 가져야 할 전환기의 사상에 대해 언급해야 한다고 주장한다. 이러한 생각들은 동양론과 다원사관에 동조하는 오시형이 아니라 이 정치사상들에 대해 유보적인 태도를 보이는 이관형의 태도가 김남천의 의도와 일맥상통[127]함을 의미한다.

---

125 김남천, 「경영」, 권영민 편, 『한국근대단편소설대계』 3, 태학사, 1988, 701쪽.
126 김남천, 「전환기와 작가―문단과 신체제」, 『조광』, 1941.1, 264~265쪽.

이관형은 동양이란 실체적인 것이 아니라 몇 세대에 걸쳐 서양의 오리엔탈리즘에 꿰뚫린 사람들이 반복 재생산한 표상이라고 생각한다. 그의 의식 속에서 동양은 동양인들이 서양으로부터 동일한 담론을 추출하여 지정학적 구도를 실체화한 것에 불과할 뿐이며, 조선은 "고유의 사상이나 문화의 전통을 이룰 만한 정신적 힘은 가지"지 못했다. 그는 이에 대한 대안으로 구라파 문화를 겉껍질만 배우는 것이 아니라 그 요체까지 철저하게 배워야 한다고 주장한다.

이러한 대안은 일본을 위시한 동양의 힘으로 당대의 주류 담론이었던 서구적 근대를 '초극'해야 한다는 생각과는 거리를 두는 것이다. 오히려 '근대초극론'의 핵심과는 정반대 입장이라고 할 수 있는 서구적 근대에 대한 '심화적 극복'[128]에 근접해 있다. 다시 말해 서구적 근대 혹은 근대가 생산해낸 이성과 합리성을 사용해야만 근대를 극복할 수 있다는 관점인 것이다. 관형이 동양론은 자의적으로 구성된 것이며, 그 존재 이유 역시 제국권력이 자신들의 세력을 유지하기 위해서 만들어냈다는 식으로 대응하는 것은 그의 내면에 통치권력과 불화할 가능성이 내포되어 있음을 짐작케 한다.

랑시에르는 '불화'를 정치의 원리로 규정함으로써 포함과 배제의 관계에 대한 이중의 전복을 시도하였다. 지각의 차이에서 발생하는 차이뿐 아니라 '말함'과 '이해함'에 의한 상충도 포괄하는[129] 불화란 투쟁 중인 대상들이 논쟁적이지만 공통공간을 구성하는 힘이며,[130] 갇혀 있던

127 김철, 「근대의 초극, 『낭비』, 그리고 베네치아」, 『민족문학사연구』 18, 민족문학사연구소, 2001.
128 지안니 바티모, 박상진 역, 『근대성의 종말』, 경성대 출판부, 2003.
129 자크 랑시에르, 오윤성 역, 『감성의 분할』, 도서출판b, 2008, 101쪽.
130 자크 랑시에르, 양창렬 역, 『정치적인 것의 가장자리』, 길, 2008, 26쪽.

정치적인 것이 실재 속에 귀환하게 만든다.[131] 이관형은 제국권력이 생산해낸 '근대초극론'에 동의하지 않음으로써 불화의 영역 속으로 들어간다.

김남천은 「경영」, 「맥」, 『낭비』 연작에서 사회주의뿐 아니라 최무경과의 신의도 저버리고 제국의 편으로 돌아서는 전향자 오시형과 제국의 동양론에 대해 회의적인 시선을 보내는 비판자 이관형을 함께 등장시킨다. 그리고 후자의 고뇌에 보다 동조하는 입장을 취하면서 제국권력과 제국권력이 생산해낸 정치사상을 곧바로 수용하기보다는 이에 대해 유보적인 태도를 보인다. 그러나 불화의 가능성을 포함하는 권력 유보적인 태도가 작품 속에서 직접적으로 그려질 수 있는 것은 아니었다.

대신에 1941년 태평양전쟁이 일어난 후에는 카프 출신 작가들의 작품에서도 통치권력의 장려사항이었던 '내선일체'를 형상화한 장면들이 심심치 않게 발견된다. 김남천의 「어떤 아침」과 한설야의 「혈血」과 「영影」 등 일본어로 창작된 소설들을 분석하는 과정 속에서 이러한 모습은 확인할 수 있다. 이들 작품에서는 일본인과 조선인이라는 민족을 뛰어넘어 내선이 공존하는 듯한 모습이 드러난다.

한설야는 일본어 소설인 「혈」과 「영」에서 '내선연애'라는 소재를 통해 조선인과 일본인 사이에 존재하는 장벽이 점차 허물어지고 있는 듯 그려낸다. 이 두 작품의 서사는 모두 조선인 남성과 일본인 여성을 주인공으로 하여 이루어지지 않은 사랑에 대한 안타까움을 담고 있다. 「혈」의 주인공은 화가로 일본에서 만난 일본인 여성 마사코의 '마음가짐'과

---

131 자크 랑시에르, 오윤성 역, 앞의 책, 122쪽.

'기량', 그리고 아름다운 '얼굴'을 좋아하고, 「영」의 주인공인 '나'는 일본인 지에코와 사랑에 빠지지만 결국 이들의 사랑은 이루어지지 않는다.

이 시기 내선연애나 내선결혼은 완벽한 '내선일체'를 위해 국가적으로 권장되는 사항이었다.[132] 그래서 이러한 제재를 다루는 다른 작가들의 작품 속에서 조선인과 일본인의 사랑은 완성을 이루는 것으로 자주 등장하였다. 하지만 한설야는 「혈」에서는 조선인과 일본인의 '피'가 다름을 역설한다. 그리고 「영」에서는 조선인과 일본인의 관계 속에서 작동하는 권력관계가 균형상태를 지향하더라도 그 속에는 구체적으로 설명할 수 없는 그 무엇, 즉 '그림자(영影)'가 있음을 암시하고 있다.

그러므로 한설야에게 '내선'은 계속해서 가까워질 수는 있지만 완전히 하나될 수는 없는 관계라고 보는 것이 타당하다. 「혈」에서처럼 '예술'을 매개로 하든, 「영」에서처럼 '생활'을 매개로 하든 조선인과 일본인 사이에는 여전히 보이지 않는 장벽이 존재하기 때문이다. 이 장벽은 한설야의 「숨집」에 나타나는 병실의 벽처럼 물리적인 것이 아니라, 김남천의 『낭비』에서 이관형에게 다층적 부재의식을 안겨준 벽에 더 가깝다.

그리고 이러한 비가시적인 장벽은 일본인들과 그들의 문화에 대해 예찬적인 태도를 보일 때 보다 두드러진다. 정주미와 김순전[133]은 이 두 작품 속에서 일본인에게 보이는 긍정적인 태도가 '협력적 장치'라고 주장하고 있지만 이는 재고되어야 한다. 내선일체가 국가의 존망을 결정

---

132 김미영, 「일제강점기 내선연애(결혼) 소설에 나타난 일본여성에 관한 표상 연구」, 『우리말글』 41, 우리말글학회, 2007, 9쪽. '조선민사령'에서 식민권력이 가장 장려한 것은 조선인 남성과 일본인 여성의 내선결혼이었다. 여기에는 내선결혼으로 출생한 자녀들의 교육을 통해 2세까지 철저히 일본인화하고자 하는 그들의 열망이 반영되어 있다.

133 정주미·김순전, 「한설야의 일본어 소설에 나타난 이중적 장치-잡지 『國民文學』에 실린 「血」과 「影」을 중심으로」, 『일본연구』 10, 고려대 글로벌일본연구원, 2008, 269~294쪽.

하는 사안으로 거론되는 이때에 일본을 높이고, 조선을 낮추는 발화는 오히려 '내지'와 '조선'의 이질성을 강조하는 역할을 수행하였다. 수직적 관계 속에 일본과 조선이 놓이게 될 때 이 둘의 동화는 현실이 될 수 없었다. 다시 말해 이를 통해 '내선일체'라는 환상 속에서 '내선'의 '차이'를 무화시키려는 움직임은 허구임이 밝혀진다.

최재서는 한설야의 「혈」에 대해 "이 작품은 단지 일본인 여성에 대한 불타는 짝사랑의 추억"일 뿐이라고 평가하였다. 어쩌면 최재서의 지적은 '내선일체'를 대하는 조선 지식인의 위치를 가장 적확하게 표현한 것인지도 모른다. '일본인 여성' 혹은 '일본'에 대한 '짝사랑' 그것이 바로 조선에서 '내선일체'가 유통되는 방식이었을 것이다. '다른 민족'으로부터 조선 사회를 보호해야 한다는 기존의 논리는 '사랑'과 '환상'을 매개로 한 '내선일체'의 신화로 대체된다. 이제 지켜야 할 것은 조선이 아니라 '내선'이라는 차원으로, 조선인들에게 투쟁의 대상인 '적'도 '일본인'이 아닌 '구미歐美'로 전환된다.

한설야는 해방이 된 후에 자신의 일본어 글쓰기에 대해 "일본어로 쓴 소설의 내용에 있어서는 아무런 양심의 가책이 안 될지라도 일본어로 붓을 들었다는 사실에 관해서는 자기반성"[134]을 한다. 이것은 제국이 원하는 일본어라는 형식은 따랐지만 소설의 내용에서는 소신을 지켰다는 의미로 해석된다. 한설야의 발언에 따르면 그의 일본어 소설들은 '내선일체'가 무화시키고자 했던 조선인과 일본인 사이의 '차이'는 쉽게 사라질 수 없음을 보여준다.

---

134 한설야, 『중성』 창간호, 1946.2, 24쪽(김윤식, 『임화연구』, 문학사상사, 1989, 457쪽 재인용).

한편 김남천의 유일한 일본어 소설인 「어떤 아침」은 서술자인 '나'의 다섯 번째 아이가 태어나는 날을 그 배경으로 하고 있다. 그날 나는 자신의 아이가 다섯이 되는 것을 상상하며 산책을 한다. 지금은 떨어져 살고 있는 전처 소생의 장녀와 차녀에 대한 기억과 산모의 출산을 기다리며 산책을 데리고 나온 두 아들, 마지막으로 오늘 태어난 막내 아이. 서술자인 '나'에게 이 아이들은 개인의 역사를 구성하는 시간과 연결될 수 있다.

나의 역사는 다섯 아이들을 매개로 해서 과거, 현재, 미래라는 세 가지 시간의 절합을 통해 이루어지지만, 지금은 '과거-두 딸'로 정리될 수 있는 시간은 부재한 상태에서 '현재-두 아들', 그리고 '미래-새로 태어난 아이'의 시간으로 구성된다. 그러므로 이 작품에 등장하는 다섯 아이의 상징성은 주인공이 사상운동과 소설 창작을 통해서 공적 영역을 확보하기 위해 노력했던 시간은 이미 지나갔으며, 현재 그의 생활은 가정과 경제라는 사적 영역에 의해 잠식되었음을 짐작케 한다.

임화는 「현대소설의 주인공」[135]에서 "생활이란 성격이 행동하기엔 적당한 장소"가 아니라고 주장한다. 그의 기준에서 "행위하는 성격이 아니라 생활하는 인물"은 높은 평가를 받지 못한다. "문학은 생활이 아니라 창조"이고, "성격은 생활인이 아니라 창조자"이며, "성격만이 실로 소설을 자기중심으로 구성할 수 있는 주인공"이기 때문이다. 하지만 시간이 갈수록 시대의 분위기는 임화가 옹호하는 '성격을 지닌 창조자'가 만들어지기 어려운 상태로 변해간다.

그래서 「등불」의 나는 자신의 의도치 않은 전향을 "안이한 생활 태도"

---

135 임화, 「현대소설의 주인공」, 『문장』, 1939.9.

의 문제가 아니라 "생명의 충실감"을 추구하는 문제로 환치시킨다. 이러한 생각은 다섯 번째 아이가 태어나는 날, 산책과 그 단상을 적은 「어떤 아침」에까지 이어진다. 최재서는 「등불」을 읽고 김남천이 "깊은 휴식 후에 일상적 생활에 눈을 떴다"고 지적하였다. 그리고 "추상과 관념과 합리주의 속에서 청춘을 다 태워버린 자가 일과 가정과 아이 속에서 생명을 눈뜬다는 것은 새로운 것의 탄생을 약속한다"고 말한다. 그러면서 이 작품에 등장하는 아기가 태어나는 날의 "기쁨은 나라의 여명과도 통하"[136]는 것임을 강조한다.

최재서의 논의와 관련하여 「어떤 아침」[137]에서 가장 주목해야 할 부분은 결말부인데, 이 부분은 서술자인 '나'가 출근길에 국민학교 아이들의 소풍행렬을 바라보며 느끼는 상념으로 채워지고 있다. 미래를 짊어져 나가야 하는 오늘 태어난 다섯째 아이의 의미와 조선인과 일본인의 구별이 무화된 상태의 집단성을 암시하는 국민학생들의 소풍행렬은 '내선일체'를 형상화한 것이다.

막 국민학교 앞을 지날 때 교문에서 2학년쯤 되는 학생들이 서너 명의 훈도와 2열종대로 시끄럽게 떠들면서 나오고 있었다. 소풍 행렬이었다. 조그만 육삭을 짊어지고 두 사람씩 손을 잡고 나오는 아이들의 행렬은 밝고 건강했다.
나는 시간 가는 줄도 모르고 먼지를 일으키며 거리 쪽으로 흘러가는 조그

---

136 최재서, 노상래 역, 「국민문학의 작가들」, 『전환기의 조선문학』, 영남대 출판부, 2006, 165~157쪽.
137 주인공 '나'의 인생을 되돌아보게 만드는 「어떤 아침(或る朝)」의 서사단락은 다음과 같다. ①
"조선에서 가장 훌륭한 잡지"인 개벽사의 S선생과 만났던 기억, ② 외가에서 크고 있는 맏딸과 본가에서 크고 있는 차녀에 대한 기억, ③ 이번에 태어나는 아이는 "꼭 아들이었으면 좋겠다는 간절한 기원", ④ 휴게소에서 재계와 관계에서 유명한 K씨 일행과 만난 기억, ⑤ 아이 네 명과 라디오 체조하는 남자를 바라봄, ⑥ 아들의 탄생, ⑦ 출근길에 국민학교의 소풍행렬 바라봄.

만 국민들의 행렬을 마지막까지 바라보았다. 그리고 다섯 명의 내 아이들이 그 속에서 섞여 있는 듯한 착각에 빠졌다. 그리고 S선생님의 막내도, K씨의 손자도 저 행렬 속에 있는 것은 아닐까라고 생각하는 것이었다.[138]

그러므로 위의 인용문을 보면 "아기가 태어나는 날의 기쁨은 나라의 여명과도 통하는 것"이라는 최재서의 지적은 일면 타당해 보인다. 이 작품의 서술자인 '나'는 "조그만 국민들의 행렬" 속에서 민족을 뛰어넘은 밝음과 건강함을 읽어낸다. 아이들의 행렬 속에서 일본인과 조선인이라는 구별은 큰 의미를 지니지 않는다. 이 아이들은 모두 다 같은 '조그만 국민'들이기 때문이다.

제국권력은 외지外地의 조선인을 내지內地의 '일본 국민'으로 소환했으며, 수많은 조선인들이 그 부름에, 국가의 의도와는 또 다른 의도를 가지고 응답했다.[139] 제국권력은 식민지인들을 '황국신민'으로 호명함으로써 전쟁에의 협력을 이끌어내려 했다. 그리고 '민족적 특수성'을 보존하면서 식민지적 불균등성을 '초극'할 수 있는 새로운 '보편'으로 제국 일본과의 '동화同化'를 선택한 조선인들의 욕망은 차이를 지우고 동질화할 것을 요구하는 제국권력의 목소리와 공명共鳴했다.[140]

그러나 내선일체는 관념적으로는 가능할지 몰라도 현실 속에서 완성될 수는 없는 것이었다. 「어떤 아침」의 마지막 장면에서 확인할 수 있듯이 '내선일체'는 현실이 아니라 '착각' 속에서만 실현된다. 작품 속에서

138 김남천, 「어떤 아침」, 김재용 외편역, 『식민주의와 비협력의 저항』, 역락, 2003, 242쪽.
139 김철, 「동화(同化) 혹은 초극(超克) – 식민지 조선에서의 근대초극론」, 『동방학지』 146, 연세대 국학연구원, 2009, 204쪽.
140 위의 글, 224쪽.

확인할 수 있는 현실이란 조선인 아이가 태어난 것이고, 주인공이 바라본 소풍행렬은 그 실체를 알 수 없는 것이다. 이런 상황 속에서 내선일체는 착각을 경유한 후 주인공의 내면에만 존재한다.

식민지 말기 조선의 수많은 사상가와 예술가들이 제국권력이 만들어낸 '내선일체'라는 담론에 공모하는 듯 보였다. 그러나 이기영·한설야·김남천의 소설 속에서 재현된 지식인들은 제국과의 관계 속에서 식민지인이 나아갈 수 있는 임계점, 즉 제국은 식민지에 대해 여전히 '포함하는 배제'[141]의 방식으로 작동함을 보여줌으로써 '내선일체'의 불가능성을 폭로하였다.

이들 작가들의 작품 속에 등장하는 지식인들은 전시총동원이라는 정치적 상황 속에서 자조를 기반으로 한 정치적 내면을 만들어갔다. 이 세 작가들은 시대의 희생양을 역설적으로 그려내고, 다층적 부재의식과 역동적 무위를 통해서 제국과 식민지의 융합이 불가능함을 보여준다. 또한 일본어 소설들을 창작할 때조차 내선일체는 현실이 아니라 '환상'과 '착각' 속에서만 완성되는 것으로 형상화함으로써 통치권력과 공모하는 듯 보이는 지식인들을 동화가 아니라 불화의 영역 속에 남겨둔다.

---

141 조르주 아감벤, 박진우 역, 『호모 사케르—주권 권력과 벌거벗은 생명』, 새물결, 2008, 46~47쪽. 아감벤은 '예외상태'를 법질서의 주변부에 위치해 있던 벌거벗은 생명의 공간이 서서히 정치 공간과 일치하기 시작하면서, 배제와 포함, 외부와 내부, 비오스와 조에, 법과 사실이 무엇으로도 환원되지 않는 비식별역으로 빠져드는 현상이라고 설명한다. 그리고 '예외상태'가 배제하는 동시에 포섭하면서 바로 그것이 분리되어 있는 상태 속에서 정치체제 전체가 의존하고 있는 숨겨진 토대를 실제적으로 수립했다고 주장한다. 아감벤이 주장하는 것처럼 포함과 배제를 동시에 수행하는 주권권력의 작동방식은 제국 일본의 헌법이 직접 작동하지는 않지만 다양한 시행령들을 통해서 운영되던 식민지 조선의 상황을 설명하는 데도 유용하다.

제3장

생산권력장의 총동원과
중간계층의 모방언어

제3장에서는 중일전쟁 이후 조선의 광산촌으로 대변되는 생산권력장이 총동원되는 상황과 중간계층들에게 초점을 맞추어 논의를 진행하고자 한다. 조선에서의 신체제운동은 통치권력 본의에 따라 종래의 모든 운동을 통합하고 강력화하는 데에 그 목적이 있었다. 그리고 그 기구로는 중앙에 국민총력조선연맹[1]을 두고 조선 총독이 총재직을 맡았다. 그 결과 행정조직과 국민운동조직이 일체가 되어 추진력을 갖게 되었고, 각종의 정신운동이 하부조직을 기반으로 발전적인 통합을 이루었다.

---

1   안자코 유카, 「조선총독부의 '총동원체제'(1937~1945) 형성정책」, 고려대 박사논문, 2006, 148~153쪽. 국민총력조선연맹(國民總力朝鮮聯盟, 일본어 : 国民総力朝鮮連盟 (こくみんそうりょくちょうせんれんめい))은 식민지 말기에 결성된 관제 단체로, 약칭은 총력연맹이다. 중일전쟁 발발 이후 전쟁 시국에 대한 협력과 조선 민중에 대한 강력한 통제, 후방 활동의 여러 문제를 처리하기 위해 조직된 기구이다. 태평양 전쟁 중 조직된 전시 단체 중 규모가 가장 큰 편이다. 이때 일본에서는 정당을 모두 해산하여 대정익찬회 체제를 갖추었다. 본래 정당이 없던 조선에서는 1940년 10월에 국민정신총동원조선연맹을 개편하여 발족시키고, 조선총독부 총독이 총재를 맡았다. 패전을 앞둔 1945년 7월 8일에 연합국 측의 공격이 일본 본토 및 조선으로 확대되는 것을 대비하여, 조선국민의용대가 조직되었다. 이에 이틀 후인 7월 10일에 국민총력조선연맹은 조선국민의용대에 흡수되어 해체되었다.

통치권력은 조선의 정치주체들에게 각자의 직역에서 봉공하고 '일억 일심一億一心'으로 단결하여 큰 뜻을 이루어야 한다고 강조하면서, 자유 주의적인 심정을 청산하고 고도국방국가와 동아신질서를 건설하기 위 해 노력하라고 역설하였다.[2] 그리고 구체제에서는 자신이 소유한 쌀은 자신의 마음대로 처분했지만, 신체제와 전시총동원 하에서는 그 쌀을 나라에 바쳐서 '동아신질서 건설'을 이루어야 한다고 주장하였다. 성업 聖業 완수를 위해서 경제와 생산의 영역까지 포괄하는 '정치의 우월성', 즉 '힘센 정치력'[3]이 요구되었다.

경제적인 영역의 문제를 정치적인 문제로 포섭하는 그 힘이 올바로 작동 하기 위해서는 생산 현장과 연결되어 있으며, 통치권력이 생산하는 담론을 발 빠르게 수용하고 전달할 수 있는 조직과 인물들이 필요하였다. 조선총독 부를 위시한 식민권력의 행정기관과 기업이나 신문사 등의 사회조직들, 그리고 그 안에 포함된 중간계층들의 중요성이 부상한 것은 이 때문이다.

이 시기 식민권력은 조선을 식민지로 관리·통제하는 한편 조선인들에 게 만주로 이주할 것을 장려하였다. 그리고 전쟁에 동원할 물자를 확보하기 위한 식량 통제는 물론 군인을 확보하기 위해 관료제를 간소강력화하는 방향과 생산성이 낮은 직업에 대한 전업轉業을 강행하는 등 총력전을 후방에 서 지원하기 위해 식민지 조선의 통치방식을 대대적으로 바꾸어 나갔다.

이기영과 한설야, 김남천은 이러한 모습을 생산소설[4]과 만주를 배경

<hr />

2 편집부, 「권두언─조선의 신체제」, 『조광』, 1940.12, 22쪽.
3 편집부, 「권두언─신체제와 이도선양(吏道宣揚)」, 『조광』, 1941.2, 24쪽.
4 장성규, 「일제 말기 카프 작가들의 만주 형상화 양상」, 『한국현대문학연구』 21, 한국현대문 학회, 2007, 184쪽. 식민지 말기 김남천과 이기영의 만주 형상화는 '생산문학'의 관점에서 이루어졌다. 생산문학은 국책문학의 구체적인 창작방법으로 임화에 의해 제기되었다. 장성 규는 임화의 생산문학론이 신체제의 이데올로기에 부합하는 것이라기보다는 오히려 과거

으로 하는 작품들에서 그려낸다. 이 소설들 속에서는 중간계층, 그중에서도 기술자와 언론인들이 만주개척과 신체제, 통제경제와 징용, 그리고 전쟁과 징병 등에 대해 예민한 감각을 보유하고 있었음이 감지된다. 중간계층은 조선에서 일본을 모방하는 언어를 사용하여, 일본의 정치 상황과 조선을 연결시키지만 그 언어들은 오히려 제국과 식민지의 간극을 부각시켰다.

앞에서 설명한 바와 같이 이 글에서 사용하는 '권력장' 개념은 물리적인 동시에 하나의 범주화된 행동이 시행되는 장소라고 할 수 있다. 제3장에서 논의할 '생산권력장'은 제국 일본의 총력전을 지지하기 위해 통치권력이 조선의 생산현장을 본격적으로 자신의 관할 하에 두려는 움직임과 함께 포착된다. 그리고 이러한 움직임이 소설 속에서 가시화될 때 제국의 논리를 모방하는 식민지의 정치주체들이 등장한다.

중일전쟁 이전에 창작된 한설야의 『황혼』은 생산권력장을 중심으로, 조선에 근대식 공장이 늘어나면서 벌어지는 권력적 현상들을 보여주었다. 그런데 중일전쟁 이후가 되고 이 작품에서 보여주었던 기업의 전략이 총력전[5]이라는 비상시를 극복하기 위한 국가의 총동원 정책과 접속하게 될 때, 생산권력장의 총동원과 직능권력장치의 활용을 위해 중간계층을 동원하는 문제가 보다 중요해진다.

국가의 총동원체제는 제국 일본뿐 아니라 식민지 조선에서도 전쟁은 구성원 전체의 생사가 걸린 위기 상황임을 각인시켰다. 그리고 사적 영역에 속해 있던 조선인들의 생활을 공공성을 가진 사회적 영역으로 옮

사회주의적 지향에 가깝다고 지적한다.
5   에릭 홉스봄, 이왕우 역, 『극단의 시대-20세기 역사』, 까치글방, 1997, 37~81쪽.

겨 놓았다.[6] 1940년대에 들어서면 이기영은 총동원체제[7]를 지향하는 모습을 광산촌을 중심으로 한 생산소설들에서 재현해낸다.

이 시기의 생산권력장 안에는 여전히 수많은 권력관계들이 작동하고 있었지만 제국권력이 지닌 절대우위를 넘어설 수 있는 권력축은 존재하기 어려웠다. 그렇기 때문에 제국권력과 이를 대행하는 식민권력의 움직임에 동의할 수 없는 이들은 미세한 몸짓으로 저항을 지속해 나갈 수밖에 없었다. 그리고 이들을 재현하는 과정에서 이기영·한설야·김남천은 통치권력의 의도를 비트는 재현 전략을 사용하였다.

식민지 말기에 쓰인 이기영·한설야·김남천의 소설 속에서 이와 같은 모습들을 고찰하기 위해서 이 글의 제3장에서는 이기영의 「십 년 후」(1936), 「수석(水石)」(1939), 『대지의 아들』(1939~1940), 「생명선」(1941), 『동천홍』(1942~1943), 『광산촌』(1943), 『처녀지』(1944)와 한설야의 『황혼』(1936), 『청춘기』(1937), 『대륙』(1939), 「종두」(1939), 「태양은 병들다」(1940), 「세로」(1941), 마지막으로 김남천의 「세기의 화문」(1938), 「철령까지」(1938), 「길 우에서」(1939), 『사랑의 수족관』(1939~1940), 「T일보사」(1939), 「속요」(1940) 등을 분석의 대상으로 삼고자 한다.

―――――

6 　이종구, 「총력전 체제와 기업공동체의 재편」, 『일본비평』 2, 서울대 일본연구소, 2010, 89~95쪽.
7 　강병순, 「국가총동원법 개정에 대하여」, 『조광』, 1941.5, 58쪽. 강병수의 글을 참조해서 설명해 보면, 본래 '국가총동원법'은 만주사변이 확대되고, 전쟁의 규모와 실질이 근대적 성격을 띠게 됨에 따라 국가의 모든 자원을 전시 태세로 편성하는 동시에 이를 신속히 동원하기 위한 것으로 1940년 5월 5일부터 실시되었다. 이 법은 정부에 권력 발동의 근거를 주는 추상적이고 개괄적인 수권법(授權法)으로서, 이에 대한 시행칙령을 기다려 비로소 구체적인 내용을 갖게 되는 것이다. 그래서 이 법의 실제적 운용의 경험을 바탕으로 고도국방국가체제를 확립하기 위해 1941년 법을 개정하게 된다. 특히 이 개정에서는 경제신체제 확립의 요소가 되고 있는 기업신체제, 산업단체 재편성, 기타 중요 국책의 실현을 가능케 할 규정을 세우게 되어 경제 전권 위임법의 면모를 갖추게 되었다. 특히 이 개정에서 주목해야 할 것은 노무, 물자, 자금, 시설 및 설비, 사업, 물가, 벌칙 등 거의 모든 분야에 걸쳐 통제가 강화되었다는 사실이다.

1. 직능권력장치의 편향성과 실리적 중간층

통치권력은 대공황 이후 산업합리화의 필요성을 역설하면서 조선에서도 근대적 기계공업을 육성하기 위해 노력하였다. 그리고 이러한 모습은 전쟁이 장기화되면서 국가총동원법[8]과 생산신체제의 강조로 더욱 부각되었다. 고도국방국가의 경제체제는 군비 충실, 생산력 확충, 전쟁에 적당한 국민생활안정을 목표로 인적 · 물적 자원을 총동원하는 것이었고, 이러한 통제경제를 공고히 하기 위해서는 생산 분야에서도 신체제가 필요하였다. 이 과정에서 식민권력은 생산력 증강을 위해 법률을 전면적으로 개정하였다. 그리고 생산의 문제와 법률의 문제가 중층적으로 작용하는 직능권력장치에 대한 논의도 중요성을 띠게 되었다.

한설야는 1936년 나약했던 '여순'이 강인한 노동자가 되는 과정을 서사화한 『황혼』을 연재하였다. 그러면서 공장을 기계화하려는 공장주의 움직임과 이에 저항하는 노동자들, 당국의 요구와 기업의 이익 사이의 접점에 대한 고려, 그리고 생산 설비의 효율성을 극대화시키려는 모습 등을 공장 안에 존재하는 다양한 권력관계들을 통해 재현해냈다. 그래서 이 작품은 조선의 현실 문제를 새로운 차원에서 접근했다는 평가를 받는다.

중일전쟁 이후가 되면 한설야와 김남천의 소설 속에 언론인들이 포함된 조직, 즉 신문사가 자주 등장한다. 기자들은 소설 속에서 사건을 탐방

---

8 이건혁, 「국가총동원법 전면 발동— 문제의 제11조 적용경위」, 『조광』, 1939.1, 44~54쪽.
"일본은 동아경제 블록결성에 본격적으로 노력할 시기에 도달하였다. 장기 건설의 이상은 일만지 삼국을 한데 뭉쳐 동아경제협동체를 확립하는 데 있는 바 (…중략…) 일만지 삼국에 의한 동아경제의 신체제 확립은 일층 적극화할 정세에 있다. (…중략…) 전시경제체제의 전면에 긍(亘)한 통제강화가 필지(必至)일 것이다."

하고 기사를 작성할 뿐 아니라 대중의 '공기空器'인 신문사 안에서 활동하면서 탁월한 현실 대응능력을 지닌 것으로 그려진다. 또한 이들은 검열이라는 권력장치가 작동하는 속에서도 정치적 삶을 영위하기 위해 자신이 지닌 직무감각을 활용한다. 식민지 말기 소설 속에 기자가 등장할 경우 이들은 이해타산적이고 언론사가 지닌 특권을 효율적으로 활용할 줄 아는 것으로 제시된다.

그리고 1939년 이후가 되면 이기영의 『대지의 아들』, 한설야의 『대륙』, 김남천의 『사랑의 수족관』 등에서는 만주 개척과 관계된 서사들이 펼쳐진다. 『대지의 아들』이 농민들의 개척서사라면 『대륙』은 만주의 광산들을 개발하기 위해 그곳의 유지들, 그리고 일본의 군인과 관료들, 개척 기술자의 모습이 그려진다. 만주로 이주한 조선인들의 벌거벗은 삶과 만주 비적들의 횡포, 그리고 이를 무찌르는 일본 군인과 관료들의 모습이 등장하는 것이다. 마지막으로 김남천의 『사랑의 수족관』에는 김광호라는 기술자가 만주로 건너가 비행기를 타고 측량을 하며 만선철도를 놓는 작업이 구체적으로 묘사된다. 이 작품들에 등장하는 인물들은 국가에 헌신하기 위해서 만주로 건너간 것이 아니다. 이들은 "우수하고 세련된 정신의 악덕"[9]인 냉소를 띤 채 자신의 직분에 충실하고 실용적인 이익을 얻기 위해 만주를 개척한다.

---

9 한나 아렌트, 이진우·박미애 역, 『전체주의의 기원』 2, 한길사, 2006, 134쪽.

1) 언론인의 이해타산과 공적 직무감각

식민지 조선에 매일 신문이 발간되고 라디오 방송이 흘러나오고 그것을 구독하거나 청취하는 계층이 출현하면서, 이곳에서도 언론현상이라고 부를 만한 사건들이 벌어졌다. 언론계 종사자들은 자신들이 공적 성격을 지닌 정보의 순환을 만들어낼 수 있다고 자부하며, 스스로가 담당해야 하는 몫을 인지하고 있었다. 그리고 시간이 흐를수록 언론인들과 언론매체들이 그 영역을 넓혀 가게 되면서 언론제도에 대한 사회적 인식 또한 형성되었다. 민족적 문제를 다루는 지사적 언론뿐 아니라 매일 매일의 일상을 채워나가는 일상적 언론을 매개로 해서 언론이라는 근대적 습속을 편하게 받아들일 수 있는 정치적 주체의 수도 증가한 것이다.[10]

이 시기의 언론이 무엇인지 정확하게 정의를 내릴 수는 없어도 그 맥락을 이해하는 사람들이 늘어나는 과정과 동시대적으로 이루어진 작업은 통치권력의 언론통제정책이었다. 통치권력은 3 · 1운동의 여파로 1920년대에는 문화정치를 표방하며 언론의 자유를 허용하는 듯 보였으나, 1930년대에 들어서면 본격적으로 언론을 통제하기 시작하였다. 특히 식민지 말기가 되면 통치권력은 전시동원체제 구축의 일환으로 언론통제를 더욱 강화하였다.[11]

이로 인해 1937년 이후 조선인이 발행하는 신문들의 논조가 급격히 변하였고, 급기야 1940년 8월에는 신문들이 대거 폐간되기에 이르렀다. 일본인이 발행하는 신문도 통폐합되었는데, 이것은 통치권력이 병참기

---

10 원용진, 「'식민지적 공공성'과 8 · 15해방 공간」, 『한국언론정보학보』 47, 한국언론정보학회, 2009, 63쪽.
11 박용규, 「일제 말기(1937~1945)의 언론통제정책과 언론구조변동」, 『한국언론학보』 46-1, 한국언론정보학회, 2001, 195쪽.

지화와 황국신민화라는 국책을 효율적으로 추진하기 위해 전시동원체제에 부합하는 언론구조를 만들기[12] 위한 것이었다.

사회의 분위기가 이와 같이 움직이고 언론매체의 성격도 변화해 가는 가운데 이기영과 한설야, 김남천은 신문사의 기자들을 중심으로 당대의 언론인 표상을 만들어 나간다. 이기영의 「십 년 후」를 제외하고, 한설야의 『청춘기』와 「세로世路」, 김남천의 「세기의 화문」, 「T일보사」, 「속요」 등에는 예민한 시대감각을 이용해 이해타산적인 태도를 보이는 인물들과 소신을 가지고 기사 작성이라는 공적 업무를 충실히 실행하는 인물들이 다루어진다.

이기영의 1936년 작인 「십 년 후」에는 "생활난이 심하여 취직이 어려운 세상"에서 '기자'라는 직업을 가졌음에도 자신의 삶에 만족하지 못하는 경수가 등장한다. 그는 "잡지사에서, 모집하던 현상문예懸賞文藝에 응모한 것"이 당선되어 기자가 되었다. 그러나 그는 "원고 쓰랴, 편집 하랴, 교정 보랴, 발송하랴, 도무지 빤한 틈"이 없는 가운데 '취직의 비애'를 느끼며 살아간다.

그렇다. 자기의 지금 생활은, 그 앞에서는 오직 가련한 존재로 나타날 뿐

---

12 위의 글, 200~201쪽. 식민권력은 1937년 7월 22일에 정무총감을 위원장으로 하고 총독부 및 군부의 주요 인물들이 위원으로 참여했던 조선중앙정보위원회를 결성하여 효율적인 선전 정책을 실시하였다. 또한 1938년 4월 1일 공포된 국가총동원법을, 칙령 316호에 의해 5월 5일부터 조선에서도 시행하였다. 이 법 20조는 국가총동원상 지장이 있는 기사의 게재를 제한 및 금지할 수 있었고, 신문 등을 발매·반포 금지하거나 차압할 수 있도록 규정하였다. 그리고 1939년 6월에 경무국 도서과가 지시한 '편집에 관한 희망 및 주의사항'의 내용을 통해 '황실의 존엄'을 높이고, 조선의 역사를 비하하며, 일본어 사용을 늘릴 것 등을 요구하였다. 식민권력은 1940년 8월 조선인이 발간하는 신문은 폐간하였고, 일본어 신문에 대해서도 통폐합을 감행하였다.

이다. 그것은 마치 매소부(賣笑婦)의 본색을 드러내 뵈는 것과 같다 할까? 잡지 기자! 통속적 취미 잡지의 삼문 기자! 그것은 참으로 인류 사회에 얼마마한 유익을 끼칠 수 있는 것인가? 만일 정당한 의미에서 자기의 생활을 찾을 수 있다면 자기는 그와 같은 빙공영사의 타락한 잡지는 응당 박멸해야 될 것이다. 이런 생각은 경수로 하여금, 저절로 얼굴이 붉어지게 하였다.[13]

그러다 십 년 전에 함께 룸펜 생활을 했지만, 지금은 인쇄기술자가 된 인학이를 만난다. 그리고 경수는 자신의 직업에 대해 더욱 회의를 갖게 된다. 과거에 룸펜이었던 이들이 "직공과 기자", "공장 노동자와, 섬약한 얼치기 인텔리!"로 다시 만난 것이다. 경수는 자기의 생활을 썩은 물 "그 밑창에 깔려 있는 시궁 흙" 같다고 생각하고, 인학 역시 삶 속에서 보람을 찾지는 못한다. "육체적으로 정당한 생활을 하는 사람은 정신이 썩었"고, "정신이 아직, 성한 사람은, 육체가 썩었다."

그래서 경수는 둘 다 '반신불수'일 바에는 둘을 합쳐 성한 사람 하나가 만들어지기를 원한다. 경수의 이러한 생각은 '의식적 자각'의 과정이라고 볼 수 있다. 자신의 삶에 대해 회의하고 반성할 수 있는 인간은 삶의 지향점을 수정할 수 있고, 삶의 좌표를 움직일 수도 있기 때문이다. 기자라는 인텔리적 직업도, 직공이라는 노동자의 삶도 인간에게 만족을 주지 못할 때, 경수는 인텔리와 노동자 모두의 결점을 보완하여 보다 나은 인간의 탄생을 준비한다.

「십 년 후」 이후에 기자라는 직업에 대해 회의하는 인물이 등장하는

---

13 이기영, 「십 년 후」, 『삼천리』, 1936.6, 272쪽.

소설은 찾아보기 힘들다. 기자가 등장하는 대부분의 소설들은 기자들의 이해타산적인 모습과 파벌주의, 출세지상주의 등에 초점이 맞춰져 있다. 그리고 합리성을 기반으로 논리와 질서가 중시될 것 같은 신문사는 명예욕에 사로잡힌 사주社主에 의해 사회적 공기로서의 성질은 상실하고, 권력 투쟁이 만연한 공간으로 그려진다.

1937년에 연재된 한설야의 『청춘기』[14]에서는 신문사 안에서의 파벌주의를 엿볼 수 있다. 그것은 신문사 기자인 우선에게 이 작품의 주인공인 태호가 취업을 부탁하자 그가 들려주는 이야기에서 확인된다. "당초 사장의 추천으로 입사하였고 또 총독부 출입기자로 사장이나 편집국장의 신임이 두터운" 우선의 대사를 통해 당시 신문사의 상황과 기자들의 파벌주의가 독자들에게 전해진다.

작년만 해도 한두 사람쯤 드내는 데는 문제가 없었네만 지금은 대세가 달라졌어…… 그때는 말하자면 좌우양파가 대립되어 있었어…… 부사장을 중심으로 한 재래종을 우파라고 하면 우리들은 좌파였었는데 그때는 물론 우리들 인민전선파가 우세였었지…… 그러나 때도 사장도 결국 우리 편은 아니니까…… 그러니까 당분간 잠자고 있는 게 가장 자기를 잘 살리는 유일한 방법일 것 같데.[15]

---

14 한설야의 『청춘기』는 동아일보 디지털 아카이브에 있는 1937년 신문 연재본을 중심으로 분하되, 연재본에 없는 부분에 대해서는 1989년에 '풀빛'에서 나온 『한설야 선집』 2 – 청춘기와 함께 분석의 대상으로 삼았다. 신문 연재본을 인용할 경우 연재 일자를 표기하였고, 연재본이 없는 경우에는 단행본을 인용하였다.
15 한설야, 『청춘기』, 『동아일보』, 1937.8.3.

우선의 설명에 따르면 우선이 다니는 신문사의 사장은 금광으로 졸부가 된 인물이다. 하지만 그는 본래부터 신문사에 터를 잡고 있던 우파 명사들의 관록과 명망에 눌려서 힘을 발휘하지 못한다. 그래서 신문사 내에서 우파를 몰아내려고 벼르는 좌파들을 이용하기 위해 "비록 붉은 빛은 못되어도 연분홍쯤 되는 체"를 해가며 실력파이자 실무자인 좌파를 밀어주었고, 좌파들은 "우파의 지시 명령을 뽀이코트" 하면서 그들을 하나씩 밀어냈다. 그리고 사장은 "이제부터의 말썽거리가 바로 좌파"인 것을 점치고 미리 그들을 누르기 시작한다. 결국 사장이 신문사 안에서 취하는 태도는 권력장의 자장을 바꿔서 자신에게 가장 유리한 구조를 생산해낸다.

그래서 우선과 같은 기자들은 신문사의 권력장이 요동을 치는 이때 적극적으로 행동을 하기보다는 당분간 후일을 기약하며 침묵을 지키기로 한다. 험난한 시대에 지식인으로서의 양심에 대해 고민하는 태호에게 이런 우선의 이야기는 적막감을 불러온다. 동경 유학생 시절에 "시대의 총아로 자처"하던 우선이 "옛날의 의기"를 잃어버린 것은 그가 생활인이 되었기 때문만은 아닐 것이다. 진실을 말하기보다는 자신의 안위를 위해 침묵을 선택하는 우선의 모습은 개인의 자질과 신문사라는 조직의 타락, 그리고 통치권력의 언론통제정책이 어우러져 만들어낸 산물이라고 볼 수 있다.

하지만 이보다 더 문제가 되는 것은 한설야의 『청춘기』와 「세로」, 김남천의 「T일보사」 등 신문사를 배경으로 하는 작품들에서 신문사에 자본을 대는 인물들이 광산 혹은 주식 투자를 통해 졸부가 된 인물들이라는 사실이다. 그들에게 신문사는 개인의 영달이나 명예를 위해 필요한 도구에 불과하다. 그러므로 앞에서 살펴본 것처럼 「세로」의 사장이 신문사 안에서 권력을 장악하기 위해 기자들 사이의 파벌을 이용하는 것은 이상한 일이 아니다.

김남천의 「T일보사」의 주인공인 김광세는 "평안남도의 산간지대"에서 상경한 인물로, 주문처럼 "성공해야 한다! 출세해야 한다!"를 마음속으로 부르짖는다. 그리고 자신의 외양이 직장 안에서 능력을 평가받을 수 있는 기준이라는 사실도 알고 있다. 그래서 그는 한 달 월급이 45원인 '영업국 판매부원'으로 입사했음에도 입사 직후, 부사장과 같은 입성을 완성하기 위해 "종로로부터 남대문통을 거처서 우편국 앞에서 진고개로" 이어지는 길 위에서 하루만에 이천 원에 달하는 금액을 소비한다. 그가 구입한 물건들은 애나멜 구두, 턱시도, 더블베스트, 낙타외투, 내의와 와이셔츠, 넥타이, 흰 손수건, 가죽장갑, 서류가방, 양말, 단장, 시계, 백금 인장지환印章指環, 카우스, 넥타이핀, 만년필, 향수와 화장 도구 등 생필품이기보다는 타인에게 자신의 소비력을 과시하기 위한 사치품들이다.[16]

그는 소비가 끝난 뒤 명치정에서 술을 마시며 "나는 오늘부터 대경성을 지배한다. 나의 성공의 제일보를 축하하라!"고 외친다. 대경성을 지배하고자 하는 그의 욕망, 그리고 그 성공의 제일보가 소비를 통해 만들어지는 이미지라는 사실은 시사하는 바가 적지 않다. 이 시기 경성은 소

---

16 이경훈, 「이후(以後)의 풍속」, 문학과사상연구회 편, 『한설야 문학의 재인식』, 소명출판, 2000, 185쪽. 이경훈은 김남천이 소설 속에서 백화점이나 상품의 '정가표' 혹은 '꼬리표'를 형상화하는 것에 대해 한설야가 이러한 행위야말로 "전향의 등가물"이라고 평가했음을 지적한다. 이러한 지적은 전향 후 김남천과 한설야가 유사한 맥락에서 "삶으로의 전향"을 단행했지만, 전향 후 두 작가가 창작에서 보여주는 행보에는 간극이 있음을 시사한다.

비공간이라는 정체성을 확보해 가고 있었다. 광세가 쇼핑을 하는 진고개에는 미쓰코시三越, 조지야丁子屋, 미나까이三中井, 히라다平田 등의 호화로운 일본 백화점들이 등장하여 '근대의 메이크업'을 본격화했다.[17] 그러므로 광세가 경성을 지배하기 위해 자신의 겉모습을 꾸미는 것은 소비 지향의 경성에서는 당연한 선택이었다.

그런데 김광세라는 인물이 보다 문제적인 이유는 "일만 원의 '캐슈'가 서울을 지배하고 조선을 지배하고 세계를 지배할 것"이라고 확신하는 그가 T일보사의 부사장이 되었기 때문이다. 그는 신문사 안에서 "체납된 신문대금과, 지국의 신설과, 불량지국의 철폐" 따위를 계산하는 것만으로는 성에 차지 않아서, "만 원이 오만 원이나 십만 원이 되는 고등수학"을 현실로 만들기 위해 자신의 전재산을 주식에 투자하는 과단성을 보인다. 그는 '저축'을 통해서는 자신이 원하는 '고등수학'이 실현될 수 없다는 것을 깨닫고 적극적으로 주식 투자에 참여함으로써 이해타산적인 언론인 상을 완성해 나간다.

'홀랑 날러가 버려라!'
'그렇지 않거들랑 고등수학의 답안을 만들어 받혀라!'[18]

그의 소원이 이루어지는 계기는 작품 속에서 전연 의외의 모습으로 등장한다. 동맹통신에서 보도자료는 왔으나 게재할 수는 없는, 동경에

---

17 서지영, 「소비하는 여성들－1920~30년대 경성과 욕망의 경제학」, 『한국여성학』 26, 한국
    여성학회, 2010, 130쪽.
18 김남천, 「T일보사」, 『인문평론』, 1939.11, 192쪽.

서 일어난 큰 사건[19]으로 인해 조선의 주식값은 폭락하고 그로 인해 광세는 큰 이익을 얻는다. 이 사건이 발생한 후 주식 시장은 계속 열리지 않고, 조선의 "정계와 재계는 대혼란"에 빠진다. 반면에 "성공과 출세의 토대"를 만든 광세는 "취인과 주식과 미두와 투기에 관한 서적"을 읽으며 투기에 대한 정밀한 기술을 조사하고 연구한다. 그리고 그 수익을 신문사에 투자하여 부사장의 자리에 오른다.

작품 속에는 이러한 광세의 모습에 대해 계속해서 회의적인 시선을 보내는 여기자 이남순이 등장한다. 동경에서 영문학을 전공한 남순은 신문사 안에서 "자기를 지배하는 사람은, 학예부장, 편집국장, 부사장, 사장의 계통"뿐이며, 이 외에 자기를 '직제상'으로나 '인격상'으로 지배할 사람은 없다고 생각한다. 그리고 지방부장인 광세를 보면서 그는 "교정부장과 함께 다른 부의 평기자만도 못하다"고 평가한다.

광세가 생각하는 지배가 회사 안의 위계 속에서 이루어는 것[20]이라

---

19 이수형, 「김남천 문학연구 ― 이데올로기와 실천의 관계를 중심으로」, 서울대 석사논문, 1998, 46~47쪽. 이수형은 「T일보사」의 시간적 배경이 소화 11년, 즉 1936년이고 김광세가 동경으로부터 게재 금지된 사건에 대한 지급 통신을 받은 것이 2월 26일 새벽이라는 설정에 근거하여, '동경의 큰 사건'을 '2·26사건'으로 설명하고 있다. 1936년 2월 26일에 소장 장교들이 일으킨 쿠테타 2·26사건은 실패로 끝났다. 그 후 이 사건은 파시즘에 대한 자유주의적 정치나 자본가들의 반발을 일소하는 계기로 작용하여, 일본 파시즘이 본격적으로 시작되는 사건으로 평가되고 있다.

20 김남천, 앞의 글, 160쪽. 김남천은 이 작품에서 신문사의 자리배치 장면을 구체적으로 묘사하여, 신문사의 내부조직과 그 구성원들 사이에 작동하는 권력관계를 시각적으로 제시하고 있다. 특히 기사를 작성하지 않는 직원들의 자리 배치는 눈여겨볼 만하다. "남쪽 바람을 등으로 하고 가운데에 영업국장의 책상이 있고, 양쪽으로 서무부장, 판매부장의 책상이 있는데, 이 판매부장의 테-블의 한편 가상을 옆구리로 스치면서 김광세와 또 한사람의 판매부원의 책상이 마주 붙은 채 자리를 잡고 있다. 광세의 옆에는 뚝 떨어져서 광고부장이 네 사람의 부원의 책상을 거느리고 테-블을 차지하고 있다. 한편 영업국장의 서쪽에는 서무부장, 그 다음이 두 사람의 서무부원, 양장한 여자타이피스트, 그리고는 커다란 두 개의 금고 앞에서 서쪽창문을 등지고 회계부원의 한사람, 그것과 잇대어서 북쪽, 현관에 잔등을 돌리고 상업학교 출신의 여자회계가 앉아있다. 회계부장은 빈 책상뿐, 영업국장의 겸임으로 되어 있다."

면, 남순이가 생각하는 위계는 '기사 작성'이라는 공적 직무감각과 관련이 깊다. 남순의 의식 속에서 신문사 안에서 실질적인 지위가 '부장'이더라도 교양과 학식을 이용하여 기사를 작성하지 않는 직책은 '평기자'만도 못한 것이다. 그렇기 때문에 남순은 이해타산에만 밝은 광세를 계속 승진시키는 신문사의 처사에 의심을 품는다.

'문화적 활동보다도 월급을 소중히 여기고, 원고지보다도 화폐, 문필보다도 주판을 무겁고 가치 있게 여기는 사람, 이런 사람은 편집국에는 없었다. 이런 무례한, 이런 비문화적인 사람을 어째서 일 개월 남짓해서 편집국의 부장 의자를 맡겨서 승급을 식히는 것일까?'

하고 남순이는 신문사의 처사에 의심을 품으며 앉아 있다.[21]

남순이가 보이는 태도는 신문기자라는 직업을 지식인의 전형으로 생각하고, 기자의 가치는 기사 작성을 통해 평가되어야 한다는 입장을 대변한다. 그런 남순이 "비문화적인 사람"이 입사한 지 한 달 만에 부장이 된 사연을 궁금해 하는 것은 당연해 보인다. 광세가 명예욕에 휩싸여 투기를 일삼는 것과는 대조적으로 남순이의 세계는 합리성의 영역으로 이루어져 있기 때문이다.

「T일보사」의 서사가 진행되는 동안 작품 속에 남순이 자주 등장하는 것은 아니지만 그는 광세와 대비를 이루면서 계속해서 존재감을 드러낸다. 그는 작품의 서두 부분에서는 광세를 무시하고, 중반부에서는 빠

---

21 위의 글, 186쪽.

른 속도로 승진하는 그를 의아하게 쳐다보며, 결말 부분에서는 광세가 부사장이 되었을 때 그의 곁에 있는 것으로 그려진다. 하지만 남순이 광세를 지지하는 것은 아니며, 그는 끝까지 광세와 대립되는 영역 속에 남아 있다.

한설야의 『청춘기』에는 기자라는 직업이 지닌 공적 감각을 가장 긍정적으로 체화한 인물로 '태호'가 등장한다. 진실의 호도는 물론이요 사실의 전달 자체가 불가능해진 시대에 태호는 여전히 신문은 "사회의 목탁"과 "민중의 공기公器"로서 기능해야 한다고 생각한다. 그래서 좋은 글을 쓰기 위해 신문사와 같은 언론기관에 들어가기를 희망하고, 결국 친구 우선의 도움으로 신문사에 입사한다.

> 태호는 어찌해서 신문사에 들어가면 좀더 무슨 값있는 일을 할 수 있으리라고 믿었다. 그러며 신문은 사회의 목탁이오 민중의 공기(公器)라는 옛말이 무슨 목가(牧歌)와 같이 떠오르는 것이었다.
> 아무리 무어라고 하더라도 입사하면 밖에 있을 때보다 좀더 좋은 글을 써 볼 기회가 오리라 생각하였다.[22]

태호는 자신만의 명확한 관점과 양심을 지니고 있고, 사회과학을 공부했기 때문에 그의 기사는 "관찰이 예민하고 또 심각"한 데가 있었다. 하지만 그런 그가 신문사에서 쫓겨날 때 받은 모함은 그의 행위가 "언론의 권위"와 "신문사의 체면"을 훼손시킨다는 것이었다. 그는 신문사

---

22 한설야, 『청춘기』, 『동아일보』, 1937.8.3.

안에서 벌어지고 있는 파벌싸움에 개의치 않고 소신을 다해 기사를 작성하였다. 그가 보여준 모습은 청렴하고 정직한 언론인의 모습이었으나 신문사가 그에게 취한 마지막 조치는 '서류 우편'으로 '해고 통지서'를 받아 보게 하는 것이었다.

퇴사 후 태호는 '사회운동'에 투신하게 되는데 이것 역시 기자 시절의 경험과 관계가 있어 보인다. 그는 기자로 재직하던 시절, 수재 현장을 다녀와서는 조선의 농촌이 피폐한 이유를 제국 일본과의 관계 속에서 추측하였다. 그리고 이러한 경험은 신문사 퇴사와 영혼의 벗인 철수와의 만남이라는 배치가 이어지면서 사회운동 쪽으로 자연스럽게 발현된다.

작품 속에서 태호의 사회운동이 전면에 드러나지는 않는다. 해외에서 주로 활동했을 것으로 추정되는 이철수가 귀국한 후 태호는 실종된 것으로 처리되고, 잡힌 후에도 태호와 철수는 자신들의 행적에 대해 "절대 비밀"이라며 함구한다. 다만 태호의 행적은 타인의 입을 빌려서 추정을 담은 간접화법으로 전달된다. 우선은 작품 속에서 신문기자라는 직업의 특수성으로 인해 태호가 검거된 후부터의 사정을 가장 잘 아는 인물로 그려진다. 그는 태호가 취업을 부탁할 정도로 친한 친구이면서 태호가 체포되자마자 바로 그 사건을 기사화할 수 있는 감각도 지니고 있다. 그는 '신문기자'라는 직업인으로 움직일 때 특종을 잡기 위해, 그리고 그 특종을 보다 완벽하게 구성하기 위해 사적인 관계에 연연하지 않는 것으로 그려진다.

우선은 태호와 철수가 검거되었다는 소식을 듣고는 태호의 하숙집을 찾는다. 그리고 태호를 걱정하는 집주인을 따돌리고, 태호의 짐 속에서 철수와 태호가 함께 찍은 사진을 구해서 자신이 작성한 기사에 첨부한다. 우선은 "태호와 철수 두 사람의 상체만을 커다랗게 확대"하고 "커다란 얼굴과 그 주위의 굵다란 활자들"을 넣어 기사를 완성한다. 그가 우정보다 중요하게 생각하는 것은 "혼자만 아는 사건"으로 특종을 만드는 것이다.

식민지 말기에 창작된 이기영·한설야·김남천의 소설 속에서 신문사에 소속된 이들이 보여주는 전반적인 모습은 정직함이나 공정성, 윤리의식 등이 아니다. 이들에게 중요한 것은 현실에 얼마나 유연하게 대처하는가, 혹은 상황에 적합한 판단을 얼마나 신속히 내리는가 등의 감각이었다. 태호가 잡혀간 뒤 우선이 태호의 사진을 가져가 신문에 실을 수 있는 감각, 바로 그런 민첩함과 영민함을 신문사는 기자들에게 요구했던 것이다.

그리고 작품의 결말 부분에서 우선의 공적 직무감각은 새로운 전개를 만들어낸다. 의사이자 태호와 연인 관계인 은희는 태호가 사상관계로 잡혀갔음을 우선이 작성한 신문기사로 확인한 뒤 태호를 기다리겠다고 다짐한다. 작품은 태호를 사랑하는 은희가 하늘 저편에서 '극광極光', 즉 오로라가 비쳐옴을 깨달으며 "어둠을 헤쳐 나가려는 사람은 어둠 속에서도 빛을 잡을 수 있"다고 생각하는 데서 막을 내린다. 암울한 시대 현실 속에서 사회운동을 통해 어둠을 헤치려는 태호와 그를 기다리는 은희는 어둠 속에서도 '극광'을 발견할 수 있는 인물로 형상화된다.

식민지 말기에 신문사라는 공간은 시사적인 정보를 독점할 수 있는 기관이었고, 그래서 하나의 권력현상을 만들어낼 수 있는 힘을 지닐 수 있었다. 특히 식민지 말기의 신문사는 급변하는 국제정세와 전시라는 특수성으로 인해 그 조직 안에서도 수많은 사건과 사고가 발생하는 공간이었다. 한설야와 김남천은 이러한 시대적 상황을 작품 속에서 서사를 움직일 수 있는 하나의 요인으로 설정하기는 하되 그것을 전경화시키지는 않는다. 오히려 신문사 안에서 벌어지는 권력 다툼에 주목하여 그들의 암투가 시대적 상황을 모방하여 축소한 듯한 느낌을 만들어낸다.

한설야의 「세로」에 등장하는 사장이 금광으로 졸부가 되고, 김남천의 「T일보사」의 광세가 주식투자로 부사장이 되는 것은 이 시기의 불안정한 경제적 상황이 낳은 파행성으로 설명 가능하다. 또한 한설야의 『청춘기』에서 태호가 모함을 받아 신문사에서 쫓겨나고 그 자리를 권모술수에 능한 '박용'이 대신 차지하는 것은 선량하고 진실된 자들이 설 자리가 점점 줄어듦을 뜻한다.[23]

그럼에도 기자로서의 직무감각에 충실한 이들은 이해타산을 일삼는 언론인의 독주를 경계하고, 때로는 자신뿐 아니라 타인의 삶까지도 긍정적인 방향으로 움직이게 만든다. 「T일보사」의 남순은 광세에게 계속 회의적인 시선을 보냄으로써 명예욕과 과시욕에 사로잡힌 그를 비판하고, 『청춘기』의 우선은 의도치 않은 것이지만 태호의 사건을 기사화하여 은희와 태호를 정신적으로 연결시키는 역할을 담당한다. 또한 태호는 언론이 '사회의 공기'라는 생각을 포기하지 않은 채 기사화되는 사건을 표면만 살피는 것이 아니라 그 이면까지도 꿰뚫어보는 섬세함을 유지한다.

23　황지영, 「언론권력장과 전쟁의 가촉화(可觸化)」, 『한국민족문화』 49, 부산대 한국민족문화
연구소, 2013.

2) 기술자의 냉소와 기계적 균형감각

중일전쟁이 시작되면서 제국 일본과 식민지 조선의 담론장에는 기술, 자연과학, 과학교육 등에 대한 논의들이 출현하는데, 이것은 전시총동원체제를 구축해야 한다는 시대적 요청과 기술[24] 동원의 필요성이 맞물리면서 나타난 현상이었다.[25] 물론 그 전에도 생산현장에서 산업합리화와 근대식 기계공업이 확산됨에 따라 '숙련공'[26]이 필요하다는 인식은 존재했었다. 한설야의 『황혼』에서도 확인할 수 있듯이, "낡은 기계를 전부 거두고 능률이 높은 새 기계를 들여" 놓으려면 "새 기계를 사용할 줄 아는 숙련공"을 양성하는 것이 선결과제로 떠오르기 때문이다.

그리고 생산현장에서 기계와 기술을 가진 숙련공의 공조관계는 '기계의 정교함=몸의 기술'이라는 등식으로 공식화된다. 이 작품에서 Y방직의 사장은 새 기계를 들이기 위해 '숙련공'들을 양성하는 한편 사용가치가 떨어지는 노동자들을 해고하려고 한다. 이것은 정교한 기계를 다루기 위해서는 그 기계의 정교함을 감당할 수 있는 인력이 필요함과 동시에 기계가 할 수 있는 일밖에 못하는 인력은 더 이상 생산현장에서 필요치 않음을 의미한다.[27] 그러므로 '숙련공'은 회사의 이익과 시대적 요청에 대한 응답으로 등장한 것이라고 할 수 있다.

---

24 윤규섭, 「현대기술론의 과제」, 『동아일보』, 1940.7.10. 윤규섭은 이 글에서 기술이란 "일정한 목적을 달성하기 위한 모든 수단의 모든 종합 모든 체계"라고 정의함으로써 이 시기에 담론장에서 사용된 기술이란 용어가 그 외연을 대대적으로 확장해 가는 현상에 주목한다.
25 차승기, 「전시체제기 기술적 이성 비판」, 『상허학보』 23, 상허학회, 2008, 16쪽.
26 김근배, 『한국 근대 과학기술인력의 출현』, 문학과지성사, 2005.
27 한나 아렌트, 이진우·태정호 역, 『인간의 조건』, 한길사, 1996, 203쪽. 아렌트는 이러한 현상에 대해 "근대사회에서 목적과 수단이 전도되고 인간은 자신이 만든 기계의 노예가 되어 자신의 욕구와 필요를 위해 도구를 이용하기보다 도구의 요구에 '적응'해야 하는 존재가 되었다"고 비판한다.

중일전쟁 이후에 발표된 김남천의 소설들에 등장하는 기술자들은 당대에 '기술'이 지니는 '지식권력'으로서의 면모를 짐작케 한다. 승전勝戰을 위한 물적 기반을 제작하기 위해서 통치권력은 기술자들을 반드시 동원해야만 했다. 하지만 통치권력의 필요에 부응하기에는 기술자들의 수가 부족했기 때문에 기술자들은 '특등'의 대우를 받으며 자신들이 포함된 생산권력장 안에서 절대적인 우위를 차지하였다.

기술자들의 우위는 푸코가 담론의 통제를 가능하게 하는 조건으로 '주체의 희박화'라는 개념을 사용하는 것과 연결될 수 있다. 여기서 문제는 '지식권력'을 장악한 소수의 주체들이 담론의 작동 조건들을 규정하는 것, 그것을 취하는 개인들에게 일련의 규칙들을 부과하는 것, 그리고 그렇게 함으로써 아무나 그들에게 접근하지 못하도록 하는 것이다. 이 개념은 담론의 모든 영역들이 모든 이에게 열려 있거나 접근 가능한 것은 아님을 알려준다.[28]

푸코의 논의는 식민지 말기에 기술을 둘러싼 '지식권력'의 작업이 정치적이면서도 동시에 경제적이라는 사실을 보여준다. 기술적 지식들은 전문학교들의 창설과 작업 과정에 대한 조사를 거쳐 규격화되었고, 이 과정에서 지식들에 대해 등급을 매기는 작업이 진행되었다. 그리고 지식을 습득한 기술자 집단은 지식의 중앙집중화를 실행하였다.[29]

김남천의 「길 우에서」와 『사랑의 수족관』에 등장하는 '토목기사' K와 김광호는 제국 일본의 파시즘이 심화되어 가는 상황 속에서 통치권력과의 관계를 민족주의나 사회주의로 회수되지 않는 방식, 다시 말하

---

28 미셸 푸코, 이정우 역, 『담론의 질서』, 중원, 2011, 30∼31쪽.
29 미셸 푸코, 박정자 역, 『사회를 보호해야 한다』, 동문선, 1998, 214쪽.

면 가치중립적으로 보이는 '최신 기술'과 '기능주의'의 관점에서 논의할 수 있게 만든다. 「길 우에서」는 기술자[30]들이 사용하는 공간의 특성과 더불어 기능주의를 표방하는 기술의 작동 원리를 보여준다. 이 작품에서 작가는 신기술에 대한 관심을 토목기사들의 숙소와 사무실을 세심하게 묘사함으로써 드러낸다.

K기사의 커다란 책상을 위로, 금년 봄에 고등토목과를 갓 나온 내지인 기사의 책상, 그리고는 공업학교를 나온, 머리가 텁수룩한 스무 살 전후의 두 어린 청년의 책상이 각각 하나씩, 그렇거곤 청사진(靑寫眞)을 만드는 기계, 비품을 넣어둔 궤짝, 나무통, 함석대야, 측량기계, 기때, ─ 그런 것이 질서 없이 자리를 차지하고 있었다. 그 옆방이 오락장으로 되어 있는데, 동구(撞球)판 두 개가 가운데 육중하게 놓여 있고 가상으로 돌면서는 장기, 바둑판의 설비가 알만치 되어 있었다.[31]

이 시기에 기술자들은 위에 제시된 것처럼 고등 교육을 받은 엘리트들로, 자신들의 취향을 유지할 수 있는 오락을 즐기고, 최첨단의 설비를 사용하면서 자신의 직업에서 성취감을 얻었다. 그리고 이들이 표방하는 과학과 기술이란 논리와 이성으로 이루어진 차가운 학문이었다. 그래서 기술자들은 합리성을 사고의 중심에 놓고 사태를 분석하는 틀로

---

30 김남천은 여러 작품군에서 같은 등장인물들을 배치하여, 작품들 간의 연작 가능성을 열어놓는다는 점을 감안하면, 「길 우에서」와 『사랑의 수족관』 역시 유사한 관점에서 분석할 수 있다. 두 작품의 주인공인 K기사와 김광호는 사회주의자인 (사촌)형을 두었다는 점, 직업이 토목기사라는 점, 휴머니즘보다는 기능주의를 선호한다는 점 등에서 동일인물일 가능성이 존재한다.

31 김남천, 「길 우에서」, 『문장』, 1939.7, 232쪽.

사용한다. 작품 속의 사회주의자들은 기술자들이 지닌 이 '냉철함'이 그들의 장점임을 인정하지만, 기술자들이 추종하는 '기능만능주의'는 냉소적이며, 그 안에는 인간을 위한 배려가 없을 것이라고 추정한다. 그리고 인간의 가치보다는 '기능'을, 인간적인 유대보다는 집단의 효율성을 중시하는 이들을 매개로 "거대한 관료제 기계"[32]가 부각된다.

> "아마 인부들을 많이 취급하게 될 터인데, 그런 사람들의 생활 상태 같은
> 데 대해선 어떻게 생각하게 됩띠까?"
> 하고 물어보았다.
> "인부를 한때엔 몇 천 명씩 다룰 때가 있지만, 우리와의 직접관계는 별로
> 없습니다. 오야가다가 있고 그 밑에 다시 십장이 있고, 그렇게 해서 노동자
> 와의 직접교섭은 대개 이런 계단을 거치게 됩니다."[33]

제국권력이 추구한 '생산신체제'의 구성 원리는 '경제에 대한 정치 우위'와 '지도자 원리'였다. 조선에서 '생산신체제'가 구축되어야 하는 이유는 병참기지화를 완성하기 위한 것이었기 때문에 효율성이 가장 중시되었다. 그래서 지도자 원리는 큰 틀에서는 '관치주의官治主義'로, 그 실천의 측면에서는 '관료제적 구성'으로 구체화되었다.[34] 관료제는 상명하달을 효과적으로 이루기 위한 기획으로, 실질적인 자원 수탈이 이루어졌던 식민지 조선의 생산 현장과 작업 현장에도 적용되었다. 그리고 이

---

32 한나 아렌트, 이진우·태정호 역, 앞의 책, 148쪽.
33 김남천, 앞의 글, 236쪽.
34 방기중, 「1940년 전후 조선총독부의 '신체제' 인식과 병참기지 강화정책 – 총독부 경제지배
    시스템의 특질과 관련하여」, 『동방학지』 138, 연세대 국학연구원, 2007, 108~111쪽.

제도 안에서 인간들 사이의 교섭은 '단계'로 절차화될 뿐 인간애를 바탕에 둔 교감은 이루어지지 않았다.

> 턴넬의 천정이 무너지던가, 화약이나 폭발물에 부주의하여 사고가 일어나는 경웁니다. 이런 경우에 나는 지금 확실히 부상자보다도 사망자를 희망합니다. 사망자에겐 장례비나 또 유족이 있으면 일이백 원 주어버리면 그만이지만, 한 달 두 달씩 걸리는 중상자는 아주 질색입니다. 돈뿐만이 아니라 성가시기가 짝이 없습니다. 이런 때에 심중을 오락가락하는 인도주의적 의분이란 그리 높이 평가할 것이 못되는 줄 알았습니다. 언제나 큰 사업을 위하여 사람의 목숨이란 초개같은 희생을 받아왔고, 또 그것 없이는 커다란 사업이란 완성되지 않는 게 아닙니까. 이런 경우에 사람의 목숨을 가볍게 보는 건, 결코 사람의 가치 그 자체를 대수롭잖게 여기는 거와 혼동할 수는 없을 줄 압니다.[35]

K기사는 공사장을 떠나는 인부의 아이에게 "과자를 두근 무게"나 사주기도 하고, 인부의 가족으로부터 "백의 한사람두 드문 양반"이라는 칭찬을 듣기도 한다. 하지만 그는 공사장에서 폭발물 사고가 날 경우, "부상자보다는 사망자를 희망"한다. 이런 순간에 "인도주의적 의분이란 그리 높이 평가할 것이 못 되"기 때문이다. 물론 그가 "사람의 가치 그 자체를 대수롭잖게 여기는" 것은 아니다. 그는 사고 현장에 한해서 "사람의 목숨을 가볍게 보는" 것이다.

K기사의 태도에는 분명 냉소가 묻어 있다. 그리고 이와 같은 냉소는

---

35 김남천, 앞의 글, 237쪽.

삶의 목표와 의미를 제공했던 유토피아적 이상이 파국의 가능성으로 폭로되었을 때, 혹은 추구하던 모든 것이 궁극적으로 아무런 의미가 없다는 것이 드러날 때 등장한다.[36] 현실 속에서 자신이 조선의 노동자 문제를 해결할 수 없다고 판단될 때 그는 '의분' 대신에 기능주의를 선택한다.

K기사가 냉소적으로 보이는 기능주의를 선택하게 된 이유는 사회주의 사상을 바탕으로 인도주의를 위해 투쟁했던 사촌형의 죽음과 관련이 있을지도 모른다. 그는 사촌형을 "비극의 주인공"이라고 표현하는데, 그 사촌형의 친구인 '나'는 K기사의 태도 속에서 "꺾을 수 없는 어떤 신념"을 읽고는 "두려움 비슷한 감정"을 느낀다. 그 이유는 K기사의 냉소가 특정 순간에만 발현되는 것이 아니라 지속성을 담보로 한 신념을 담은 것이기 때문이다.

> 그런 것에 머리를 쓰는 것보다도 많은 두뇌의 나타나지 않는 정신적 노력이 하나의 방정식(方程式)으로 간단하게 표현된 것을 되색여 생각해 보며, 공식과 방정식과 공리와 정리의 싸늘쩍한 수짜나 활자 가운데서, 뜨거운 휴-매니티를 느껴 보는 것이 일층 더 고귀하고 아름다운 것 같습니다.[37]

하지만 K기사에게도 분명 '뜨거운 휴-매니티'가 존재한다. 그는 개인의 불우한 삶에서 느끼는 휴머니티가 아니라 "공식과 방정식과 공리와 정리"의 숫자나 활자에 담긴 휴머니티를 더 아름답다고 평가한다. 생명을 대하는 K기사의 태도는 "살게 '하거나' 죽음 속으로 '몰아내는'

---

36 페터 슬로터다이크, 이진우 역, 『냉소적 이성 비판』, 에코리브르, 2005, 7~10쪽.
37 김남천, 앞의 글, 238쪽.

권력"인 '생명관리권력'의 작동방식과 유사하다. 그리고 "사람의 목숨을 가볍게 보는" K기사의 휴머니티, 즉 "하나의 방정식"으로 표현되는 숫자나 활자는 푸코가 생명관리권력과 통치성을 설명하면서 사용한 '통계학'과 '인구'의 문제로 이어질 수 있다.

푸코에 따르면 '생명관리권력bio-power'이란 "생명에 대한 세심한 통제와 종합적인 규제를 부여하면서 생명에 긍정적인 영향력을 미치는 권력이며, 생명을 관리하고, 최대한 활용하며, 배가시키려고 노력하는 권력"이다.[38] 그리고 생명관리권력의 대상이 되는 생명은 개인의 생명이라기보다는 통계학의 숫자로 환원되는 인구의 생명이다. 이 과정에서 인구는 통치의 수단이자 목표로 자리매김하고 통치의 합리성은 인구 집단의 복지와 연결된다.[39]

K기사가 지닌 생각이 긍정적으로 발현된다면 인부들이 작업하는 공사장의 설비는 사고가 발생할 확률을 낮추기 위한 방식으로 개선될 것이다. 그러나 부정적으로 진행될 경우 추상적인 통계상의 숫자를 보완하기 위해 개인을 도외시하는 결과를 낳게 될 것이다. 그러나 실제 생산권력장 안에서 경제적인 효율성을 증가시키고 이를 정치적 문제로까지 연결시키며 이 두 가지는 함께 작동한다.

한편 김남천의 『사랑의 수족관』은 1939년과 1940년에 작가의 '관찰'을 통해 변하는 일상을 '규율과 결핍'이라는 시대적 징후로 읽어내고, 이를 위계화된 경성의 일상공간에서 재현해낸 작품이다.[40] 이 작품

---

38 다카시 후지타니, 박선경 역, 「죽일 권리와 살릴 권리－제2차 세계대전 동안 미국인으로 살았던 일본인과 일본인으로 살았던 조선인들」, 『아세아연구』 51-2, 고려대 아세아문제연구소, 2008, 16쪽.
39 미셸 푸코, 오트르망 역, 『안전, 영토, 인구』, 난장, 153~159쪽.

은 당대의 소설들이 성취하지 못했던 '시사성'을 획득하기 위해 현실의 시간을 문학의 시간과 일치시키고, 현대청년들의 문제를 실감나게 다룬다.[41] 그렇기 때문에 이 작품에서는 김광호와 이경희의 '연애'를 서사의 핵심 축으로 하여, 식민지 말기의 시대상과 사회상, 그리고 다양한 직업에 종사하는 청년들의 의식을 엿볼 수 있다.

『사랑의 수족관』의 김광호는 작품 전반에 걸쳐 조금도 흐트러진 모습을 보이지 않는다. 그는 경희의 서모인 은주부인의 유혹 앞에서도 담담하고, 모함을 받았을 때도 마음의 중심을 잃지 않는 인물, 즉 자기 통제가 철저한 인물로 그려진다. 또한 그는 "두손에 제도기를 들고 도면을 마주하여 계산에 정신이 쏠리면 머리는 자연히 통일이 되고 잡념은 정리"되는 인간형이다. 자신의 직업에 충실한 인간이며 그 직업에 대해 "깊은 회의를 품어 본 적"도 없는 것으로 그려진다.

자신의 직업에 대해 확신을 가지고 있으며, "지내치게 조리를 따져서 약삭바른 느낌"을 주는 광호의 태도에는 역설적이게도 "의심과 회의의 산물"인 냉소가 묻어 있다. 그는 자신의 회의가 현실을 바꿀 수 없다는 진리를 알기 때문에 "하던 일을 계속"하면서 냉소를 체화한다.[42] 사회의

---

40 최혜림, 「『사랑의 수족관』에 나타난 '일상성'의 의미 고찰」, 『민족문학사연구』 25, 민족문학사학회, 2004, 267쪽.

41 1941년 2월 호 『인문평론』의 「출판부 소식」은 "『사랑의 수족관』 재판 매진 육박"이라는 제목으로 다음의 글을 싣고 있다. "(1940년) 11월 1일에 내여 동월 15일 이내에 매진되고 다시 죽을 등 살 등 서둘러서 12월 하순에 재판을 내었더니 또 매진이 육박해 오고 있다. 조선의 독서 민중이 통속소설급에서 한 단을 올라서서 고도의 인기소설 즉 '재미'와 '윤리'를 함께 가춘 대중소설을 찾고 있었든 것을 알 수 있다. 3판은 역시 종이 관계로 곧 낼 수 없을 것이다." 이 기록은 이 소설의 인기가 어떠하였는지 단적으로 보여준다. 『사랑의 수족관』은 전쟁의 장기화로 인해 물자난, 그중에서도 종이난이 심각했던 이때에 재판까지 냈지만 거의 다 매진되었다. 게다가 이 글의 필자는 이 소설을 '통속소설'보다 발달된 형태의 '대중소설'이라 명명하고 있다.

42 페터 슬로터다이크, 앞의 책, 7~10쪽.

요직을 차지한 김광호는 "세련된 신랄함"[43]을 담아 재벌의 딸인 이경희가 자선사업을 시작하겠다고 할 때 냉소적으로 대응한다.

사실 저는 처음 자선사업의 가치나 의의를 인정할 만한 정신적 준비는 가지고 있지 못했습니다. 노골적으로 말하자면 안하면 안했지 자선사업은 못하리라 생각했습니다. 그것은 마치 중태에 처한 문둥병 환자에게 고약을 붙이고 있는 거나 같은 거라고 생각되었어요.[44]

광호는 경희가 탁아소를 구상하면서 그 대지와 설계도, 그리고 건설비와 운영비 모두 아버지와의 저녁식사와 "우리 아부지 세계에서 일등!"이라는 한 마디의 '애교'로서 얻을 수 있다는 사실을 간파하고 있다.[45] 그래서 광호는 탁아소를 하기 위해 일본과 만주를 오갈 수 있는 경희의 '상담역'이 되어 "인도주의적인 본능"에 따라 "자기의 정의감을 만족시키기 위해 소규모의 자선사업을" 하는 것은 "주관적인 만족"이라고 지적한다. 그리고 자신을 '허무주의자'라고 평가하는 경희에게 다음과 같은 이야기를 들려준다.

나는 경희 씨가 생각하는 것처럼 악질의 허무주의자는 아닙니다. 나는 첫째 직업엔 충실할 수 있습니다. 나의 직업에 대하연 무슨 까닭인지 모르나

---

43 위의 책, 46~47쪽.
44 김남천, 『사랑의 수족관』, 인문사, 1940, 251쪽.
45 장문석, 「소설의 알바이트화, 장편소설이라는 (미완의) 기투─1940년을 전후한 시기의 김남천과 『인문평론』이라는 아카데미, 그 실천의 임계」, 『민족문학사연구』 46, 민족문학사학회, 2011, 234쪽.

그렇게 깊은 회의를 품어 본적이 없는 것 같아요. 무엇 때문에 철도를 부설하는가? 나의 지식과 기술은 무엇에 씨어지고 있는가? 그런 걸 생각한 적은 있습니다. 그러나 단순하게 나는 그런 생각을 털어버릴 수가 있었어요. '에디슨'이 전기를 발명할 때 그것이 살인기술에 이용될 걸 생각하지는 않았을 테고, 설사 그것을 알았다고 해도 전기의 발명을 중지하지는 않았을 거다.— 이렇게 생각한 것입니다.[46]

김광호가 자신이 무엇 때문에 철도를 부설하고 자신의 지식과 기술은 어디에 쓰이는가를 생각한 적은 있지만 그러한 의문을 금방 해소해 버리는 태도는 문제적이다. 그는 "'에디슨'이 전기를 발명할 때 그것이 살인기술에 이용될 걸 생각하지는 않았을 테고, 설사 그것을 알았다고 해도 전기의 발명을 중지하지는 않았을" 것이라는 논리를 사용해서 이러한 의문들을 물리친다. 김광호에게 중요한 것은 자신이 설계한 철도가 어디에 쓰이는가가 아니다. 기술의 발전이 필연적 과정이라고 생각하는 그는 '직분의 윤리'에 충실한 기술자로서의 삶을 유지할 것임을 '에디슨'을 예로 들어 암시한다.

김남천의 작품 속에서 철도를 놓고, 지도를 제작하는 기술이 상세하게 제시되는 이유는 '사회주의'를 추구했던 구세대의 행동을 '센티멘탈'이라고 치부하는 신세대의 등장과 연결된다. '사회주의' 즉 '사회과학'보다 '기술과학'에 더 탐닉하는 세대의 등장은 한 사회의 가치 지향을 바꾸어 놓기에 충분한 사건이었다. 이러한 상황 속에서 '현대'의 문제를 핍진하게 재현하길 바라는 리얼리스트 김남천 역시 과학 기술을 매개로 새

---

46 김남천, 앞의 책, 251∼252쪽.

로운 가치를 정립하고자 노력하는 모습을 보인다.

그리고 이러한 노력 속에는 기술의 가치중립성을 인정하는 '도구주의'적 입장을 일정 부분 수용한 흔적이 담겨 있다. 하이데거는 과학을 가치중립과 도구주의적 관점에서 파악하는 것을 '근원적인 세계성을 망각하게 하는 기술'이라고 표현하였다. 그는 기술을 가치중립적으로 고찰하는 것은 최악의 경우이며, 이때 우리는 기술에 종속되고 만다고 경고한다.[47] 하이데거의 경고는 국가의 정책과 시대상을 고려하지 않은 채, 개인이 선택하는 가치중립성이 얼마나 위험한 것인지를 단적으로 제시한다.

김남천은 『사랑의 수족관』에서 기술의 가치중립성과 직분의 윤리에 충실한 기술자 김광호를 그려내고 있다. 하지만 이 작품이 실질적으로 그려내는 것은 '근원적인 세계성의 망각'이 아니라, 그 망각이 지닌 위험성에 가깝다. 그리고 이 망각을 기억으로 바꿀 수 있는 가능성의 주체로 김광호가 거론될 수 있다. 광호는 형과 자신을 분리해서 생각하지만 그의 마음속에는 언어로는 정확히 표현할 수 없는 형의 그림자가 남아 있다.

> 기술에서 일딴 눈을 사회로 돌리면 나는 일종의 팻시미즘(懷疑主義)에 사로잡힙니다. 나의 주위에도 많은 인부가 들끓고 있고, 그중에는 부인네나 어린 소년들도 많이 끼어있습니다. 직접 나와 관계를 가질 때도 있습니다. 그들의 생활문제, 아이들의 교육문제…… 나는 어찌할 바를 모릅니다. 그러나 자선사업을 가치로서 인정할만한 정신적인 원리는 그 가운데서 찾아내지 못했던 것입니다.[48]

---

47 이병철, 「기술의 본질에 관한 하이데거의 존재론적 물음」, 『철학연구』 28, 고려대 철학연구소, 2004, 33쪽.

기술에서 사회로 눈을 돌리면 회의에 빠져 버리는 광호는 자신은 "형의 사상이나 주의에 공명하지는 않았고 지금도 그러한 입장에 서고 싶지는 않으나" 어딘가 자신의 생각에는 "형의 영향이 남아 있는 것" 같다고 이야기한다. 특히 자선사업에 대해 "중태에 처한 문둥병 환자에게 고약을 붙이"는 행위라며 냉담한 태도를 보이는 것은 "형에게서 받은 유산"임을 짚고 넘어간다.

일반적으로 자선사업이나 사회보장은 "사회주의의 대기실"이라고 생각되기 쉽다. 그러나 사실 이러한 사업은 사회주의에 대한 대항책이다. 자선사업이나 사회보장은 "수학을 토대로 하고 도덕을 장식으로" 달고 다니면서, 최저의 생활을 보장함으로써 하층민들이 혁명으로 접어드는 길을 차단한다.[49] 그러므로 사회주의자였던 형의 영향 아래에서 광호는 통치권력의 비호 아래 이루어지는 자선사업에 대해 냉소적일 수밖에 없게 된다.

바로 이 지점이 김광호의 내면에서 균열이 발생하는 부분이다. 기술주의와 기능주의를 온전히 내면화했다면 "수학을 토대"로 하고 도덕적이기까지 한 자선사업에 대해 냉소적일 이유가 없다. 그러나 사회주의자였던 형의 영향을 인정하는 김광호는 기술 자체를 다룰 때와 기술이 인간의 영역에 적용되는 사회를 대할 때 상이한 태도를 보인다.

그리고 자신이 내적 분열을 경험하고 있기 때문에 경희에게 탁아소 경영에서 이러한 문제를 감당할 수 있는지 묻는다.[50] "아주 화평하게 윤

---

48 김남천, 앞의 책, 252쪽.
49 자크 동즐로, 주형일 역, 『사회보장의 발명 ─ 정치적 열정의 쇠퇴에 대한 시론』, 동문선, 2005, 122~123쪽.
50 김지형, 「전환기의 사상, 리얼리즘의 조건 ─ 김남천의 『사랑의 수족관』을 중심으로」, 『민족

택 있는 청년기"를 보낸 사람이 "자기의 정의감을 만족시키기 위하여 소규모의 자선사업"을 할 때는 "그 사업과 자기의 체질이나 기분이나 취미나 습성과의 사이에 모순"이 생기기 때문이다. 경희에게 보내는 이러한 경고에는 자기만족에서 벗어나 탁아소 울타리 밖의 현실을 직시하라는 요청이 담겨 있다.

소설 속에서 그려지는 김광호의 냉소는 한쪽으로 치우친 것이 아니라 안팎을 아우르는 균형감각을 전제로 한다. 그리고 이러한 냉소는 신념을 바탕으로 한 실천이 계기가 될 때 극복 가능한 것이 된다. 경희와의 논쟁 후 광호는 경희의 태도에서 "어떤 확고한 신념"이 있음을 느끼고 자신에게 "논리가 폐기되고 새로운 비약이 찾아오는 과정"을 경험한다. 경희는 신념이란 실천에서 나오며 "행동과 사업의 한계성만 명확히 인식"한다면 자선사업이 무가치할 리 없다고 말한다. 경희에게는 자선사업이 "마음의 진공상태"를 면할 수 있게 해주기 때문이다.

김광호의 균형감각은 기술자라는 직업과 연결될 때 빛을 발한다. 작품 속에서 그는 모함을 받고 만주로 전근을 가서, 그곳에서 석탄을 인조석유로 만들기[51] 위해 탄광과 연결되는 철도를 설계한다. 그리고 그 작

문학사연구』 44, 민족문학사학회, 2010, 409쪽.

51 김남천, 「속요」, 『광업조선』, 1940.2, 74~75쪽. '대체 에너지 만들기'라는 과제는 『사랑의 수족관』뿐 아니라 「속요」에도 등장한다. '홍순일'은 '아세치링발생장치주식회사 취체역 홍순일'이라는 명함을 들고 다니며 회사에 대한 질문을 받으면 다음과 같이 대답한다. "자네 화학에서 탄화석회(炭化石灰)란 거 배우지 않았나? 이 탄화석회와 물을 적당히 혼화하던가 침척(浸淸)을 시키면 냄새가 고약한 와사가 발생하지 않나. 물론 다 잊었겠지만, 아세치링이란 건 그런 와산데, 이 아세치링와사는 석탄와사의 대응으루 씨우던겐데 이게 장차 자동차의 발화작용에 씨이게 될 모양일세. 요즘 중유니 까소링이니 이렇게 모두 부족을 느끼게 되구 사변이 더 진척이 되면 될수록 그런 게 아주 없어지다 싶이 될 지경이니까 자동차의 발화장치를 전혀 고쳐 버리게 된다는 말일세. 우선 버스 같은데 사용해 볼 모양인데, 우리 회사는 이 아세치링발생의 장치를 전문으루 하는 회살세."

업의 전단계로 지도를 제작한다. 그는 철도 설계를 위해 지도를 제작하면서 비행기를 타고 측량을 하며, 통상적인 시점으로는 볼 수 없는 세계를 그려낸다.

만주처럼 아직 세밀한 지도가 되어 있지 않은 곳엔 험준한 산악이나, 어디가 어딘지 분간할 수 없는 삼림 속에 무턱대고 측량기계를 들여 세울 수가 없었다. 그래서 이러한 곳엔 측량을 시작하기 전에 비행기로 사진측량(寫眞測量)을 하게 한다. 항공회사에 의뢰해서 이루어진 사진측량을 기초로 하여 '일만분지일' 지도를 만들고, 이 위에 비로소 최단거리를 취하여 철도의 예정선을 그어보고, 이것을 들고 현지측량을 개시하게 되는 것이었다. 광호가 지금 종사하고 있는 제도는 사진측량으로 된 것을 엄밀히 계산하여 '일만분지일'의 축도로 옮기는 작업이었다.[52]

어떤 지역에 대한 지도가 제작되면 그 지역은 공간적인 범역성範域性을 지닌 것이 된다. 다시 말해 지도는 사회를 하나의 지도적 공간으로 이미지화하고, 지도적 표현을 통해 사회를 보게 만드는 힘이 있다. 한정된 공간 안에 실제의 지형을 그려 넣을 수 있는 감각, 이때 요구되는 것은 고도의 균형감각이다. 그리고 균형감각의 산물인 지도 제작은 '시선'을 통해 '지식'과 '권력'의 관계를 체현한다.[53]

푸코는 '공간'이 '역사'의 일부를 이루는 방법의 중요성을 지적한 바 있다. 그는 여기에서 "어떻게 한 사회가 자기 공간을 정리하고 그곳에

52 김남천, 『사랑의 수족관』, 인문사, 1940, 324~325쪽.
53 와카바야시 미키오, 정선태 역, 『지도의 상상력』, 산처럼, 2006, 25~31쪽.

권력관계를 써 넣었는가"[54]라는 문제에 주목한다. 이 말은 곧 공간을 정리하는 지도 제작이라는 작업은 고정불변의 현상을 기록하는 것이 아니라 그때그때의 '권력관계'에 따라서 다르게 진행될 수 있는 것임을 뜻한다. 근대 이후에 고도의 균형감각을 통해 제작된 지도에는 그것을 하나의 권력현상으로 받아들이면서 이루어지는 인간의 사고와 행위, 그리고 그것에 대한 해독과 실천이 담겨 있다.

2. 정치상황의 수평적 연결과 권력 판별의 서사

본래 제국과 식민지의 위상은 정치, 경제, 문화, 외교 등 다양한 분야에서 현격한 차이를 보이지만[55] 계속해서 일본의 정치상황들은 신문이나 라디오 등 언론매체를 통해 조선과 수평적으로 연결되었다. 조선의 언론매체들은 제국 일본의 국책과 더불어 일본의 정치상황들을 실시간에 가깝게 보도하였고, 조선인들은 일본의 상황을 주시하였다. 그렇다고 해서 조선의 실무자들이 일본의 상황을 무조건적으로 받아들였다는 것은 아니다. 이들은 일본에서 전달되는 정치상황들 중 조선의 실정에 가장 적합한 것을 고르기 위해 판별의 과정을 거치고, 조선의 상황이 일

---

54 미셸 푸코・渡邊守章, 『哲學の舞臺』, 朝日出版社, 1978, 29쪽(위의 책, 37쪽 재인용).
55 황호덕, 「점령과 식민」, 『벌레와 제국』, 새물결, 2011, 25~70쪽. 이를 단적으로 보여주는 것이 바로 일본의 헌법과 차이를 보이는 조선의 시행령들이었다. 일본 입장에서 조선은 통치역이긴 하지만 헌법이 적용되는 지역은 아니었다. 이러한 사실은 제국 일본이 동양의 동일성을 강조하기 위해 만들어낸 담론들의 한계를 단적으로 보여주었다. 황호덕은 동심원적 구조를 그리며 팽창해간 제국 일본은 조선을 헌법역 밖에 두는 한편 통치역 안에 두었고 이를 '합병'이라 불렀으며, 식민지라는 법적 상태에서는 통치의 합법성과 정당성 모두에 대한 전면적 거부가 일어났다고 지적한다.

본과 동일하지 않기 때문에 발생할 문제들을 예견하였다. 그리고 사색의 과정을 통해서 제국의 상황을 있는 그대로 받아들이는 것이 아니라 변용을 거친 모방을 추구하였다.

이러한 모습은 언론사를 공간적 배경으로 하고, 기자들이 주요인물로 등장하는 소설들 속에서 확인할 수 있다. 한설야의 「세로」와 김남천의 「T일보사」는 일본의 소식을 직접적으로 전달받을 수 있는 인물들을 중심으로 서사가 진행된다. 이 작품들에 등장하는 중간계층들은 일본의 정치상황과 접속하여 시국에 대해 판단한다.

그리고 이때 등장인물들은 두 부류로 나뉘는데, 첫 번째 부류는 실무와 타산에 익숙한 인물들로 이들은 손해를 최소화하고 이익을 극대화하기 위해 자신의 의견을 관철시키려고 한다. 이를 위해 자신과 입장이 다른 이들을 향해 당위적 수사를 사용하여 연설을 하기도 한다. 두 번째 부류는 자신의 소신을 지키며 통치권력과 자신에게 억압으로 작동하는 권력에 대해 저항하는 인물군이다.

관념 속에서는 통치권력이 주장한 것처럼 제국의 이익과 식민지인의 이익이 일치할 수도 있었을 것이다. 그러나 실제적으로 제국의 이익은 식민지 조선을 착취하는 과정에서 발생하는 것이었기 때문에 식민지의 중간계층들이 자신의 이익을 추구할 때 통치권력의 요구는 무조건 수용해야 하는 대상이 아니라 판별의 과정을 거쳐야 하는 것이 된다.

이 절에서는 언론사와 기자들이 등장하는 소설들과 더불어 이기영의 『동천홍』이나 『광산촌』 같은 생산소설들을 살펴볼 것이다. 이 소설들은 광산령[56]을 둘러싸고 벌어지는 생산과 보국報國의 권력적 현상을 담고 있다. 그리고 만주에서 새로운 삶을 개척하려는 인물들의 분투가 담

긴 이기영의『처녀지』, 한설야의『대륙』, 김남천의『사랑의 수족관』등
도 함께 논의해 볼 수 있을 것이다.

1) 언론매체의 관계성과 사건의 취사선택

중일전쟁이 시작된 이후 식민권력이 실시한 언론통제정책은 단순히
신문들의 논조만을 위축시키는 것이 아니라 언론구조를 완전히 개편하
는 방식으로 전개되었다. 전시동원체제 구축의 일환으로 이전보다 훨
씬 더 강력한 언론통제가 실시되었고, 이로 인해 조선인의 언론활동은
사실상 사라지고 총독부 기관지 등 일본인이 발행하는 신문들이 급성
장하게 되었다. 그래서 1940년 이후에는 조선인 독자들도 일본인이 발
행한 신문만을 볼 수밖에 없었다.

이에 대한 구체적인 예로 1938년 4월 1일 공포된 국가총동원법은 칙
령 316호에 의해 같은 해 5월 5일부터 조선에서도 시행되었다.[57] 이 법
20조는 국가총동원상 지장이 있는 기사의 게재를 제한 및 금지할 수 있
었고,[58] 신문 등을 발매 · 반포 금지하거나 차압할 수 있도록 규정하였
다. 또한 1939년 6월 경무국 도서과가 지시한 '편집에 관한 희망 및 주

---

56 조진기, 「일제 말기 국책의 문학적 수용－이기영의 광산소설을 중심으로」, 『한민족어문학』
    43, 한민족어문학회, 2003, 4쪽. 시국의 요청에 따라 제국권력은 '조선산금령'(1937)을 공
    포하였고, 1938년 5월에는 '조선주요광산물증산령'을 공포하였다.
57 임종국, 『일제하의 사상탄압』, 평화출판사, 1985, 174～175쪽.
58 김창록, 「일제강점기 언론 · 출판법제」, 『한국문학연구』 30, 동국대 한국문학연구소, 2006,
    304～307쪽. 이 시기에 일본의 「불온문서임시취체법(不穩文書臨時取締法)」에 대응하는
    「조선불온문서임시취체령(朝鮮不穩文書臨時取締令)」이, 1941년에는 일본의 「言論, 出版,
    集會, 結社等臨時取締法」에 대응하는 「朝鮮臨時保安令」이 제정되었다. 전자의 법령은 일본과
    달리 식민지 조선에서 무거운 형벌이 선호되었고, 후자는 행정관청이 필요하다고 인정하면
    언제든지 신문지와 출판물의 허가 · 인가를 취소 및 압수할 수 있게 하였다. 이것은 '이법역(異
    法域)'을 내세워 식민권력의 편의를 도모한 것으로 볼 수 있다.

의사항'은 일본 '황실의 존엄'을 높이고 조선의 역사를 비하하도록 유도하였다. 그리고 '내선일체'에 관한 기사를 '성의를 가지고' 다루며 그 양도 늘릴 것을 요구하였다.[59] 이렇듯 중일전쟁 발발 이후 언론은 보도기관이기보다는 국책을 선전하는 기구의 성격이 강해졌다.

그리고 통치권력은 전쟁이 장기화될 기미를 보이자 용지 부족 등 물자난을 해소하고, 언론을 효율적으로 통제하여 전쟁에 적극적으로 이용하고자 신문사의 통폐합을 추진하였다. 식민권력은 조선어 신문이 '문화공작상' 장애가 된다고 판단했는데, 그 이유는 조선어 신문들이 지닌 논조의 문제라기보다는 이 신문들의 존재 자체가 조선인의 민족의식에 영향을 준다고 판단했기 때문이다. 그래서 조선어 신문은 『매일신보』하나만 남기고 모두 통폐합되었고, 1940년대가 되면 기사 속에서 식민권력이 '영미英米 격멸'과 '멸사봉공', 그리고 '호국충성'을 구사할 것[60]을 직접적으로 요구하는 기사들이 등장하였다.

이 시기 조선의 문학에 대한 검열 역시 언론에 대한 검열 못지않게 강력해지고 있었다. 1930년대 검열기준과 작동원리가 발표되었고, 검열은 국가적 통제, 공식문서뿐만 아니라 민간출판자본과의 결합, 간담회와 기타 지침을 통해 다양한 방식으로 진행되었다. 그리고 검열의 기준은 애초에 금지의 항목을 나열하는 것에서 차츰 권장 항목을 제시하는 쪽으로 변해갔다. 권장사항은 "동양론, 신체제론, 국민문학론, 오족협화론" 등 제국권력이 개발, 유포한 지배 이데올로기를 포괄하는 것이었다. 그러므로 현재 우리가 읽는 당시의 작품들은 작가가 '쓴 것'이라고

---

59 최준, 『한국신문사』, 일조각, 1993, 281~283쪽.
60 박용규, 앞의 글.

만 볼 수 없다. 그것은 '쓰고자 했던 것'과 '금지/권장되었던 것' 사이에서 '쓸 수 있었던 것'[61]이며, 그들 사이에는 매우 복잡한 권력관계가 얽혀 있었다.

식민지 말기의 언론기관들은 제국권력이 제작한 '내선일체'나 '황국신민화'의 이념들을 모방하고, 식민권력의 검열에 걸리지 않기 위해 타협적인 글쓰기를 하였다. 그리고 이들은 국제정세 같은 경우에는 대부분 '통신동맹'에서 제공하는 보도자료를 기반으로 기사를 작성하였다. 하지만 식민권력의 감시와 검열이 심하지 않은 '재해 보도' 같은 분야에서는 질 높은 기사를 작성하기 위해 노력을 기울인 것 또한 사실이다.

한설야의 『청춘기』에는 주인공인 태호가 '재해 보도'를 준비하는 모습과 그 후의 변화가 나타난다. 태호가 신문사에 입사하고 얼마 지나지 않아 북부 지방에 대수재가 나고, "신문사는 그야말로 전쟁판"과 같이 바빠진다. "신문사에서는 비행기를 날리고 기자를 파견하고 구호물자를 수송하였다." 그래서 태호는 신입기자였지만 재해지로 나가서 그곳의 참상을 확인하고 '피해액', '인명의 사상', '농촌의 피폐' 등을 분석하여 기사를 작성한다.

태호는 다시 수재지 이야기를 꺼내기 시작하였다.

"신문에서도 보셨겠지만 참말 이번 수재는 전무후무한 참변이더군요. 피해지역으로 보든지, 피해액으로 보든지, 인명의 사상으로 보든지……."

"우리도 신문에서 잘 보았습니다만 이번 고생 많이 하셨지요."

---

61 한만수, 「1930년대 문인들의 검열우회 유형」, 『한국문화』 39, 서울대 규장각한국학연구원, 2007, 281쪽.

은희가 나직한 소리로 치하하는 빛을 보이며 말하였다.

"고생이고 뭐고 그건 둘째 문제고…… 기가 막혀서 뭐라고 형언할지 알 수 없었어요. 그야말로 문자 그대로 상전이 벽해된 심이에요"

하고 얕은 차탄을 발하였다.

태호는 또 말을 이었다.

"그런데 다만 수재 때문만이 아니라 대체로 농촌의 피폐는 오래도록 내려오며 그만 만성이 되어버렸어요. 그러던 게 이번 수재에 그 만성병 환자가 그만 거꾸러지고 거꾸러진 것을 발끈 해부해 논 것 같더군요……".[62]

그는 서울로 돌아온 후 수재지에서의 참상을 지인들에게 들려준다. 지인들은 이미 신문 보도를 통해서 수재지의 참상을 알고 있는 상태였다. 앤더슨이 이야기한 것처럼 신문은 같은 신문을 읽는 독자들을 하나의 '민족'으로 상상하게 만드는 힘이 있다. 신문에 등장하는 기사들의 배열 안에 감추어진 자의성은 차치하더라도 신문이 동시간대에 같은 사건을 간접적으로나마 경험하게 만드는 힘[63]은 각기 다른 삶을 살고 있는 개인들 사이의 관계망을 만들어내고 그들을 하나로 묶어준다.

수재로 인한 '피해액'이나 '인명의 사상'은 객관적인 수치로 전달 가능하다. 하지만 기자인 태호가 지인들에게 이야기하고 싶은 것은 수재에 대한 객관적인 보도가 아니다. 그는 수재가 일어나고 그것이 참혹한 궁극적인 이유를 '농촌의 피폐'에서 찾는다. 통찰력과 투시력을 지닌

62　한설야, 『한설야 선집』 2 ─ 청춘기, 풀빛, 1989, 217쪽.

63　베네딕트 앤더슨, 윤형숙 역, 『상상의 공동체 ─ 민족주의의 기원과 전파에 대한 성찰』, 나남출판, 2007.

기자의 눈에는 겉으로 들어난 현상 이 외에 그 현상의 원인도 보이기 때문일 것이다.

그리고 이에 대한 탐구를 심도 있게 시행한다면 농촌이 피폐한 근본적인 이유를 발견하게 되고 그 안에서 어떤 권력적 현상과 맞닿게 될 것이다. 조선의 농촌이 이렇게 망가진 이유는 촌락공동체가 지닌 고질적인 모순에 의한 것일 수도 있지만, 보다 큰 이유는 제국 일본의 전쟁을 지지하기 위해 식민권력이 조선의 농촌을 수탈했기 때문이다. 그러므로 태호의 대화는 직접적이지는 않지만 제국권력과 식민권력의 폭압에 대한 분석으로 이어진다.

태호가 이 수재 현장에 다녀온 후, 얼마 지나지 않아 신문사를 나와 사상운동에 참여하다가 감옥에 가는 것도 같은 맥락에서 생각해 볼 수 있다. 태호는 그 전까지 문학과 관련된 논문을 쓰면서 학문을 연구하던 사람이었는데, 그런 그가 신문사를 퇴사한 후 사상운동에 참여했다는 것은 조선과 조선인들을 참혹하게 만드는 권력에 대한 분석이 이미 끝났음을, 그리고 그 분석을 통해 얻은 결론을 실천한 것임을 짐작케 한다.

이 시기 식민권력의 통제와 민간 출판자본의 검열 속에서 출판되거나 발표된 모든 작품들은 어떤 형태로든 당대에 권장되었던 담론, 즉 식민권력이 요구하는 이념과의 관계를 고민할 수밖에 없었을 것이다. 당대의 작가들은 지배 이념 내에서 사유했고 그것을 벗어나려 하더라도 일단은 그 이념을 거쳐갈 수밖에 없었을 것으로 추정된다.[64] 게다가 문학작품 자체에 대한 검열과 작품이 수록된 매체의 성격에 대한 논의가

---

64 서영인, 「만주서사와 반식민의 상상적 공동체-이기영, 한설야의 만주서사를 중심으로」, 『우리말글』46-8, 우리말글학회, 2009, 329~330쪽.

함께 이루어질 때 이 시기 언론매체가 지닌 관계적 성격에 대한 단초를 발견할 수 있을 것이다.

한설야가 『대륙』을 발표한 『국민신보』는 그저 그런 일본어 신문이 아니라 당시 일본 및 조선총독부의 시책이나 전쟁 수행을 위한 모든 사상 선전을 도맡아 하던 매체였다. 그러므로 한설야가 이러한 매체에 일본어로 소설을 써서 발표한 배경에 대해서는 다양한 추측이 뒤따른다. 혹자들은 한설야의 행위를 위장 전향으로 보기도 하고, 이에 반대하는 이들은 한설야가 작품 속에서 준비한 민족협화와 인간개조의 서사가 당시 만주와 식민지 조선의 권력관계를 예시했고, 사람들에게 만주 유토피아니즘을 고취하는 장치로 작동했음[65]을 지적한다.

이러한 평가들은 식민지 말기 언론매체와 문학과의 관계가 단선적이지 않음을 보여준다. 각각을 둘러싼 권력관계의 역학도 복잡다단하지만, 각 언론매체의 특성과 그 매체에 수록되는 문학작품과의 관계, 그리고 문학 속에서 언론 보도가 수록되거나 언론매체의 특성이 소개될 때 문제는 보다 중층적이 된다. 소설 속에서 재현된 당대의 시사보도와 언론사에서 기사가 작성되는 방법은 언론매체가 지닌 '관계적 성격', 즉 세계정세와 국내정세, 제국 일본과 식민지 조선 사이를 이어주는 성격을 담고 있다.

한설야는 「홍수」에서 소문을 통해서 전쟁에 대한 소식이 전파되는 모습을 그려냈다. 하지만 1939년에 창작된 김남천의 「T일보사」에서는 구주전쟁이 발생하기 전의 상황을 '라디오 뉴스'의 형식으로 제시함으

---

65 와타나베 나오키, 「식민지 조선의 프롤레타리아 농민문학과 '만주'」, 『한국문학연구』 33, 동국대 한국문학연구소, 2007, 33~34쪽.

로써 현장감과 객관성을 확보하고 있다. 이 작품은 '소화昭和 11년'을 배경으로 하면서, 작품이 창작된 1939년의 세계정세가 만들어지는 전초를 보여준다.

교통사고를 '아나운스'하던 그의 입은 방면을 달리하여 이번에는 국제정세를 방송하는 것이었다.

"백림 십일일발 동맹. 불란서하원에서 행한 푸랑당 외상의 불소상호원조조약 제안에 반한 의회연설은 백림 정계에 비상한 충격을 주어, 드디어 히틀러 총통은 로카르노조약의 파기를 기도함에 이르리라는 관측이 유력하게 유포되고 있다. 직불소상호원조조약은 로카르노조약의 위반이요, 대전이전의 불로동맹의 부활인 동시에, 독일을 침해하기 위한 수단이므로, 독일로서 무력화한 로카르노조약을 파기하게 됨은 당연한 처사라고 보고 있다. 이리하야 만약 불란서 우익팟쇼정당의 반대에도 불구하고 전기 불소조약이 통과되는 경우에는, 독일정부는 로카르노조약파기와 라인랜드에 관한 제이차폭탄 선언을 던지게 되리라고 관측하고 있다."[66]

신문사에서 근무하는 김광세는 숙직을 서던 날 라디오 뉴스에서 위와 같은 국제정세를 듣게 된다. 위의 상황은 유럽의 급박한 정세를 사실적으로 전달한다. 프랑스와 소련의 원조조약을 경계하는 독일의 모습과 조약이 체결될 경우에 예상되는 독일의 반응 등은 제1차 세계대전을 마치고 이권 다툼에 혈안이 되어 있던 유럽 제국들의 모습을 적나라하

---

66   김남천, 「T일보사」, 『인문평론』, 1939.11, 181쪽.

게 제시한다. 유럽 내의 이러한 갈등과 대립은 잦아들지 않고 결국 제2
차 세계대전으로 이어진다.

제2차 세계대전이 공공연하게 예고되던 시기에 식민권력은 조선인들
이 세계정세와 제국 일본, 그리고 식민지 조선의 상황이 개별적인 것이
아니라 복잡하게 엉켜 있음을 느끼게 하여, 이들이 제국의 문제를 소홀
히 대하지 않게 하였다. 그래서 급박한 세계정세 속에서 일본은 식민지
조선인들의 동요가 예상되는 일본 내의 사건에 대해서는 신문 게재를 금
지한다. 이러한 모습 역시 김남천의 「T일보사」에서는 확인할 수 있다.

"거기 T일보삽니까?"

"예."

"여긴 동맹통신인데 지금 통신이 있으니까 곧 사람 보내 주십시요."

(…중략…)

"오늘 새벽 동경서 큰 사건이 발생한 통신이니까 그리 알고 빨리 찾아 가
시요!" (…중략…)

"시방 보낸 지급통신은 게재금지니까 해금될 때까지 호외내지 마십시오."[67]

광세는 깊은 밤 "동경서 큰 사건"이 났다는 '동맹통신'의 전화를 받고
는 "공장의 직공을 부르고 경판에 통지해서 배달소집"도 하는 등 '호외
준비'를 시작한다. 그러나 조금 있다가 '게재 금지' 전화를 다시 받는다.
'해금'이 되기 전까지는 기사화하지 말라는 조치는 일본 내의 혼란으로

---

67 위의 글, 197~199쪽.

인해서 조선인들이 동요하는 것을 막기 위한 대책이었을 것이다. 이처럼 식민지 조선은 일본 내부의 문제로부터도 자유롭지 못했다. 작품 후반부에서는 이 사건의 여파가 조선에 어떤 영향을 주는지가 구체적인 사건으로 형상화된다.

소설 속에서 주식 투자를 하고 있던 광세는 잠시 후 "이것으로 인하여 주식시세에 큰 변동이 있으리라"는 예견을 하고는 아침에 취인소로 달려간다. 그러나 "오전 열시가 되어도 장은 열리지 않았다. 드디어 취인소는 입회정지立會停止를 발표하였다." 일본의 정치적 상황으로 인해서 조선의 경제는 커다란 타격을 입는다. 광세는 이것을 계기로 엄청난 수익을 올리지만 주식시장에서 그와 반대의 노선을 취했던 이들은 몰락의 길을 걷게 되었을 것이다.

김광세가 게재 금지당한 '동경의 큰 사건'은 1936년에 있었던 2·26 사건[68]으로 보이는데, 이때부터 제국권력은 노골적으로 파쇼화되기 시작하였다. 2·26사건은 일본에서 자유주의적 세력이 제거되고, 전쟁을 위해 국민의 무조건적인 순종을 강요하는 '신체제'가 만들어지는 과정에서 발생하였다. 이것은 작가가 작품이 창작될 당시의 상황, 즉 전쟁상황의 결정적인 계기가 되는 사건을 역사 속에서 찾아내어 형상화한 것이라고 볼 수 있다.

「T일보사」에 제시된 언론매체의 관계성과 더불어 김남천의 『사랑의 수족관』에는 전쟁을 매개로 한 언론매체의 기능이 조선인들의 생활 속에서 발견된다. 앞에서 살펴본 것처럼 식민권력은 전시총동원체제를 맞

---

68 이수형, 앞의 글, 46~47쪽.

아 조선인들이 전쟁에 대해 경각심을 가지고 최선을 다해 협력하기를 요구하였다. 그렇기 때문에 소설 속에 재현되는 시사 보도 역시 전쟁의 긴박함을 알리는 데 주력하였다. 일본에 대해 적대적인 나라들의 야욕, 그리고 전투에서 우방국들이 이루어내는 승리 등을 보도함으로써 조선이 직접적으로 "전시상태에 빠진 것" 같은 효과를 얻으려 한 것이다.

구라파전쟁이 방감(方酣)해 갈 때 방공연습이 벌어져서 거리는 전시상태에 빠진 것처럼 들리던 공습의 위험도,

"왈쇼가 사지로 화했다!"

"파리와 백림이 폭격을 당했다!"

"영국군함이 독일의 해안선을 봉쇄했다!"는 등등의 자극적이고 충격적인 호외가 연속해서 방울소리를 울려대는 통에 시민의 신경은 극도로 긴장해져서 가상한 적군의 폭격기의 폭음이 실전인 것처럼 현실감이 배가되었다.

재동네거리에는 사람의 떼가 백차일치듯 한 가운데서 소오탄의 소화연습이 한창이다.[69]

위의 인용문에 나온 것처럼 식민권력은 '방공연습'[70]을 할 때조차 "자

---

69 김남천, 『사랑의 수족관』, 인문사, 1940, 115~116쪽.

70 김혜숙, 「전시체제기 식민지 조선의 '가정방공(家庭防空)' 조직과 지식 보급」, 『숭실사학』 27, 숭실사학회, 2011, 117쪽. 제국 일본은 적기의 공습에 대비하여 일본 본토는 물론 조선에서도 1937년 '방공법'을 반포하고, 지역 및 직장 단위로 각종 방공 조직을 만드는 한편 방공시설과 설비를 갖춰 나갔다. 방공연습도 지역 및 단체별로 지속적으로 실시했는데, 이것은 주로 등화관제 및 음향관제 훈련과 같은 공습 방비 훈련, 독가스 방호 및 방화·대피 훈련과 같이 공습상황 하에서의 훈련, 매몰자의 구호 및 부상자의 응급처치 같은 공습 후 피해 복구 훈련 등으로 구성되었다. 방공연습과 아울러 공습과 관련한 지식 보급 및 선전활동도 꾸준히 이루어져서 학교 수업은 물론 강습회, 강연회, 시연회, 영화 상영, 전람회, 전람열차, 좌담회, 인쇄물의 배부, 신문 및 라디오 강좌, 상담소의 설치 등 다양한 방법으로 진행되었다.

극적이고 충격적인 호외"를 사용한다. 방공연습에 사용되는 '사지死地', '폭격爆擊', '봉쇄封鎖' 등의 단어들로 인해 시민들은 극도로 긴장하고, 가상 전투는 "실전인 것처럼 현실감이 배가"된다. 이러한 방공연습을 통해 식민권력이 노렸던 것은 한반도에서 전쟁이 벌어지면 조선인들이 효과적으로 대응하는 것과 지금 전투가 벌어지고 있는 곳은 물리적으로 상당히 먼 유럽이지만 조선인들이 전쟁을 자신들의 문제로 받아들이게 만드는 것이었다.

그래서 위의 인용문에서 확인할 수 있는 것처럼 전쟁상황을 재현하는 방공연습에서 사용되는 감각은 기본적으로 상황을 파악해야 하는 시각과 호외와 폭격기의 폭음을 들어야 하는 청각, 그리고 소오탄이 터질 때 나는 냄새를 파악하는 후각 등 하나만이 아니다. 그리고 이러한 감각들이 어울어져 최종적으로 도달해야 할 감각은 바로 '촉각'이다. 식민권력은 방공연습을 통해 조선인들에게 전쟁에 대한 실감을 주는 전쟁의 '가촉화可觸化'[71] 작업을 진행하였다.[72]

그러므로 제국권력에 대항하는 세력이 출현했음에도 호외를 만들지 않은 언론인은 신문사에서 퇴출당한다. 한설야의 「세로」에서 신문사의 실무자 중 가장 권위 있는 H는 "만주에서 토비들이 국제열차를 전복"시킨 사건을 듣고도 호외로 발행하지 않았기 때문에 신문사에서 쫓겨난다. 작품 속에서 H를 쫓아낸 것은 그의 세력이 점차 공고해지는 것을

---

71 한석정, 『만주국 건국의 재해석』, 동아대 출판부, 1999. 신생국가인 만주국은 하나의 국가임을 인정받기 위해 '국가 효과'를 불러일으키는 다양한 의례들을 준비하여 실행하였다. 이러한 의례는 국가의 가시화를 만들어내는 것에서 시작하지만 종국에는 국가권력이 국민들 곁에 있음을 느끼게 하는 것, 즉 국민들이 국가에 대해 '가촉성'을 느끼게 하기 위한 것이었다.
72 황지영, 「언론권력장과 전쟁의 가촉화(可觸化)」, 『한국민족문화』 49, 부산대 한국민족문화연구소, 2013.

두려워한 사장이지만 이 호외 사건은 시국의 문제와 연결되어 있었기 때문에 충분한 명분이 되었다.

그런데 어느 날 밤에 우연히 이런 일이 생겼다. 그날 밤 세시 쯤 해서 동맹통신사로부터 특보가 들어왔다. 만주에서 토비들이 국제렬차를 전복시켰다는 것이었다. 그래 그날 밤 숙직원이 호외를 발행하려고 곧 편집국장인 A에게, 다음으로 차장인 W에게 몇차레 전화를 걸어도 두 사람 다 종시 나오지 않았다. (…중략…)

하는 수 없이 H에게 전화를 걸었다.

한즉 H는 잠시 생각하다가 간단한 말로

"그런 사건은 종종 있는 일이니 호외까지 발행할 필요가 없겠지오."[73]

H는 이미 편집국장 자리에서 밀려나 '전무'라는 자리로 이동했는데, 이것은 직급상으로는 승진일지 몰라도 실질적으로는 신문사의 실무에 관여할 수 없는 강등조치였다. 그런 그가 호외를 못 내게 한 것에 대해 사장은 "사의 명예를 방해하려는 악의"로 받아들인다. 하지만 H의 의견은 그와 좀 달랐다. 그런 사건은 종종 있어 왔고 여러 번 호외를 발행했으니 뉴스로서의 가치를 잃은 사건이라는 것이다. 게다가 열차가 전복되었지만 사상자나 기타 피해는 미상이라 특별히 취급하기 어려웠다는 것이다.

H는 "통신사에서 보내는 특보"라고 해서 "전부 호외재료"는 아니라

---

73   한설야, 「세로」, 권영민 편, 『한국근대단편소설대계』 29, 태학사, 1988, 852쪽.

는 입장을 취한다. 이런 일에 매번 호외를 발행한다는 것은 신문사의 손해이기 때문이다. H는 이런 논리를 내세워 '통신사'의 권위와 '사장'의 권위에 정면으로 도전한다. 그는 권력관계에서 우위에 있는 상대들이 던지는 것이라고 해서 무조건 받아들이지 않는다. 대신에 기사 재료의 정확성을 검토하고, 또 다른 신문사들의 움직임을 판단해서 기사화할지를 결정한다. 그는 시국과 더불어 각 신문사를 둘러싸고 벌어지는 권력관계를 분석하고, 타당한 분석을 위해 사건을 취사선택하고 판별적 사색을 감행한다.

> 사장은 좀 더 결연한 태도였다.
> "그것은 결코 사를 생각하는 견해가 아닐 뿐 아니라 동아 신정세에 대한 정당한 인식이라고도 볼 수 없오. 만주국으로 말하면 동아에 있어서의 새로운 국가질서로 탄생한 것이니까 크게 말하면 세계의 주시가 여기에 집중되어 있다고 할 것이오. 적게 말하더라도 동아에 있어서의 화제의 중심지라고 생각하오."
> 하고 사장은 세계와 동아에까지 말을 끌어가는데 H는 그저 씨물 웃을 뿐 다시 더 말을 하지 않았다.[74]

H의 이러한 태도가 못마땅하고 신문사 안에서 절대 우위가 되고 싶은 사장은 H를 제거하는 쪽으로 결정을 내린다. 그는 H가 내린 결정은 신문사의 입장에서도 도움이 안 되고, "동아 신정세에 대한 정당한 인

---

74 위의 글, 854쪽.

식"도 아니라며, "새로운 국가 질서로 탄생"한 만주의 중요성을 강조한다. 식민권력의 태도와 궤를 같이 하는 사장의 논리 속에는, 세계가 주시하고 '동아'에서 "화제의 중심지"인 만주 관련 기사를 소홀히 다루었다는 것은 언론인의 올바른 자세가 아니라는 판단이 개입되어 있다.

그러나 H는 사장과 달리 식민지 조선의 모든 언론사가 동일한 보도를 하게 만드는 통신사의 정보를 무비판적으로 수용만 하는 것이 아니라, 사건의 경중을 따져서 기사화할 것인지를 결정한다. H의 이러한 태도는 식민지의 언론인들은 제국의 언어를 무조건적으로 받아 썼을 것이라는 통념에 이의를 제기한다. 그리고 그는 제국을 모방해야 하는 순간에는 차이를 생산하여 모방하고, 제국에 대한 판별의 과정을 통해서는 제국권력의 절대성에 균열을 가한다.

식민지 말기에 이기영·한설야·김남천이 창작한 작품 중에서 언론매체가 등장하는 작품들은 당대의 매체들이 어떤 내용을 보도하고 있었는지를 재현해낸다. 그리고 보도의 내용이 직접 인용될 때는 제국권력과 식민권력이 문제 삼지 않을 만한 것을 수록하였다. 하지만 언론사 안에서 발생하는 인물들 간의 권력관계 속에서는 통치권력에 동조하는 인물들과 그에 대항하는 인물들이 동시에 그려져서 묘한 긴장관계를 만들어낸다.

이들 작품에서는 언론매체의 관계성과 더불어 시국에 순응적인 인물들에게 반기를 드는 인물들이 등장하여 식민권력과 신문사 내의 권력관계를 비판적으로 바라본다. 그리고 그 시선을 통해 권력을 판별하는 모습이 확인된다. 이들이 기존의 권력관계를 곧바로 전복시킬 수 있는 것은 아니지만 이들의 모습은 제국의 담론을 그대로 모방하는 식민지의 언론인이라는 인식을 미묘하게 빗겨나간다.

소설 속에서 기사로 만들 사건을 취사선택하여 당대의 권력관계를 판별하겠다는 언론인들의 생각과 의지는 이미 그 권력의 정당성에 대한 의심과 반감을 포함하고 있는 것이다. 제국의 담론을 모방하는 과정에서는 제국과 식민지의 차이로 인해 필연적으로 균열이 발생할 수밖에 없다. 그리고 그러한 모방의 과정 속에서 판별의 시선이 작동하고 그에 대한 사색이 이루어질 때 기존의 권력관계는 견고함을 잃고 변화 가능한 것, 혹은 붕괴 가능한 것, 다시 말해 절대적인 것이 아니라 상대적인 것이라는 위상을 부여받는다.

2) 시국 판단과 연설의 대비적 수사

식민지 말기에 제국권력에 의해 제시되었던 '동아협동체론'과 '대동아공영권'은 기본적으로 일본의 제국주의적 침략을 포장하는 것이었지만 식민지인들과 타협의 여지를 지닌 것이기도 하였다. 왜냐하면 '동아신질서'의 구상은 식민지인들을 전쟁에 끌어들이기 위해 타협의 측면을 담을 수밖에 없었기 때문이다.[75] 이러한 구상에는 민족문제에서 비롯되는 동요와 균열이 내포되어 있었다. 양보와 타협의 여지는 제한적이기는 했지만 식민지인들이 지배 이데올로기를 자기 입장에 따라 '다르게' 판단하여 수용할 수 있는 조건이 되기도 하였다.[76]

이기영·한설야·김남천의 소설 중에서 회사조직을 배경으로 하는

---

75 홍종욱, 「중일전쟁기(1937~1941) 사회주의자들의 전향과 그 논리」, 서울대 석사논문, 2000, 2장 1절.
76 이원동, 「이기영의 광산소설 연구」, 『어문학』 85, 한국어문학회, 2003, 398쪽.

작품들에서는 해석의 차이를 이용하여 시국을 판단하고 이를 연설에 반영하는 인물들이 등장한다. 연설이 이루어지는 장 속에서 청중들은 국책의 내용을 연설하는 사장에 대해서는 회의적인 시선을, 광부들을 계몽하기 위해 솔선수범하는 지식인 출신 광부에게는 존경의 시선을 보낸다.

연설은 청중에게 영향을 미쳐서 그들의 의식이나 행동에 변화를 가져와야 하기 때문에 담화상황에 가장 적합한 수사를 사용해야 하는 말하기 방식이다. 연설가들은 청중의 신뢰를 얻기 위해 이성적인 논증뿐 아니라 감성적인 호소[77]와 더불어 윤리적인 덕목까지 구비해야 하는 경우도 있었다. 이것은 역으로 자격을 갖추지 못한 인물이 연설을 할 경우 청중들에게 미치는 효과는 연사의 의도에 못 미치거나 오히려 반대의 여론을 형성할 수도 있음을 뜻한다.

한설야의 『황혼』에서 Y방직 사장이 경재 앞에서 연설조로 토로하는 내용은 청중의 지지를 얻지 못하는 예에 해당한다. 그는 자신이 시국에 대해 명민한 판단을 내리고 그 내용을 상대방에게 전달할 수 있으리라고 생각한다. 하지만 사장은 "제 말이 웅변임을 스스로 만족히 생각"하면서 늠름한 태도로 말을 잇지만 "그다지 매끄럽지 못한 연설조"를 들은 경재의 마음에는 회의감만 짙어갈 뿐이다.

사장은 제1차 세계대전 이후에 등장한 세계대공황과 전시 호경기의 허구성,[78] 원료 등귀, 국제적 블록경제와 국가적 통제경제 등을 연결하

---

77 김혜숙, 「수사학과 대중매체의 이중적 상관관계―「고삐 풀린 보탄」의 연설가상을 예로 한 고찰」, 『수사학』 10, 한국수사학회, 2009, 217~218쪽.
78 정태헌, 『문답으로 읽는 20세기 한국경제사』, 역사비평사, 2010, 140~141쪽. 통계를 보면 조선공업화 시기인 1931~1936년간과 병참기지화 시기인 1936~1942년간에 공장 생산액이 급증하였다. 그러나 1920년대 초 전체 공산액의 60%나 차지했던 가내공업(4인 이하 고용) 생산액은 계속 줄어들었음으로 수치상으로는 호경기로 인식될 수 있었지만, 실질적으

여, 앞으로 자신의 공장이 나아가야 할 바를 결정하려고 한다. 그러면서 그가 내리는 결론은 생산 인원수의 감축과 더불어 생산고를 대확장하는 '경영통제'였다. 그는 해외시장을 얻기 위해 덤핑을 하고 있는 독일의 예를 들면서 사업가는 정세를 살펴가면서 거기에 맞춰 긴축 또는 확장을 해야 하며, "생산품 소화량과 앞으로 개척할 수 있는 적실한 판로 범위를 잘 측정해"서 사업규모를 결정해야 한다고 주장한다.

사장은 "자네도 보다시피"나 "자네도 아는 바" 등의 표현을 사용하며 경재의 동의를 이끌어내려고 하지만 경재는 사장의 논리를 받아들이지 못한다. 연설을 통해 설득력을 얻으려면 이미 일어난 일 또는 앞으로 일어날 일을 청중이 연설가의 관점에서 보도록 만들어야 한다. 청중이 사안을 어떻게 이해하느냐에 따라 청중의 태도가 달라질 수 있기 때문이다.

그런데 이 장면에서 연설가인 사장은 자본가인 자신의 입장만을 중심으로 사안을 재구성한다. 연설가는 자신이 제시한 논거와 호소에 의해 현실이 바뀌고 그 현실이 현재보다 훨씬 나은 세계라는 사실을 설득[79]해야 한다. 그러나 사장이 제시하는 세계와 그가 사용하는 '당위적 수사'는 사장 자신에게만 유리할 세계를 설파한다. 그래서 사장의 연설은 중간계층을 대표하는 경재의 마음을 움직이지 못하는 것이다.

이와는 약간 다른 모습으로 연사와 청중의 관계가 그려지는 작품도 있다. 한설야의 소설 중에서 신문사 조직 안에서의 암투를 다룬 『청춘기』와 「세로」에서는 연설 장면이 등장할 때 연사가 사장이고 청중이 그 회사의 기자들로 설정되어 있다. 『청춘기』에서는 『황혼』에서 사장과

로 군수공업에 종사하지 않는 대부분의 조선인들이 생활 속에서 느끼는 것은 불경기였다.
79 김혜숙, 앞의 글, 220~221쪽.

경재 사이에 발생하는 것과 같은 심리적 거리감은 확인되지 않는다. 대신에 돈만 있고 교양은 없는 사장의 연설에 대해 기자들은 공감이 부재하는 상태에서 형식적인 동조만을 보인다.

사장은 '히틀러'라는 별명을 지니고 있지만 그 이유는 히틀러처럼 연설에 탁월한 재능을 지니고 있기 때문이 아니다. 사원들이 그를 '히틀러'라고 부르는 것은 그가 신문사를 운영하는 방식이 사원들의 의견을 규합하는 방식이 아니라 히틀러처럼 독단적이기 때문이다. 히틀러는 연설을 통해서 독일 국민을 하나 되게 만드는 수완을 발휘했지만, "자신의 위신"을 세우기에 급급한 사장의 연설은 청중들을 설득하지 못한다.

> 바로 지난 양력 설날에 사장은 사원 전체를 모아놓고 일장의 신년사를 한 일이 있었다. 말은 우선 멀찌감치 세계 대세로부터 비롯하여 최근의 조선정세에 이르렀다. 사장은 명사요 또 신문사 사장인 자기의 위신을 위하여, 더욱 히틀러라는 별명을 듣는 독재자의 본때를 보이기 위하여 그 며칠 전부터 남몰래 연설 공부를 하였다.
> 예사로운 훈시가 아니라 한번 자기의 정치적 식견을 시위하려는 의도였더니만치 미리부터 자기가 알아볼 수 있는 신문 잡지에서 세계대세에 관한 논설들을 추려보고 또 국내 사정도 배우어 넣었다. 그래가지고는 침실과 변소 같은 데서 혼자서 나직이 웅변 연습을 해보았다.[80]

『청춘기』에서는 사장의 연설 내용이 직접 화법으로 제시되지 않는

---

80 한설야, 『한설야 선집』 2－청춘기, 풀빛, 1989, 334쪽.

다. 그의 발화 내용은 서술자의 정리를 거쳐서 요약적으로 제시된다. '세계 대세'와 '조선 정세'에 대한 "자신의 정치적 식견"을 과시하기 위해 그는 신문과 잡지에서 논설들을 추려보고, 남몰래 연설 연습을 하는 등의 의욕을 보인다. 그러나 기자들은 금광으로 졸부가 된 사장을 물주로 생각할 수는 있어도, 그가 하는 연설에서 자신들이 얻을 만한 정보나 식견이 있다고는 생각하지 않는다.

일반적으로 연설은 단순히 의사소통 과정에서 설득을 얻기 위한 도구적 차원과 도덕성의 실천적 차원 안에서만 작동하는 것이 아니다. 청중은 연설을 듣는 과정 중에 자기를 성찰하고 '모름'에서 '앎'으로의 전환을 추구하며 자신의 의식을 확장할 수 있다.[81] 그러기 위해서는 연사의 권위가 청중에 비해서 월등하다는 사실이 전제되어야 한다. 청중들이 연사의 권위를 인정하고 그가 사용하는 언어의 논리를 따라갈 때 그 연설은 성공적이라는 평가를 받는다.

그러나 이 작품에는 연사의 권위가 청중의 권위를 압도하지 못할 때 등장하는 권력관계의 양상이 그려진다. 기자들은 정치적·제도적 틀인 연설의 상황 속에서 사장이 지닌 권력의 성격을 분석한다. 사장이 과시하려고 하는 '정치적 식견'은 기자들이 존경할 만한 수준의 것이 아니었다. 또한 사장의 연설은 큰 실수는 없었지만 그렇다고 해서 신문사의 직원들에게 깊은 감응을 주는 것도 결코 아니었다. 이런 상황 속에서 청중들은 연사의 언어에 담긴 가치들을 평가하는 자세를 취하게 된다.

『청춘기』에는 사장이 연설할 때 기자들이 어떤 반응을 보였는지 구체

---

81 홍순애, 「近代小說의 장르分化와 演說의 미디어적 連繫性 研究－1920～30년대를 중심으로」, 『어문연구』 37-4, 한국어문교육연구회, 2009, 364쪽.

적으로 제시되지 않지만, 신문사 사장의 '연두사年頭辭'라는 설정이『청춘기』와 겹치는「세로」에서는 사장이 연설할 때 "사원들이 공연히 건기침을 연발하고 또 입을 싸쥐고 씨물그리지 않으면 미간을 잔뜩 찌푸리고" 있는 모습이 묘사된다. 또한 연설을 들으며 이들은 "연설 그만 듣고어서 세주나 마실 궁리"를 하는 것으로 그려진다.

사장의 연설에 대해 기자들이 보이는 태도는 권력관계에서 열위에놓이는 자들이 사용하는 방식이다. 이들은 언어를 통해서 연설에 대한거부감을 표현하는 대신 비언어적 표현을 사용하여 연설자의 권위에타격을 가한다. 또한 직접적으로 강자에게 대항하기보다는 외면의 방식, 혹은 겉으로는 무표정을 지으면서 속으로는 다른 생각을 하는 방식을 사용하여 현재의 상황을 돌파하고자 한다.

사장에게 연설은 자신이 돈을 가진 사장에서 "인격과 지식을 가진 사장"으로 군림君臨하고 명사로 새 출발을 할 수 있는 기회로 여겨졌다. 그러나 그의 연설이 짧은 시일 안에 딴 사람 같이 늘어도 신문사 내의 암투에서 밀려 나가는 H의 연설만큼 힘을 지니지는 못했다. H의 연설은자기 과시를 위한 사장의 연설과 달리 청중들이 공감할 수 있는 내용으로 채워져 있기 때문이다.

마지막으로 H가 일어났다. (…중략…)

"이제 여러분은 더욱 더 노력하시고 자중하셔서 좋은 신문을 만들어주기를 바랄 뿐입니다. 신문 경영은 비록 어떤 재단이나 개인이 한다 하더라도신문 자체는 엄격히 사회에 속하는 것입니다. 그러니까 어떤 경우에든지 사사로운 개인의 의사가 신문을 지배해서는 안 될 것입니다. 이것을 투철히 인식한다고 할 것 같으면 즉 신문이란 공적(公的) 존재요 사회의 공기인 것을 인식한다면 신문사업도 다른 사회사업과 마찬가지로 잘 발전해 갈 수 있을 줄 압니다. 즉 사회의 지지를 받기 때문입니다."[82]

신문사에서 사장은 돈을 대고 H는 신문 만드는 기술과 지식을 제공했었다. 그러나 H를 자신의 뜻대로 움직일 수 없다고 판단한 사장은 그를 제거하기 위한 공작을 펼치고 결국 사장의 뜻은 관철된다. 하지만 여전히 신문사 내에서 권위를 지니는 것은 H이고 파벌이 다른 기자들도 그를 존경한다. 자본을 등에 진 사장과 지식이라는 무기를 지닌 H와의 대결에서 H는 비록 패배했지만 그는 사장의 영역을 침범하지 않았기 때문에 오히려 그의 권위는 보존된다.

이제 신문사 안에는 비가 올 때 쓸 우산과 해가 뜰 때 쓸 우산, 즉 '두 개의 우산'을 함께 가지고 다니는 편집차장 W와 사장의 측근들이 남게 되었다. 하지만 "동아와 세계정세에 대해서 일장 연설을 베풀고 그 가운데서 신문사가 걸어갈 길을 지시"하는 사장과 '사회의 공기公器'인 신문사에서 "사회의 공복公僕"으로 일했다고 연설하는 H의 대결, 즉 청중들이 정의롭다고 느끼는 연사가 축출당하는 대결 속에서 H를 몰아내는 사장의 권위는 훼손된다.[83]

카프가 해산되기 전에 카프 출신 작가들이 창작한 소설들에서는 그 이념을 전달하기 위해 연설의 발화 방식이 적극적으로 차용되었고, 이때 사용되는 연설의 직설적인 언술들은 대중들의 의식을 제고하는 데

---

82 한설야, 앞의 책, 214~215쪽.
83 황지영, 앞의 글.

일조하였다. 또한 연설에서 연사는 소설 속의 청중뿐 아니라 그 작품을 읽는 독자와 자신까지 포함하는 '우리'라는 단어를 사용함으로써 언어적 공동체를 만들어내기도 하였다.

이것은 연설의 파토스적 측면을 강화한 것으로 감정적 호소를 통해 연대감을 형성하는 계기가 되었다. 또한 연설은 현실 비판에 그치는 것이 아니라 실천적 측면을 강조하기 위해 선동적 수사를 동원하였다. 이러한 연설적 언술은 카프소설에서 제시하는 이상주의적인 사회의 전망을 가능하게 하는 역할을 담당하였다.[84]

카프 해산 전에 창작된 소설에 등장하는 연설의 성격은 1940년대에 창작된 이기영의『동천홍』에서 재연된다. 이 작품의 연설에는 광부들의 생활을 개선하기 위해 전위적 역할을 담당하는 일훈의 의지가 담겨 있다. 그는 광부들과 하나가 되기 위해 지식인임에도 광부의 일을 하며, 술을 절제하지 못하고 그로 인해 저축도 하지 못하는 광부들에게 본보기가 되기 위해 자제와 인고의 미덕을 실행한다.

야학을 하더라도 무슨 학교에서처럼 일정한 규율을 지킬 필요는 없으니까요— 우선 이방에서 간단하게 틈 있는 때마다 하게 되면 되지 않겠습니까. 우선 국어를 배운다 합시다. 하루에 서너 마디씩만 익히신다 할지라도 일 년이면 천 마디 이상을 배울 수가 있지 않겠습니까. 공부도 저금과 일반입니다. 그것이 우스운 것 같지만, 하루 이틀 적공을 드리는가온대 부지중 성공할 수가 있는 것입니다. 그러면, 여러분이 일 년 동안을 저축을 하시면 백여

---

84 홍순애, 앞의 글, 380쪽.

원의 목돈을 만드실 수가 있는 것과 같이, 또한 여러분께서 일 년 동안만 말 공부를 하신다면 국어를 능통할 수가 있지 않겠습니까. 그런데 만일 여러분이 모다 국어를 해득하신다면, 그것은 여간 큰 유익이 아닐 것입니다. 첫째는 황민으로서 벙어리와 귀머거리를 일시에 면하기도 하시겠지만, 생활상 수입으로도 유익이 많으실줄 압니다. 어느 일판엘 가든지 국어를 모르는 분이 품삯이 적다는 것은 저보다 여러분이 더 잘 아실 테니까요.[85]

그는 광부들에게 야학을 통해 '국어(일본어)'를 배울 것을 권하면서 국어 공부의 실용성을 강조한다. 특히 국어 공부를 저축에 빗대어 설명함으로써 광부들의 이해를 돕고, 그것이 "생활상 수입으로도 유익"함을 역설한다. 다시 말하면 국어를 배운다는 것은 '황민'으로서의 삶을 보장하고, 그 삶은 조선어만 사용할 줄 아는 조선인과 일본어를 배워서 황민이 되고자 노력한 자들을 구분 짓는 잣대로 사용된다.

이것은 통치권력의 요구에 부응할 때 개인의 영달이 보장받을 수 있는 시대적 상황을 보여준다. 또한 작가 이기영이 이와 같은 시대 현실에 대해 문제를 제기하기보다는 현실을 수용하고 있음을 짐작케 한다. 지주와 농민 사이의 계급투쟁을 통해서 농민의 권익을 보호하고 노동하는 삶을 긍정했던 이기영은 식민지 말기가 되면 광부들의 삶을 매개로 하여 노동하는 삶은 여전히 긍정하지만 자본가 계급과 노동자들의 대립은 소설 속에서 삭제한다.

대신 노사의 대립이 사라진 소설 속에서 추종자 집단을 거느린 일훈

---

85 이기영, 『동천홍』, 조선출판사, 1943, 215~216쪽.

이 오히려 권력관계에서 우위를 점하는 모습으로 제시된다. 그 이유가 물리적 힘에 의한 것이든, 학문적 영향에 의한 것이든, 도덕적 권위에 의한 것이든 그것은 크게 상관이 없다. 시간이 지나면서 식민권력이 광산의 노동자들에게 원하는 모습을 모두 갖춘 일훈의 말과 행동은 광산촌 안에서 하나의 규범이 되고 이 공간 안에서 그가 제안하는 것들은 광부들에 의해 대부분 수용된다. 광부들은 일훈을 매개로 국책이기도 한 '저축운동', 야학을 통한 '국어(일본어) 강습'을 실천한다.

이기영의 이와 같은 변화에 대해 단순히 작가가 계급투쟁을 포기한 것이며, 작가 의식의 논리적 파탄[86]이라고 결론짓는 것은 성급한 판단이다. 제국권력이 식민지 조선의 식량자원과 지하자원을 몰수해도 전쟁을 위한 물적 기반을 구축하기에는 역부족인 상황 속에서, 농민이나 광부들의 계급투쟁이 소설 안에서 재현될 수는 없었기 때문이다.[87] 이기영은 국책에 동조하는 인물들을 전면에 내세움으로써 식민권력의 검열을 피해 1940년대에도 활발히 작품을 발표하였다.

식민지 말기 생산권력장 안에서 발생하는 개인의 부나 기업의 이익이 '제국의 전쟁' 속으로 통합·흡수되는 상황을 배경으로, 기존의 노

---

86 신희교, 「이기영의 『광산촌』 연구」, 『한국언어문학』 43, 한국언어문학회, 1999; 권유, 「민촌 이기영의 친일작품 연구」, 『한민족문화연구』 4, 한민족문화학회, 1999; 조진기, 「일제 말기 국책의 문학적 수용」, 『한민족어문학』 43, 한민족어문학회, 2003.

87 이상경, 「『조선출판경찰월보』에 나타난 문학작품 검열 양상 연구」, 『한국근대문학연구』 17, 한국근대문학회, 2008, 394~395쪽. 식민권력의 검열 기준이 식민지 초기부터 뚜렷했던 것은 아니다. 초기에 공개된 검열 기준은 신문지법과 출판법이 규정한 '안녕질서(치안) 방해'와 '풍속 괴란'뿐이었다. 시간이 지나서 『조선출판경찰월보』가 발행되기 시작하면서 검열 기준도 점차 체계화되어 1936년 말에는 '검열 표준'이라는 개념적 체계화를 이루게 되었다. 그중에서 '안녕질서(치안) 방해'에 관련된 항목은 모두 28개로 정리되었는데, 천황제 비판, 각종 혁명운동 선동, 국가와 군의 질서와 통제를 혼란시키는 것, 범죄의 수사와 재판에 관련된 기밀 누설, 조선민족의식 고양에 관련된 항목이었다. 이상경은 이러한 내용은 식민지 작가의 입장에서 "'쓸 수 없었던 것'이면서 동시에 어떻게 해서라도 '쓰고 싶었던 것'"이라고 지적한다.

동자소설이나 농민소설에서는 권력관계의 한 축을 담당하던 이들이 이제는 순종적이고 성실하게 생산에 임하는 인간의 모습으로만 그려진다. "광부는 한갓 인부가 아니라 국가 사회를 위한 훌륭한 생산자"이기 때문이다. 그래서 「서화」에서 농민들의 삶과 그들의 꿈틀거리는 욕망을 핍진하게 다루고, 『고향』에서 마름과의 대결구도에서 승리하는 소작농들을 형상화했던 이기영은 계급투쟁은 소거하고 '상쾌한' 노동만을 가치 있다고 여기는 노동자를 창조한다.

　'산업전사'로 명명되는『동천홍』의 일훈이나 광부로 성실히 노동하다가 징용을 마치고 농촌으로 돌아가는『광산촌』의 형규의 연설 속에서 통치권력의 요구사항들은 당위적 수사의 형태로 표현된다. 작품 속에서 통치권력의 요구[88]는 연설 이 외에도 생산 증대 장면, 야학 장면, 이동극단의 선전 장면 등으로 제시된다.

　식민 기간이 끝나갈 무렵에 창작된 이기영의 생산소설들 안에서 식민권력의 요청과 연사의 발화가 겹쳐지고, 연사의 발화에 대해 공감하는 청중이 증가한다는 것은 통치권력에 대한 분석이 올바로 수행될 수 없었음을 암시한다. 신문사를 배경으로 하는 한설야의 소설이나 '연설체 서간'이 등장하는 김남천의『사랑의 수족관』과 달리 이기영의 생산

88　이러한 모습은 당대의 대표적인 종합잡지『조광』의 권두언 제목을 통해서도 확인할 수 있다. 해방 전 1944년 12월까지 발행된『조광』에는 국책과 관련된 기사가 수록됨은 물론 1939년부터 수록된 '권두언' 중에는 식민권력의 국책을 담고 있는 것이 많다. 편집부, 「권두언－사치품 제한령과 우리의 생활태도」, 『조광』, 1940.9, 20쪽; 편집부, 「권두언－국채를 사자」, 『조광』, 1941.11, 25쪽; 편집부, 「권두언－九億 저축에 돌진하자」, 『조광』, 1942.5, 21쪽; 편집부, 「권두언－국어를 사용합시다」, 『조광』, 1942.6, 21쪽; 편집부, 「권두언－얼는 十二億을 貯蓄합시다」, 『조광』, 1943.7, 13쪽; 편집부, 「권두언－徵兵制 實施에 感謝합시다」, 『조광』, 1943.8, 13쪽; 편집부, 「권두언－銃後는 오로지 增産戰에」, 『조광』, 1943.10, 21쪽; 편집부, 「권두언－국민생활의 切下」, 『조광』, 1944.3, 11쪽; 편집부, 「권두언－저축도 전투다」, 『조광』, 1944.4, 11쪽.

소설들에 나오는 인물들의 삶은 국책을 담은 당위적 수사의 내용과 일치한다.

이것은 연설의 특성을 여실히 보여주는 것이다. 연설은 신체적인 언어행위인 '소리'로 전달되는 의사소통 방식이며, 시각만으로 지각되는 '문자'와 달리 '소리'를 매개로 하여 상대방에게 믿음을 불러일으키는 행위이다. 연사의 의도가 청중에게 전달되는 연설이라는 의사소통 과정은 말의 내용을 담은 로고스와 말하는 사람의 인격과 태도인 에토스, 또는 이를 받아들이는 청중의 심리와 태도인 파토스의 결합에 의해 이루어진다.[89]

이기영이 이처럼 변한 이유는 검열의 강도가 높여졌기 때문일 수도 있고, 아니면 식민지 조선의 운명이 제국 일본의 운명과 불가분의 관계라는 인식 때문일 수도 있다. 그러나 이기영은 「『동천홍』에 대하여」에서 자신이 이러한 작품을 창작하기는 했으나 식민권력의 요구를 내면화한 것은 아니라는 인상을 남긴다.[90] 작중인물들은 권력관계에 대해 판별하고 분석할 수 없는 상태로 그려지고 있지만 이보다 큰 프레임, 즉

---

89 홍순애, 「근대계몽기 연설의 미디어 체험과 수용」, 『어문연구』 35-3, 한국어문교육연구회, 2007, 276쪽. 농촌과 같은 대면공동체 안에서 이루어지는 연설에서는 로고스적인 측면보다는 에토스나 파토스가 중시되었다. 「생명선」에서 형태의 연설이나 『대지의 아들』에 나오는 강주사의 연설에 대해 고향 사람들이 깊이 공감하는 이유도 연설의 이러한 속성과 연관된다. 그들은 청중들에게 '어떻게 해야 한다'라는 식의 명령을 내리는 대신에 자신이 '어떻게 바뀌겠다'라고 다짐하거나 우리 '이렇게 바뀌자'라고 권유한다. 이러한 연설 속에서 행위의 주체는 자신을 포함하고 그들이 지향하는 바는 청중과 하나가 되는 상태로 제시되고 있기 때문에, 청중들로부터 공감을 얻는 것은 연사가 자신과 청중들을 분리해서 생각하는 연설들에 비해 수월하였다.

90 이기영, 「『동천홍』에 대하여」, 『삼천리』, 1942.7. 이기영은 이 글에서 "졸작 『동천홍』을 생각해 보니 우선 창작태도에서부터 많은 부족이 있음을 수긍"하고 "문학적 정열은 결코 포풍포영(捕風捕影)과 같은 일순간의 요술적 행동으로는 도저히 될 수 없"는 것이라고 말한다. 이것은 이기영이 식민권력의 요구에 충실한 작품을 창작하기는 했으나 그 논리를 내면화하지는 못했음을 짐작케 한다.

작품과 독자와의 관계에서는 작품 창작의 의도와 더불어 식민권력에 대한 분석이 진행될 수 있기 때문이다.

해방이 가까워 올수록 제국 일본의 전황은 불리하게 돌아갔다. 파리와 싱가포르가 함락되면서 세계사를 이끌어갈 새로운 주체들이 등장하는 듯 보였으나 미국이 태평양전쟁에 참가하여 전세가 다시 역전되었다. 그리고 이기영·한설야·김남천의 소설 속 인물 중 국책에 동조하며 연설을 했던 이들은 작품의 결말 부분에서 권위를 상실하거나, 병에 걸리거나 죽어서 생산권력장을 떠난다. 이러한 서사구조는 당위를 생산한 자와 그것을 모방한 자들을 다시 한번 시험대 위에 올려놓는다.

이기영은 소설들에 통치권력의 국책에 찬성하는 인물들을 등장시켜 식민권력의 검열로부터 안정성을 보장받으면서 한편에서는 저항의 가능성을 모색하였다. 한 편의 문학작품이 체제나 구조로부터 완벽하게 벗어날 수 없다면, 체제나 구조에 완벽하게 포섭되는 것 역시 불가능하다. 기본적으로 통치권력의 이념에 완전히 동화된 작품은 없으며, 동조하는 듯 보이는 작품에도 균열은 드러나기 마련이다.[91]

이러한 양상은 앞에서 언급한 것처럼 이기영의 소설들에서 국책을 체현하던 존재들이 작품의 결말 부분에서 생산권력장을 이탈하는 모습을 통해 확인할 수 있다. 「광산촌」의 형규는 징용으로 광산에 와서 광부들뿐 아니라 마을 주민들에게까지 신뢰를 얻는다. 하지만 이 작품은 형규가 갑자기 생산권력장을 떠나 고향으로 돌아가는 것으로 마무리되고 있다.

『동천홍』의 일훈은 옥림광산을 국책에 부흥하는 공간으로 재편성한

---

91 이경재, 「이기영의 『처녀지』 연구 ─ 남표와 선주의 죽음을 중심으로」, 『만주연구』 13, 만주학회, 2012, 108~109쪽.

인물로 그려진다. 그가 온 후에 "옥림광산은 광부들의 풍기가 순후해지고 모범광산으로 도내에 알려지게 되었다." 그래서 이 사실을 알게 된 도당국이 일훈에게 표창을 수여하고자 하였다. 일본인 광주 고산 씨는 표창식을 자신이 직접 주관하면서 초청장을 돌리고, 광부들에게 그날 하루 일을 쉬게 하고 벤또를 제공하는 등 행사 준비에 여념이 없었다. 하지만 행사 전날 일훈은 사고를 당해 병원에 입원하고 만다.

> 그런데 천천만 뜻밖에 일이 생기었다. ―그 전날― 즉 二十六(이십육)일 밤에 일훈이는 사문이가 고만 쉬라는 것을 듣지 않고 굿을끄린 항도속에서 다른 동무들과 같이 작업을 하다가 불의에 낙반이 떨어지는 바람에 미처 피신을 못하고 중상을 입은 춘사가 돌발하였다.
> 그는 돌의 한 끝에 치여서 머리와 몸한편에 타박상을 입고 인사불성이 되어 쓸어졌다.[92]

결국 표창식은 일훈이 없이 진행되고 작품의 결말부는 일훈이 병원에서 고적한 시간을 보내는 것으로 채워진다. 게다가 일훈은 부상으로 인해 광산에 남을 수 없는 "가련한 신세"가 되어 그토록 벗어나고 싶어했던 고향으로 다시 돌아온다. 그리고 "건강이 회복된다면 이번에는 농촌으로 들어가 보고싶"다는 생각을 하는 데서 소설은 끝이 난다.

통치권력의 요구에 충실한 삶을 살았던 형규와 일훈이 보여주었던 국책에 동조하는 삶은 결국 소설의 서사와 더불어 끝이 난다. 그들의 행

---

92 이기영, 『동천홍』, 조선출판사, 1943, 327쪽.

위는 계속 진행되는 것이 아니라 소설의 시간 속에서만 유효한 것으로 그려진다. 이러한 결말은 생산권력장 안에서 노동의 가능성을 새롭게 발견하려던 이기영의 노력이 점점 좌절을 향해 치닫고 있음을 암시하는 것이기도 하다.

이기영의 해방 전 마지막 작품인 『처녀지』에서는 국책 안에서 가능성을 탐색하던 작가의 노력이 좌절의 서사로 마무리된다. 이 작품의 주인공이면서 의사인 남표는 만주의 '정안둔'에서 개척사업과 의료사업을 함께 진행하였다. 그리고 이곳에서 유일하게 자신의 사업을 방해했던 만용이 페스트에 걸리자 그를 치료하고는 페스트에 걸려 사망한다.

남표는 공동체를 위해 자신의 모든 것을 바친 상태로 형상화된다. 하지만 남표가 자신이 페스트에 걸린 이유는 "자기를 잊어버린 데 원인이 있지 않았는가!"라고 생각하는 것처럼, 『처녀지』는 '자기'가 없는 개척과 헌신은 끝내 자기의 소멸로 이어질 수밖에 없음을 보여준다. 그리고 남표의 죽음 이후에 작품 속에서 새로운 가능성을 발견하기는 힘들어 보인다. 남표는 죽음을 통해 통치권력에의 동조라는 기획이 끝내 실패할 수밖에 없음을 증명하고 있는 것이다. 죽음이야말로 가장 분명한 고립이자 분리이기 때문이다. 그러므로 『처녀지』는 왕도낙토라는 슬로건 아래 자신을 버리고 통치권력에 동조하는 기획, 다시 말해 만주를 배경으로 꿈꾸었던 새로운 시대를 위한 기획이 불가능하다는 것을 보여주는 작품이라고 평가할 수 있다.[93]

---

93 위의 글, 119~124쪽.

3. 동조적 권력관계와 횡단의 가능성

1930년대 후반이 되면 기사들에서 전시동원체제하에서 실시되었던 식민지 통제정책의 법률적 전개 양상을 확인할 수 있다. 예를 들어 「고도국방체제高度國防體制의 신법안新法案」,[94] 「국가총동원법國家總動員法의 발동發動」,[95] 「국가총동원법國家總動員法 전면발동문제全面發動問題의 제십일조第十一條 적용경위適用經緯」,[96] 「전시행정관계법규해설戰時行政關係法規解說」[97] 등과 같은 논설들이 게재된다. 그리고 이들은 제국권력의 전쟁 수행을 합리화[98]하거나 간접적으로 용인하는 방식의 보도를 다룬다.

조선인의 입장에서 이러한 제국권력의 의도를 수용하면서 오롯한 일본인으로 재탄생하기 위해서는 '의무교육제'를 통해 국민의 자질을 배우고, '징병제'를 매개로 천황을 위해 목숨을 바쳐야 했다. 그렇지 않으면 만주라는 제3의 장소에서 '조선인'이라는 기존의 민족적 정체성을 버리고 '황국신민'이라는 새로운 제국적 정체성을 구성해야 했다. 이 방법들은 제국 일본의 이익을 위해 조선인들을 이용하는 방식에 불과했지만 식민지인이라는 열등한 지위에서 벗어나고자 하는 식민지인들은 이러한 제도적 장치에 일말의 희망을 걸었다.

'의무교육'은 조선인들을 전쟁의 도구로 이용하기 위해 이들에게 '일본어'와 간단한 '산술'을 가리키기 위한 방편이었으며, '징병제'는 조선

---

94 劉永允, 「高度國防體制의 新法案」, 『春秋』, 1941.5.
95 白岡, 「國家總動員法의 發動」, 『批判』, 1938.11.
96 相藏田池, 「國家總動員法 全面發動問題의 第十一條 適用經緯」, 『朝光』 1939.1.
97 裵廷鉉, 「戰時行政關係法規槪說」, 『朝光』, 1943.5.
98 황민호, 「일제의 식민지 언론정책과 법률관련 논설의 경향」, 『정신문화연구』 26-2, 한국학중앙연구원, 2003, 210쪽.

인들에게 천황의 은혜에 대해 목숨으로 답하라는 폭압적인 요구였다. 이 논리는 "국가적 삶을 증여받았기에 죽음으로 그것을 되갚아야 한다"는 믿음을 생산하기도 하였다.[99] 그렇지만 이 제도들을 통해 교육과 병역에 있어서만큼은 제국인과 식민지인, 부자와 빈자, 장애인과 비장애인의 차이가 소멸되었기 때문에 이 제도들이 시행되기를 바라는 조선인들도 적지 않았다.

한설야는 「종두種痘」에서 소학교에 입학하고 싶어 하는 애꾸눈 아이에게 '의무교육제'[100]가 얼마나 절실한 것인지를 그려낸다. 전향 사회주의자로 추정되는 경구의 아들인 이섭은 어릴 때 눈을 다쳐서 한 쪽 눈이 실명을 한 상태이다. 자식 중에서 가장 영리하고 뚝심도 있지만 장애라는 사실 때문에 소학교 입학이 어려울 것으로 예상되는 이섭이 때문에 경구와 그의 처는 마음이 아프다.

'식민지인' 중에서도 '가난'하고 '장애'까지 지니고 있는 이섭이가 또래들과 유사한 삶을 살기 위해서는 소학교에 입학을 해야만 한다. 하지만 소학교 입학난[101]이 유례가 없을 정도로 극심하던 이때에 장애 아동의 입학은 보장받기 어려운 것이었다. 그러므로 이섭과 그의 부모가 의

---

99 황호덕, 「천황제 국가와 증여의 신화」, 『벌레와 제국』, 새물결, 2011, 79 · 84쪽.
100 문경연 역, 「의무교육이 될 때까지」, 『좌담회로 읽는 『국민문학』』, 소명출판, 2010, 441~464쪽. 1943년 4월에 수록된 이 좌담회에서는 함상훈과 최재서의 입을 빌려 '의무교육'이 '징병제'와 더불어 조선 민중의 요망임이 드러난다. 경성제대 교수인 마쓰즈키 히데오는 조선에서 의무교육을 시행하는 것의 어려움을 역설하고, 1946년부터 실질적으로 시행되기는 하지만 그 전에도 당국은 조선인들의 교육 여건을 개선하기 위해 노력했다고 주장한다.
101 이 시기 '소학교 입학난'을 소개하는 신문기사는 그 숫자를 헤아릴 수 없을 정도로 많다. 이들은 공통적으로 조선총독부가 교육령을 개정하면서 소학교가 수적으로 증가했음에도 조선인 소학교 취학률이 미약했음을 지적한다. 실제로 1936년의 취학률은 26%에 지나지 않았다. 이러한 현실적 여건 때문에 식민 기간 내내 '소학교 입학난'은 심각한 문제였고, 수많은 학교에서 신입생을 선발하는 시험을 실시하였다. 소학교 입학시험은 세계 교육사상 유례가 없는 것으로, 조선인 소학교 입학 경쟁률은 평균 2 : 1을 웃돌았다.

무교육제의 시행을 바라는 것은 이상한 일이 아니다. 경구는 밖에 나갔다가 중학교를 입학하는 데도 한 쪽 눈이 안 보이는 것은 그다지 문제가되지 않으며, 불원간 의무교육제가 시행될 것이라는 말을 듣고는 기분이 좋아진다. 게다가 입학난을 해소하기 위해 오전반과 오후반을 나누어서 수업을 진행하게 되었으니 이섭이는 반드시 학교에 갈 수 있을 것이라고 믿으려 한다.

경구는 오늘 기분이 매우 좋다. 어디 나갔다가 돌아와서 밖에서 들은 이야기를 안해와 외일 때쯤 하면 기분이 아주 상지상인 것이다.
"중학교 드는데도 한쪽 눈이 점 뭘 해서는 상관 없대, 그러니 소학교야 뭐."
경구는 이렇게 말하고 이어
"그리구 불원간 의무교육이 실시된대. 그러면 안 다니구 싶어도 대녀야 할 모양이니……" (…중략…)
"이제 의무 교육만 실시되면 걱정 없어."
"형섭이랑 학교 들 때쯤 해서 될가요."
"글쎄, 그건 모르지만 금년부터 오전반, 오후반…… 이렇게 가르치니까 그 전보다 훨씬 더 들 걸."[102]

이 작품에서 주목해야 할 것은 조선인과 일본인의 대립과 투쟁이 아니라 제도적으로 조선인과 일본인의 경계가 무너지고 있는 상태에서 발생하는 문제들이다. 푸코는 "통치, 인구, 정치경제학"[103]이라는 세 가지 운동이

---

102 한설야, 「종두」, 권영민 편, 『한국근대단편소설대계』 29, 태학사, 1988, 683쪽.
103 미셸 푸코, 오트르망 역, 『안전, 영토, 인구』, 난장, 2011, 162~163쪽.

관계 맺는 양상에 주목했는데, 이러한 관계는 이 작품 속에서 통치권력의 인구정책 중 하나인 '종두', 그리고 조선인을 전쟁에 동원하기 위해 만들어 낸 정치경제학으로서의 '의무교육'이라는 요소들을 통해서 드러난다.

여섯 살인 형섭이와 이섭이가 종두 예방접종을 해야 하는 시기가 다가오고, 예방접종이 이루어지는 장소가 아이들이 앞으로 다니게 될 소학교이다 보니 아이들은 학교에 간다는 생각만으로도 신이 난다. 아이들은 학교에 주사를 맞으러 가는 것이 입학시험을 치르기 위한 것이라고 생각한다. 하지만 '종두' 예방접종[104]은 식민권력이 조선인을 효율적으로 동원하기 위해 '인구'라는 측면에서 관리하고 있음을 직접적으로 제시하는 장치이다.

> 어느 날 이 동리 구장이 H부에서 배부하는 종두시행표(種痘施行票)를 경구의 집에 전하고 갔다.
>
> 금년 여섯 살인 형섭이와 이섭이가 종두를 넣을 해다. 부에서 종두 시행을 엄하게 하는 관계도 있지만, 그렇지 않더라도 그걸 게을리해서 안될 것쯤은 집집마다 거의 다 잘 알고 있다.[105]

---

104 박인순, 「일정기 조선총독부 보건복지행정의 내용분석─전염병 퇴치활동을 중심으로」, 『복지행정논총』 13, 한국복지행정학회, 2003, 131~157쪽. 식민권력은 1923년 '조선종두령'의 공포 시행과 함께 활동사진, 강연, 기타 방법으로 천연두에 대한 이해를 촉진하는 등 천연두 예방을 위해 노력하였다. 그 결과 점차 종두를 기피하는 폐풍은 교정되고 종두 보급의 실적이 크게 올라가서 1924년 이래 환자 발생이 현저히 감소하였다. 1930년 국경지방인 함경남북도에 침습한 병독이 점차 남하하여 1933년에는 천연두가 전조선에 만연하게 되었는데, 이때 환자 4,928명, 사망자 966명이 발생하였으나 임시 종두를 시행하고 방역을 엄중히 한 결과 1934년에는 환자가 50명밖에 발생하지 않았다.
105 한설야, 앞의 글, 668~669쪽.

푸코는 권력의 메커니즘을 '사법 메커니즘', '규율 메커니즘', '안전 메커니즘'으로 나누고 이를 효과적으로 설명하기 위해 질병을 예로 들고 있다.[106] 그리고 인구의 조절을 중시하는 안전 메커니즘과 접종을 통해 통제 가능한 '천연두(종두)'를 연결시킨다. 천연두 접종의 시행은 안전 메커니즘 안에서 완전히 예방적이고 전면적인 성공을 거둘 수 있으며 인구 전체를 일반화시킬 수 있다. 이것은 질병을 순환시키고 그 평균치를 유지시키는 방법이기도 하다.

그래서 천연두 접종은 인구를 관리하는 통치의 기술로 인정되었고, 사람들은 점점 이것을 "게을리 해서 안 될 것"으로 인식하였다. 천연두 접종을 통해서 질병에 대한 확률 계측이 가능해 지고, 질병의 영역도 통계학과 수학을 기반으로 하는 합리성의 영역으로 통합되었다. 인위적으로 천연두에 감염시킴으로써 천연두로 사망하는 것을 막는 방식은 인구 사이에서 사례 분포가 가능하게 만들었다.[107]

삶과 죽음의 적정 비율마저도 통치권력의 의도에 따라 조율될 수 있는 시대적 상황 속에서 이 작품이 보다 중요한 이유는 식민권력이 조선인들의 인구를 관리하기 위해 '종두'를 시행하는 문제를 다루었기 때문만은 아니다. 오히려 '종두'의 시행과 더불어 내지인들과 외지인들의

---

106 미셸 푸코, 오트르망 역, 『안전, 영토, 인구』, 난장, 2011 참조.

	사법 메커니즘	규율 메커니즘	안전 메커니즘
주도시점	16세기	17~18세기	18세기 후반 이후
국가형태	사법국가	행정국가	통치국가
주체형태	법적 주체	신체 · 유기체의 무리	인구 : 개인의 무리
작동방식	허가와 금지의 이항분할 금지된 행동에 대한 처벌	감시와 교정	사건과 비용계산 평균치와 한계 설정
질병	나병 : 추방 : 배제의 문제	흑사병 : 감금 : 격리의 문제	천연두 : 접종 : 순환의 문제
도시	리메트르 : 영토의 수도화	리술리유 : 위계적 · 기능적 분배	낭트 : 환경의 정비

107 위의 책, 3장.

분할선을 소멸하여 둘 사이의 통합을 추진하는 정책으로서의 '의무교육제'가 함께 논의되는 것이 중요하다.

이 작품은 내지인과 외지인 모두에게 동일한 교육의 기회를 주고자 만들어진 '의무교육'을 통해 '평등'의 원리를 기반으로 식민지에 대한 제국의 관리가 작동함을 보여준다. 그리고 종두 예방접종을 통해서는 생명을 관리하는 제국권력의 모습을 확인할 수 있게 해준다. 경구와 그의 처, 어린 이섭이까지 작품 속 인물들은 통치권력이 조선과 일본을 동등한 위상에서 다루기 위해 제시한 정책들에 동조한다. 하지만 한편으로 경구는 이것이 "스스로 안심하려는 한낱 구실에 지나지 않는"다는 사실 또한 알고 있다. 제국과 식민지의 분할이 쉽게 사라질 수 없는 것만큼이나 장애 아동과 비장애 아동의 구분이 소멸되는 것은 쉬운 일이 아니기 때문이다.

그렇다면 이제 제국과 식민지 사이에 존재하는 간극에서 벗어날 수 있고, 가난과 식민지인이라는 열패감에서 자유로울 수 있는 방법은 민족적 편파성으로부터 벗어난 만주로 떠나는 것이다. 식민지 말기가 되면 '계획 이민'인 일본의 만주 이주정책[108]에 힘입고, 식민지에서의 경제적 궁핍으로 인해서 '기회의 땅'이자 '약속의 땅'인 만주로 떠나는 조

---

108 김기훈, 「만주국 시기 조선인 이민담론의 시론적 고찰—『조선일보』 사설을 중심으로」, 『동북아역사논총』 31, 동북아역사재단, 2011, 105쪽. 조선인 만주 이민에 대한 논의가 제국기관들 간에 한창 진행되던 시기에 조선총독부는 독자적으로 소규모의 '계획이민(計劃移民)'을 송출하였다. 소위 만주국의 '안전농촌(安全農村)' 계획에 따라 진행된 이민이었다. 만주 사변의 여파로 전 만주에 걸쳐 수많은 조선인 피난민 문제가 발생하였다. 이를 해결하는 방안으로 1933년도부터 영구(營口)를 비롯한 철령(鐵嶺) 등 5개소에 차례로 '안전농촌'이 건설되었다. 이는 집단부락 형식으로 조성된 조선인 이민부락이었다. 안전농촌 사업을 주도하고 재정 대부분을 담당하였던 조선총독부는 처음에는 귀국 조선인을 만주로 재송출하다가 뒤에는 삼남 지방의 재해농민들을 선발하여 이곳으로 송출하였다. 1933년부터 1936년까지 5개소의 안전농촌에 한반도로부터 입식된 농민은 1,432호 7,496명에 이르렀다.

선인들의 수가 급격하게 증가한다. 이들은 새로운 삶을 찾아서 스스로 '개척민'이 되는 것을 주저하지 않는다. 그리고 당시 조선인들에게 '동아신질서'는 만주 및 만주국과 연결될 때만 실감할 수 있는 것이었다.[109]

이 시기 김남천은 '만주' 문제를 하나의 작품에서 본격적으로 다루기보다는 여러 작품들을 통해 고찰하였다. 그중에서 '만주' 이주민에 대한 묘사와 이주민들의 삶에 대한 가치 평가가 돋보이는 작품은 「철령까지」이다. 이 작품은 서술자인 '나'와 만주로 이주하는 가족의 만남을 중심으로 진행되는데, 가족 구성원인 노인과 젊은 여자, 그리고 두 아이의 모습은 초라하기 그지없다. 이들의 외양은 식민지 말기를 살았던 조선인들의 보편적인 모습으로, "만주국 철령"까지 가는 이주민의 생활상을 짐작하게 해준다.

소설의 도입부에서 서술자인 '나'는 "동발木이 멀리 만주에까지 들어간다"는 설명을 듣고 굉장하다고 느낀다. 그런 서술자가 소설의 결말 부분에서 만주 이주민들이 탄 기차가 떠나는 것을 보면서 가만히 "손을 호주머니에 넣어 과자를 만져보"는 장면은 만주 이주민들의 삶을 상징적으로 제시한다. 이때 만주로 떠나가는 조선인들의 모습은 만주로 이송되는 재목들의 이미지와 중첩된다. 이주민들은 잘린 나무처럼 조선에서 삶의 근간을 잃고, 뿌리를 상실한 채 만주로 떠나고 있다. 더불어 만주 이주민들의 삶은 조선에 남아서 생을 연명해야 하는 사람들에게 '호주머니 속 과자'와 같이 흔적으로만 존재한다.[110]

풍문 속에서는 '만주'가 '희망의 땅'으로 그려졌지만, 1939년 작인

---

109 민족문화연구소 편, 『일제 말기 문인들의 만주체험』, 역락, 2007, 13~14쪽.
110 황지영, 「김남천 소설의 국가담론 연구」, 이화여대 석사논문, 2008, 55~56쪽.

한설야의 『대륙』에서는 만주의 복잡한 실상을 확인할 수 있다. 이 작품에 등장하는 만주를 한 마디로 정리하면 만주 '대륙'이란 동아를 하나로 묶는 통합적 공간이 아니라 서로 적대하고 투쟁하는 공간이 될 것이다.[111] "대륙적인 전망"을 품고 "더러운 공기에 지친" "수십만의 가난한 조선인들"이 만주로 흘러들어 왔지만, 이국인인 이들은 위정자들에게 버림받아 악도의 약탈과 폭거의 대상이 된다.

이 작품에서 조선인들의 모습이 가장 핍진하게 묘사된 것은 '삼도구 시가'에 이천 명이 넘는 마적이 출몰한 장면에서이다. 마적은 "조선가와 영사관 경찰을 향해 맹렬하게 공격"을 하였다. 이 난리를 피해 조선인이 한 발자국이라도 지나가에 발을 들여 놓으면 지나인들에게 죽음을 당했기 때문에, 조선가와 지나가의 경계 일대는 흰옷을 입은 주검이 뒹굴고 있었고 조선가는 거의 다 타버렸다. 지옥을 방불케 하는 밤이 지나고 붙잡힌 포로들에게 일본인들은 "조선가를 복구하라고 명령"한다.

적뿐 아니라 지나가의 상인, 주민까지도 조선가를 약탈하는 데 광란하고 있었다. 조선인 상점의 물건을 훔쳐 자기 창고에 넣기도 하였다. 조선인가 일각에 화재가 발생했다. 미처 도망가지 못한 조선인들은 미친 사람처럼 수라장을 뛰어 다니고 있었다. 어디로 어떻게 도망가야 할지 몰랐기 때문이었다. 적은 부녀자의 손가락을 잡아 반지를 빼기도 하고 아무 데나 어두컴컴한 데로 끌고 가 야욕을 채웠다. 조선가는 완전히 연기에 휩싸여 버렸다. 총성, 함성, 절규……. 지옥의 귀신도 울지 않을 수 없는 처참한 광경이었다.[112]

---

111 이진경, 「식민지 인민은 말할 수 없는가? ― '동아신질서론'과 조선의 지식인」, 『사회와역사』 71, 한국사회사학회, 2006, 38쪽.

이 장면으로 인해 '왕도낙토'와 '오족협화'의 땅으로 포장된 만주의 실상이 폭로된다.[113] 만주에서 조선인을 공격하는 것은 마적만이 아니었다. 위의 장면에서는 지나인들 역시도 '적'으로 분류된다. 만주국으로부터도 치안을 보장받지 못하고, 그렇다고 조선인들의 자치를 통해서도 적들을 막을 수 없는 상황에서 조선인들은 일본인들의 도움으로 사태를 수습해 나간다.

일본인과 조선인, 만주인 사이에서 '협화'라는 "사랑 이상의 것"을 만들기 위해서, 그리고 권력관계에서 열위에 있는 이들의 생각을 '콤플렉스'로 치부하지 않고, 자신의 생각을 '민족적 우월감'으로 맹신하지 않기 위해서 만주에 거주하는 이들은 보다 더 '래디컬'해져야 했다. 그러나 국적이 다른 오야마와 마려는 "인간의 마음과 마음이 녹아내리는 사랑의 과정에서조차도 민족이라는 관념이 강하고 심각하게 작용한다는 것"을 느낀다.

한편『조선일보』에 1939년 10월부터 1940년 6월까지 연재된 이기영의『대지의 아들』에서는 만주를 배경으로 마적의 습격과 수로 싸움이 핵심사건으로 등장한다. 이들 사건에서 문제가 되는 것은 '근대=문명=일본'과 '전근대=야만=조선'이라는 도식이 전치되어, 만주에서는 조선인이 문명과 논농사의 기술을 지닌 민족으로, 만주인은 야만인으로 그

---

112 한설야,『대륙』,『식민주의와 비협력의 저항』, 35~36쪽.
113 김재용,「일제 말 한국인의 만주인식」,『일제 말기 문인들의 만주체험』, 역락, 2007. 김재용은 이와 같은 맥락에서 한설야의『대륙』은 오족협화를 비판하는 작품이며, 식민지 말기에 만주를 대상으로 한 문학을 협력과 저항으로 구분하면서 후자에 포함시킨다. 그러나 이 작품이 지닌 복합적인 성격으로 인해 이 작품의 지향점이 '협력이다' 혹은 '저항이다'라고 확언하기는 쉽지 않다. 오히려 그 경계의 어느 쪽에서 이분법으로 회수될 수 없는 가능성의 풍부함을 보여준다고 보는 것이 보다 타당한 설명일 것이다.

려진다[114]는 점이다. 일본인과의 관계에서는 '야만'의 자리를 차지하고 있던 조선인들이 만주에서 이 도식을 역전시키면서 자신들이 문명의 담당자[115]라고 자처한다.

그들은 참으로 그곳 동포와 무슨 웬수가 졌기에 그런 참혹한 거조를 하였을까요? 그것은 다른 원인보다도 그들의 무지가 그렇게 한 것입니다. 일반으로 물을 무서워하는 만인들은 우리 동포들이 이민으로 드러와서 자기 동리 앞 들에다가 별안간 논을 풀고 밭 사이로 보뚝을 내서 바다와 같이 물을 내놓았으니 평생 논구경을 못한 그들은 자기네 동리가 금방 물로 망할 것 같이 겁이 나서 미련하게도 수전을 개척한 동포를 도리어 죽이게까지 한 것이올시다. 가만이 생각하면 세상에 이와 같은 무지가 어디 있겠습니까?[116]

이러한 모습은 일본인과의 관계에서건, 만주인과의 관계에서건 '민족'이라는 항목이 매개가 된다면 그 안에서 위계의 발생이란 불가피함을 암시한다. 한설야의 『대륙』에서 상대방을 '적'으로 그려낸 것과 비교한다면 이기영의 작품에 등장하는 민족적 우월감은 적대감이 다소 완화된 것으로 읽힐 수도 있다. 그러나 아무리 제국 일본의 임계라고 할

---

114 이경훈, 「만주와 친일 로맨티시즘」, 『오빠의 탄생 – 한국 근대문학의 풍속사』, 문학과지성사, 2003, 292~296쪽.
115 이운곡, 「선계(鮮係) – 만주 생활 단상」, 『조광』, 1939.7, 64쪽. 만주에서 조선인들은 자신들이 문명의 담당자라고 자처하였다. 그러나 이운곡은 만주에서 아편밀매업자, 술장사, 갈보장사의 전위부대는 조선인들이라고 비판한다. 그리고 조선인들을 무기력, 무의지, 매일 백주, 마작, 도박 속에서 허덕이는 무리로 표현하면서 사치에 젖어 있다고 말한다. 그렇기 때문에 그는 "각 민족의 표본 진열지"인 만주에 '견실한 포부'를 지닌 조선인 인텔리층이 들어와야 한다고 주장한다.
116 이기영, 『대지의 아들』, 『한국근대장편소설대계』 14, 태학사, 1988, 107쪽.

수 있는 '만주'에서라도 이민족에 대한 배타적인 인식이 깔려 있는 한 개척촌 '개양둔'은 조선인만의 것[117]이었다. 또한 각 민족을 중립적인 시각으로 바라볼 때만 가능한 '대동아'의 '공영'과 '오족'의 '협화'는 소 망태에 불과할 수밖에 없었다.

식민지 말기 이기영·한설야·김남천의 소설 속에 등장하는 중간계 층들은 조선뿐 아니라 만주에서도 활약하는 것으로 그려졌다. 이들은 과학과 기술, 객관성과 공정성 등을 중시하지만 원래 지식은 객관적이 고 가치중립적인 것이 아니라 특정 집단의 이익을 위하여, 그리고 권력 을 위하여 봉사하는 성격을 가지고 있다.[118]

그렇기 때문에 중간계층들이 통치권력을 위시한 기존의 권력관계를 횡단할 수 있게 만드는 가능성은 자신이 포함된 권력장이 항상 특정한 방향을 취함[119]과 더불어 자신의 편향성을 인정하고 회의하는 정치주체 들과 함께 등장한다. 겉으로는 통치권력에 대해 동의하는 듯 보이는 인 물들의 의구심은 권력에 대한 판별을 가능하게 한다. 그리고 이러한 판 별은 통치권력이 내세운 정책들의 기만성을 폭로하며 제국권력에 대해 식민지의 정치주체들이 보이는 동조가 역설적으로 제국과 식민지인 사 이에서 작동하는 권력관계를 횡단할 수 있게 하는 힘임을 짐작케 한다.

117 차성연, 「만주 이주민 소설의 주권 지향성 연구」, 『국제어문』 47, 국제어문학회, 2009, 314쪽.
118 사라 밀스, 임경규 역, 『현재의 역사가 미셸 푸코』, 앨피, 2008, 135~156쪽.
119 미셸 푸코, 이승철 역, 『푸코의 맑스-둣치오 뜨롬바도리와의 대담』, 갈무리, 2010, 201쪽.

제4장

생활권력장의 재편성과
민중계층의 수행언어

　중일전쟁이 시작되고 일본은 대동아로 뻗어나가는 제국주의를 표방[1] 하면서 동시에 '국내'에 대해서는 사상과 물자에 대한 통제를 강화하여 국민들의 생활을 총후국민의 일상으로 재구성해 나갔다. 이러한 일련의 움직임들은 '신체제'[2]라는 이름으로 대표될 수 있다. 이 운동은 '내선일체'를 통한 거국일치, 멸사봉공 등을 모토로 하여, 서구적 사상인 자유주의적 심정을 청산하고 고도국방국가 건설의 큰 이상을 실현하기 위해 국민들의 생활을 통제하였다.[3]

1　日本外務省 編, 「基本國策要綱」, 『日本外交年表並主要文書下卷』, 原書房, 1973, 436쪽. "황국(皇國)의 국시는 팔굉(八紘)을 일우(一宇)로 하는 건국의 대정신을 기본으로 하여 세계의 평화를 확립하는 것이 근본이념이다. 우선은 황국을 핵심으로 일본 만주 지나의 강공한 결합을 근간으로 하는 대동아신질서를 건설해야 한다. 이것을 위해 황국은 스스로 하루 빨리 신사태에 즉시 응할 수 있도록 불발(不拔)의 국가 태세를 확립하고 국가의 총력을 기울여 국시의 구현에 매진해야 한다."
2　일본에서 '신체제'는 1940년 10월 대정익찬회의 발회로 신체제운동이 본격적으로 단계를 밟았다. 그리고 조선에서도 국민총력연맹이 조직되어 조선의 신체제가 본격적으로 시작되었다.
3　편집부, 「권두언 - 조선의 신체제」, 『조광』, 1940.12, 22쪽.

이 시기 통치권력은 전시하 일반 국민 생활을 규율하기 위해 "총후국민으로서의 생활의 검소, 질박화"[4]를 강조하였다. 그리고 농민들의 삶을 권력의 시선 속으로 완벽하게 포섭하기 위해 총동원체제의 일환으로 '생활신체제'란 이름의 규제를 실시하였다. 총동원체제는 생활양식과 의식세계, 나아가 사회구성방식에도 큰 변화를 가지고 왔다. 특히 '생활신체제'는 수많은 국민생활의 지침들을 통해서 조선인들의 일상을 규제하여[5] 조선인들을 황국신민으로 조직하였다.[6]

이러한 상황 속에서도 문학의 위기를 극복하려는 작가들의 노력은 계속되었다. 1940년을 전후로 하여 카프 출신 작가들은 현재의 시대적 상황을 서술하는 것이 더욱 어려워졌다. 그래서 가족사소설을 비롯하여 과거를 회상하는 방식의 소설이나 구체적인 시간적 배경이 드러나지 않는, 즉 시간이 무화되고 농촌이라는 공간만이 부각되는 소설들을

---

4 편집부, 「권두언 - 사치품 제한령과 우리의 생활태도」, 『조광』, 1940.9, 20쪽.
5 천안총력연맹 사무국총장, 「전시국민생활 쇄신의 급무」, 『조광』, 1941.9, 56~57쪽. "이제 고도국방국가 건설을 위하여 일반 민수품을 절약해서 각종 사업의 생활확충, 국방충실을 위해서 생산품을 그 편으로 몰지 않아서는 안 되겠음으로 국민생활은 간소히 하고 용비(冗費)를 제(除)하여 물자의 애호절약을 하고 국민은 강도의 국가통제에 기쁘게 복종해서 사치품은 일절 사용치 말며, 옷도 먹는 것도 그릇도 실용적인 것을 취해서 종래의 허영심이라던지 개인주의 자유주의사상은 일체로 버려 차제(此際)에 모든 생활을 들어 국책에 협력하여 물심 양면에 궁(亘)해서 곤고(困苦) 결핍(缺乏)에 견디어 단호히 시난(時難)을 극복하고 국내체제를 정비하여 대동아공영권의 완수에 매진할 것이며 (…중략…) 일상생활을 간소히 하고 물자의 애호절약 용비(冗費)를 줄이고, 여력을 길러 저축과 국채 · 공채의 구입에 협력할지며 주간에 요리집 카페- 각종 음식점에서 술이나 삐-루 마시는 것을 일절금지해서 전면적으로 전시경제에 협력할 것이며 또 한편 조기(早起)를 해서 체위(體位) 향상을 도모하여 전연맹원은 건전한 정신과 체력으로 직장에서 일하고 도시인도 농촌인도 국가 봉사의 결의로써 활동하여 무위도식(無爲徒食) 유휴(遊休)하는 사람이 한 사람도 없기를 바라는 바이다."
6 오미일, 「총동원체제하 생활개선캠페인과 조선인의 일상 - 식민도시 인천의 사회적 공간성과 관련하여」, 『한국독립운동사연구』, 독립기념관 한국독립운동사연구소, 2011, 235~236쪽. 이 시기 조선인들의 일상을 통제했던 지침들의 구체적인 예로는 색복(色服)의 착용, 조기조침(早起早寢), 시간엄수, 경로애유(敬老愛幼), 청결정돈, 위생방역, 근검절약, 자원애호, 폐품회수, 근로연장 등을 들 수 있다.

창작함으로써 사상통제와 검열이 강화되는 것에 대한 문학적 돌파구를
모색하였다.

농촌을 작품의 배경으로 설정하여 주로 현재형으로 서사를 진행시키
는 이 소설들은 역사의 재현 내지 역사의 전망이라는 차원에 머무는 것
이 아니라 현재를 조명하기 위한 간접화된 형식을 채택한 것이라고 할
수 있다. 이처럼 과거를 '현재의 전사前史'로 소급하고 있는 소설 전략은
현재의 시대적 상황을 가장 효과적으로 설명할 수 있는 역사적 기원을
탐구할 수 있게 해준다.[7] 또한 '비동시적인 것의 동시성'[8]에 주목하여
조선적 과거와 작품이 창작되었을 당시에 작동하던 권력의 역학관계에
존재론적 위상을 부여한다.

근대국가 시스템으로 무장한 일본이 농촌을 위시한 조선의 촌락을
자신들의 식민지로 관리하기 시작하면서 촌락의 장소성은 대대적인 변
화를 겪게 되었다. 기존까지는 농민들의 자치공간이라는 성격이 강했
던 이 공간에 제복을 입은 경찰들이 순찰을 돌게 되고, 우편국 등 근대
적 통신체계가 등장하게 되었으며, 학교에서는 조선의 아이들을 제국
일본의 국민으로 제작하기 위한 움직임이 일어났다.

이기영이 1938년에 발표한 『신개지』에서는 식민권력이 통치의 합리
성과 효율성을 제고하기 위해 조선의 농촌을 관리하기 편리한 격자화된
공간, 즉 균질공간으로 재편하려는 움직임을 확인할 수 있다. 이러한 움
직임은 매 순간마다 이루어지는 것이 아니라, 하나의 제도로 정착되어

---

7 김진구, 「1940년 전후 가족서사의 정치적 상상력 연구─김남천의 『대하』, 한설야의 『탑』,
   김사량의 『낙조』를 중심으로」, 서강대 석사논문, 2004, 8~9쪽.
8 김성수, 「일제강점기 사회주의문학에 나타난 민족 및 국가주의─방향전환기 카프의 프로문
   학을 중심으로」, 『한국 근대문학과 민족-국가 담론』, 소명출판, 2005, 217쪽.

민중들의 삶을 총체적으로 규율하게 된다. 『신개지』의 첫 번째 장인 '장터'는 농촌이 균질공간으로 재구성되는 모습을 구체적으로 보여준다.

이 작품의 도입부는 "기차가 개통된 뒤로부터는 읍내가 대처로 발전하는 반면에 달내장터는 차차 쇠잔해" 가는 모습을 상세히 묘사하고 있다. 작품의 제목이기도 한 '신개지'는 기차가 통과하게 되면서 열리는 새로운 세상을 의미한다. 기차가 수송해온 문명을 기반으로 전통적 삶의 공간이자 자연적 공간의 성격이 농후하던 달내골은 분절화된 시공간성을 지닌 균질공간으로 다시 태어난다.

이 장에서 사용하는 '균질공간'이라는 개념은 '시계'와 '철도'에 의해 구축되는, 제국주의가 확장된 공간이라고 할 수 있다. 시계가 등장했음에도 지역마다 상이한 방식으로 분절화되었던 시간을 철도의 운행표가 통일시키면서 지역별 시간상의 격차는 해소되었다.[9] 달리 말하면 철도 시간표가 각 지역의 고유한 시간을 빼앗아 초지역적이고 통일적인 시간을 제작하였고, 이와 더불어 균질공간으로 재편된 지역들을 제어해야 한다는 사회적 요청이 등장하였다. 이것은 제국주의의 권역 안에서 문화적 일원화가 이루어질 수 있는 물적 토대를 제공하였다.[10]

식민지의 농촌을 균질공간으로 재구성하는 방식은 소설 속에서 일상의 공간들을 격자화할 때 재현될 수 있는데, 이 작품에서는 '시장'에서 '일정한 좌치座置'를 정해서 지저분해 보이는 나무와 숯 등은 시장의 '제일 변두리'에 위치시키는 장면을 통해 확인할 수 있다. '문명화'의 이름으로 장터에까지 침투한 식민권력이 시장을 '청결과 위생'을 추구하는

9   이진경, 『근대적 시·공간의 탄생』, 그린비, 2010, 55~56쪽.
10   이효덕, 박성관 역, 『표상공간의 근대』, 소명출판, 2002, 232~233쪽.

규격화된 공간으로 재구성하기 위해 '시장규칙'과 '시장감독', 그리고 '경찰'이라는 권력장치를 작동시키는 모습은 균질공간이 제도화되는 과정을 가시화한다.

전에는 아무데나 받쳐 놓고 팔던 나뭇짐을 최근에는 취체를 심하게 하고, 시장규칙이 개정되어서 무슨 장사든지 일정한 좌치를 지정해주었다. 그래 삼거리에서 내려오는 신작로로 통한 동편말은—지금은 욱정으로 됐지마는—초입에서부터 나무장을 서게 한 것인데 먼저 소바리 나무를, 그 담에 지게나무 숯 장작짐 차례로 받쳐놓게 한 것이다. 그것은 소바리 나무나 솔가지를 짊어진 나뭇짐은 거리를 더럽히기 때문에 나무장을 서게 한 이 길목에서도 그들을 제일 변두리로 내몰아서 시가의 청결과 위생을 도모하자는 것이었다. 그래서 만일 그전처럼 장 가운데로 나무를 끌고 다니면 시장감독은 물론 경찰서에서도 엄중한 취체를 하므로 그들은 제자리를 꼼짝달싹도 못한다.[11]

장터에 경찰이 등장해서 공간을 통제한다는 것은 경찰이 이동하는 '국가의 눈'이기 때문이다. 제도로서의 경찰은 규율장치에 대한 통치권력의 관리를 단적으로 보여주면서, '모든 것'을 대상화하기 때문에 사회 전체와 외연을 공유한다. 경찰은 사소한 여러 가지 사건, 행동, 여론 등을 단속하기 때문에, 지속적이고 철저하게 어디에나 있으며 모든 것을 가시적으로 만들 수 있다.[12] 그러므로 소설 속에서 장터에 출현한 경찰[13]을 그려내는 것은 농촌을 균질공간으로 재편하려는 식민권력의 의

---

11 이기영, 『신개지』, 『동아일보』, 1938.1.20.
12 미셸 푸코, 오생근 역, 『감시와 처벌』, 나남출판, 2005, 328~329쪽.

도와 일상이 권력장으로 포섭되는 양상을 적확하게 포착한 것이라고 평가해야 한다.

조선총독부는 면을 농촌 행정의 거점으로 삼으려 했지만, 면에까지 일본인 관리를 파견하지는 못했다. 그래서 면 단위에서는 면사무소보다 경찰주재소의 힘이 강할 수밖에 없었다. 총독부도 "지방에서 가장 강력한 지도력을 지닌 것은 경찰주재소"라는 사실을 인정했다. 마을 주민들의 가슴에 '지배자 일본인'을 각인시킨 것은 군대·경찰의 물리력이었다. 다시 말해 조선총독부가 지방에서 식민권력의 보루로 삼았던 것은 경찰이었고, 이러한 경찰은 행정기구를 필적 또는 능가하는 조직력을 바탕으로 치안 외에도 여러 사무를 통해 대민 접촉을 늘려가며 지배의 제일선을 담당하였다.[14]

『신개지』는 1938년에 발표되었지만 작품의 배경으로는 1920년대 초반이 설정되어 있다. 조선의 농촌에서 1920년대는 '새로운 공간이 열린다는 것은 무엇인가?'라는 창작 당시, 즉 총동원체제가 시작된 1930년대 후반의 문제의식과 맞닿아 있는 시간이다. 이러한 시기를 소설의 배경으로 삼아 창작을 하는 행위는 총력전으로 인해 새롭게 재편되던 공간보다 앞서서 '새롭게 열렸던 공간', 즉 '신개지'를 과거로부터 소급해 보는 것이라 할 수 있다.

초가집 틈에 기와집이 들어앉고 바라크와 벽돌집이 그 사이로 점철(點綴)

---

13 정병욱, 「자소작농 김영배, '미친 생각'이 뱃속에서 나온다」, 『역사비평』 87, 역사비평사, 2009, 355~359쪽.
14 위의 글, 356~357쪽.

한 것은 마치 조각보를 주워모은 것처럼 빛깔조차 얼쑹덜쑹하다.

붉고 희고 검고 푸르고 누런 지붕을 뒤덮고 섰는 집들이 뚝딱거리는 건축
장과 하천정리의 제방공사와 또는 거기로 노동자떼하며 그리고 그들을 생계
로 하는 촌갈보 술집들의 난가게가 한데 엄불린데다가 하루에 몇차례씩 발
착(發着)하는 기적 소리의 뒤를 이어 물화(物貨)가 집산되는 대로 상공업은
흥왕하고 인구는 불어간다.[15]

"시골읍내의 낡은 전통 밑에서 한가히 백일몽을 꿈꾸고 있던" 이 지
방에 읍제가 실시되면서 "근대적 도시의 면목을 일신하기" 위한 움직임
이 발생하였다. 이제 달내골에는 하루에 몇 차례씩 기적 소리가 들리고,
상공업이 흥왕하는 만큼 인구도 불어간다. 위의 인용문에서 여러 형태
의 집들이 모여 있는 모습을 '조각보'에 빗대어 표현한 것처럼 달내골
은 이질적인 것이 공존하는 공간으로 재구성된 것이다. 그리고 "사회적
시설도 템포를 빨리하여 나날이 발전하는 이 지방은 어느 곳이나 신개
지新開地에는 공통된 현상으로 볼 수 있는 신흥 기분에 들떠 있다."

소설 속에서 서술자는 관찰하는 사람인 동시에 평가하는 사람이다.[16]
비판적 지성을 사용하여 상황을 진단하는 이 작품의 서술자는 기술과
자연의 공존에 대한 농민들의 안일한 상상력과 시대 추수적인 사람들
에게 일침을 가하며, '신개지'의 분위기를 "건강성보다 퇴폐성이 더 많

---

15 이기영, 『신개지』, 『동아일보』, 1938.2.6.
16 K. Friedemann, *Die Rolle des Erzählers in der Epik*, Darmstadt, 1965, p.26(F.K.Stanzel, 김정
    신 역, 『소설의 이론』, 문학과비평사, 1990, 19쪽 재인용). "서술자는 평가하는 사람이고,
    민감하게 지각하는 사람이고, 관찰하는 사람이다. 그는 칸트 이래 우리에게 친숙한, 우리는
    세계를 그 자체로 이해하는 것이 아니고 한 관찰하는 정신이라는 매개를 통해서 인식하는
    것이라는 인식론적 관점을 상정한다."

고, 영구적이 아니라 일시적인 부황한 경기에 휩쓸려서 부질없이 졸속주의를 모방하기에 여념이 없는 것"이라고 평가한다. 서술자의 이러한 태도는 문명화로 인한 자연의 개발과 풍경의 변화에 대해서 긍정적이기보다는 부정적인 쪽으로 기울어져 있다. 농촌의 재편성을 졸속주의와 퇴폐성으로 읽는 지식인 서술자의 입장은 식민권력이 침투하여 변질되고 왜곡된 '진보의 역사'를 비판적으로 바라본다.[17]

제4장에서는 앞에서 살펴본 『신개지』를 비롯해, 세 작가가 식민지 말기에 창작한 작품들 중에서, 창작 당시를 기준으로 과거를 회상하는 방식의 작품과 현재를 배경으로 하는 작품들을 포괄하여 논의를 진행해 나가고자 한다. 이를 통해 조선인들을 교화하기 위해 마련한 학교와 감옥 등의 권력장치와 그것이 지닌 전복적인 면모를 밝힐 것이다. 그리고 통치권력의 지배와 공동체의 자치권력이 공존했던 촌락공동체에서 생활권력장이 구성되는 방식, 그리고 정치행위를 확산시키고 지배층에게 집중되어 있는 권력을 피지배층에게까지 분산시키는 서사 전략에 대해서 검토해 보고자 한다.

이 글에서 다루는 세 작가들은 민중들이 생활권력장 안에서 사용하는 수행적 성격을 지닌 언어에 주목한다. 농민들은 자신들의 정체성을 대변할 수 있는 언어를 사용하다가, 그 전까지는 자신의 몫으로 인정되지 않던 것을 요구해야 할 때 삶을 변화시킬 수 있는 수행적 언어를 사용한다. 이들은 행위를 기반으로 한 수행적 언어를 통해 기존의 권력관계를 전복하려고 한다.

---

17 황지영, 「식민권력의 외연과 소문의 정치」, 『국제어문』 57, 국제어문학회, 2013.

이 장에서는 이기영의 「맥추」(1937), 『신개지』(1938), 『봄』(1940~1941)과 한설야의 「임금」(1936), 「철로교차점」(1936), 「홍수」(1936), 「부역」(1937), 「산촌」(1938), 「귀향」(1939), 「탑」(1940~1941), 마지막으로 김남천의 『대하』(1939), 「개화풍경」(1941) 등을 주된 분석의 대상으로 삼는다.

1. 교화권력장치의 전도성과 복수적 민중

식민지 말기 촌락공동체에서는 생활신체제를 통해 구성된 생활권력장이 보다 구체적으로 드러났다. 『신개지』에서처럼 제국 일본이 1920년대 초반에 설계해 놓은 조선은 일본과 같은 강도로 전쟁에 참여할 수 있는 상태가 되기 위해 '총동원체제'라는 이름으로 다시 한번의 재구축 과정을 겪게 된다. 그리고 이 '설계'의 과정과 '재구축'의 과정에서 가장 큰 역할을 수행했던 것이 바로 푸코가 이야기한 '규율권력장치'였다.[18]

그리고 '생활권력장'을 구성할 때 이 안에서 주요하게 작동하는 것이 '규율권력장치' 중 교화를 목적으로 하는 '학교'와 '감옥' 등 '교화권력장치'[19]이었다. 푸코는 개인의 신체를 교정하기 위해 작동하는 규율권력장치에 대해 서술하면서 앞에서 분석했던 경찰뿐 아니라 감옥과 학

---

18 미셸 푸코, 오생근 역, 앞의 책, 3부 1장. 푸코의 분석에 따르면 감옥에서는 기상시간과 노동시간, 식사시간, 취침시간들이 분절되어 있는 일람표를 통해서, 병원에서는 신체를 해부학적 시선으로 인식하고 그것을 기록하는 환자 보고서를 통해서, 그리고 군대에서는 각각의 시간에 따라 다르게 작동하는 부분 동작을 통해서, 마지막으로 학교에서는 지배층이 원하는 내용을 가르치고 그것을 확인하는 방식의 시험을 통해서 규율권력은 개인의 신체에 작동한다.
19 이 글의 제4장에서 사용하는 '교화권력장치'란 푸코의 '규율권력장치' 중에서 식민지 말기에 조선의 농촌을 공간적 배경으로 하는 소설에서 자주 등장했던 '학교'와 '감옥'을 지칭하기 위한 것이다.

교, 병원과 군대 등을 예로 들고 있다. 이 장치들은 '금지'와 '처벌', 그리고 '감시' 등의 권력 작동 기제를 사용하여, 시간을 분절하고 개인의 신체를 분할하여 교정한다.

이러한 장치들은 개인들이 국가 혹은 법 제정자들이 원하는 도덕과 규범을 내면화하게 만들고 자발적으로 그것에 복종하게 만든다. 이러한 장치들은 각각의 공간에서 이루어지는 것 같지만 사실은 이 모든 것이 연동되어 있기 때문에 근대적 개인의 신체를 완성하기 위해 함께 작동한다. 여기에 주민에 대한 전반적인 감시, 즉 경찰들의 활동이 본격화되면서 국민들은 일상의 권력장 안으로 포섭된다.

물론 교화권력장치가 식민지 농촌에서 권력장이 구성되는 데 관여한다고 해서 그것이 절대적인 것이라고 볼 수는 없다. 푸코도 언급하고 있듯이 권력장치는 통제하는 힘인 동시에 저항을 불러오는 힘이기도 하기 때문이다. 지배층이 원하는 방식으로 신체를 규율하면 규율할수록 그것을 벗어나고자 하는 움직임 역시 발생하고, 그 저항의 방식을 제압하기 위해 권력이 작동하면 그것에 사로잡히지 않은 새로운 저항의 방식들이 다시 등장한다. 저항이 항상 권력 속에 내재하는 것처럼 규율권력장치는 자신 안에 이미 균열점을 내포하고 있다.

그래서 조선의 촌락공동체를 배경으로 하는 소설 속에서 자주 등장하는 문제가 바로 교육의 문제이다. 그리고 이 지점에서 교화권력장치의 전도성과 근대적 제도로서의 학교가 부각된다. 가족사소설인 이기영의 『봄』과 한설야의 『탑』, 김남천의 『대하』 등에서는 주인공들의 교육 문제가 핵심 사건으로 제시된다. 특히 이 세 작품의 배경은 개화기로 설정되어 있기 때문에 근대식 학교를 설립하는 문제가 중요하게 다루어진다.

그리고 주인공의 아버지들은 촌락공동체 안에서 선구자적인 역할을 담당하면서 근대식 교육의 필요성을 역설한다. 한편으로 이들은 근대식 교육을 받은 토착유지로서 특유의 친화력을 발휘하여 촌락공동체의 구성원들을 결집시키며, 통찰력을 바탕으로 마을의 문제들을 해결해 나간다. 다른 한편으로 촌락공동체를 이끌어가는 토착유지들은 의도치 않더라도 식민권력과의 공조관계 속에 놓이면서 부일협력이라는 혐의 안에서 자유로울 수 없었다. 이들은 민족의 장래를 생각해서 인재를 양성하려고 했지만 그들의 의도는 '학교'라는 교화권력장치가 지닌 역설적 성격으로 인해서 일정 부분 통치권력의 의도 속으로 흡수된다.

　　반면에 소설 속에 등장하는 민중들 중에서 '학교'나 '감옥'과 같은 교화권력장치를 통과한 이들은 통치권력의 의도를 넘어설 수 있는 가능성을 그 안에서 찾아낸다. 이들은 교화권력장치라는 근대적 제도 안에서 사색하는 힘과 삶을 체계화하는 방식을 배우고, 그 전까지는 자신들에게 주어지지 않았던 것이 자신들의 몫이라는 깨달음을 얻는다. 그래서 이들은 촌락공동체 안에서 공분을 느끼기는 하지만 변혁을 완수하지 못하는 민중들의 이익을 대변할 수 있는 전위대가 되어 통치권력과 대결한다.

1) 하층민의 분열성과 공분의 형성

　　1936년 작인 한설야의 「홍수」에는 중일전쟁이 발발하기 직전, 농민들의 주된 관심사가 두 가지 등장한다. 첫 번째는 정치적 상황인 중국과의 '전쟁' 문제이고, 두 번째는 실생활과 직결되는 '볏금' 문제이다. 전쟁이 본격적으로 시작된 것은 아니지만 전쟁이 일어날 것이라는 예감이 공고해지는 상황 속에서 인플레이션으로 인해 물가와 쌀 시세가 줄창 올라가는 모습도 확인된다.

게다가 풍년이 든 해에는 지주와 빚쟁이들의 '빗수새'가 한층 더 극성스러워지기 때문에 농민들은 이중고에 시달릴 수밖에 없었다. 풍년이 들면 자신이 농사지은 쌀은 빚을 갚는데 쓰이기 때문에 쌀을 사먹어야 하는 일이 벌어졌다. 그럼에도 농민들은 볏금이 올라가기를 바란다. 홍수로 인해서 농사를 망칠 위기에 처한 농민들의 모든 대화는 이러니저러니 해도 모두 "농사 잘되라는 소원으로 돌아가고 만다."

그보다도 무얼 먹고 사나 하는 것이 맨 큰 걱정이었다. 도지는 어찌하며 빚은 어찌할까? 거름 값은 누가 물며 이자는 누가 치르나? 삼동설한은 어떻게 지내며 다음해 춘경은 어떻게 해대나? 아니 저 방축 터지기는 누구의 손으로 꾸어맬 것일까?

홍수는 산더미 같은 설움과 걱정을 가뜩이나 지친 그들의 등에 처엎어 놓은 것이다.[20]

식민지 시기에 농촌을 배경으로 하는 소설들의 대부분은 과중한 노동과 지주의 횡포, 그리고 농민들의 가난한 삶을 주로 다루고 있다. 농촌에는 식민권력의 행정망이 체계적으로 자리 잡지 않은 경우가 많아서 식민권력의 '법'보다는 촌락공동체의 '관습'이 공동체의 운영원리로 더 큰 힘을 발휘하고 있었다. 그러다 보니 지주를 겸한 토착유지들이 세력을

20   한설야, 「세로」, 권영민 편, 『한국근대단편소설대계』 29, 태학사, 1988, 481쪽.

잡고 농민들의 삶에 개입하는 경우가 많았다.[21]

본래 통치권력을 장악한 지배세력은 자기 영역 안의 지방을 통치하기 위해 다양한 지배정책을 구사했는데, 그 핵심은 지방의 유력한 정치사회 세력이나 집단을 매개로 지방의 민중을 지배하는 것이었다. 이때부터 토착유지[22]들은 통치권력과 타협하면서 지방을 지배함과 동시에 자신이 포함된 공동체의 이익을 옹호하는 활동도 전개하였다.

특히 식민지 시기의 토착유지들은 조선총독부가 지방을 지배하기 위해 의도적으로 형성·발전시킨 통치기구[23] 혹은 권력장치 중 하나이면서 정치적이고 사회적인 집단이었다. 이 시기에 군청이나 경찰서에는 이른바 '유지 명부'가 있었는데,[24] 이 사실은 식민권력의 관리 대상 중에 토착유지들이 포함되어 있었고, 촌락의 행정을 위해서 이들을 적극적으로 활용해야 했음을 짐작케 한다.

---

21 미셸 푸코, 박정자 역, 『사회를 보호해야 한다』, 동문선, 1998, 174쪽. 푸코는 식민지 시기 조선에 등장한 토착유지들과 유사한 성격을 지닌 계층의 출현을 설명한 바 있다. 그는 로마시대에 탄생한 민간적.사법적.행정적 귀족의 특성을 '로마법'과 '로마어의 통달'이라고 규정한다. 이것은 식민지 시기에 통치권력의 법체계와 접속하고 일본어를 구사했던 토착유지들을 떠오르게 만든다.

22 이 글에서는 촌락공동체에서 입지적인 위치를 차지하는 군수나 이장, 지주 등을 지칭하기 위해 '토착유지'라는 명칭을 사용하고자 한다. 그러나 이들을 지칭하는 용어는 연구자들마다 상이하다. 같은 계층에 대해 윤해동이나 마쓰모토 다케노리의 저서에서는 '농촌 엘리트'로, 지수걸의 논문에서는 '지방유지'로 사용되고 있으며, 그 외의 연구에서는 '향촌 지배층', '마을유지' 등의 용어가 쓰이기도 한다.

23 김민철, 「1930~40년대 조선총독부의 촌락 지배기구 연구」, 『역사문제연구』 20, 역사문제연구소, 2008, 205쪽. 식민권력이 촌락을 지배한 경로와 기구를 표로 정리하면 다음과 같다.

물리적 지배	조선군, 경찰
행정적 지배	면사무소
경제적 지배	경제단체(농회, 금융조합, 산업조합 등)
사회적 지배	관설조직(농촌진흥회, 국민총력부락연맹 등)
이데올로기적 지배	학교, 중견청년훈련소 등

24 지수걸, 「지방유지의 '식민지적' 삶」, 『역사비평』 90, 역사비평사, 2010, 156~157쪽.

이러한 토착유지들이 자신들의 권위를 공고히 할 수 있는 대표적인 순간은 바로 촌락의 미래를 결정하는 공간, 즉 교육현장으로서의 '학교'와 관련될 때였다. 이런 이유 때문에 촌락공동체를 배경으로 하는 소설들에서는 '학교'의 설립이나 운동회, 교육 시찰 등의 문제가 핵심 사건으로 다루어진다.

『신개지』에서 서술되고 있는 것처럼 20세기 초반에 사립학교가 '보통학교'로 합병되면서 '교사教舍' 안에서 함께 공부하게 된 학생들은 서로 출생 신분이 다르더라도 반상관념을 타파하고 감정의 소격을 극복해 '친구'가 될 수 있었다. 학교는 봉건적 신분질서에서 벗어나 평등사상을 교육받고 실천할 수 있는 곳이었고, 마을의 공공재인 동시에 다음 세대들에게 문명을 교육할 수 있는 기관이라는 의미를 지녔다. 그런 이유로 대부분의 농민들에게 학교는 긍정적인 공간으로 여겨졌다.

그러므로 촌락 안에 학교가 존재하지 않는 것은 부끄러운 일이요, 아이들과 공동체의 미래를 위해서 개선해야 할 사항으로 인식되었다. 이기영의 『봄』에서는 이러한 인식 속에서 학교 설립운동을 펼치는 유선달과 의연금을 내는 토착유지들의 모습이 그려진다. 군대라는 근대적인 규율장치를 거친 신참위와 유선달은 마을 안에서 선각자라는 평가를 받으며 활동하는데, 이들은 군대에서 신식교육을 받은 만큼 근대식 학교의 중요성에 대해 잘 알고 있었다.

이 고을에도 쉬이 학교가 생긴다더니만, 인제 보니 학교설립운동이 요새는 구체화하게 되어서 그 일을 서둘기에 날마다 읍내를 드나든 것이었다.

이웃 고을에는 벌써 몇 해 전부터 학교가 생겼는데, 그 고장에는 여적 학교한 개가 없다는 것이 고을 전체의 수치라고 그도 열렬히 주창하였다. 정거장에 사는 개화꾼으로 유명한 신참위와 함께 유선달도 앞잡이로 나섰던 것이다.

그래 그들은 이 고을 윤군수의 응원으로 사립학교를 세우자 한 것이다. 그들은 먼저 취지서를 꾸며 돌리고 읍내 부자들한테 의연금을 받아낸 것이 수백원이나 모집이 되었다.[25]

이들에게 근대적인 학교는 서당과는 다른 곳이었다. 서당에서는 오직 한문만 배웠지만, 학교에서는 "일어, 산술, 지리, 역사 등의 신학문을 배우"고 이 신학문이 곧 "지덕체 삼대교육의 근간이 되는" 것으로 평가되었기 때문이다. 그리고 '군대식 행진'을 통해서 '원족(소풍)'을 가고 체조와 보법을 통해 교련을 익히는 곳, 그곳이 바로 근대 문명을 배울 수 있는 '학교'였다. 그러므로 문명으로 나아가는 길은 자신의 신체를 규율하는 과정과 겹쳐져 있었고, 글방아이와 달리 활발해야 하는 학도들이 학교에서 이수하는 교과과정은 신분 상승을 위한 공인된 통로로 인정받았다.

또한 학교는 봉건적 신분질서를 뒤엎고 새롭게 부상한 신흥 부호들이 촌락공동체에서 토착유지의 지위를 얻었음을 인정받을 수 있는 공간이기도 하였다. 김남천의 『대하』에서 학교 운동회에 참석한 토착유지들[26]의 모습은 학교가 등장한 이후에 촌락공동체의 권력장이 어떻게

25 이기영, 『봄』, 대동출판사, 1942, 232쪽.
26 지수걸, 앞의 글, 161~162쪽. 조선총독부는 군청, 경찰서, 세무서, 지원·지청과 같은 행정기구만이 아니라 도평의회(도회), 부회·읍회, 면협의회, 학교평의회와 같은 다양한 자치(자문)기구 또는 계통농회나 금융조합과 같은 공공단체나 조합 등을 매개로 조선의 지방사회를 지배했다. 군면 단위 '관료-유지 지배체제'는 이런 과정에서 형성된 식민지적인 지방지배체제를 이르는 말이다. 일제하의 지방유지는 '식민지 지주제'와 '관료-유지 지배체제'를 매개로 식민지 농민들을 지배했을 뿐만 아니라, 각종 '공직'에 진출하여 지역공동체나 지역민을 '대표'하는 역할을 수행했다. 일제시기 행정법은 '관직자(官職)'와 '공직자(公職)'를 엄격히 구별해

재편되었는지를 짐작케 한다. 동명학교의 교장이면서 운동회의 회장직을 맡고 있는 군수[27]와 거액의 기부금을 내고 부회장의 지위를 얻은 박성권의 모습에서는 자부심을 확인할 수 있다.

대운동회의 회장은 이 고을 군수요, 동명학교 교장인 강문필 군수가 되었다. 그는 까만 연미복에 윗부리가 쫙 퍼진 윤나는 산고모를 쓰고, 앞자락에 커다란 꽃을 달고 운동회장에 임석하였다. (…중략…) 이 찬란하고, 화려하고, 흥분을 자아내는 날, 박성권, 박 참봉은 다른 사람 따라없이 무척 유쾌하였다. (…중략…) 대운동회에 기부금을 오백 냥이나 하고, 씨름대회에도 이백 냥을 한 탓인지 모르나, 대운동회의 부회장의 직함이 그의 가슴에 커다란 붉은 꽃송이를 달게 한 것이었다. 진사, 초시도 많고, 생원, 좌수, 이 밖에 아전 경력을 가진 이가 한둘이 아닌데, 차함 참봉 박성권에게 부회장의 명예직이 떨어지게 된 것은 시세가 벌써 어이된 것을 말하는 증거이기도 하나, 한편 돈의 힘을 무언중에 설명하는 좋은 재료로도 될 것이다.[28]

촌락공동체에 학교가 등장한 이후 세상은 반상 간의 차별이 없어진

놓았는데, 지역사회에서 유지 지위를 획득하려면 반드시 주요 '공직'을 거쳐야만 했다.

27 김석희, 「김시명(金時明)의 생애와 '친일' – 식민지 관료소설로서의 『풀 속 깊이』를 출발점으로」, 『일어일문학연구』 75-2, 한국일어일문학회, 2010.11, 96~99쪽. 조선총독부 관제의 최고위 관료직제는 국장급(지금의 차장급)으로 이들 대부분은 일본인이었으며, 식민지기 전반에 걸쳐 학무국장 자리에 2명의 조선인이 임용되었을 뿐이다. 총독부의 중요한 정책입안과 핵심적인 집행기능을 담당한 과장급 역시 대부분 일본인들로 구성되었다. 그러나 지방군의 '군수'만큼은 대부분 조선인으로 충원되었다. 정책입안을 담당한 과장급과는 달리 중앙행정기관에서 입안된 정책을 수행하는 '대민집행관'의 역할이 필요했던 것이다. 따라서 군수는 식민정책의 대민집행관 기능과 일본의 식민통치에 정당성을 부여해 주는 기능, 그리고 조선인들에 대한 회유기능을 수행하였다. 군수는 조선인 관료가 차지할 수 있는 가장 전형적인 고등관직이었다. 주임관 아래는 판임관이 있어서 법적으로 여기까지를 관리 또는 문관이라고 불렀다.

28 김남천, 『대하』, 인문사, 1939, 291~293쪽.

대신에 신분보다도 돈이 힘을 발휘하는 장소가 되었다. 식민지 농촌에 상업자본이 침투하면서 시대는 이미 '계산 가능성'을 중시하는 근대라는 시공간 속으로 편입되어 들어갔고, 그 안에서 경제적 관념을 '법률조문'과 동급에 놓을 수 있는 시대감각의 소유자인 『신개지』의 하감역[29]이나 『대하』의 박성권, 삼수 군수인 『탑』의 박진사 같은 인물들은 계속해서 흥해간다.

토착유지들이 관여하는 가운데 학교의 교육은 체제순응적인 인간을 제조하는 방향으로 나아가려고 하였다. 학교는 조선인 학도들을 정신적으로나 육체적으로 성숙시키는 공간으로 작동하기도 했지만 한편으로는 문명을 향해 나아가는 직선의 시간을 받아들이게 하여 조선보다 진보한 시간을 살고 있는 일본에 대한 비판의식을 흐리게 만들었다.

촌락공동체 안에는 학교의 이러한 문제점을 자각했던 일부 선각자들[30]이 존재하긴 했지만 그들은 특수한 경우일 뿐 학교를 비판하는 그

---

29 이상경, 「혼란과 모색의 시대」, 『이기영 – 시대와 문학』, 풀빛, 1994, 248~253쪽. 이상경은 식민지 시대 조선인 대지주의 유형을 그 성장계보에 따라 '상인 고리대 출신', '농민 중소지주 출신', '중간관리인 출신', '관료 출신' 등 네 가지로 나누고, 하감역을 첫 번째 유형에 속하는 것으로 분석한다. 그리고 촌락공동체에서 토착유지의 지위를 확보해 가는 '상인 고리대 출신'의 하감역이 등장하는 『신개지』를 '식민지 부르주아'의 탄생을 제시하는 작품이라고 평가한다. 이상경의 주장에 따르면 근대 초기 부르주아의 합리성과 건강성, 그리고 열정을 지니고 있는 하감역과 이재에 밝은 기회주의자인 하상오 부자의 형상화는 자본주의 사회의 본질을 아는 인간의 출현을 보여준다.

30 정병욱, 앞의 글, 354~355쪽. 1939년 7월 초 경성지방법원 검사국에 '불온선동'의 주인공 김영배에 대한 투서가 들어왔다. 그의 죄목은 육군형법, 해군형법, 보안법 위반이었는데, 그의 발언 중에 주목할 만한 것은 그가 학교로 모이라는 통지를 받고는 "사람들이 많이 모인 김에 학교를 때려 부수면 좋겠다"고 한 부분이다. 그가 이런 발언을 한 이유는 첫째는 농민을 기만하는 총독부 행정에 대한 막연한 불신, 둘째는 각종 동원, 특히 부역에 대한 염증, 셋째는 보통학교를 중도에 그만두어야 했던 좌절감의 표출 등으로 추측해볼 수 있다. 마을에서 중견 청년의 지위를 인정받고 있었던 김영배는 학교라는 규율권력장치가 지닌 이중성을 정확하게 간파하고 있었다. 식민권력이 조선을 장악한 상황 속에서 학교는 출세를 위해 반드시 필요한 과정이었고, 농민들이 새로운 문명을 접할 수 있는 유일한 통로였다. 그러나 학교가 지닌 이러한 독점적 성격 때문에 폐단들도 등장했다. 학교는 총독부의 행정이 아이들의 삶뿐 아니

들의 발언이 공감대를 형성하기는 어려웠다. 오히려 소설들 속에서 학교가 지닌 이중성에 주목하게 하는 것은 토착유지들이 만든 학교를 떠나는 소년 주인공들이나 학교를 졸업한 후 농사를 지으면서 농민으로 살아가는 인물들이다. 이들은 학교에서 배운 지식을 바탕으로 학교에서 가르치는 내용을 넘어서는 모습을 보인다.

우선 식민지 말기에 농촌을 배경으로 창작된 소설들 속에 등장하는 이러한 성격의 정치주체들을 보다 정치하게 이해하기 위해서는 농민들의 의식구조에 대한 레닌의 논의를 살펴볼 필요가 있다. 레닌은 농민이라는 집단적 주체가 갖고 있는 성격을 설명하기 위해 '두 개의 혼'이라는 용어를 사용한다. 농민들의 영혼은 한편으로는 '소소유자적 특성'[31]을, 다른 한편으로는 '혁명적 잠재력'을 지니고 있다는 것이다. 이 테제는 농민 집단이 지닌 개조의 곤란성과 가능성을 둘러싼 논의와 연결되어, '농민 집단이 과연 정치주체로 '각성', '의식화', '주체화'될 수 있는가?'라는 문제로까지 나아간다.

카프 문학은 이러한 농민들의 모습이 혁명적 주체에서 정치적인 주체로, 그리고 분열된 주체로 이동하고 있음을 보여주었다. 임화는 '두 개의 혼'으로 '분열된' 농민 집단은 도덕적 인간의 '선함'과 이에 역행하는 '악함'의 자질이 서로 모순적으로 다투는 형상을 지니는 것이라고

라 그 학부모들의 생활태도에까지 침투하게 만들었고, 전시기에는 학교가 각종 동원을 위한 구심적 역할을 담당했다. 그렇기 때문에 국가 폭력의 매개체로서 학교가 부각된 순간, 김영배가 학교를 부수자고 한 것은 학업을 중단한 것에 대한 개인적인 감정이기보다는 식민권력에 대한 저항의 의미를 보다 많이 함축한다고 볼 수 있다.

31 위의 글, 360~362쪽. 김영배가 독립을 바라는 이유는 부자가 되고 싶어서이다. 임금이 되고 싶은 것도 돈을 많이 쓸 수 있기 때문이다. 김영배는 면사무소에서 보면 마을 농촌진흥회 간사로 중견인물이었지만 검·경이 보기에는 "독립이 되면 유복한 생활을 할 수 있다는 망상"에 빠진 빈곤한 농민이었다.

말했다.[32] 그의 주장 속에서 농민의 영혼은 혁명적 이행을 불가능하게 하는 부정적인 것과 그 이행을 가능하게 하는 맹아적인 것으로 분열되어 있다.[33]

『신개지』에 등장하는 농민들 역시 상호모순되는 두 가지 면모를 동시에 지닌 존재들로 그려진다. 소설의 전반부에서 그들은 식민권력에 의해 조선의 농촌이 균질공간으로 재편될 때 '소소유자적 특성'을 발휘하여, 계급투쟁을 동반하는 혁명을 꿈꾸기보다는 자신들의 안위와 현재의 이권을 위해서 단결한다. 그리고 이들의 '소리小利'는 '당국'으로 표현되고 있는 식민권력이 '대국大局'의 논리와 백성의 도리를 들어 훈시하면 더 이상 내세울 수 없는 것이 되고 만다.

> 그때 달내골 주민들은 별안간 생활의 위협을 느끼자 그중에서도 직접 이해관계를 크게 가진 삼거리 사람들이 선두로 나서서 시장폐지 반대운동의 깃발을 들고 군으로 진정을 해보았다. 그러나 당국으로서는 이미 결정된 법령을 뒤집을 수도 없거니와 삼거리장은 그대로 두어도 발전될 희망이 없은 즉 부질없이 눈앞의 소리(小利)만 탐내지 말고 널리 대국(大局)을 살펴보는 것이 백성의 도리에 마땅하다는 대세론으로 일장훈시를 받고나자, 그들은 크게 깨달음이 있었던지 그대로 돌아가서 운동을 중지했다 한다.[34]

더 나아가 이들은 대국의 논리 속에서 자신들의 삶이 보장받기를 원

---

32 임화, 「6월중의 창작」, 『조선일보』, 1933.7.12~19.
33 권명아, 「식민지 내부의 감각의 분할과 정념의 공동체 – 병리학에서 정념론으로의 전환을 위한 시론」, 『석당논총』 53, 동아대 석당학술원, 2012, 24~32쪽.
34 이기영, 『신개지』, 『동아일보』, 1938.1.19.

하기도 한다. 혁명의 주체가 아니라 체제 유지에 동조하여 혁명으로의 이행을 불가능하게 만드는 '소소유자적 성격'을 본격적으로 드러내는 것이다. 다음의 인용문에서는 농민들이 소작인으로서의 삶을 유지하기 위해 "자력이 풍부한 사람"에게 기생하는 삶의 방식을 '당연하다'고 느끼는 대목이 등장한다. 이들은 스스로 삶을 개척하기보다는 통계로 잡히는 수익을 늘리는 구조 안에서 안착하길 바란다.

> 눈앞에 소리만 탐내지 말고 대국을 살펴보는 것이 백성의 도리라면, 생산
> 확충과 읍의 발전을 위해서는 달내강의 수해를 없이 하기 위하여 제방을 쌓
> 아올려야 할 것이요 제방을 높게 쌓아서 수해를 없이 한 이상에는 진펄을 농
> 장으로 개척해야 될 것이니 자기네가 그대로 한구퉁이에 사전을 부치고 있
> 는 때는 백년가도 그 땅은 진펄로 묵을 것 아닌가. 그렇기로 말하면 하감역
> 같이 자력이 풍부한 사람이 그 땅을 맡는 것이 오히려 당연하다 할 것이다.
> 　다른 무엇은 그만두고서도 우선 일년에 수천석지기의 전답이 개간된다면
> 얼마나 큰 사업이며 유익인가? 그렇기로 말하면 그것은 누구의 소유거나 아
> 랑곳할 바가 아니다. 군세(郡勢) 일반으로 보면 이 고을의 수입이요 읍세 일
> 반으로 보면 이 읍내의 수입으로 되는 통계숫자를 늘리는 것이다.[35]

그리고 이러한 농민들의 이해관계는 식민권력의 행정단위인 군, 읍의 이익과도 연결된다. 농민들의 소리가 대국의 논리에 흡수됨으로써 농촌공동체의 삶의 방식 역시 그 고유성을 확보하지 못하고 식민권력

35　이기영, 『신개지』, 『동아일보』, 1938.6.2.

의 '통계숫자'로 환원된다. 이러한 모습은 레닌과 임화가 함께 지적하고 있는 농민들의 두 가지 성격 중 부정성이 부각되었을 때 나타날 수 있는 위험을 단적으로 보여준다. 이 장면에서는 농민들의 능동적이고 주체적인 모습은 찾아볼 수 없고, 다만 생존에 연연하는 모습만을 확인할 수 있을 뿐이다.

이와 달리 농민들이 자신의 문제가 아니라 타인의 문제에서 촉발되어 단결하는 순간도 존재한다. 이때 농민들이 사용하는 무기는 고도의 논리와 총체적인 지식이 아니다. 근대의 지식을 교육받지 못했지만 이웃들과 함께 노동하는 삶을 꾸려가는 농민들이 하나가 될 수 있는 계기는 그들의 감정과 접속할 때이기 때문이다. 그리고 감정 중에서 가장 큰 힘을 발휘할 수 있는 것은 바로 '분노'였다. 농민 그중에서도 소작인이라는 계급적 정체성이 '분노'와 만나게 되면 개별적 감정이 아닌 집단적인 '공분公憤'이 만들어질 수 있었다.

공분은 농민들을 집단행동의 장 속으로 집어넣을 수 있는 촉매적 역할을 하는 동시에 농민들이 자신들의 문제에 몰입할 수 있게 하는 구심점으로 작용하였다. '공분' 속에서 촌락공동체의 구조적 모순이 되어버린 고질적인 착취가 '나'라는 개인의 문제가 아니라 '우리'라는 집단의 문제로 인식되기 시작하고 이것을 해결하는 방법 역시 개인의 역량이 아닌 단결하는 힘을 통해 모색되었던 것이다.

선각자란 이름 아래 토착유지들이 식민권력과 긴밀히 조우하는 동안 소작인들은 토착유지에 대한 불만과 공권력을 이용해서 공출을 시도하는 식민권력 양측 모두에 대한 불만을 키워나갔다. 이기영의 「맥추」에서 서사를 이끌어 가는 것은 부역으로 대변되는 지주의 횡포와 지주의 아들인 영호가 수천이의 처를 겁탈하려고 한 사건이다. 이 두 가지 사건은 소작인들을 분노케 하는 계기로 작동한다. 이로 인해 소작인들은 지주인 유주사네의 착취와 영호의 도덕불감증적인 태도에 저항하는 투쟁에 참여한다.

여태껏 소작농들은 자신들이 착취를 당하고 있음을 인지하면서도 논이 떨어질까봐 적극적으로 저항하지 못했었다. 그러나 점돌이가 구심점이 되어 수천이 사건을 토착유지가 아니라 같은 처지의 농민들인 "여러 어른들 앞에 편론"할 것을 제안하고, 이 사건이 수천이 개인의 문제가 아니라 "여기 있는 모든 사람"의 문제임을 역설하자 소작인들은 그동안 지주에게 느꼈던 불만을 쏟아 놓는다.

그러나 지금 다시 생각해보니 수천이만 책망할 수도 없지 않어요? 우리도 부역을 나오지 않었어요! 올에도 벌써 몇 번쨉니까? 그런데 우리들을 이렇게 알뜰히 부려먹고 우리에게 또 빚놀이까지 해서 형세가 버쩍버쩍 느는 그 집에서는 대체 무슨 생활을 하고 있습니까. 그들은 어떠한 생활을 하고 있습니까? …… 다시 말하면 그 집에서는 어젯밤과 같은 그런 행악을 할 수 없이 하는데 그 돈을 쓰지 않습니까? ……[36]

그래서 부역의 부당성을 폭로하고 영호의 방탕함을 규탄하기 위해 소작농들은 유주사네로 향하여 자신들의 입장을 표명하고, 유주사댁의 보리타작 부역을 거절한다. 이로 인해 화가 난 영호는 일이 이렇게 된 것이 다 점돌이 탓이라고 생각해서 그의 논을 떼어버리고 싶어 하지만

---

36 이기영, 「맥추」, 『조광』, 1937.1, 231~232쪽.

새로 반포된 '농지령'[37] 때문에 마음대로 할 수도 없는 실정이다.

이 장면에서는 농지령이 궁극적으로 추구하는 바는 전쟁을 위해 물자 동원을 안정적으로 하는 것이었지만, 한편에서는 식민지 조선의 농민들을 보호하는 역할을 담당했음을 확인할 수 있다. 다시 말해 통치권력은 식민지 농촌을 보다 효율적으로 착취할 수 있는 권력관계를 유지하기 위해 조선의 농촌 내에 존재하는 권력장, 즉 지주와 소작농 사이의 권력관계에 변형을 가할 수 있는 법령을 만들어낸 것이다.[38]

"흥, 아무리 그전대로 하는 것이라도 시체에 맞지 않으면 폐지할 수도 있고 고칠 수도 있단 말이야, 전에 없던 농지령도 새로 생기지 않았나! 전에 없던 법이 왜 생겼느냐 말야?"

하고 점돌이는 열이 나는 듯이 가래침을 탁 뱉으며 몸을 도사리고 앉는다.[39]

---

37 이윤갑, 『일제강점기 조선총독부의 소작정책 연구』, 지식산업사, 2013. 조선 농지령은 1934년 4월 조선총독부에서 제정·공포하고 동년 10월 20일부터 시행된 농지의 임대차에 관한 법령으로, 일제의 수탈정책에 따라 조선의 농촌에서는 지주제가 강화되고 많은 농민들이 소작농으로 전락하면서 1920년 이후 소작쟁의가 거듭되었다. 이 문제를 해결하기 위해 조선총독부에서는 소작령, 소작조정령 등을 제정·공포하였으나 제대로 실효를 거두지 못하자, 소작제도의 근원적인 문제부터 재정비하기 위해 앞서 공포된 소작령을 대폭 수정·보완한 것이 바로 조선농지령이다. 새 법령은 명칭만 거창할 뿐 경작을 목적으로 하는 토지의 임대차에만 국한시킨 그 적용범위로 볼 때는 이전의 조선소작령과 다를 바 없다. 그러나 부(府)·군(郡)·도(島)에 소작위원회를 두고 마름(舍音)의 악폐를 제거하기 위해 지주가 마름과 같은 소작지 관리인을 둘 경우 지방관서에서 그 인물의 적부를 소작위원회의 의견에 따라 판단하게 한 것, 소작권 이동을 억제하기 위해 작물의 성격에 따라 3년 내지 7년 이상의 기한을 규정한 것 등은 소작쟁의의 주요원인을 근절시키려 했던 목적에 합당한 조문으로 보인다. 그러나 그러한 규정에도 불구하고 이 법령의 실제 집행에서는 여전히 지주를 옹호할 수 있는 허점이 있었으므로, 이 법령의 당초 제정 목적은 제대로 실현되지 못했고 소작쟁의는 그 뒤로도 수없이 발생하였다.

38 자크 동즐로, 주형일 역, 『사회보장의 발명 – 정치적 열정의 쇠퇴에 대한 시론』, 동문선, 2005, 201~202쪽. 국가가 법령을 통해 개인에게 최소한의 삶을 보장하는 이유는 이들이 정치적 삶을 포기하고 경제적 구조 속에 안착하기를 바라기 때문이다. 그리고 이러한 움직임이 정책으로 만들어질 때 최소한의 삶마저 보장받지 못해서 분노하는 민중들은 사라지고, 그와 더불어 혁명의 가능성 혹은 정치적 열정은 쇠퇴한다.

다카시 후지타니는 전시기에 제국권력이 식민지인들을 전쟁에 동원하기 위해 그들의 기초생활을 보호하고, 사회보장제도와 안전장치를 마련해 두었다고 지적하였다.[40] 앞에 인용된 「맥추」의 대사는 다카시의 주장에 힘을 실어준다. 조선의 모든 촌락에서 실행되지는 않았다 하더라도 농지령은 분명히 농민들을 보호하는 장치로 기능하였다.

점돌이는 농지령이 소작농들을 보호함에도 지주들의 횡포가 계속되는 이유는 농민들이 무지하기 때문이라고 생각한다. 그래서 농민들을 위한 야학을 개설해야겠다고 다짐한다. 그러나 촌락공동체에는 점돌이처럼 혁명의 가능성을 지닌 인물들만 존재하는 것은 아니다. 권력은 '습관의 자동주의'를 통해 작동한다[41]는 사실을 떠오르게 하면서, 점돌이의 아버지인 박 첨지는 오늘도 타동으로 품을 팔러 가서 소처럼 일을 해야 한다. 그리고 소작농들이 결집하게 된 계기를 제공했던 수천이는 혼자서 유주사네 부역을 나가는 이율배반적인 모습을 보인다. 각개전투를 벌여서는 지주와의 권력관계에서 우위를 차지하기 어려운 소작농들이 함께 분노하고 저항하여 자신들의 의도를 관철시키는 행위는 분명 의미가 있다. 그러나 이들의 공분은 지속적이기보다는 순간적인 것이기에 구조적 모순으로 고착화되어 있는 농촌의 현실을 바꾸기는 아직 요원해 보인다.

그러므로 이제 촌락공동체 안에서 주목의 대상이 되는 것은 '두 개의

39 이기영, 「맥추」, 『조광』, 1937.2, 111쪽.
40 다카시 후지타니, 박선경 역, 「죽일 권리와 살릴 권리 – 제2차 세계대전 동안 미국인으로 살았던 일본인과 일본인으로 살았던 조선인들」, 『아세아연구』 51-2, 고려대 아세아문제연구소, 2008.
41 한병철, 김남시 역, 『권력이란 무엇인가』, 문학과지성사, 2012, 72쪽.

혼'을 지닌 농민 중에서도 보다 적극적인 저항성을 지니며 권력관계의
또 다른 축을 이루는 전위대들의 형상이다. 식민권력과 토착유지들은 농
민들을 국민이나 공민으로 인정하지 않았으나 의식 있는 농민들은 자신
들이 처한 현실에 대해 무지하지 않았다. 그래서 이들은 농촌공동체 안에
서 순간성을 지니는 공분을 지속시키면서 자신들이 포함된 하층계급의
이익을 대변하고 그들의 권리를 신장시키기 위해 고군분투하였다.[42]

2) 전위대의 과오와 경계의 포월包越

식민지 시기 조선의 농촌에서는 제국 일본과 식민지 조선이라는 이
항구도만 존재했던 것이 아니라 다양한 권력관계들이 작동하고 있었다.
제국과 식민지, 도시와 농촌, 지배층과 피지배층, 그리고 각 계층 내부
에서 발생하는 또 다른 갈등들이 중층적으로 존재하는 곳, 그곳이 바로
조선의 농촌이었다. 그리고 농촌의 생활권력장은 고정된 형태가 아니
라 새로운 인물의 출현이나 식민정책의 변화, 혹은 민중들의 삶에 대한
인식 등이 바뀔 때마다 변화하는 유동적인 것이었다.

한설야의 「임금」과 「철로교차점」 연작은 철로교차점에서 벌어지는
사건 사고를 통해서 '철도'를 위시한 근대 문명이 촌락공동체를 이루는
구성원들의 생명을 빼앗아 갈 수도 있음을 보여준다. 철도가 들어서고
철도를 관리하는 근대적 관료체계와 거대자본이 도입되면서 자연적 공
간이었던 촌락의 성격은 점점 변해갔다.

우선 「임금」의 서사는 경수의 넷째 아들이 철로교차점에서 놀다가

---

42 황지영, 「식민지 농촌과 다층적 권력관계」, 『현대소설연구』 53, 한국현대소설학회, 2013.

역부에게 붙잡혀 간 사건을 중심으로 구성된다. 추석이 다가오면 농촌의 아낙네들은 상한 실과와 낙과를 주우러 S강에 놓은 M다리로 몰려드는데, 당국에서는 '부민위생'과 '교통'을 방해한다는 이유로 교통정리하는 '기마 순사'까지 동원해 아낙들이 실과를 줍는 것을 막는다. 그리고 이 주변에 있던 아이들도 실과를 주워먹는데 경수의 아들 '길호' 역시 사과를 주워먹고 철로교차점을 지나다가 역장에게 붙잡힌 것이다.

경수는 한 번 픽 그놈을 보고 성큼성큼 역장 앞으로 걸어갔다. 그리하여 우선 넌지시 인사하고 온 뜻을 말하였다.
"네, 저 애가 당신 자식이오?"
하고 역장은 서슬기 있게 물은 다음 오늘 경과와 맏놈, 둘째 놈, 셋째 놈의 지난 일을 또 장래 교통상 그대로 둘 수 없으니 경찰에 고발을 할 텐데 부형의 말을 안 들어볼 수 없어서 부른 것이라고 했다.
그리고 또 늦게 온 것을 핀잔 주고 난 다음 교통 방해가 사회의 안녕 질서에 큰 영향을 준다는 것과 또 부모의 무책임, 무성의로 해서 그런 일이 생긴다는 것을 중언부언하는 것이다.[43]

역장이 경수에게 고압적인 태도를 취할 수 있는 이유는 그가 교통사고를 예방하여 "사회의 안녕 질서"를 유지시키는 것을 자신의 행위 근거로 삼고, '경찰'이라는 공권력을 이용할 수 있다고 생각하기 때문이다. 그러나 이러한 역장의 태도는 주민들의 안전을 위해 '후미끼리방(수

---

43 한설야, 「임금」, 권영민 편, 『한국근대단편소설대계』 29, 태학사, 1988, 91~92쪽.

직군)'을 철도회사가 설치해야 한다는 의무는 간과한 것이다. 그러므로 이러한 상황에서 경수가 후미끼리방 문제를 지적하고 나섰을 때 역장과 경수 사이의 권력관계는 역전되고 "어느덧 경수가 추궁하는 입장에서"게 된다. 역장은 자기가 고발 운운해서 "회사가 가장 성가시게 아는 문제가 재연再燃될" 것 같아 당황한다.

아까 당신이 말하기를 부모가 어린애들을 잘 감독하라고 했는데 그러나 넉넉한 사람도 아이 하나에 어른 하나씩 매달려 살 수 없는 거요. 하니까 우리같이 그날그날 벌어서 사는 사람이 당신들 일 때문에 아이들을 수직하고 있을 수 있겠소. 아까도 말했지만 나는 고발을 당할 테니 당신들 회사에서는 속히 거기다가 후미끼리방(수직군)을 두시우. 요전에 사고가 생겼을 적에 당신 회사가 우리 동네 대표들에게 언명한 일이 있지 않소. 일시 허투루 말해 놓고 시간이 지나는 사이에 슬쩍 식언을 해버렸기 때문에 오늘 같은 일도 생긴 거라구 나는 생각하오. 그러나 일은 크게 벌어질수록 우리 동네에는 좋으니 지금 당장 고발수속을 하시우.[44]

그런데 이 작품과 연작인 「철로교차점」에서는 역장이 아니라 경수가 우려했던 일이 벌어진다. 즉 '철로교차점'에서 놀던 아이가 기차에 치여서 사망하는 사건이 벌어진 것이다. 경수는 임금을 받은 날 자전거를 끌고 오는 순사가 젊은 사나이를 붙잡아 가는 것을 발견한다. 그리고 어떤 사나이로부터 방금 잡혀간 젊은이는 기차의 운전수고, 좀 전에 어린

---

44 위의 글, 92쪽.

아이가 "기차에 깔려 가지고 열 발 이상이나 끌려가는 사이에 아주 말 못하게 웅크러지고 배가 통 까뒤집혀서 창자가 빨끈 내밀렸다"는 소식을 듣는다.

이 마을에 기차가 들어온 이후 낮이면 아이들이 그 근방에서 놀았기 때문에 이번 사고는 예고된 것이었다. 작년에는 "기차 굴뚝에서 나오는 불똥이 철길가 초가지붕에 떨어져서 가끔 불이 나는 일"에 대해 철도회사가 주민들의 강경한 요구에 못 이겨 그 연선 초가집을 양철로 바꾸어준 일이 있었다. 그러나 주민의 생명과 직결되는 '교차점 수직소' 설치 문제는 회사의 무책임과 마을 대표들의 성의 부족으로 인해 해결되지 않았고, 종국에는 이와 같은 참사를 낳은 것이다.

> 경수가 처음 이 동네에 이사 올 당초에는 이 경편차의 하루 왕복이 십여 회에 불과하였다. 한데 지금은 20회도 훨씬 넘는다. 그리고 또 이 동네의 인총도 사뭇 빽빽해졌다. 해서 교통사고가 한결 더 많아지게 되고 따라서 교차점 수직소 설치 문제까지 일어나게 되었던 것이다.[45]

식민권력이 균질공간을 제도화하는 과정이 본격화되면서, 개인이 자기 집 뜰 안에 물이 고이는 것을 빼기 위해 그 앞길에 지렁이만한 도랑을 파도 "도로 훼손이니 교통 방해니 하는 죄명으로 경찰에 붙들려 가서 혼쭐"이 나는 세상이 되었다. 그럼에도 '경편 철도 회사' 측은 '경비 관계'를 이유로 '교차점 수직소' 설치를 차일피일 미루고 "인가 당국은 어디

---

45 한설야, 「철로교차점」, 권영민 편, 『한국근대단편소설대계』 29, 태학사, 1988, 492쪽.

까지든지 경영자들을 옹호하는 입장"을 보이다 사고가 발생하였다.

인가 당국과 철도회사의 공조 아래 어린 아이가 죽게 되었고, 주민 대표들 역시 더 이상 사태를 방관할 수는 없는 지경에 이르렀다. 그래서 마을의 주민들은 "한 개 회사의 손해를 그같이 문제시하는 당국이라면 주민의 생명은 보다 더 중대시해야 할 것"이라는 논리를 들어 회사와 당국을 함께 비판하여 마침내 교차점 수직소를 설치하기에 이른다.

한설야가 이 두 작품에서 보여주고 있는 것은 '기차'로 대변되는 근대 문명의 폭력성과 이를 둘러싼 권력관계의 모습이라고 할 수 있다. 또한 식민자본의 형태를 통해 도입된 '철도회사'와 이를 인가하는 식민권력으로서의 '당국', 그리고 촌락공동체의 사람들, 그중에서도 전위대 사이에서 작동하는 권력관계는 생활이 권력장으로 구성되는 모습과 조선의 농촌이 균질공간으로 재편성되면서 등장하는 문제들을 핍진하게 그려내고 있다.

그리고 촌락공동체의 민중들이 기존의 권력관계를 뒤집기 위해서 필요한 요소들을 확인할 수 있다. 민중들의 공분을 사기에 충분한 사건과 그 공분을 지속적인 힘으로 바꾸고 민중들을 결집시킬 수 있는 전위대가 바로 그것이다. 당국과 철도회사와의 협상에서 마을 주민들이 승리할 수 있었던 이유는 아이의 사망 사고라는 문제의 중대성과 전위대인 경수의 활약 때문이었다.

경수는 본래 "거리의 방랑자"를 자처하며 근대 교육을 받았음에도 룸펜 생활을 했었지만, 지금은 S강 제방 공사장에서 날품을 팔면서 자신의 노동 생활에서 긍지를 느낀다. 또한 그는 공사장에서 부상자가 발생하면 공사 당국에 요구하여 "부상 수당"을 주게 하고, 부상자가 발생하는 것을 막기 위해 "공사장 설비를 하나씩이라도 고치게끔" 만드는 인물이다. 룸펜 시절의 외부경험을 바탕으로 경계를 넘나드는 사유가 가능한 경수가 있었기 때문에 이번 변혁은 성공할 수 있었다.

근대 교육을 받은 인물들뿐 아니라 감옥에 다녀온 인물이 농촌으로 귀향하는 내용을 다루는 소설의 경우, 주인공들이 촌락공동체의 생활 권력장 속으로 들어오게 되면 그곳의 구조는 필연적으로 변화를 겪게 된다. 이들은 법을 어기고 처벌을 받기 위해 감옥에 다녀온 것이지만 감옥 안에서 규율을 통한 근대적 삶의 방식 또한 체득했기 때문이다. 이러한 사실은 교화를 목적으로 하는 감옥이라는 권력장치가 역설적이게도 통치권력에 저항하는 힘을 생산했음을 암시한다.

1930년대 후반부터는 보다 강화된 식민권력의 검열로 인해서 이런 인물들이 전위대가 되어 농민들을 규합하는 모습이 소설 속에서 직접적으로 표현되기는 어려웠다. 하지만 질서를 구축한다는 명목 아래 식민권력에 협력하던 토착유지들과 그들이 장악한 권력을, 감옥을 경유한 주인공들이 분산시키는 모습은 소설 속에서 형상화되고 있다. 이들은 자신들의 기득권을 유지하기 위해 식민권력과 공조하는 토착유지들과 달리 자신의 이익뿐 아니라 사회적 약자인 농민 전체의 이익을 대변하기 위해 움직인다. 그래서 처음에는 전과자 혹은 이방인으로 받아들여졌던 이들이 시간이 지남에 따라 촌락공동체 안에서 나름의 권위를 지니게 되고 이들은 자신의 권위를 이용해서 소작민으로 대변되는 하층민들의 각성을 촉구한다.

우선 이기영의 『신개지』에는 출옥한 윤수를 '양민 양성'과 '모범촌 건설'이라는 목표를 위해 통제하려는 토착유지들이 등장한다. 토착유지들은 개인에 대한 통제가 "일군, 일읍 내지는 나라 전체"에까지 영향을 미친다는 사고를 펼쳐나간다. 또한 이들은 농민들에게 민원이 발생했을 때 이를 해결하는 역할까지를 담당했기 때문에 촌락공동체에서 이들의 교조적인 지위[46]는 계속 유지되었다.

> 내가 부읍장의 자격으로 강윤수를 생각해 볼 때, (…중략…) 나의 관할하는 구역에 사는 백성 중에 한 사람이라도 범죄인이 생기는 것을 나는 가장 큰 수치로 안단 말이다. 그것은 나라에 대해서도 그렇고, 양민의 명예를 위해서도 그렇단 말이야. (…중략…) 그런즉 이 앞으로는 참으로 조심하여서, 아까 두 분의 말씀과 같이 개과천선을 해가지고, 아무쪼록 이 앞으로는 순량한 백성이 되란 말야. 그러면 그건 비단 강윤수 일개인의 행복일 뿐 아니라 일군, 일읍 내지는 나라 전체에까지 좋은 영향이 미친단 말야! 달내골과 같은 모범촌에서 강윤수와 같은 행동이 있는 것은 그야말로 비소망어평이란 말야! 알겠지.[47]

그러나 토착유지들의 이러한 욕망에서 벗어나 전위적 역할을 하는 인물들은 기존의 감수성에 변화를 불러옴으로써[48] 촌락공동체 안에서

---

46 지수걸, 앞의 글, 163~164쪽. 제국권력 아래에서 토착유지들은 근대 이행기의 정치사회변동 과정에서 '재산(토지재산)'과 '사회활동 능력(공직수행 능력, 일본어 구사능력)'을 가진 이들, 즉 다양한 공직활동을 통해 '당국 신용'과 '사회 인망'을 획득한 재지 유력자들이었다. 이들은 1920년대에 식민지 지주제(조선농회체제 성립)와 '관료-유지 지배체제'가 형성·발전되면서 종속적이기는 하나 지방사회 내부에서 그 나름의 정치자원(유지 기반)을 확대 재생산할 수 있었다. 이런 토착유지들은 지역 주민의 입장에서 보면 자신들의 정치경제적 삶이나 각종 민원 사건을 해결하는 데 도움을 줄 수 있는, 거의 유일한 '비빌 언덕'이었다. 식민지 시기 토착유지들은 '당국 신용'이나 '사회 인망'은 관료-유지 지배체제를 매개로 한 각종 공직활동이나 민원해결 활동 등에 의해 형성된 것이다.
47 이기영, 『신개지』, 『동아일보』, 1938.3.15.

새로운 좌표계를 만들어낸다. 그리고 이때 혁명의 가능성은 현실의 표면 위로 부상한다. 『신개지』의 주인공인 윤수는 나이에 비해 진중한 맛이 있고 위인이 착실해서 누구에게나 믿음을 얻었다. 그런데 그는 가뭄이 든 해에 물꼬 싸움을 하다가 살인을 저지르고 감옥에 들어간다. 그리고 감옥 안에서 책을 읽으며 일을 배우는 등 소위 '공부'라는 것을 해서 나온다.

> 윤수는 그 안에서 하던 버릇과 같이 생각에 골똘했다. 그는 사 년 동안에 그전에 모르던 사색하는 법을 배웠다.
>
> "천천히 생각해보면 설마 살 수가 있겠지."
>
> 그는 생각없이 사는 사람들을 민망히 아는 동시에 또한 생각으로만 살려는 사람들을 비웃고 싶었다.
>
> 무지한 사람들에게는 생각하는 길을 열어줄 것이다. 그 대신 지식 있는 사람들은 그것을 남에게도 노나주고 자기의 실제 행동이 그 지식과 부합하도록 사는 것이 떳떳하지 않을까.[49]

또한 윤수는 통치권력이 원하는 '고분고분한' 신체[50]를 만들어 주는 감옥 안에서 역설적이게도 '사색하는 법'을 배웠다. '생각 없이 사는 사람들'과 '생각으로만 살려는 사람들'을 동시에 비판할 수 있는 안목을 그 안에서 체득한 것이다. 그의 논리는 얼핏 보면 농민들을 계몽의 대상

---

48 자크 랑시에르, 오윤성 역, 『감성의 분할』, 도서출판b, 2008.
49 이기영, 『신개지』, 『동아일보』, 1938.2.5.
50 한병철, 앞의 책, 70쪽.

으로 삼으려는 지식인들의 태도와 비슷해 보이지만, 실상 그의 행동 방식은 '생각 없이' 살던 쪽에서 '사색'을 배운 자만이 지닐 수 있는 균형감각을 담고 있다. 이러한 균형감각은 "사람이란 의사意思가 있어야 하는 법"이라는 윤수의 발언을 통해 구체화된다.

윤수가 이러한 균형감각을 형성할 수 있었던 이유는 촌락공동체의 외부공간이자 교화권력장치인 감옥을 경험했기 때문이다. 감옥을 가기 전 윤수는 전통적이고 자연적 공간인 달내골을 벗어난 적이 없었다. 그는 태어나 자란 이곳에서 농사를 지으며 평생을 살 것이라고 생각하였다. 그러나 고향을 벗어나 서울에 있는 감옥을 다녀온 경험으로 인해서 규칙적인 생활을 익히고, 그로 인해 건강한 체력을 가지게 되었으며, 사유의 폭도 보다 넓어졌다. 이러한 윤수의 변화는 감옥의 이중적인 성격 때문에 가능한 것이었다.

일반적으로 감옥은 범죄의 세계에서 법과 도덕의 세계로 복귀하기 위한 사이의 공간이자, 개인적 변화에 적합한 장소이다. '교정시설'로서의 감옥은 사회의 법과 도덕을 기준으로 하여 자기를 반성하며 자기의 양심 속에서 사회가 요구하는 목소리를 재발견하게 한다.[51] 감옥의 이러한 성격은 국가 혹은 지배층들이 제정한 규율을 개인이 내면화하게 만든다. 감옥은 강제적인 개인화가 이루어지고 개인들에 대한 지식을 데이터화하기 때문에 권력자들의 입장에서는 정치적 유토피아를 꿈꿀 수 있게 해주는 기제로 보였을 것이다.[52] 감옥의 이러한 속성은 감옥

---

51 미셸 푸코, 오생근 역, 앞의 책, 197~198쪽.
52 위의 책, 428~429쪽. 감옥과 경찰은 쌍생아적 장치를 형성하며, 위법행위의 모든 영역에서 비행의 차별화, 격리, 이용을 확고히 한다. 경찰-감옥 체계는 여러 위법행위들 중에서 다루기 쉬운 비행을 별도로 떼어놓는다. 그러한 비행은 자체의 특수성과 더불어 그 체계의 결과일

이 개인의 삶을 통제하고 규율하는 권력장치라는 사실을 입증한다.

그러나 한편으로 감옥에서 보내는 고독의 시간 동안 인간의 사유는 물리적 공간의 장벽을 자유롭게 뛰어넘을 수 있다. 생활공간에서 타인들과 함께 생활하면서 동일한 곳에 자신의 세계를 투영하는 타인들을 보게 되면 사유는 더 이상 확장되기 힘들다.[53] 그러나 타인과의 소통은 거의 존재하지 않고, 자신의 내면을 들여다보는 시간이 주를 이루는 감옥에서의 생활은 자유로운 사유를 통해 경계를 뛰어넘을 수 있는 가능성을 탐색할 수 있게 해준다.

윤수가 고향으로 처음 돌아왔을 때 사람들은 윤수에게서 전과자의 그림자를 읽으려고 했었다. 하지만 시간이 지나면서 윤수는 마을의 문제를 적극적으로 해결하고자 노력하는 '중견청년'의 위상을 부여받는다. 권태를 이기지 못해 놀이로 시간을 낭비하는 토착유지들과 달리 윤수는 자신이 "무슨 일에든지 한사람 몫"이 될 수 있기를 바란다. 그래서 배우기 힘든 일을 일부러 하려 하고, 실천을 떠난 지식을 비웃으며 "야학으로 진흥회로" 동리의 일이라면 발벗고 나서서 열성을 보인다.[54]

윤수가 바라는 '한사람 몫'은 노동의 영역에만 국한되는 것은 아니었

뿐 아니라 그것의 톱니바퀴 장치 겸 도구가 된다. 따라서 세 가지 항목(경찰-감옥-범죄)이 상호보완적이 되며 결코 중단되지 않는 회로를 형성하는 전체적 양상에 대해 말해야 할 것이다. 경찰의 감시는 감옥에 법률 위반자들을 공급하고, 감옥은 그들을 범죄자, 다시 말해서 그들 가운데 일부를 정기적으로 다시 감옥에 집어넣는 경찰 단속의 대상이자 보조자로 변모시킨다. 이런 구조 속에서 지배층은 규율권력장치가 효과적으로 작동할 때 정치적 유토피아는 실현될 수 있다고 생각한다.

53 이-푸 투안, 구동회·심승희 역, 『공간과 장소』, 대윤, 2011, 101~102쪽.
54 정병욱, 앞의 글, 374쪽. 물, 도로, 산 등 마을의 공공재를 관리할 때 누구의 영향력이 더 큰가는 촌락공동체 안에서 권력관계의 우열을 가리는 기준이 될 수 있다. 윤수가 달내골에서 벌이고 있는 운동들은 기존의 공공재를 통괄하는 토착유지들의 권력에 도전하고 새로운 권력관계를 창출하기 위한 노력으로 볼 수 있다. 궁극적으로 그가 지향했던 것은 토착유지들과 소작농 사이에 존재하는 수직적 권력관계가 아니라 수평적 권력관계임을 짐작할 수 있다.

다. 그는 감옥 안에서 사색과 명상의 시간을 가지면서 하나의 개체로 자신을 인정하게 되었고, 자신이 참여하는 모든 영역에서 그 개체성이 드러나길 바랐다. 그렇기 때문에 동리 사람들도 그의 성실함과 통찰력을 인정하여, 은연중에 촌락 안에서 가장 강력한 "하감역 집을 상대할 사람은 윤수밖에 없을 것"이라고 생각하기에 이른다. 윤수는 교화의 공간이자 외부공간인 감옥을 경유한 자가 고향이라는 내부공간으로 돌아왔을 때 안팎을 아우르는 사유가 이루어질 수 있음을 보여준다.[55]

윤수가 경험한 감옥은 분명히 식민권력이 식민지인들을 처벌하고, 단죄하고, 교정하기 위해 설립한 기관이었다. 그러나 식민지의 촌락에 거주하는 개인들이 교화권력장치를 통과한다는 것은 식민지 근대이긴 하지만 근대라는 새로운 시공간에 대한 경험을 뜻하기도 하였다. 교화권력장치가 억압적 성격을 지니는 것은 사실이지만 그 안에는 억압에 대한 저항을 양성하는 힘까지도 담겨 있었다. 윤수에게 감옥 체험은 태어나 자란 '달내골'이라는 내부공간을 벗어나 '외부공간'을 경험할 수 있는 기회였고, 그 안에서 그는 근대 주체가 자신의 내면을 구성하는 방법을 터득할 수 있었다.

이를 푸코의 논의와 연결시켜 보면, 감옥의 작동 목적은 개인의 신체를 근대국가의 시스템이 원하는 방식으로 코드화하는 것이지만 그 장치가 작동되는 동안 개인의 신체는 전략적인 탈코드화의 기회 또한 접하게 되는 것이다. 감옥을 다녀온 윤수가 보여주는 것도 이러한 가능성과 연결될 수 있다. 식민권력은 범법자들을 감옥에서 자신들에게 유리

55　황지영, 「식민권력의 외연과 소문의 정치」, 『국제어문』 57, 국제어문학회, 2013, 291~294쪽.

한 방식으로 재코드화하려고 했으나 주체 안에서 일어나는 변화는 재코드화와 탈코드화가 혼종되는 방식으로 진행된다. 이것은 감옥이 지닌 이중성을 단적으로 보여주는 동시에 "권력이 있는 곳에서 저항이 있다"[56]는 푸코의 명제에 힘을 실어준다.

한편 감옥을 다녀와서 농촌으로 돌아오는 지식인 주인공이 등장하는 또 다른 소설로는 한설야의 「귀향」을 들 수 있다. 이 작품의 주인공인 기덕은 윤수와는 상반된 삶의 궤적을 지닌다. 윤수가 감옥에서 근대적 주체로 거듭났다면, 기덕은 사상운동을 하긴 했으나 인텔리의 사고를 벗어나지 못했었는데 출감 후 농촌에 와서 생활의 의미를 새롭게 발견하고 공동체적 주체로 거듭난다.

기덕은 사상관계로 감옥에 들어갈 때도 "그 당시 신문 한 면 전체를 엄청나게 큰 제목과 갈피를 출 수 없는 활동 내용과 수많은 사진으로 채웠던 사건"의 주인공이었으며, 그의 출옥 역시 신문에 보도될 정도의 인물이다. 기덕의 아버지인 유단천은 문벌과 재산을 두루 갖춘 토착유지였으나 지금은 몰락해서 근근이 삶을 이어가고 있다. 그래서 그는 "법률을 집어치우고 문학에 뜻을" 두어 의절까지 했던 아들 기덕이 고향에 돌아와 함께 살기를 바라고 있는 실정이다. '갱생의 길'을 찾기 위해 개간과 광산을 해보기도 했지만 모든 사업이 실패로 돌아가고, 큰 아들은 수인이 되고 큰딸은 뇌막염으로 사망하면서 패기 있던 그의 성격도 점점 수그러졌다.

기덕은 수감 기간 동안 "감옥 안에 얽매여 있어서 움직여 낼 수 없는

---

56 미셸 푸코, 이규현 역, 『성의 역사』 1, 나남출판, 2004, 115쪽.

자기의 처지가 한없이 안타까웠다." 그러나 감옥에서의 시간들이 기덕의 의식 저변에 흐르고 있던 생각들을 바꾸어 놓지는 못했다. 기덕은 자신을 시간과 역사의 주체로 설정하고, 귀향 후에도 자신의 의지와 문제의식에 충실한 삶을 살고자 하였다. 다만 이런 기덕이에게 달라진 점이 있다면 그것은 "생활을 떠나서는 아무 일도 있을 수 없"음을 깨달았다는 것이다. 그는 여지껏 생활을 돌보지 않는 것을 자랑으로 생각하였다. 그러나 지금은 생활의 길을 찾기 위해 "어떠한 싸움이라도 사양해서는 안 된다"고 느낀다. 그리고 농민들과 함께 하는 삶을 꾸려나가리라 마음먹는다.

출옥 후에 '생활'을 긍정하는 기덕이의 모습이, 사상으로 대변되는 정치의 영역이 경제라는 생활의 문제로 환원되었음을 뜻하는 것은 아니다. 귀향 후 기덕이에게 삶을 바꾸는 움직임으로서의 정치는 서울에 있는 인텔리 친구들과 함께 하는 운동이 아니라 농민들과 함께 하는 삶속에서 구성될 수 있는 것으로 제시된다. 이러한 모습은 기덕이의 내면에 존재하던 도시와 농촌, 인텔리와 농민이라는 이항구도와 그 구도 속에서 작동하는 권력관계의 양상이 변했음을 짐작케 한다. 도시와 인텔리, 농촌과 농민이라는 짝패는 기덕의 의식 속에서 동등한 위상을 지니게 됨은 물론 기덕으로 하여금 진정으로 자신을 필요로 하는 곳은 후자라는 사실을 인정하게 만든다.

그리고 자신의 생활과 촌락공동체의 문제가 별개의 것이 아니라 연동되어 있음을 인정한 후, 기덕은 농사를 제 손으로 짓고 마을에 정미소를 내겠다는 결심을 한다. 전자는 촌락공동체 안에서 자신의 생활을 다잡는 방식을, 후자는 공동체에 자신이 기여할 수 있는 방식을 모색한 결과였다. 이를 통해 기덕이가 최종적으로 지향하는 바는 "동네 사람들의 이익을 보장하는 사업을 하면서 온 동네 사람들을 단합시키는 과정에서 농민조합을 만드는" 것이다.

그러나 작품 속에 기덕이와 농민들이 함께 '농민조합'을 완성하는 장면까지 재현되지는 않는다. 기덕이의 집은 곧 경매에 넘어갈 상황이고 기덕이는 "그래도 우리는 살 것이다. 살아야 한다"라고 다짐하면서 소설은 끝이 난다. 이 작품에 주로 등장하는 것은 기덕이가 촌락공동체에 들어와서 그곳을 어떻게 바꾸어 나가는가가 아니다. 작품은 오히려 농촌에 들어온 후 기덕이의 내면에 작동하던 위계들이 어떻게 엉클어지고 재구조화되는가에 초점이 맞춰져 있다. 이러한 재구조화는 식민지 시기 지식인의 내면에 존재했던 공간과 계급에 대한 권력관계의 위상이 변화되는 양상을 보여준다.

윤수와 기덕를 위시하여 식민지 농촌에 거주하는 농민들의 모습은 '사이의 존재'라고 할 수 있다. 여기서 말하는 '사이의 존재'가 반드시 두 형상 사이에 존재하는 것을 의미하지는 않는다. 즉 '두 개의 혼'을 지니며 사이의 존재인 농민들은 특정한 형상의 와해인 동시에 모든 형상들의 '함께-있음'을 체화한 존재로 논의되어야 한다. 그리고 여기에 다양한 형상들이 번역 가능하고 소통 가능하며 연대 가능한 신체를 만들어내는 것, 즉 농민들을 정치주체[57]로 구성하는 일이 남는다.[58]

---

57 이진경, 「불화, 혹은 자격 없는 자들의 정치학」, 『외부, 사유의 정치학』, 그린비, 2009, 232쪽. 랑시에르는 민주주의에 대해 다음과 같이 말한다. "민주주의는 자격의 부재가 아르케를 행사할 자격을 부여하는 특정한 상황이다. 민주주의는 시작 없는 시작이며, 지배하지 않는 (지배할 자격이 없는) 자들의 지배다." 그러므로 데모스란 할당된 몫이 없는데 몫을 주장하는 자, 말하지 않아야 하는데 말하는 자고, 민주주의란 그런 자들이 지배하는 체제인 것이다. 따라서 랑시에르에게 민주주의는 정치와 동일한 의미를 갖는다. 그런 의미에서 이 글에서

랑시에르는 『프롤레타리아들의 밤』을 분석[59]하면서 낮에 일하고 밤에 잠자던 노동자들이 잘 시간을 쪼개서 독서와 사색을 하고 한 번도 주어진 적이 없었던 자신들의 '몫'을 주장할 때 '감성의 분할'이 일어난다고 주장하였다.[60] 평범한 농민이었던 윤수가 감옥 안에서 '사색'을 배우고 '공부'를 해서 농촌으로 돌아오는 모습은 그런 의미에서 '두 개의 혼'을 지닌 '사이의 존재'이자 '몫이 없던 자'의 존재론적 변이를 현시하는 것이라고 할 수 있다.

물론 이러한 윤수의 모습에서 바로 능동적인 정치주체의 모습을 읽어내는 것은 과잉해석일 것이다. 순남이가 팔려가는 것을 알고도 순남이의 고통을 생각하기보다는 "돈 잘 버는 여자가 되었다고 감탄하는" 농민들 틈에서 그가 단연 돋보이는 것은 사실이다. 그러나 그의 모습은 여전히 능동성이 부족하고, 많은 논자들이 지적하듯이 『고향』의 김희준만큼 생동감과 개성을 지닌 인물로 형상화되지 못했다.

그러나 '전과자'인 그가 농민들을 대표하고, 경제적으로 파산한 후에 최고 문벌의 유경준이 '평등사상'을 지니게 되는 모습들이 소설 속에 제시되면서 '실현'의 차원은 아직 아니더라도 '가능성'의 차원에서 '새로

사용하는 '정치주체'라는 개념은 민주주의를 구성할 수 있는 주체라는 의미와 상통한다.
58 고병권, 『민주주의란 무엇인가』, 그린비, 2011, 34쪽. 우리는 흔히 민주주의를 이끄는 '데모스'의 '형상 없음'을 이야기하는데, 그 '형상 없음'이 '사이 존재'를 더 일반화한 것이다.
59 자크 랑시에르, 양창렬 역, 『정치적인 것의 가장자리』, 길, 2008, 119쪽. 랑시에르는 진정한 감각적 혁명을 프랑스혁명이 아니라 19세기 프랑스 노동자들의 해방적 활동에서 찾고 있다. 그는 해방의 단초를 낮에는 노동하고 밤에는 휴식을 취하던 노동자들이 밤 시간을 더 많이 활용하기로 결정한 순간에서 찾는다. 잠자는 대신 쓰고 읽고 생각하고 토론하기를 선택한 노동자들은 자신들에게 주어졌던 감각들을 새로운 방식으로 나누기 시작한다. 그리고 이와 같이 새로운 감성의 분할이 감각적인 혁명으로 이어진다.
60 김한식, 「이기영 장편소설 『신개지』 연구―『고향』과의 비교를 중심으로」, 『한국문학이론과 비평』 18, 한국문학이론과비평학회, 2003, 180쪽. 김한식은 이와 유사한 측면에서 『신개지』의 결론을 "소작농 혹은 가난한 이들의 권리찾기"라고 표현하고 있다.

운 연대'의 맹아들이 발견된다. 정치적 우정을 뜻하기도 하는 '연대'는 연민을 대체하는 정치적 개념이며, 행위를 인도할 수 있는 원리이다.[61] 몰락과 좌절의 경험 속에서 그 전이었더라면 공동체가 만들어놓은 좌표계, 즉 봉건적 신분질서 안에서 만날 수 없는 자리에 놓여 있던 이들이 이제는 함께 연대를 꿈꾸게 된 것이다. 부유하지만 "긴장이 없는 생활" 속에 살면서, 역경과 싸워나가는 윤수를 좋아하는 월숙의 모습 역시 식민지 농촌에서 새로운 연대가 가능할 것이라는 희망을 갖게 한다.[62]

2. 정치행위의 전방위적 확산과 권력 분산의 서사

제국 일본은 식민지 조선의 물질적 생산체계와 정신적 기반 전체에 대한 지속적인 자료조사를 통하여 지식국가[63]로서의 면모를 갖추어 가고 있었다. 제국권력은 식민지를 효율적으로 통제하기 위해 경성의 도시구획은 물론 지방을 근대적으로 재편성하는 작업까지도 추진하였다. 그러나 이러한 작업이 조선의 촌락에까지 미치는 데에는 오랜 시간이 걸렸을 뿐 아니라 제도적 장치의 부족으로 인해 그 시도들이 온전히 진행되기는 어려웠다.

식민권력의 행정력이 미치지 않는 조선의 촌락들은 제국의 사각지대로, 지방을 재편성하려는 제국권력보다는 '통치하지 않는 통치governed

---

61 한나 아렌트, 홍원표 역, 『혁명론』, 한길사, 2004, 172쪽.
62 황지영, 앞의 글, 300~301쪽.
63 최정운, 『지식국가론』, 삼성출판사, 1992.

largely by not governing'[64]하에서 촌락 특유의 자치권력이 힘을 발휘하기도 하였다. 식민권력은 지방에 문제가 생기면 침투하는 권력이었기 때문에, 문제가 생기지 않으면 식민지의 지방을 '없음'으로 간주하는 성격을 지니고 있었다. 그리고 이러한 상황 속에서 공동체의 '관습'이 식민권력의 '법'보다 우선시되면서 식민권력에 타격을 가하는 모습도 포착된다.

식민지의 촌락공동체에 거주하는 농민들은 구식이든 신식이든 교육을 받은 경우가 드물었기 때문에 이들은 자신들의 생각을 문자언어가 아니라 구술언어로 표현하였다. 일반적으로 구술언어는 문자언어에 비해 열등하다는 평가를 받지만 농민들은 이 언어를 사용하여 서로 교감하며 공동의 문제를 협의해 나갔다. 농민들은 때로는 자신들의 고통을 구체적인 언어가 아니라 울부짖음이나 비명 등으로 표현했고, 이를 듣게 되는 청자들은 상대방의 고통을 공유하였다. 이들은 주체와 타자를 구분하는 태도 대신에 상호 침투적인 대화를 사용하여 공동체의 고질적인 문제들을 해결해 나갔다.

농민들이 공동체의 문제를 해결해 나가고자 할 때 통치권력의 법과 토착유지들의 권위가 아니라 같은 처지에 있는 농민들의 의견을 구하는 방식을 사용하는 것은 의미심장하다. 지주의 횡포에 대해 '고소'를 하거나 토착유지들의 '처리'를 믿는 대신에 소작농들끼리의 연대를 통해서 문제를 해결하려고 하는 것이다. 그리고 이 지점에서 등장하는 구술언어는 권력관계 속에서 지속적으로 우위를 점하던 세력에 대해 이의를 제기하며 정치행위를 전방위적으로 확산시킨다.

---

64 안쏘니 기든스, 진덕규 역, 『민족국가와 폭력』, 삼지원, 1991.

이때 가장 부각되는 구술언어의 형식은 '소문'이다. 조선의 촌락은 대부분 대면공동체였기 때문에 이 안에서 벌어지는 사건과 사고들은 소문을 통해서 공동체의 구성원들에게 전달되었다. 물론 이 안에서 전파되는 소문이 긍정적인 기능만을 했던 것은 아니다. 촌락의 소문은 한 인물의 인생을 망가뜨리기도 했지만 다른 한편으로는 여론을 형성하는 기능을 담당하였다. 특히 소작농들이 지주의 횡포에 휘둘리거나 자녀들의 학교를 둘러싼 문제들이 발생했을 때 소문은 정치적인 공론장을 형성하는 데 일조하였다. 소문은 촌락공동체 안에서 정치란 사상이나 제도의 측면이 아니라 구성원들의 생활 안에서 만들어지는 것임을 깨닫게 하였다.

경성과 같은 대도시에 비해 식민지 조선의 농촌에서는 식민지 행정이 체계화되어 있지 않았다고 해서 식민권력의 억압이 존재하지 않았던 것은 아니다. 촌락공동체가 삶의 터전인 민중들은 식민권력의 억압과 토착유지들의 압제로 인해서 이중의 억압을 당하고 있었다. 하지만 민중들이 사용하는 구술언어는 지배층이 장악할 수 있는 것이 아니었다. 그렇기 때문에 이들의 언어와 그 언어가 만들어내는 이야기들은 일상을 둘러싸고 만들어지는 권력장 안에서 지배층에게 집중되어 있는 권력을 분산시키는 역할을 담당한다.

1) 구술매체의 독립성과 상호 침투적 대화

식민지 농촌에서 서로의 의견을 전달하고 정치행위를 확산시키는 데 매개적인 역할을 하는 것은 인쇄물이나 언론매체이기보다는 인간 자체인 경우가 많았다. 그리고 인간이 이동하는 매체로서 '구술언어'를 사용해서 정치행위를 전방위적으로 확산시킬 때 문제가 되는 것이 바로

'구술성orality'이다. 구술성은 누군가의 생각이나 느낌 혹은 상황에 대한 표현이 말로 이루어질 때 작용하는 심리적이고 인식론적인 국면과 표현적인 특징들을 아우르는 개념이다. 그렇기 때문에 매체적 측면과 관념적 측면을 동시에 지니는 구술성은 문화나 의사소통방식 등과 같은 거대한 담론체계들을 조망할 수 있게 해준다.

그리고 구술성을 기반으로 작동하는 언어자질[65]로는 복수의 의사소통망을 보유한 다중채널, 제도교육을 통해 익히는 기술적인 문법에서의 일탈, 발화자와 수신자 사이의 상호교호, 발화자와 수신자의 동일한 시공간에 대한 공유, 번복할 수 없는 일회적인 성격, 정보전달의 효율성이 상대적으로 낮음 등을 들 수 있다.

이러한 언어자질을 지니는 구술성은 청각 중심의 감각체계와 담화방식과의 상관관계를 문제 삼는다. 구술문화 속에서 살고 있는 청각적 인간은 어떤 사물이나 사건을 객관화시켜서 원근법적으로 접근하기보다는 사물에 감정을 이입하여 참여적이고 상황 의존적인 태도를 보인다. 이 과정에서는 냉정한 관찰보다 감동적인 열정이 대화를 지배하게 되고, 표현상의 의미보다는 함축된 의미가 강조될 수 있다.[66]

대면공동체인 식민지 농촌에서는 구술언어를 바탕으로 서로에 대한 감정 이입이 이루어졌다. 그리고 타인과 자신의 상황이 지닌 유사성으

65　구술상황과 반대되는 기술상황의 발화맥락과 언어자질은 다음과 같다. ① 글은 의사소통의 채널이 단일하다. ② 통상적으로 글은 사회적 가치가 높은 것으로 여겨지기 때문에 보다 융숭한 대접을 받는다. ③ 글을 쓰는 상황은 발화자와 수화자가 독립된 상태이므로 상호교호가 전혀 이루어지지 않는다. ④ 글쓰기의 상황에서는 발화자와 수화자가 동일한 시공간을 공유할 수가 없다. 시공간의 분리는 화자로 하여금 탈상황적이고 탈문맥적인 사유를 하게 만든다. ⑤ 글은 텍스트와의 접촉성의 정도가 높은 편이다. 환기력이 강하고, 글에 대한 반성의 행위가 나타날 가능성이 높아진다. ⑥ 글은 정보적 초점화의 정도가 높다.

66　김현주, 『구술성과 한국서사전통』, 월인, 2003.

로 인해 공동의 문제에 농민들이 참여하기가 비교적 수월하였다. 그래서 농촌을 배경으로 하는 소설들 속에는 농민들에 대한 형상화과 구술언어의 사용이 밀접한 관계를 지니는 것으로 그려진다.

특히 시대적 상황이나 지주와의 관계 등으로 인해 혼자서 괴로워할 때 농민들의 언어는 울음이나 비명으로 그려진다. 그러나 억압적인 현실에 대해 타자와 함께 고민할 때는 서로가 서로의 삶에 깊이 개입하는 방식, 즉 상대의 삶 속에 침투하는 방식이 등장한다. 이 방식은 상대방과의 대화를 통해서 이루어지는데 이때의 대화는 타인의 삶에 대해 거리두기나 관찰하기가 아니라 개입하기의 형식으로 진행된다.

때로는 상대의 삶에 침투하는 방식의 대화가 부정적으로 재현되기도 한다. 이기영의 「맥추」에서는 비슷한 지위를 지닌 농민들 사이에서 이루어지는 침투적 대화가 서로 공유하는 문제를 해결하기 위한 수단으로 사용되지만, 한설야의 「산촌」에서 기술이와 대화하는 사사끼 교장의 모습은 민족적/계층적으로 차이가 나는 존재에 대한 공격이나 훈계의 양상을 띤다. 또한 『신개지』에는 유경준이 소작농들과 함께 술을 마시며 대화하는 것을 그의 사돈이면서 신흥 졸부인 하상오가 꺼려하는 장면이 등장한다. 이와 같은 예들은 구술문화 속에서 대화가 권력장의 성격을 규정하는 주요 요소이며, 다층적인 권력관계를 보여줄 수도 있음을 암시한다.

식민지 조선의 농촌에 존재하는 권력관계 역시 구술언어가 유통되는 방식과 유사하게 작동하였으며, 이곳에서는 진실의 담론을 구성하기 위한 기본적인 장치로 구술언어가 사용되었다. 구술언어를 나누는 사람들의 계층과 관계 정도에 따라 권력은 다른 방식으로 작동하고, 권력장의 구성도 변하기 마련이다. 지주의 수탈에 대해 "강약이 부동이니 겨룰 수가 있어야지!"라고 생각하는 수천이는 지주와의 권력관계 속에서 계속해서 열위를 차지할 수밖에 없다. 반면에 지주에게 "우리는 아주 창자도 없는 놈인 줄 아십니까?"라고 대거리를 한다면 기존의 권력관계에는 균열이 생기기 시작한다.

그러므로 식민지 시기 촌락공동체의 구술문화적 성격과 그곳에서 사용되었던 구술언어적 전략을 이해한다면, 소설 속에 재현된 이 시기의 권력관계가 지니고 있던 복잡다단한 성격을 재구해볼 수 있을 것이다. 이를 위해 먼저 구술언어의 양상과 철학적 의미 등을 좀 더 심도 있게 점검할 필요가 있다.

옹의 논의에 따르면 언어의 본래적 형태는 구술과 목소리에 의존한다. 이것은 언어가 목소리로서의 성격을 지니고, 쓴다는 것은 '목소리로서의 말' 없이는 결코 성립할 수 없음을 뜻한다. 옹은 이러한 상황을 설명하면서 목소리로서의 말은 쓰기에 의해서 배척받은 것이 아니라 오히려 그 가치가 높아졌다고 말한다. '원초적인' 구술문화 속에서 사는 사람들 사이에서 언어란 일반적으로 행동의 양식이지 사고를 표현하는 단순한 기호가 아니었다. 또한 모든 음성, 특히 구두로 하는 발화는 유기체의 내부에서 발하는 것이기 때문에 '역동적'인 힘을 지닌다. 그러므로 말이란 목소리이고 사건이며 필연적으로 힘에 의해서 생기는 동시에 힘을 만들어내는 어떤 것이다.[67]

이기영의 「맥추」에는 옹의 논의와 이어질 수 있는 여러 장면들이 등

---

67 월터 J. 옹, 이기우·임명진 역, 『구술문화와 문자문화』, 문예출판사, 2012.

장한다. 우선 아래의 인용문에는 지주의 아들인 영호에게 겁탈을 당할 뻔했던 수천의 처와 이 사실을 알게 된 수천이의 모습이 담겨 있다. 이러한 상황을 대면한 인물들의 내면을 언어로 재현하는 것은 불가능해 보인다. 그래서 작가는 구체적인 문장으로 인물의 고통을 재현하기 힘든 순간에 '애끓는 소리'와 '비명', 그리고 '울음소리'를 통해 상처받은 그들의 심리를 보다 선명하게 전달한다.

(A)

뒤미처 수천의 집에서는 여자의 애끓는 소리가 들리었다.

"애 개! 개! 개! 개! ……"

"이년아! 어서 대라! 그래도 못 대겠니? 이 주릿대를 앙굴 년 같으니."

수천이가 방망이로 무지하게 매질하는 소리가 "픽! 픽!"하는 대로 여자는 자지러지게 비명을 지른다.

"아이구 나 죽네 아이구…… 아이구! 대께…… 대께…… 아이구 날 죽여라!"

수천 어머니는 두 달 전에 죽었다. 어머니가 죽었기 때문에 이런 일이 생겼다고 수천이도 어머니를 부르며 통곡하였다.[68]

(B)

"으ㅎㅎㅎ…… 흥! 흥! 흥……"

수천이는 점돌의 말을 듣는 대로 점점 울음소리가 커진다. 점돌이는 그 꼴이 민망해서 볼 수 없다. 수천이는 울음 반 말 반으로 하는 말을 잇댄다.[69]

68 이기영, 「맥추」, 『조광』, 1937.1, 225~226쪽.
69 위의 글, 229쪽.

'아이구'라는 음성상징어와 말줄임표를 반복적으로 사용하여 작가는 수천이 처의 고통을 형상화한다. 그리고 '으흐흐흐'라는 의성어와 '울음 반 말 반'을 통해서, 아내를 지킬 수 없는 자신의 무능함을 아내에게 가하는 폭력으로밖에 해소할 수 없는 수천이의 슬픔을 담아낸다. 이 장면에서 극한의 순간에 놓인 농민들은 자신의 의사를 조직적인 언어로 표현할 수 있는 존재가 아니라 '울음'이나 '감탄사' 등 '목소리'로 표출하는 존재로 재현된다.[70]

이와 유사한 성격의 장면은 지주집 머슴인 성백이가 부역을 나오라는 말을 전하고 간 뒤, 지주의 횡포에 저항하지 못하고 '침묵'으로 일관하는 부모를 보면서 점돌이가 "침묵을 깨치며 벌떡 일어"나는 모습에서도 확인할 수 있다. 이 순간만큼은 목소리와 그 소리를 통해 전달되는 말이 하나의 사건이 된다. 그리고 이 사건 안에서 부모의 수동적이고 체제순응적인 삶은 '침묵'으로 형상화되고, 이와 달리 부조리한 현실에 대항하는 점돌이의 적극성은 "울음 섞인 목소리"를 통해 분통을 터트리는 모습으로 그려진다.

성백이가 나간 뒤에 박첨지 내외는 별안간 벙어리가 된 것처럼 우두머니 마주 보고 앉았다.

그들은 흉중이 어색한 모양이었다.

---

70 황호덕, 「식민지말 조선어(문단) 해소론의 사정」, 『벌레와 제국』, 새물결, 2011, 175∼227쪽. 황호덕은 관동대지진 때 일본인과 조선인을 식별하게 해준 수단이 일본어를 발음하는 '목소리' 였음에 주목한다. 그리고 이때 조선인과 함께 상당수의 말더듬이나 언어 장애자, 방언 사용자들이 학살되었다. 조선어란 법 밖에 있으면서(헌법역), 법 폭력(통치역)의 대상이 되는 그런 '예외상태'의 언어였다. 그런데 언어에 대한 이와 같은 방식의 분화는 '조선어' 안에서도 발생할 수 있다. 수천이와 그의 처가 보여주고 있는 '비언어'는 조선어 안에서 예외성을 지닌다.

점돌이와 점순이도 실심하니 침묵을 지켰다.

"그 빌어먹을 놈의 농사를 안 질 셈 잡고 한바탕 염병을 부릴까부다! 논밖에 더 떨어질까!"

하고 별안간 점돌이가 침묵을 깨치며 벌떡 일어난다. 그 바람에 여러 사람은 일시에 시선을 쳐들었다.

"쟤는 객쩍은 소리 좀 말래두! 농사 안 짓고 뭘 하고 살래?"

"설마 굶어 죽을까 봐 걱정이시유."

점돌이는 분통이 터져서 울음 섞인 목소리를 지른다.

"아이구 얘야…… 너두 큰소리 좀 말어…… 없는 놈이 속만 살면 뭐 하니?"

"그렇지요 어머니는 여직까지 죽어지내서 참 잘 사십디다! 하긴 어머니만 그런 것도 아니지만……."

점돌이는 주먹으로 눈물을 씻었다.[71]

작가는 이 장면을 서술하면서 소리를 매개로 사용해서 점돌이의 내면을 제시하고 있다. 이것은 옹이 이야기하는 '소리의 내면화'와 연결될 수 있는데, 소리는 직접적으로 대상과 접촉하지 않고도 그 상태를 파악할 수 있게 해준다. 체제에 대한 순응을 의미하는 "침묵"을 깨고 "울음 섞인 목소리"로 울부짖는 점돌이의 모습은 그가 부당한 상황에 더 이상은 '침묵'하지 않을 것임을, 분노가 표출되는 과정과 함께 보여준다.

이와 같이 구술문화 속에서 말은 소리 속에만 존재하거나 언어가 아니더라도 발음기관을 타고 나오는 어떤 소리들로 대체 가능하다. 구술

---

71 이기영, 앞의 글, 220쪽.

문화의 전통 속에서는 소리의 현상학이 인간의 존재감각 깊숙이 파고들어가 있다. 즉 존재는 자신의 목소리를 타고 나오는 말 혹은 울음, 비명 등에 따라서 처리된다. 그리고 이때 청각은 인물의 내부에 손을 대는 일 없이 그들의 내면을 감지할 수 있게 해주고, 우리는 그 소리들을 들은 후 그들의 내면에 공감할 수 있게 된다.

그리고 목소리로 된 말the spoken word은 소리라는 물리적인 상태로 인간의 내부에서 생겨나서 의식을 가진 내면, 즉 인격을 인간 상호 간에 표명한다. 그리고 이 말은 사람들을 굳게 결속시켜 집단을 형성하게 만든다. 한 사람의 화자가 청중에게 말을 하고 있을 때, 청중들 사이에서뿐 아니라 화자와 청중 사이에도 일체감이 형성된다. 구술문화의 성격구조는 문자에 익숙한 사람들 사이에 비하면, 한층 더 공유적이고 외면적이며 덜 내성적이다. 구술적인 의사소통은 사람들을 집단적으로 연결시킨다.[72]

그러므로 작품 속에서 수천이와 수천이 처, 그리고 점돌이의 울음소리는 개인들의 고통을 표현하는 동시에 촌락공동체가 공유하는 문제점들을 공론화시킬 수 있는 힘으로 변화되어 나간다. 앞의 인용문에서 점돌이가 주먹으로 눈물을 씻는 모습은 울부짖음이 다시 침묵으로 회수됨을 뜻한다. 하지만 이 장면을 부정적 현실에 대한 일시적인 봉합이라고 평가해서는 안 된다. 눈물을 씻는 모습에서 점돌이의 내면에 상처가 났음을 엿볼 수 있지만 그 상처는 작품의 후반부에서 '침묵'이라는 부정적 결과 대신에 '연대'라는 긍정적인 힘을 만들기 때문이다. 다시 말해 이 상처는 혁명까지는 아니더라도 연대와 저항의 움직임으로 나아

---

72 월터 J. 옹, 이기우 · 임명진 역, 앞의 책.

가는 계기가 되는 것이다.

논리적이지 못한 농민들의 구술언어가 절실함을 담고, 상대의 아픔을 공유하고 그 고통을 치료하기 위해서는 서로에게 침투하는 힘이 필요하다. 그리고 구술언어를 전달하는 매체로서의 '개인'들이 모여서 자신만의 발화가 아니라 '공론'을 형성하는 과정도 요구된다. '공론'이 만들어지기 위해서 타인의 고통에 대한 면역력을 기르기보다는 그 고통에 기꺼이 감염되고자 하는 자세가 필요하다.

점돌이는 수천이와 수천이 처가 당한 일을 공론화하기 위하여 마을의 여러 어른들 앞에서 이 사건을 공개하고 어른들의 말씀을 들어보는 것이 좋겠다고 주장한다. 그 이유는 이 사건은 "결코 수천이 한 사람만 당한 봉욕이 아니라, 여기 있는 모든 사람이 죄다 당한 거나 마찬가지"이기 때문이다. 그래서 점돌이는 농민들에게 수천이의 고통을 감염시키기 위해, 그리고 농민들의 의견을 규합하기 위해 공동감각과 공동의 '세계'[73]를 형성할 수 있는 연설을 한다. 그리고 이를 들은 농민들의 반응은 '감격'이라는 언어로 표현된다.

"자, 그럼 이렇게 하지요. 대표로 말할 사람을 몇 명 뽑아 세워 가지고 일

---

73 한나 아렌트, 이진우·태정호 역, 『인간의 조건』, 한길사, 1996, 105쪽. 아렌트에 따르면 세계는 예술을 위시한 인공품과 연관되며, 인위적 세계에 거주하는 사람들 사이에서 일어나는 사건에 관계한다. 세계에서 함께 산다는 것은 본질적으로 탁자가 그 둘레에 앉는 사람들 사이에 자리 잡고 있듯이 사물의 세계도 공동으로 그것을 취하는 사람들 사이에 존재한다는 것을 의미한다. 모든 사이(in-between)가 그러하듯이 세계는 사람들을 맺어주기도 하고 분리시키기도 한다. 카프 작가들이 카프 해산 후 공통의 세계를 상실했다는 것은 아렌트의 '탁자'의 비유와 연결시켜 생각해볼 수 있다. 카프 작가들은 카프라는 세계를 공유하고 있었으나, 일제의 탄압으로 인해 카프가 해산된 후 그 세계를 상실하고 새로운 주체화의 방식을 모색하기 시작한다. 이 과정에서 패배의식과 절망감이 작품들 속에 표출되기도 하지만 다른 한편에서는 다양한 방식의 주체 변형이 시도되기도 한다.

제히 들어가서 말해보지요. 그래서 만일 듣지 않거든 그까짓 것 어젯밤 영호의 행실을 만좌중에 편론해서 그 집 부자의 얼굴에다 똥칠을 해주지 못해요! 원 조금도 겁날 것이 뭐 있어야지."

"그래 그래 우리 그러자구."[74]

기본적인 물질공간 없이, 그리고 함께 존재함의 양태인 '행위'와 공동감각을 만들어내는 '말'에 의지하지 않고서 공동의 세계에 대한 정체성은 확립될 수 없다. 그러므로 한 개인의 문제를 공동의 문제로 사유하고 '세계란 우리 모두에게 공동의 것'이라는 감각, 즉 공동감각은 정치적 특성의 서열에서 최고의 지위를 갖는다.[75] 그리고 이 공동감각이 만들어질 때 거창한 구호로서의 정치가 아니라 일상 속에서 조우하게 되는 공동감각들의 총합으로서의 정치행위가 촉발될 수 있다.

점돌이의 연설에 대한 농민들의 반응은 공동감각을 지닌 이들이 구술문화적 전통 속에서 사용 가능한 것이다. '대표로 말할 사람'을 뽑고, 자신들의 의견이 수렴되지 않을 경우 영호의 행실을 '만좌중에 편론'하는 방식, 그리고 지주집 부자父子의 권위를 무너뜨리기 위해 '얼굴에다 똥칠'을 하는 방식은 식민지 시기 조선의 촌락공동체가 대면공동체이기 때문에 가능한 해결책이었다. 농민들의 삶 속에서 고소장을 꾸미거나 각서를 쓰는 문자언어적 대응방식은 찾아보기 힘들다. 대신에 이들의 '공론'은 편론하고 사정을 말하는 형식으로 지주에게 전달된다.

식민지 촌락의 계층을 토착유지와 농민들로 구분하여 이해할 경우,

---

74 이기영, 앞의 글, 233쪽.
75 한나 아렌트, 이진우·태정호 역, 앞의 책, 271~272쪽.

토착유지들의 고유성은 문자언어를 사용하는 순간에 본격적으로 드러난다. 대표로 뽑힌 농민들이 유주사네 도착했을 때 유주사가 "근동의 글친구를 모아서 시회詩會를 부친 것"은 계층별로 사용하는 언어의 양상이 다름을 단적으로 보여준다. 농민들이 지주와 협상을 벌이기 위해 구술언어인 '말'로 자신들의 의견을 펀론하려 준비할 때, 양반이면서 지주인 유주사는 문자언어인 '글'을 짓기에 여념이 없는 것으로 제시된다.

주사댁에서는 일꾼들이 품을 떼고 들어오는 줄은 모르고 주객은 술이 거나하게 취해서 글을 짓기에 정신이 없었다. 유주사는 모심는 이날을 기회로 근동의 글친구를 모아서 시회(詩會)를 부친 것이다. 군필이를 선두로 일꾼들이 유주사 집 사랑방 툇마루에 다다랐을 때는 그들이 사율을 한 수씩 지어 가지고 지금 한참 정선달이 그것을 시축에다 올려 쓰는 중이었다.[76]

이 상황이 제시된 것은 자신들의 농사도 제쳐두고 부역에 나온 농민들과 한가하게 술을 마시며 글을 짓는 유지들의 생활을 대비하여 소설의 주제의식을 보다 선명하게 드러내기 위함일 것이다. 그리고 이것은 농민들의 구술언어와 유지들의 문자언어가 대립하는 장이 만들어진 것으로 평가할 수 있다. 토착유지들이 술에 취해 시를 짓는 모습과 수천이가 더듬거리며 어젯밤 이야기를 하는 장면은 극명한 대비를 이룬다.

그리고 이 장면에서 수천이가 제대로 말을 못하고 "뭉씻뭉씻하고 있으니까 옥분 어머니는 고만 화가 나서 그의 볼기짝을 냅다 꼬집"는다. 이러

---

76 이기영, 앞의 글, 234쪽.

한 모습은 수천이가 만들어낸 발화적 상황이 마음에 들지 않는 옥분 어머니가 상황의 전복을 시도하는, 다시 말해 타인의 삶에 직접적으로 개입함을 보여준다. 그리고 이를 지켜보는 "군중은 우습고도 가엾고 분한 감정을 느끼"면서 이 상황에 대해 "제각기 수군거리며 비양거렸다."

앞에서도 이야기했듯이 농민들의 언어가 구술언어적 특성을 지니는 것은 그들이 교육받지 못했기 때문이다. 그리고 농촌의 문제들 중 대부분은 농민들이 문자언어를 모르는 데서 발생하였다. 하지만 농촌에도 보통학교가 들어서고 그 학교의 졸업생들이 생기면서 새로운 가치관과 비판적 인식을 지닌 농민계층이 출현하였다. 구술문화적 전통 속에서 성장했지만 문자언어를 습득한 자들이 두 문화를 아우르면서 식민지 농촌에 변화의 바람이 불게 된 것이다.

동리 사람들 중에는 언문을 아는 이도 얼마 되지 않았다. 그들은 모두 까막눈이로서 예전 생각을 곧이곧대로 믿고 있어서, 봉건적 사상에 젖었기 때문에, 언제든지 그것이 옳은 줄만 알았다. 그래서 시대는 변천하고 현실은 해마다 달라지건마는, 토지에 목을 매고 사는 그들의 완고한 머리는, 시대의 양심을 따라갈 만한 용기도 비판력도 없었다. 이렇게 해마다 되풀이 생활을 하는 가운데 늙은이가 죽고, 새 사람이 생겨났다. C촌에도 어느덧 보통학교의 졸업생이 생기고 점돌이와 같이 이십여 세나 되도록 장성한 사람도 그 가운데 생겨났다.

그는 보통학교를 겨우 졸업했을 뿐이나 제법 비판적 두뇌를 가지고 사물을 분석해 볼 줄 알았다. 그런 만큼 신문 잡지도 구해보고, 그의 진취성은 선배의 말을 귀넘어듣지 않았었다. 따라서 그는 현실에 비추어 선악을 분간할 줄 알았다.[77]

앞 절에서도 논의했듯이 농촌에서 문자언어를 습득할 수 있는 보통학교를 졸업한 인물들은 촌락공동체 내에서 '중견청년'으로 인정받는데 「맥추」에서는 점돌이가 그 역할을 대신한다. 그리고 그를 중심에 두고 수천이 사건을 계기로 지주의 부역을 거부하고 농민들 간의 협동체계가 구축된다. "작인들은 공동으로 보리타작을 하"면서 유쾌하게 단합을 하고, 함께 노동하는 가운데 외로움을 떨쳐버린다. 그리고 "어딘지 모르게 믿음직한 힘이 뭉쳐 있는 것"을 감지한다. "절망의 탄식에서 갱생의 희망을 부둥켜안고 싶은 공통된 의식"을 느끼면서 농민들은 오직 "자기들의 손으로만 운명을 개척할 수 있"다는 사실을 깨닫는다. 농민들은 억압의 순간을 정치적 추동력으로 전환한 것이다. 이러한 전환에는 폭력 수단을 소유한 '지배계급'에 의한 착취의 결과가 곧 빈곤이라는 인식이 포함되어 있다.[78]

이기영의 「맥추」가 이렇듯 낙관적인 결론을 도출할 수 있었던 이유는 구술언어를 전달하는 인간이라는 매체들이 작품의 초반부에는 개별적이고 고립된 방식으로 고통을 느끼다가, 작품이 전개되면서 고통이 주변 사람들에게 전염되고 타인의 고통에 대해 공감하는 인물군이 형성되었기 때문이다. 이들은 구술문화적 전통 속에서 타인의 삶에 침투하여 그들의 고통을 공유하고 협력하여 희망을 노래할 수 있는 '공동감각'을 갖게 된다.

부정한 행실로 물의를 일으킨 지주의 아들 영호는 "항자는 불살降者不殺"이라는 관용어를 사용하여 수천이가 고소를 취하하도록 꼬득이는데, 이를

---

77 이기영, 「맥추」, 『조광』, 1937.2, 110~111쪽.
78 한나 아렌트, 홍원표 역, 『혁명론』, 한길사, 2004, 138~139쪽.

통해서 촌락공동체에서는 법률까지도 정형구나 격언을 통해서 표현됨을 알 수 있다. 구술문화에서 빈번히 사용되는 관용적인 성격의 정형구는 문자문화에서 '쓰기'가 맡는 역할을 어느 정도는 담당한다.

한편 점돌이는 영호가 수천이에게 화해의 조건으로 제시한 것, 즉 내년에 좋은 논을 주겠다고 말한 사실에 대해 '계약서'를 받았는지 묻는다. 농민들 사이에서는 이야기를 통해서 협의가 가능한 것이 지주의 아들인 영호와의 관계에서는 '계약서'를 사용하는 문서화 작업을 통해서만 신뢰를 얻을 수 있기 때문이다. 농민과 지주 사이에서 구두계약은 실효성을 발휘하는 경우가 드물었기 때문에 '계약서'를 받지 않고 영호의 말을 믿은 수천이를 농민들은 '어리배기'로 치부한다.

지금까지 식민지 말기 촌락공동체의 민중들이 사용하는 언어의 특징을 구술성에서 찾고, 구술언어를 전달하는 매개체로서 '인간' 개개인을 설정한 후, 고통을 개인적 차원에서 느낄 때는 '울음', '비명', '탄식'을 통해 재현되는 모습을 검토하였다. 그리고 농민들이 정치행위를 확산시키는 방식으로 타자의 삶에 직접적으로 관여하고자 할 때 등장하는 '대화'에 주목하여 그 대화가 만들어내는 연대의 힘을 고찰하였다. 다음 항에서는 대면 상황에서 이루어지는 상호 침투적인 대화에서 한 발 더 나아가 인용적 수사를 기반으로 하는 소문이 촌락공동체 안에서 정치행위를 확산시키는 모습을 살펴보고자 한다.

2) 배제적 함유와 소문의 인용적 수사

식민지 말기 조선의 촌락공동체에서 확인할 수 있는 대표적인 권력의 양상은 토착유지들과 농민들 사이의 위계적인 권력관계이다. 그러나 권력은 수직적인 질서 속에서만이 아니라 농민과 농민 사이라는 수평적 관계에서도 작동하고 있었다. 촌락 안에서 공동체의 주된 구성원이었던 농민들은 촌락과 생활을 기반으로 한 '권력장' 안에서 자신들의 의견을 수합하고 관철시키기 위해 '소문'이라는 '권력장치'를 사용하였다.

소문은 일반적으로 객관적 근거를 지니지 않은 채 사람들의 입을 통해서 대규모로 유통되는 의사소통 양식이다. 그래서 소문은 객관성, 동일성, 신뢰성을 지니지 못한 '저급한' 의사소통 양식이라는 평가를 받았다. 소문은 객관적인 진실을 담지 않은 거짓된 말이며, 계속해서 모습을 바꾸어 유통되다가 자연스럽게 소멸되는 일시적인 말로 받아들여진다.

소문에 대한 이러한 통념은 완결태가 아니라 끊임없이 구성 중에 있는 특성, 개인이 아니라 집단이 함께 구성하는 특성에서 기인한다. 우선 구술언어로서의 소문은 본래적으로 기원을 추적해야 하는 진실성과는 거리가 멀다. 소문의 언어적 형식은 전파되는 과정에서 끊임없이 인용하는 형식을 취하기 때문에 기원을 소급하는 것 자체가 불가능하다. 또한 소문은 다른 사람의 말을 인용하되 이 인용이 '빈 틈이 있는 인용'이기 때문에 말하는 사람이 사건과 사건 사이에 존재하는 여백들을 스스로 채워 넣어 완결된 이야기로 만들어가야 하는 '과정 중의 말'이다.

"전쟁이 난다는 소문도 없던가?"

"글세 그런 소문이야 밤낮으루 있는 거지만 청국 수심가처럼 넘어만 간다지 어디 올 줄을 알아야지요."

"전쟁이 나기는 날걸세. 비결에도 박혀 있는 거구 그리구 이따 저 사내섬 끝이 만세교에 와닿은 것만 보게그려. 이번에는 대국이 한 번 큰소리치구 말

지. 요놈의 잔사리 새끼들이 너무 극성스리 꾀어치드니 이번엔 학춤을 추고
야 마느니. 하늘이 그리사 무심하겠나?"

그러자 그들은 전쟁이 나면 승부가 어떻게 될 거라느니 볏금은 다짜고짜
로 올라만 갈 거라느니 하고 성수가 나서 주거니받거니 한다.[79]

한설야의 「홍수」에 등장하는 전쟁에 대한 소문[80]은 위에서 언급했던
소문의 속성들을 포괄적으로 담고 있다. 위의 인용문에서 농민들은 소
문을 매개로 해서 중일전쟁을 예견한다. 그러나 이들이 전쟁의 징후로
들고 있는 것은 '비결'이나 '섬의 이동' 등으로 국제정세에 대한 객관적
인 이해와는 거리가 멀다. 농민들은 국가 사이에 작동하는 역학을 이해
할 만큼의 지식을 지니지 못한 채 주술적인 차원에서 세계를 이해한다.
그러므로 이들이 만들어내는 소문은 신뢰감 형성을 목적으로 하기보다
는 농민들 사이의 친밀감을 증가시키는 데 그 주안점이 있다.

그렇기 때문에 소문을 전달하는 과정에서 발화자가 누구인가는 그렇
게 중요하지 않다. 소문은 개인이 아니라 복수의 '사람들'에 의해서 구
성되기 때문이다. 소문 안에서 다양한 사람들이 하나의 이야기를 말하
고, 이들은 간접화법과 상황 의존적인 진술 구조 속에서 같은 것을 말하
다가 '사람들'이라는 집단적 주체로 거듭나게 된다. 소문을 듣고 퍼트리

---

79 한설야, 「홍수」, 권영민 편, 『한국근대단편소설대계』 29, 태학사, 1988, 465~466쪽.
80 정병욱, 앞의 글, 355~359쪽. 식민지 시기에 경찰은 소문과 불안을 진압하기 위해 힘썼다.
   김영배는 1939년 자기 집 사랑방에서 "요즘 신문에 일본이 점령했다는 보도가 없는 것으로
   보아 일본이 중국에게 지고 있는 게 아닌가. 중국은 로서아가 도와주고 있다. 세계대전이
   일어나면 일본이 질 것"이라고 이야기했다. 경찰은 김영배처럼 '불온언동'을 일삼는 자들을
   단속했고, 마을 사람들은 경찰의 선전에 대한 믿음보다는 경찰의 단속에 대한 걱정과 두려움
   때문에 김영배에게 충고를 했다. 김영배는 행정선을 타고 내려오는 조선총독부의 정책에
   대해서는 선택적으로 접근했다. 그에 비해 경찰기구에 대해서는 반감이 컸던 것으로 보인다.

는 자는 '사람들'의 대열 속에 휘말려 들어가고, 바로 이들이 집단적 말의 근원인 '사람들'을 형성하는 것이다. 인용문에서 '전쟁'과 '볏금'에 대한 발화로도 알 수 있듯이, 소문 속에서 사람들은 혼자가 아니며 소문을 통해 다른 사람들과 불안, 희망, 기대 등을 나누어 가진다.[81]

그러므로 소문은 끊임없이 참조되고 덧붙여지면서 집단적인 말이 되고, 나아가 계층적 무의식과도 상응하게 된다. 소문은 자신을 둘러싼 역사적 상황에 대해서 제한된 정보만을 접할 수밖에 없었던 농민들이 어떻게 현재를 인식하고 미래를 욕망하는가를 엿볼 수 있게 한다는 점에서 중요하다.

푸코식으로 말하면 하나의 권력장치인 '소문'이 농민들의 삶을 구성하는 필수성분으로 등장하는 예는 농촌을 배경으로 한 이기영의 소설들에서 찾을 수 있다. 특히 『신개지』에서는 소문의 유통 범주와 전파 방식, '배제'와 '연대'라는 소문의 기능, 소문을 활용하는 방식 등 소문과 관계된 다양한 양상들을 확인할 수 있다.

우선 소설들 속에서 소문을 둘러싸고 벌어지는 모습을 살피기 전에, 한설야의 「이녕」에 등장하는 '정주'에서 이루어지는 아낙네들의 수다를 살펴봄으로써 소문의 진원지에 대해 검토해보자. 정주에 모인 아낙네들은 거의 다 민우의 아내와 처지가 비슷한 사람들이다. 한때는 그네들의 남편들이 민우와 같이 감옥 안에 있었던 이들이었으나 지금 대부분의 남편들은 직업을 가지고 있다.

---

81 한스 J. 노이바우어, 박동자·황승환 역, 『소문의 역사— 역사를 움직인 신과 악마의 속삭임』, 세종서적, 2001.

"그때 그러고 다니던 사람들도 지금은 모두 돈벌이 하고 얌전들해졌어. 철들이 나서 그런지 세월이 좋아서 그런지……."

수득이 어머니가 이렇게 말하자 곁에서 따라서 누구는 수리조합에 다니느니, 누구는 부정 토목계 측량반으로 다니느니, 누구는 어느 회사 고원으로 다니느니, 누구는 무슨 장사를 하느니, 누구는 신문 지국 기자로 다니느니 하는 따위 이야기를 창황히 주워댄다.[82]

위의 인용문에는 수득이 어머니와 민우 아내의 대사를 잇는 소문들, 즉 서술자가 요약하여 전달하는 소문들이 담겨 있다. 이 장면들에서도 구체적인 발화자가 누구인지는 밝혀지지 않는다. 이전까지는 사회주의 사상을 가지고 있던 자들이 전향을 한 후에 어떤 직업에 종사하게 되었는가를 논하는 이 자리에서, 중요한 것은 '수리조합', '부정 토목계 측량반', '회사 고원', '장사', '신문 지국 기자' 등의 직업과 그들이 돈을 모으는 방법이지 발화의 주체는 아니기 때문이다. 민우네 정주에서 벌어지고 있는 이야기판은 기존의 소문을 '창황히' 주워대고, 새로운 소문을 만들어내는 소문들의 진원지이자 교차로라고 할 수 있다.

"계집질 좋아하는 사내는 그저 한 번씩 톡톡히 큰집(감옥) 구경을 시켜야지. 그래야 버릇이 떨어진다니까."

민우의 아내가 결론짓듯 이렇게 말하자 모두 참말 그렇다는 듯이 맞장구판이 벌어진다. 누구는 감옥 다녀오자마자 곧 취직해서 인제는 돈을 모으고,

---

82 한설야, 「이녕」, 권영민 편, 『한국근대단편소설대계』 29, 태학사, 1988, 23쪽.

누구는 책사를 해서, 누구는 토지 거간을 해서, 또 누구는 부자 과부를 얻어서 전장을 장만하고 아들딸 낳고 깨고소하게 산다 하고, 어떤 사람은 지위 있는 관리들과 상종하고, 무슨 대표로 동경까지 갔다 왔는데 다만 누구만은 아직도 징역살이가 부족해서 길이 좀 덜 들어 궁을 못 벗은 것이라는 이야기가 또 한 거리 넌즈러졌다.[83]

그런데 위의 인용문들에서 한 가지 주목해야 할 것은 소문이 오락의 기능과 정치의 기능을 담당하는 '수다'를 통해 확산된다는 점이다. 수다는 사람들을 통합하기도 하고 특정인을 배제하기도 하는데, 이러한 성격은 소문으로까지 이어진다. 우선 수다에서 통합의 대상은 그 자리에 모인 사람들이다.[84] 민우네 정주에 모인 아낙네들 중에서 계속해서 남편 자랑을 하는 수득 어미는 다른 사람들의 눈총을 받기도 하지만 그역시도 함께 수다를 떨 수 있다는 이유만으로 통합의 대상이 된다. 반면에 대화 속에 등장하는 '계집질 좋아하는 사내'는 이 수다판에서 배제해야 할 대상으로 여겨진다.

「이녕」에서 수다를 떠는 아낙들은 전향자들의 아내여서 인용문에는 과거에 사회주의를 표방하던 이들이 전향 후 어떤 직업을 갖게 되었고, 어떻게 돈을 벌고 있는지가 주된 관심사로 등장한다. 하지만 소문을 타고 전달되는 이야기의 소재는 상당히 다종다양하다. 이기영의 『신개지』에서는 소문으로 전파되는 이야기의 종류가 얼마나 다채로운지를 확인할 수 있다.

---

83 위의 글, 33쪽.
84 정병욱, 앞의 글, 372쪽.

이 작품의 배경인 달내골에는 '일성이'라는 인물이 "마을 중에서 소식통으로 가장 유명"한데, 그는 "누구의 말이든 나면 벌써 주루루 꿰뚫고 있"다가 마을 사람들에게 전달한다. 이런 인물들을 중심으로 소문은 조선의 농촌에서 정보 전달의 기본적인 수단으로 작용하였다. "근년에 고조되는 금광열"도 달래골에서는 소문을 통해 전파되고, 월숙이가 윤수에 대해 알게 된 것도 소문을 통해서이다. 처음에 월숙이는 윤수가 상해치사죄로 검거가 됐다는 소문을 듣고 무서워 하지만 들리는 여러 "소문을 종합해보면 그는 어떤 비범한 사람"인 것 같다고 느낀다.

이처럼 '달내골'의 삶은 구술문화적 전통과 불가분의 관계 속에 놓여 있다. '달내골'은 미디어의 근대적 변화에도 불구하고 여전히 전근대적인 구술성의 문화가 살아남아 있는 공간이다. 농민들은 근대적인 교육을 받지 못한 문맹 상태에서 구술적인 삶을 영위한다. 농민들이 구술문화적 전통 속에서 자기를 표현하는 방식이란 기본적으로 '말'을 통해 이루어지는 대화적 상황을 전제로 한다. 구술문화 속에서 개인의 의견은 끊임없이 타인의 의견을 참조함으로써만 의미를 지니기에, 소문은 농민들의 구술문화적 전통이 빚어낸 필연적인 결과라고 할 수 있다.[85]

소문과 관련해서 주목해야 할 것은 식민지 농촌을 배경으로 하는 이기영 소설 속에서 "회오리바람처럼 돌아"가는 소문이 그 '무정형성'[86]으로 인해 통치권력의 시선으로는 포획할 수 없다는 점이다.[87] 소문은

---

85 김종욱, 「구술문화와 저항담론으로서의 소문— 이기영의『고향』론」, 『한국현대문학연구』16, 한국현대문학회, 2005, 365~386쪽.
86 월터 J. 옹, 이기우・임명진 역, 앞의 책, 60~92쪽. 소문의 '무정형성'은 옹이 구술문화에 입각한 사고와 표현의 특징들을 정리한 것과도 연결된다. 앞에서 분석한 것처럼 구술문화의 첨가성・집합성・다변성・생활세계와의 밀착・참여성・상황 의존성 등의 성격이 복합적으로 작용하여 '무정형성'을 지닌 '소문'을 만들어낸다.

많은 입이 많은 귀에 대고 그것을 계속 전달하기 때문에 고정된 형태와 추적 가능한 직선의 유통 경로를 지니지 않으며, 균질공간의 경계를 넘어서 전방위적으로 확산되어 나간다.

익명의 '사람들'이 발휘하는 힘이 개개인의 총합보다 막강할 수 있듯이, 소문의 위력은 소문을 전달하는 사람들의 힘을 웃도는 양태로 나타난다. 특히 이 작품에서 농민들이 소문과 관계하는 방식은 달내골의 대지주인 하감역 집안의 비화, 즉 하감역의 손주 며느리인 '숙근'의 자살 소동과 '경후'가 하상오의 아들이라는 사실을 통해서 드러난다. 농민들이 지주에게 타격을 줄 수 있는 거의 유일한 예가 바로 이 소문을 권력장치로 이용하는 순간이기 때문이다.

촌락에서뿐 아니라 어느 '권력장'에서든 누군가에 대한 지배가 이루어지기 위해서는 물리적인 폭력만이 아니라 정신적인 동의의 과정이 필요하다. 선각자나 양반들이 위신, 체면을 중시하는 이유는 권위가 지배의 정당성을 확인해주는 장치라는 사실을 알고 있기 때문이다. 그러나 농민들의 소문은 지배계급의 도덕적 위선을 비웃고, 그들의 현실적 권위를 박탈하는 전복적인 언어의 성격을 지닌다.

이처럼 소문을 활용하여 권력관계를 조정하려는 모습은 이기영의 『고향』에서도 등장했었다. 김희준이 안승학과의 대결에서 승리하기 위해 안승학의 딸인 희숙의 소문을 전략적으로 이용했던 것이다. 그러나 이 작품에서 소문을 이용하는 김희준의 방식은 소문을 저급한 의사소

---

87 미셸 푸코, 오생근 역, 『감시와 처벌』, 나남출판, 2005, 181쪽. 푸코는 민중들의 소문을 분석하며 소문을 퍼뜨리는 과정에서 신체형의 공포를 기억하는 민중들이 준엄한 법을 재생산한다고 주장하였다.

통 양식으로 파악하면서 '소문의 막음'을 조건으로 협상에 임하는 것이었다. 김희준은 소문에 대해서 부정적이지만 소작쟁의에서 승리하기 위해서는 어쩔 수 없이 소문을 이용해야 한다는 딜레마에 빠진다.

『고향』에서는 김희준과 안승학이 농민들에게 침묵을 강요하는 것으로 타협점을 삼았다. 안승학 집안과 관계된 '무근지설'이 전파되는 것을 김희준이 막겠다는 각서에 서명을 함으로써, 소문을 통해서만 대사회적인 입장과 관점을 표출할 수 있는 농민들에게 침묵을 강요했던 것이다. 농민들의 능동적인 행위는 지식인 김희준이라는 프리즘을 거치면서 '무근지설'로 무시되거나 통제되어야 할 것이 되고 말았다. 그리고 소문을 통제하는 행위가 현실화된다면 김희준은 농민들 속으로 들어가지 못한 채 '소문의 외부'에 머무르는 존재로 남을 수밖에 없게 될 것이다.[88]

반면에『신개지』의 월숙이는 김희준이 소문을 통제하려고 했던 것과 달리, 소문이 유통되어 만들어내는 힘을 사용할 줄 아는 인물이다. 그는 자신의 아버지가 혼외관계에서 경후를 낳고도 그가 자신의 아들임을 인정하지 않자 이 사건을 바로 잡기 위해 경후의 집에 드나들면서 자신의 이야기가 마을 안에 퍼지게 만든다. 여러 사람들의 말이 만들어내는 힘에 대한 확신을 가지고 있는 월숙의 작전은 성공하여 결국 경후는 월숙이의 이복동생으로 입적된다.

월숙은 감히 자진해서 어른들 앞에 그 말(경후가 자신의 이복동생이라는

---

88 김종욱, 앞의 글, 382~384쪽.

말—인용자)을 할 용기는 없었다. 그는 어떻게 해서 어른들에게 눈치로 알리고 싶었다.

그는 그래 오랫동안 생각한 끝에 경후의 집에를 다니기 시작한 것이다.

그가 경후의 집에를 자주 다니게 되면 자연 소문이 나서 집에서도 알게될 것이다. 만일 그때 집에서 알고 티내거든 전후사실을 토파하면 되지 않느냐고 이렇게 생각한 월숙이는 순점이가 염려를 하며 다시 오지 말라는 말도 듣지 않고 아무일 없다고 그대로 다녔다.[89]

물론 소문이 부정적으로 그려질 때도 있다. 친정집의 어려운 경제 사정이 시댁의 아랫사람들에게까지 소문이 나게 되자 "숙근의 신세는 날로 고독"해지고 그녀는 미수에 그쳤지만 자살이라는 극단적인 선택을 하게 된다. 또한 경후 모친이 하상오의 아들을 낳았다는 소문이 퍼진 후 그녀는 근동에서 '명물'이 되어 각 계급의 술손님들이 그녀를 찾아온다. 그러나 그녀 옆으로 사람들이 모이는 것은 역설적이게도 공동체 내에서 그녀가 배제되고 있음을 암시한다.

그럼 농간이면 여간 이만저만한 농간이야…… 당초에 어떻게 된 노릇이냐 하면…… 이렇게 됐대여…… 그 자식이 초저녁 때부터 우리 집 근처에 와서 망을 보았던 모양이래여. 그래 내가 저녁을 먹고 나가니까 바로 쫓아 들어와서 사정을 하며 만일 말을 듣지 않으면 동네에다 그런 소문을 퍼쳐서 머리를 들지 못하게 한다고…… 그러며 또 논을 뗄 테니 어떻게 살 테냐

---

89 이기영, 『신개지』, 『동아일보』, 1938.7.23.

고⋯⋯ 그래 사람을 살려달라고 애걸을 하기 때문에⋯⋯ 막⋯⋯.[90]

한편 이기영의 「맥추」에 등장하는 위 구절의 담화는 중층적으로 짜여 있다. 이 담화는 세 개의 단계를 거치면서 전달되는데, 우선 이 내용에 대한 최초의 발화자는 지주의 아들인 영호이고 수신자는 수천의 처이다. 그리고 두 번째 발화 상황은 수천이의 아내가 수천이에게 이번 사건을 말하는 구조이고, 마지막은 수천이가 마을 사람들에게 이야기를 다시 들려주는 구조로 되어 있다. 첫 번째 단계에서 영호는 회유와 더불어 협박의 의도가 담긴 발화를 하고, 두 번째 단계에서 수천이 처는 고백의 형태로 결백을 주장한다. 세 번째 발화에는 영호의 부도덕성을 폭로하여 그를 응징하고자 하는 수천이의 분노가 담겨 있다.

그런데 이 세 단계가 명실 공히 인정하고 있는 것은 동네에 '소문'이 퍼지면 수천이와 수천이 처가 머리를 들고 다니지 못한다는 점이다. 촌락공동체에 거주하는 이들이 가장 두려워하는 두 가지는 도덕성에 훼손을 가져오는 '소문'과 '논'이 떨어져서 생계가 위태로워지는 상황이다. 부정한 소문은 대면공동체인 조선의 농촌에서 '사회적 죽음'을 가져오는 직접적인 계기로 작용했기 때문에 영호는 '육체적 죽음'과 연결되는 '논'과 '사회적 죽음'을 가져오는 '소문'으로 수천이 처에 대한 회유와 협박을 감행했던 것이다.

이처럼 소문을 둘러싼 긴장 안에는 중층적인 권력관계가 작동하고, 그 작동 양상에 따라 계속해서 새로운 배치가 만들어지기 때문에 소문

---

90 이기영, 「맥추」, 『조광』, 1937.1, 228쪽.

은 하나로 규정될 수 없는 '무정형성'을 지니게 된다. 위의 예에 등장하는 것처럼 처음에는 영호가 소문으로 수천이 처를 위협하지만 작품의 후반부에 가면 소문을 사용하려 한 영호의 파렴치함이 문제가 되어 그를 배척해야 한다는 소문이 만들어진다.

이처럼 소문들의 다양한 양상과 작동방식의 변화 가능성을 통해서도 추측할 수 있듯이 구술성을 기반으로 하는 삶을 살아가는 농민들에게 고정된 언어란 존재하지 않는다. 그리고 소문은 이 속에서 계속해서 은밀하게 유통되면서 모습을 바꾸어 나간다. 농민들에게 소문을 듣고 퍼트리는 것은 단순한 언어행위가 아니라 자신의 주변에서 벌어지고 있는 상황에 참여하는 정치적 행위가 될 수 있다.

지식인을 위시한 지배층들은 '진실성'을 문제 삼으며 소문을 통제하려 하지만, 지배에 내삽되지 않는 정치주체로서의 농민들은 소문을 통해 지배층의 논리를 독자적으로 전유하고 탈코드화할 수 있다. 소문의 형식은 언제나 중개된 말에 불과하고 그것을 인용하는 사람들은 늘 현존하지 않으며, 재현의 대상을 갖지 않는다는 점에서 텅 비어 있다. 그래서 소문은 기원을 알 수 없기에 반박할 수 없고 따라서 통제될 수 없다는 사실 때문에 지배층의 불안을 야기한다.[91]

> 만일 다른 집에서 그런 변고가 났다면 시각을 다투면서 그것이 신문에 발표되었을 것이나 유력한 하감역 집안의 불미한 일인 만큼 그들은 꼬집어내기를 즐기지 않았다.[92]

91　김종욱, 앞의 글, 365~386쪽.
92　이기영, 『신개지』, 『동아일보』, 1938.6.25.

위의 인용문에서 확인할 수 있듯이 막강한 재력을 소유한 하감역은 손주 며느리의 자살 소동이 신문에 실리는 것을 막을 수 있을 뿐 아니라 그러한 자신의 힘에 대해 알기에 '자만심'을 느끼기도 한다. 지역의 신문들도 이 사건이 단연 독자들의 이목을 끌 수 있는 소식임을 알지만 하감역과의 권력관계에서 우위를 차지할 수는 없기 때문에 하감역의 치부가 될 이 사건을 신문에 게재하지 않는다. 이 장면은 하감역이 신문이라는 언론매체를 통제할 만큼의 힘을 지니고 있음을 시사한다.

그러나 그런 하감역도 '무정형적'으로 확산되는 소문의 역동성을 막아내지는 못한다. 구술문화가 지배적인 촌락공동체에서 발화자들은 전해지는 이야기를 일부러 바꾸기도 한다. 청중과 교감하기를 원하는 발화자는 상황에 따라 새로운 방식으로 이야기를 전달하는 것이다. 호머는 이러한 말words의 성격을 '날개 돋친 말'이라고 표현했다. 이 표현은 말의 덧없음, 말의 힘, 그리고 말이 지닌 자유로움을 보여준다. 즉 말은 끊임없이 움직이는 가운데 그 움직임의 힘찬 형식인 비상에 의해서 일상적이며 둔중하고 묵직한 '객관적인' 세계에서 벗어나 하늘로 날아오른다.[93]

그러므로 이와 같은 말의 성격을 고스란히 지니고 있는 소문은 농촌을 배경으로 하는 소설 속에서 지배층에게 집중되어 있는 권력의 편중 현상을 막아 권력을 분산시킬 수 있는 서사화 장치로 기능할 수 있다.[94] 소문은 말해질 때마다 그 당시의 상황 속에서 가장 적합한 방식으로 제시되지 않으면 안 된다. 이러한 상황 의존성과 변용 가능성으로 인해서 소문은 권력관계에서 우위를 점하는 지배층의 시선에 포획되지 않고,

---

93 월터 J. 옹, 이기우 · 임명진 역, 앞의 책, 121쪽.
94 황지영, 앞의 글, 4~5장.

농민들의 목소리로 끊임없이 재생산된다.

하지만 이러한 소문의 성격도 제국권력이 절대적인 힘을 발휘하는 시대가 되면 현실에 대한 은유를 담아 무거운 소식들을 실어 나르게 된다. 한설야의 「산촌」에서 사사끼 교장이 김갑산 동까지를 자신의 것으로 만든 후, 감옥에 간 기술이는 출옥할 때쯤 여러 소문들을 듣게 된다. 기술이가 좋아하던 복례네 집은 "고향인 S군으로 갔다고도 하고 또는 간도로 갔다고도 하여 그 종적을 바로 알 길이 없었다." 반면에 일본인 교장을 둘러싼 소문은 복례네의 사례와는 대립되는 양상을 보인다.

> 지난여름에도 교장 선생이 육십 원이나 내어서 그들은 광포로 해수욕을 갔다 왔다는 이야기도 들렸다. 또 여원 이 김갑산 동이 십여 년 만에 첨으로 금년에 비싼 금비(金肥)를 싫도록 쳐먹고 유들유들 퍼러둥둥한 벼를 키워 주어 살진 나락이 놀랄 만큼 그득 났다는 말도 기술은 이야기로 들었다. (…중략…) 모범경작생들이 한여름 동안 얼마나 일하고 얼마나 벌었는지는 알 수 없으나 교장 선생은 팔천 원이나 들여서 T우편소를 그 친구의 이름으로 새로 샀다는 소문이 차차 퍼지기 시작하였다.[95]

일본인 교장과 조선인 소작농들 사이의 대립으로 인해서 소작농들은 땅을 빼앗기고 공사판의 막일꾼이 되거나 복례네처럼 유랑의 길을 걷게 되었다. 하지만 일본인 지주는 갈수록 재산을 늘려가고 그를 싸고도는 소문은 풍요로움의 이미지를 담아낸다. 중일전쟁을 넘어 세계대전

---

95 한설야, 「산촌」, 『조광』, 1938.11, 204쪽.

의 운무가 감도는 가운데 조선인 소작농들의 몰락을 담은 소문과 일본인 지주의 번성을 담은 소문이 공존한다.

이러한 소문들은 전쟁의 폭력성을 자신의 항시적인 성격으로 전유한 제국권력이 식민지 조선을 완전히 잠식해 들어왔음을 짐작케 한다. 전쟁이 본격화되기 전까지 촌락공동체에 떠도는 소문들은 농민들의 일상을 담고 있는 것이 대부분이었다. 그러나 이제는 농민들의 일상이 전시라는 시국과 분리 불가능한 것이 되면서 '행위'를 통해 삶을 변형시키는 방식으로 작동하던 소문은 식민지 농민들의 '영락零落'과 '죽음의 정치'[96]를 나르는 장치가 되고 말았다.

푸코가 '순수한 폭력'이라고 명명한 것과도 이어지는 '죽음의 정치'는 인간의 육체와 사물에 작용하여 기존의 것들을 구부리고, 부러뜨리고, 파괴하며 모든 가능성을 배제한다. 이 안에서 정치주체들은 수동성 이외의 성격을 지니기 힘들뿐 아니라 저항은 진압되는 형태로만 출현한다.[97]

---

96 조르주 아감벤, 정문영 역, 『아우슈비츠의 남은 자들—문서고와 증인』, 새물결, 2012, 127쪽. 아감벤은 "히틀러의 독일에서는 살리는 생명권력의 유례 없는 절대화가 그만큼 절대적인 죽이는 주권 권력의 일반화와 교차하며, 그래서 생명의 정치가 죽음의 정치와 직접적으로 일치한다"고 주장한다. 그리고 푸코식의 관점에서 볼 때 이러한 일치는 진정한 역설이라고 말한다. 독일의 수용소들에서는 유대인들을 대량 학살함으로써 "생물학적 연속체에서 격리될 최종적인 생명 정치적 실체인 '이슬람교도'"들을 생산했기 때문이다. 독일의 수용소에서와 같은 강도는 아니었더라도 이러한 모습은 식민지 말기 조선에서도 확인된다. 일본의 제국권력은 전쟁터에서 조선인들을 죽이기 위해서 이들을 제국의 국민으로 생산했다.

97 한병철, 앞의 책, 162~163쪽.

3. 길항적 권력관계와 내파의 가능성

이기영의 『신개지』에는 '미곡검사소 사무실 앞'에서 '가마니'의 품질을 평가받기 위해 부산한 농민들의 모습이 등장한다. 이들은 '검사'를 통해 일상의 소재인 '가마니'마저도 표준화하려는 규율적 시선 아래 놓인다. '사무원들'은 눈코 뜰 새 없이 바쁘고, 농민들은 '불자不字'를 받지 않기 위해 전전긍긍한다. 이 작품에서 소극적이고 무기력한 농민으로 등장하는 김선여는 이처럼 "모든 점에 깨끗한 것만 취하"려고 하는 식민권력, 그리고 그로 인해 조금씩 문명화되어 가는 현실 속에서 "세상일이 점점 까다로워지는 것"을 느낀다. 능동적으로 균질공간을 구성하는 데 참여하기보다는 이미 설계된 이 공간 안에서 적응해야 하는 농민의 입장에서 볼 때, 시장에 좌치가 정해지고 가마니마저 검사를 받아야 하는 이 모든 과정은 식민권력의 출현 이후에 등장한 번거롭고 까다로운 절차일 뿐이었다.

미곡검사소 사무실 앞 광장에는 가마니가 들이밀리고 한편에서는 검사를 맡느라고 부산하다.

검사를 마친 놈은 꼬리표를 달아서 한옆으로 쌓아놓는다. 전표(傳票)를 탄 사람들은 사무실 창구로 몰려가서 현금과 바꾸느라고 또 북새를 놓는다. 그러는대로 사무원들은 눈코 뜰 새 없이 갈팡질팡한다.

한낮이 가까워서야 선여는 자기의 번이 돌아와서 간신히 검사를 마쳤다. 검사료를 제하고 가마니값을 찾았다. 그러나 거의 한 죽은 불자(不字)를 맡기 때문에 그것은 할수없이 도로 짊어지고 나왔다.[98]

식민권력이 생활권력장을 재편성하는 과정에서 농민들이 느끼는 것은 번잡함과 자신이 삶의 주체일 수 없다는 생각이었다. 그래서 식민권력은 조선의 농촌을 지배하기 위해 관습과 같은 전통적 자치원리를 함께 이용하였다. 이때 토착유지 집단과 식민권력의 하부행정기구 간의 밀착관계로 인해, 국가 행정에 비공식적인 요소가 침투하여 공식영역의 식민화라는 결과를 낳았다.[99] 식민지의 농촌에서 등장한 식민지 행정과 토착유지의 공조현상은 이기영의 「맥추」에서 확인할 수 있다.

수천이는 자신의 처가 지주의 아들인 영호에게 겁탈당할 뻔한 사건을 이야기하면서 그 처리를 구장에게 부탁한다. 구장은 자신이 관할하는 공동체 안에서 발생한 불미스러운 사건에 대해 심판자의 역할을 맡는다. 그는 농민들의 이야기를 들어주는 상담역인 동시에 이 일을 처리할 수도 있는 자격을 부여받은 상태이다. 이것은 구장이 통치권력과 촌락공동체의 접점[100]으로 기능했음을 증명한다.

그런데 여기서 주목해야 할 것은 잘 처리해주지 않으면 '고소'를 하겠다는 수천이의 진술이다. 수천이의 대사는 이 사건을 해결하기 위해 그가 생각하는 최선의 방법이 '고소'가 아니라는 사실을 암시한다. 대면공동체의 성격이 짙은 조선의 농촌에서 법으로 문제를 해결하는 것은 마을 안에서 공식적으로 적을 만드는 행위인 동시에 그 절차에 드는 비용 또한 만만치 않았기 때문에 농민들은 어떤 사건을 해결하기 위해

98   이기영, 『신개지』, 『동아일보』, 1938.1.20.
99   이정환, 「식민지 국가권력과 관제자치−1930년대 한국 지방농촌사회의 국가−사회관계 연구」, 서울대 석사논문, 2001, 1~10쪽.
100 윤해동, 「'식민지 인식의 회색지대'를 위한 변증−아래로부터의 근대 연구를 위하여」, 『역사와 현실』 66, 한국역사연구회, 2007, 399~427쪽.

법에 호소하는 것을 최후의 방책으로 남겨두었다.

　"거, 모양이 좀 수통한걸요……."

　"자식이 원…… 엥이! …… 그러니 만일 고소를 당하게 되면 그런 해거가 어디 있겠소. 그러니 어떻게 농암이 잘 무마를 해주셔야겠소……."

　"암! 고소를 하게 해서야 쓰겠소."

　구장은 유주사의 비위를 맞춘다.

　"참, 미거한 자식을 두어서…… 나중에는 별일을 다 당하는군! …… 아니 그 자식이 누구를 닮아서 계집이라면 그렇게 사족을 못 쓰는지 모르겠소?"

　"그걸 누가 아오. 돈 있는 탓입니다. 돈이 없으면 그런 생각을 할 여가가 없거든요."

　구장은 자기의 직책상 동리의 풍기를 위해서 개탄하는 눈치가 보인다. 그렇다니 말이지, 만일 이런 사건을 영호가 저지르지 않고 다른 만만한 사람 중에서 저질렀다면 그는 당장에 그 사람을 잡아다가, 엄중하게 문초를 했을 것이다.[101]

　인용문에서는 이런 사건을 대하는 구장의 태도가 양가적임을 확인할 수 있다. 만만한 사람이 "동리의 풍기"를 어지럽히는 일을 저질렀다면 당연히 "엄중하게 문초"를 했을 일이지만, 사건의 가해자가 동네 최고 지주의 아들이고 보니 상황이 녹록치 않게 된 것이다. 구장은 자신의 직책에 대한 의식을 분명히 가지고 있는 동시에 지주와 '경작권'이라는

---

101 이기영, 「맥추」, 『조광』, 1937.2, 101~102쪽.

이해관계가 얽혀 있다. 그렇기 때문에 이 문제를 해결하면서 그가 취할 수 있는 태도는 극히 제한적일 수밖에 없다.

게다가 문제의 발단인 영호는 구장을 자신이 원하는 방향으로 움직일 수 있다고 생각한다. 그리고 그가 그렇게 할 수 있는 근거로 떠올리는 것은 이 사건을 공론화한 점돌이가 "양반을 모욕한 죄"를 저질렀다는 것이다. 영호는 자신이 '양반'임을 내세워 점돌이를 문책하려 하고, 소작농들은 이번 사건을 지주의 횡포로 받아들이고 있다는 점에서 차이가 드러난다. 영호의 의식은 '봉건적 신분질서' 속에 갇혀 있는 반면 소작농들의 의식은 '계급적 투쟁'의 영역으로 이행한 것이다. 그러나 이 둘은 국가의 '법'을 통해서 문제를 해결하려고 하지는 않는다는 점에서 공통적이다.

농촌공동체에서 '법'이 지니는 위상의 문제를 단적으로 보여주는 장면은 한설야의 「홍수」에 등장한다. 홍수로 인해서 생존의 위협을 느낀 농민들은 물길을 막는 둑을 부셔야 한다고 판단한다. 그들은 이것이 법을 어기는 행위임을 알고 있지만 법은 생명이 위태롭다고 느껴진 상황 속에서 힘을 발휘하지 못한다. 오히려 법은 농민들의 삶을 가로막는 존재로 인식되고 농민들의 삶으로 들어오지 못한 것, 즉 '삶의 외부'라는 인상을 준다.

"법? 홍……."
"우선 살구 보자!"
"우리도 먹어야지……."[102]

설사 농민들을 위하는 법령이 제정되었다고 해도 그 법이 촌락공동체에서 큰 힘을 발휘했는지는 확실치 않다. 한설야의 「산촌」에는 '조선농지령'[103]이 발표된 이후에도 실생활 속에서 농민들이 그 혜택을 받을 수 없는 모습이 제시된다. 소작관계에서 소작농을 보호하기 위한 법령이 제정되긴 했지만 그 시행을 관리 감독할 행정체계가 미흡한 조선의 농촌에서 지주들은 여전히 강력한 권력을 지닌 채 군림하였다. 그러므로 항상은 아니더라도 간헐적이나마 권력관계에서 총독부의 법보다 지주의 권위가 우위를 차지하는 조선의 농촌은 '제국의 사각지대'라 부를 만하였다.

평바닥 농민들은 농지령(農地令)이 발표된 이후 지주와의 사이에 소작계약이 있어서 그 기한 안에도 변동되는 일이 별로 없고 또 기한이 되었더라도 상상한 이유 없이는 뗄 수 없는 것이나 이 고장은 산간이요, 또 신개간지라서 아직 모든 범절이 째이지 못한 채로 있다. 땅이 팔리더라도 소작권까지 따라 넘어가는 관례도 없다.[104]

인용문에서도 나온 것처럼 조선의 농촌은 식민권력의 강력한 개입과 더불어 사법제도가 힘을 발휘하는 공간이기보다는 공동체의 운영원리

102 한설야, 「홍수」, 권영민 편, 『한국근대단편소설대계』 29, 태학사, 1988, 480쪽.
103 정연태, 「1930년대 '조선농지령'과 일제의 농촌통제」, 『역사와현실』 4, 한국역사연구회, 1990, 226쪽. '조선농지령'의 제정과 시행은 1930년대 전반기의 중점적 정책이었다. 이 정책은 식민권력이 농업 생산관계에 직접적으로 개입한 조치였는데, 일본에서 무산된 소작법 제정이 식민지조선에서만 실시되었던 만큼 식민지적 특수성을 보여주는 것이었다. 조선농지령은 식민지지배체제의 유지와 안정이라는 총독부의 요구에 의하여 등장한 것이었지만 그것이 조선의 농촌에서 실효를 거둘 만한 법령이었는지에 대해서는 재고의 여지가 있다.
104 한설야, 「산촌」, 『조광』, 1938.11, 200쪽.

로서의 관습이 제도와의 융화 속에서 농민들의 삶을 규정짓는 장소였다. 이러한 모습은 이기영의 『신개지』에서 '사법'을 어긴 '전과자' 윤수와 '관습법'을 어기고, 즉 불륜으로 태어난 '의붓자식'인 경후를 바라보는 농민들의 시선 차이에서 다시 한번 확인할 수 있다.

윤수는 동생의 친구가 자신을 '전중이(전과자)'라고 말한 것과 자신이 "경후 보고 의붓자식이라고 흉보던 것"을 비교하면서 어린 시절 경후를 놀리던 것을 뉘우친다. 그렇지만 자신이 전과자라는 생각 때문에 윤수가 절망에 빠지지는 않는다. 그의 독백에는 회한이 담겨 있긴 하지만 그는 자신의 잘못이 회복 불가능한 것이라고 생각하지 않는다. 이 작품의 배경인 달내골은 읍제가 되기 전의 면서기가 "공금횡령죄로 서기도 떨어지고 징역을 살았"지만 시간이 지난 후 "다시 신용을 얻어서 남만 못지 않게 활동을 계속"할 수 있는 공간이기 때문이다. 이곳에서 법을 위반하는 사건은 시간이 지나면 잊혀질 수 있는 정도의 효력만을 지닌다.

물론 윤수가 전과자라는 사실에 대해 사람들이 처음부터 관대했던 것은 아니다. 부읍장과 하감역 등 토착유지들은 윤수에 대한 불만을 숨기지 않았다. 그러나 윤수를 향한 이들의 편견이 일소될 수 있는 사건, 즉 동네의 최고 유지인 하감역의 손주 며느리가 자살을 기도했을 때 윤수가 그녀를 구한 사건이 벌어진다. 이 사건 이후 윤수는 하감역에게 미움을 덜 받을 뿐 아니라 마을 사람들에게는 신임까지 얻게 되었다. 촌락공동체의 구성원들은 그가 살인으로 인해 수감되었던 사실보다는 사람을 구했다는 사실에 더 무게를 실어 평가한다. 이제 윤수의 살인은 '과실치사'로, 그의 구인救人은 반드시 죽을 사람을 살린 행동으로 격상된다.

비록 과실치사라 할지라도 윤수는 신학성이를 죽였다는 사실이 있으므로 마을 사람들은 그를 경원해 왔는데 숙근이가, 반드시 죽을 사람인 것을 살렸다는 것은 마치 그전 죄를 상쇄한 것처럼 무의식중에 그들의 생각을 고쳐가게 한 것이다.

그래서 그들은 남녀노유를 물론하고 윤수와 차차 친근히 하려는 경향을 보이는데 그럴수록 윤수는 어느덧 달내골 상중하 삼동리의 중견청년이 되어 갔다.[105]

반면에 경후는 '의붓자식'이란 사실 때문에 못났다고 평가받고, 그로 인해 친구들과 동네 사람들로부터 학대를 받는다. "떳떳한 애비의 자식으로 못 태어났다"는 그 사실이 경후의 삶 전체를 옭아매고 윤수에게도 '교만한 우월감'을 갖게 만들었던 것이다. 경후는 대면공동체인 농촌에서 관습법을 위반하면서 출생했기 때문에 그를 대하는 농민들의 태도는 사법을 위반한 윤수를 대할 때보다 훨씬 가혹하다. 그리고 구별짓기가 지속되는 시간 역시 윤수보다 길다.

경후는 본시 순한 성질을 가졌지만 그의 태생이 남달리 기구해서 학교에 다닐 때는 늘 동무들에게 쩽이를 잡혀 지냈다.

윤수 역시 그전에는 다른 애들과 함께 경후를 놀려주고 윽박었다. 그를 여러번 울려주고 때려주었다. 다른 애들처럼 아무 까닭 없이 다만 경후가 의붓자식이란 것과 못났다는 이유로 그를 학대했다. 경후가 그리 못난 위인은

---

105 이기영, 『신개지』, 『동아일보』, 1938.7.5.

아니다. 그는 이목구비가 번듯하고 학교 성적이 남에게 빠지지 않았다. 지금 생각하면 그때 경후를 못났다고 지청구한 것은 사람이 못났다는 것보다 그가 떳떳한 애비의 자식으로 못 태어났다는 편견에서 비져나온 교만한 우월감이었다.[106]

이런 경후의 이야기는 그가 토착유지인 하상오의 아들로 인정되어 그 집안에 입적되는 것으로 마무리된다. 사람들은 하상오가 경후를 자신의 아들이라고 인정하게 만드는 과정에서 '순리'로 대변되는 관습적인 방법으로 그를 설득한다. 그리고 그것이 실패할 경우의 대안으로만 "실자 實子확인소송의 재판"을 고려한다. 식민지 농촌의 권력장에서는 사법적 증명보다는 '순리'라는 말 뒤에 숨겨져 있는 힘, 다시 말해 공동체 구성원들의 동의와 이들이 공유한 시간을 거치면서 공고해진 관습의 힘이 더 크게 작용한다.

식민지 농촌에서 사법보다 관습이 농민들을 관리하는 데 보다 효과적이었기 때문에 식민권력은 한편에서는 관습을 활용하고, 다른 한편에서는 촌락공동체의 관습과 풍속을 둘러싸고 발생할 수 있는 농민들의 '정동'을 관리하였다.[107] 식민지 농촌을 둘러싸고 벌어지는 이와 같은 문제에 대해 권명아[108]는 '정동의 정치학'이라는 관점에서 접근한다.

---

106 이기영, 『신개지』, 『동아일보』, 1938.3.8.
107 김민철, 「일제 식민지배하 조선 경찰사 연구」, 경희대 석사논문, 1994. 풍속 경찰은 '사회의 선량한 풍속을 유지시키기 위하여 이를 침해하는 행위 및 동기를 금지 혹은 제한하는 경찰 작용'이다. 1910년대 풍속 경찰작용의 범위 및 대상은 '묘지에 대한 관습, 무(巫)와 무당의 방술, 과부의 탈거, 기생 및 계' 등 6항목에 국한되었다. 풍속 경찰의 작용은 일본과 일원화된 방식을 따르고 있으며, 이를 바탕으로 한 풍속 통제는 일상을 관리하고 규제하는 법제와 밀접한 관계를 지닌다.
108 권명아, 「풍속 통제와 일상에 대한 국가 관리 — 풍속 통제와 검열의 관계를 중심으로」, 『민족

'정동의 정치학'에서 중요한 것은 하나의 정동을 신비로운 실체로 다루는 것이 아니라 서로 다른 정동들이 권력의 변주와 이동 속에서 어떻게 겹쳐지는가를 발견하는 것이다. 그리고 식민지 농촌에서 정동이 식민권력의 목표물이 되는 과정을 부적절한 정동에 대한 관리[109]를 통해 설명한다.

1937년 중일전쟁으로 말미암아 세계대전의 가능성까지 논의되는 시점에서 조선의 농촌은 더 이상 다층적인 권력관계가 작동하기 어려운 공간으로 변해갔다. 제국권력은 식민지 자원에 대해 총동원령을 내리고, 반제국적 사상에 대한 강도 높은 통제와 더불어 일본이 전쟁에서 패배할 수도 있다는 내용의 발언을 '유언비어'로 규정하여 이에 대한 단속을 강화해 나갔다.

제국권력의 이러한 대응은 식민지 농촌의 권력장에 커다란 변동을 가져왔다. 중일전쟁이 발발하기 전까지 조선의 농촌에는 다양한 권력관계가 존재했으며, 농민들의 단결된 힘이 촌락공동체의 구조적 모순을 전복하지는 못하더라도 농민들이 농촌이라는 권력장 안에서 하나의

문학사연구』 33, 민족문학사학회, 2007, 367~406쪽; 권명아, 「음란함과 죽음의 정치-풍기문란 근대적 주체화의 역학」, 『현대소설연구』 39, 한국현대소설학회, 2008, 27~54쪽; 권명아, 「식민지 내부의 감각의 분할과 정념의 공동체-병리학에서 정념론으로의 전환을 위한 시론」, 『석당논총』 53, 동아대 석당학술원, 2012, 1~46쪽. 권명아는 식민지 농촌의 문제를 사유하기 위해 '정동의 정치학'이라는 연구틀을 가져온다. 그는 '정념'을 둘러싼 식민권력(총독부)의 법과 그 대리인, 그리고 오랜 공동체의 관습과 사회주의라는 '새로운 모랄' 사이의 역학을 탐구하면서, 농민을 둘러싸고 벌어지는 법과 관습, 그리고 사회주의 사이의 해결 불가능한 각축전에 주목한다. 그리하여 '아래로부터의 권력' 형식인 정동의 정치학을 통해 잠재적인 것과 현실적인 것 사이의 이행을 규명하고, 정동을 기반으로 이루어지는 관계 맺음과 함께-있음의 문제를 재사유한다.

109 Ben Anderson, "Modulating the excess of affect : Morale in a State of 'Total War'", Melissa Gregg and Gregory J. Seigworth ed. *The affect theory reader*, Durham & London : Duke University Press, 2010, p.168.

축을 담당하기는 했었다. 이들은 지주와의 관계에서, 혹은 식민관료들과의 관계에서, 혹은 같은 소작농들 사이의 관계에서 자신들의 역량을 발휘하였다.

그러나 중일전쟁으로 인해 농촌의 권력장에서는 제국권력 쪽으로 모든 권력이 편중되는 현상이 나타났다. 권력관계에서 작동하던 상대적 우위의 가능성이 제국권력의 절대적 우위로 재편되면서 기존까지 길항을 하던 지배와 자치, 식민관료와 토착유지, 법과 관습 사이에 존재하던 위태로운 균형은 깨지고 만다. 즉 조선의 농촌은 폭압적인 지배가 압도하는 공간으로 변질된 것이다.

이와 같이 조선의 산촌에서 중일전쟁을 기점으로 하여 촌락공동체의 권력장이 재편되는 과정을 핍진하게 제시하고 있는 작품은 한설야의 「탁류」 3부작이다. 이 작품들은 촌락공동체 안에서 법보다는 관습이 농민들의 생활 속에 더 깊숙이 침투하고 있었던 상황과 전쟁 이후에 기존의 삶을 압도하는 제국권력의 출현을 일본인 '사사끼 교장'이 S동리에서 전권을 잡게 되는 과정을 통해 상징적으로 보여준다. 「홍수」에서는 금광에 투자했다가 몰락하는 토착유지 김갑산과 자연재해에 대항하는 농민들이 그려지고, 「부역」에서는 아래의 인용문과 같이 일본인인 사사끼 교장이 '갱생부락', '모범부락'을 만드는 작업이 공개된다.

선생은 그 부락 인민들의 추경여행(秋耕勵行), 축산여행(養豚, 養鷄, 養犬, 畜積), 퇴비증산, 앙판정지개량(秧板整地改良)과 양상보급(揚床普及), 정조식(正條植) 등 농사개량에 관한 것과 부업(蠶業, 林業, 水産, 農産加功, 貫太, 運搬), 연료비림조성(燃料備林造成), 해조채취(海藻採取) 등 부대사업에 관한 것과 의례준칙실행(儀禮準則實行), 색복착용(色服着用), 절주절연(節酒節煙), 허례폐지(虛禮廢址), 미신타파, 근검저축, 부녀자근로(屋外勞動, 機業勵行), 온돌과 부엌개량, 부채근절(負債根絶) 등 생활개선에 관한 것과 납세기일 엄수, 자력갱생, 지방진흥, 국기게양엄수, 경로사상 등 정신작흥에 관한 것을 낱낱이 들어 가며 설명하더란 말을 길다랗게 늘여대었다.[110]

그리고 마지막으로 발표된 「산촌」의 결말에서, 사사끼 교장이 일본에서 데려온 '모범농민'과 T학교 졸업생으로 구성된 '모범경작생'들이 작인들의 논갈이를 중지시키고 대대적인 공사 준비를 하게 되면서 이 마을 농민들의 삶은 더욱 피폐해져 간다. 그래서 농민들은 이에 대항하고자 밤에 종자를 뿌려버렸다. 이곳의 "옛 관습은 한 번 파종만 하면 어떠한 일이 있더라도 '변경反耕'은 안 되"기 때문이다. 그러나 그 다음 날 그따위 관습이 지금 세상에 무슨 소용이냐는 듯이 손쉽게 변경되고 말았다.

'법'보다 '관습'이 더 큰 효력을 발휘하던 이곳에 '농지령'이라는 국가의 '법'과 촌락공동체의 '관습'을 모두 넘어서는 절대적인 권력이 등장한 것이다. 이 일로 인해 농민들은 교장 집으로 몰려가지만 이 작품의 주인공인 기술이와 몇몇 사람들은 감옥으로 끌려가고 농민들은 결국 해산을 당한다. 그 후 이 마을에는 새로운 풍경이 펼쳐진다.

이 조그만 동리에는 검은 판자를 두른 새 집도 샀다. 그 집에는 높다란 국기 게양탑이 서 있다. 모범경작생들이 와야와야 지껄이며 이 집에서 벼홅기

---

110 한설야, 「부역」, 권영민 편, 『한국근대단편소설대계』 29, 태학사, 1988, 517쪽.

를 하고 이따금 주인 마누라가 주는 뜨거운 찻물을 마시며 씨무룩거리는 것이 지나가는 사람의 눈에 유표히 들었다.[111]

이 마을에 조선의 초가집 대신 '검은 판자'를 두른 새 집과 제국 일본의 위엄을 상징하는 '높다란 국기 게양탑'이 등장하였다. T읍에서 사사끼 교장은 그 누구도 대적할 수 없는 존재가 되었다. 작품의 초반에는 사사끼 교장과 토착유지인 김갑산의 대립이, 후반부에서는 농민들이 교장에게 저항하는 모습이 그려졌지만 작품이 마무리되어 갈수록 교장에게 대항할 수 있는 세력은 점점 사라져간다. 그리고 교장이 아래 동까지 매입하여 "김갑산 동과 그 아래 사사끼 동은 완전히 연결되어 버렸다."

이 작품은 1938년 11월에 발표되었는데 발표 시점을 기준으로 이 작품의 결말이 지닌 의미를 분석해 본다면, 사사끼 교장으로 대변되는 제국권력이 식민지 조선의 농촌을 완전히 장악한 것으로 해석할 수 있다. 조선인 김갑산의 동과 일본인 사사끼의 동이 완전히 연결된 것과 일본인 모범농민들의 유입, 일장기를 걸기 위한 국기 게양탑의 등장, 그리고 사사끼 교장의 우편소 매입 등은 이 시기 제국권력이 조선에 강요하던 '내선일체'가 생활 속에서 구축되는 과정을 상징적으로 보여준다.

또한 내선일체라는 지배 이념이 조선에 자리 잡게 되는 과정을 「산촌」의 결말을 통해서 추측할 수 있다. 즉 제국 일본이 주장한 조선과 일본의 '운명공동체'는 사사끼 교장으로 상징화될 수 있는 제국의 폭압성이 조선을 잠식한 후에 만들어낸 허구적 관념이라는 사실이다. '김갑산

---

111 한설야, 「산촌」, 『조광』, 1938.11, 204쪽.

동'과 '사사끼 동'이 '연결'될 때 소설 속에 김갑산은 등장조차 하지 않는다. 이것은 일본의 주도 아래에서 이루어진 내선일체로 인해 조선인들의 삶이 송두리째 뿌리 뽑혔음을 암시한다.

이 작품의 주인공인 기술은 제국권력을 상징하는 사사끼 교장과 충돌한 후 "태양이 없는 우리 안"에 갇히게 되었다. 여기서 말하는 태양이 없는 우리란 단순히 '감옥'만을 지칭하는 것은 아닐 것이다. 중일전쟁 이후 조선의 농촌 전체가 빛을 상실한 곳으로 상징화될 수 있고, 농민들의 삶은 수감 생활을 해야 하는 기술이의 삶보다 조금도 나을 것이 없었기 때문이다. 한설야가 「탁류」 3부작에서 보여준 것은 농민들의 온갖 언어와 움직임들이 '죽음의 정치'에 휘말려 들어가는 상황이다.

이와는 달리 이기영은 1941년 작인 「생명선」에서 잡지사의 교정계 일을 보던 형태가 귀향하는 내용을 형상화한다. 그는 서울에서의 삶을 정리하고 고향에서 농민이 되겠다는 의지를 다지기 위해 고향 사람들을 초대하여 자신의 뜻을 밝힌다. 그는 이러한 결심을 "새로운 희망"이라고 표현한다. 그는 소비적인 도시의 삶을 정리하고 "농민의 생명선生命線"인 흙과 함께 살아가기를 희망한다. 그래서 그의 의식 속에서 농민들은 "흙의 노예奴隷에서 흙의 주인공으로" 승격된다.

사실 전쟁이 장기화되고 그로 인한 물자난이 지속되자 통치권력은 조선인들이 소비의 공간인 도시에서 생산의 현장으로 이동할 것을 종용하였다. 서울에 직장이 있는 형태가 갑자기 고향으로 돌아가겠다고 선언하는 것 역시 이러한 시국의 변화와 무관하지 않다. 그럼에도 이 작품에서 긍정성을 발견할 수 있는 이유는 고향을 지키던 사람들과 형태가 함께 죽음의 정치에 맞설 수 있는 능동적인 삶의 가치를 창출하기 위해 힘을 모으기 때문이다.

형태가 고향 사람들에게 자신도 농민이 될 수 있도록 도와달라고 요청하며, 모두가 열심히 일해서 고향 마을을 '모범촌'으로 만들자고 제안하자 분위기는 화락해진다. 이 장면은 권력은 "함께 행위하는 사람들 사이에서 생겨"[112]나는 것이라고 주장한 한나 아렌트를 떠오르게 만든다. 아렌트는 "권력은 그냥 행동하지 않고 제휴하여 행동할 수 있는 인간의 능력에 조응"하는 것이며, "집단이 함께 보유하는 한에서만 존속"하는 것이라고 주장한다.[113] 이들이 독자적인 방식으로 정치적 삶을 유지할 수 있게 된다면 이 권력이 곧 촌락공동체에서 정치적 삶을 가능하게 하는 하나의 가능성이 될 것이다.

식민지 말기에 촌락공동체의 생활권력장이 죽음의 정치판으로 변질되어 가는 가운데, 농민들은 그 안에서 식민권력에 대항할 수 있는 자신들만의 권력을 생산해내고 있었다. 이들은 생활권력장에서 이탈하기보다는 촌락공동체 안에서 새로운 의미를 만들어내기 위해 연대하였다. 그리고 시간이 갈수록 강성해지는 제국권력에 균열을 내기 위해, 혹은 죽음에 대항하여 '생명'의 가치를 회복하기 위해 어려움 속에서도 정치행위를 지속해 나갔다.

앞에서 살펴본 촌락공동체의 관습처럼, 또는 학교와 감옥의 경우처럼 저항의 계기들은 권력관계 안에 이미 내재해 있었다. 식민권력은 동일성의 논리를 기저로 조선의 농촌에서도 작동하고 있었지만 그 과정에서 언제나 이질적인 힘들에 부딪혀 양가적으로 분열되었다.[114] 식민지 말

---

112 한나 아렌트, 이진우·태정호 역, 『인간의 조건』, 한길사, 1996, 263쪽.
113 한나 아렌트, 김정한 역, 『폭력의 세기』, 이후, 1999, 74쪽.

기 조선의 생활권력장은 전통적이고 민중적인 가치들과 근대적이고 제
국적인 제도들 사이의 길항으로 인해서 그 안에는 이 권력관계를 분쇄
할 수 있는 내파의 징후들이 잠재해 있었다. 절대화되어 가는 제국권력
에 비하면 그 힘은 미약한 것이었지만, 그것을 지키기 위한 노력은 변화
하는 권력관계와 호응하면서 끊임없이 계속되었다.

---

114 홍혜원, 「일제 말기 소설과 탈식민성 – 한설야와 박태원의 경우」, 『현대소설연구』 43, 한국
현대소설학회, 2010, 150쪽.

제5장

죽음의 권력장 속
삶의 정치

이 글은 1935년 카프 해산 후부터 8 · 15해방 전까지 카프 출신 작가들, 그중에서도 이기영 · 한설야 · 김남천의 작품들을 주요 텍스트로 하여, 식민지 말기 소설에 나타나는 '권력담론'을 분석하였다. 그래서 식민지 말기는 제국 일본이라는 절대권력에 눌려 식민지 조선의 여러 계급들이 정치주체로서의 삶을 포기했을 것이라는 통념에 이의를 제기하였다. 더 나아가 이 시기에도 식민지 조선에는 다층적인 권력관계가 작동했음을 살펴보았다.

이 글의 시각은 기존 연구에서 '친일'이라고 부르던 개념을 '협력 담론'의 차원에서 다시 사유하려는 연구들과 연결될 수 있다. 특히 이 글은 사회주의 성향을 지닌 작가군, 그리고 그들의 작품에 등장하는 지식계층, 중간계층, 민중계층이라는 계급적 층위와 더불어 각 계급이 사용하는 언어의 특수성을 분석의 대상으로 삼기 때문에 기존의 연구들에서 협력과 저항의 축을 "계급, 성, 인종, 문화, 언어" 등으로 다양하게 계열화하여 확장한 것과도 이어진다.

이러한 시각을 바탕으로 이 글에서는 식민지 말기에 창작된 이기영·한설야·김남천의 작품들에 등장하는 다양한 권력관계의 양상들과 더불어 정치주체들의 복잡다단한 성격들을 분석하였다. 그래서 작가들이 식민권력의 검열을 피하기 위해 이에 대해 동조하는 태도만을 고수했던 것이 아니라 자신들의 진의를 숨길 수 있는 위장의 언어를 사용하여 다층적인 권력관계의 양상들을 재현하고, 그에 상응하는 정치주체들을 생산하고 있었다는 사실을 밝히고자 하였다.

이 글은 카프 작가들의 전향과 연결시켜서 그들의 의식세계와 작품세계를 설명하기 위해 한나 아렌트의 정치이론을 사용하고, 정치철학의 권력이론 그중에서도 미셸 푸코의 이론을 중심으로 식민지 말기 소설에 등장하는 권력과 주체의 모습들을 사회적·역사적·정치적 관점과 연결하여 논의를 진행해 나갔다.

총력전 체제 아래에서 단순한 동조가 아닌 무엇인가를 말하기 위해서는 정치적 사안조차 '비-정치화'하는 우회의 전술이 필요했다. 현실의 문제를 '허구'의 형식으로 다루고, 정치의 문제를 통상적인 사람들의 모습을 통해 다룰 수 있다는 점에서 소설 창작은 억압의 시대인 이때 더욱 의의를 지녔다. 정치적으로 말하는 것이 금지된 조건에서 비-정치적으로 보이는 소설이 정치적으로 말하기 위한 수단으로 평가될 수 있었던 것이다. 이 글은 비정치적으로 보이는 작품들을 정치적인 범주, 그중에서도 권력담론이라는 문제의식을 중심에 놓고 재구성하여 그 의미를 분석하려는 시도였다.

통치권력과 주체와의 관계가 전반적으로 재구성되는 '총력전 체제'

는 전시나 전후에 대한 정통적인 자기 인식에 정면으로 이의를 제기하고, 다양한 사회조직에 대한 '전시 변혁'을 이루어냈다. 반면에 이러한 통치권력과 대비적인 위치에 놓이며 사회주의를 표방하던 지식인들은 자율적 선택에 의해서든 타율적 강제에 의해서든 전향을 단행한 후, 자신 안에서 전향을 합리화하기 위한 내적 논리를 구축해 나간다.

그리고 이 지점에서 작가들은 통치권력과 주체의 문제를 다시 생각할 수 있는 계기를 발견한다. 제국 일본은 식민지에서 전향을 강요하기 위해 강압뿐 아니라 회유의 전략도 사용하였다. 그렇기 때문에 이 과정에서 작가들은 식민권력이 제시하는 새로운 가능성들을 접할 수 있었고, 전향 여부에 따라 자신이 통치권력과 맺는 관계가 바뀌리라는 것을 예견하였다. 전향은 주체 자신의 주체성과 객관세계의 환경이 관계를 맺는 과정에서 발생하는 문제였기에 식민지 조선의 지식인들이 '전향'을 한다는 것은 비판적 관점으로는 단순한 사상의 포기로 보일 수도 있지만, 관점을 바꾸어 생각해보면 새로운 주체화의 방식에 대한 탐색까지를 포괄하는 것이었다.

이 글에서 카프 출신 작가들 중에서 이기영·한설야·김남천을 주로 다루는 이유 역시 새로운 주체화에 대한 문학적 탐색의 결과라고 할 수 있다. 이 세 작가는 카프 출신의 다른 작가들과 달리 사상에서 생활로 향하는 변화, 즉 '삶의 방식으로서의 전향'을 단행하였다. 이때의 '전향'은 적극적인 사상운동 혹은 정치행위로서의 글쓰기를 포기하고 삶과 생활의 문제로 복귀함을 의미하는 것이었다. 그렇기 때문에 이들은 이 과정에서 전향 현실에 대응하는 자기만의 방식을 고민할 수밖에 없었다. 그리고 이 고민들이 묻어나는 작품들을 창작하였다.

그리고 이 시기에 창작된 세 작가의 소설들 속에 재현된 지식계층, 중간계층, 민중계층들은 각각의 방식으로 정치적 삶을 꾸려나갔다. 이들 각 계층들은 자신들의 탁월함을 드러내는 방식으로 권력과 관계를 맺었는데, 이때 지식인들은 교양과 의식의 측면을, 중간층들은 숙련을 통해 체득한 감각을, 민중들은 연대와 저항의 행위를 중심으로 하여 정치적 삶을 구성하였다.

이 글에서는 세 작가들의 소설들에 등장하는 문화권력장·생산권력장·생활권력장과 교양권력장치·직능권력장치·교화권력장치 등을 살펴보았다. 지식계층을 통해 통치권력이 생산해낸 정치사상이 수직적으로 전달되는 모습과 권력에 대한 판단을 유보하려는 서사를, 중간계층을 통해 일본과 조선의 정치상황이 수평적으로 연결되는 모습과 권력을 판별하려는 서사를, 마지막으로 민중계층을 통해 촌락공동체 안에서 정치행위가 전방위적으로 확산되는 모습과 권력을 분산시키려는 서사를 분석하였다.

이를 위해 이 글에서는 통상적으로 '강제력'과 '억압하는 힘'으로만 인식되던 '권력'에 대한 기존의 정의를 넘어, 푸코의 이론을 중심으로 정치주체들과의 관계에서 '작동'하는 권력과 그들을 '관리'하는 권력, 그리고 주체의 욕망을 '생산'하는 힘으로서의 '권력'이라는 측면도 함께 고찰하였다. 권력관계는 동태적이고 가변적이어서 상황에 따라 얼마든지 다르게 나타날 수 있고, 조직 전체가 갖는 권력의 양이나 개인이나 집단이 갖는 권력의 수준은 권력장 내외의 여건 변화에 따라 언제라도 변동될 수 있는 것이다. 또한 권력관계는 다방향적으로 얽히고설킨 하나의 망을 형성한다.

그러므로 이 글에서는 비-정치적 영역으로 보이지만 시원-정치적 영역으로서 권력과 연동하는 담론을 형성하며 정치적 행위에 참여하는 문학의 기능에 주목하였다. 그리고 카프 해산으로 인해 사회주의를 기반으로 이루어진 공동의 세계를 상실한 카프 출신 작가들이 전향을 강행한 후에 자신들의 정치적이고 공적인 삶을 유지하기 위해 창작한 소설들을 검토하였다. 이러한 과정을 통해서 그 작품들에 등장하는 새로운 권력의 양상과 권력이 주체의 삶과 관계 맺는 방식에 대해서 살펴볼 수 있었다. 그리고 중일전쟁 이후에 절대권력으로 변하면서 죽음의 정치를 불러온 제국권력에 대항하는 식민지 정치주체들의 미세한 움직임들을 확인할 수 있었다.

특히 이 글은 분석의 대상이 된 소설들 속에서 권력의 배치와 작동방식의 변화에 대응하는, 혹은 그 배치와 작동방식을 변화시키려는 정치주체들의 움직임에 주목하였다. 이들은 식민지 말기 조선에서 권력의 장치이자 그 효과로 나타난 '조선어에 대한 탄압', '사회주의와 서구 지식에 대한 규제', '전쟁으로 인한 죽음의 위협', '사상범에 대한 사회의 예속화' 등이 산재하는 현실 속에서 역설적이게도 권력의 산물들, 즉 담론, 지식, 주체, 쾌락 등의 생산에 참여하고 있었다. 이 시기에도 조선의 권력장은 이처럼 여러 권력축들과 그것이 만들어내는 담론들이 경합을 벌이는 장소였다.

그러나 중일전쟁과 태평양전쟁을 치르면서 조선의 권력장 안에는 절대적인 힘을 발휘하는 제국권력만이 남게 되었다. 다양한 힘들이 길항해야 하는 권력장 안에 압도적인 힘을 지니고, 수직적 권력관계만을 만들어내는 제국권력이 출현했다는 것은 다양한 망을 이루며 존재하던 기존의 권력관계가 붕괴될 위험에 처했음을 뜻하는 것이었다.

한설야는 1941년작인 「두견杜鵑」에서 선량한 자들이 점점 사라져 가는 세계에 대한 안타까움을 표현하였다. 이 작품의 주인공인 안민은 "청빈한 선비"이면서 "×××학회의 중진"으로 "결곡한 지조를 가진 사람"이었다. 이 작품은 그런 그가 자살을 했다는 소식을 듣고 서술자인 '세형'이 안민의 집을 찾아가 장례를 치르고 안민의 삶을 회상하는 방식으로 짜여져 있다.

안민은 자살을 하면서도 학회에 도움을 주기 위해 "삼십년 동안 적공한 원고"를 세형에게 보내는 인물이기 때문에, 세형은 안민의 주검 앞에서도 그의 죽음을 받아들이지 못한다. 세형이 알고 있는 안민은 "몹시 생의 의식"이 강한 인간이었기 때문이다. 선량한 사람들이 사라져가는 세계, 아니 선량한 사람들이 포기해버린 세계는 살아남은 자들에게 판단할 수 없는 것으로 다가온다.

하나 또 가만히 생각하면 원시 모를 일도 아닌 것 같았다. 모를 일이야 물론 모를 일이지만 그 모를 일이란 것이 벌써 한 개 알 일인 것 같았다.

모를 일이면 모를 일로 끄칠 것이오 알 일이면 알 일로 밝아져야겠는데 이건 알 일 같은데 모를 일이오, 모를 일인데도 알 일 같아서 세형은 몹시 갑갑하기만 하였다. 그러며 이따금 공연히 이마에 땀빨이 섰다. 한숨을 크게 쉬어봐도 가슴은 끝내 후련하지 않았다.[1]

---

1   한설야, 「두견」, 권영민 편, 『한국근대단편소설대계』 29, 태학사, 1988, 182쪽.

세형은 처음에는 안민이 죽은 이유를 모르겠다고 생각했다가, 다시 모를 일도 아닌 것 같다고 느낀다가, 결국에는 "알 일 같은데 모를 일이오, 모를 일인데도 알 일" 같다고 표현한다. 세형은 이 시대의 "거룩한 보호자"로 명명되는 안민의 죽음 앞에서 판단 불능 상태에 빠진 것처럼 보인다. 그러나 세형의 상태는 '알지만 모를 것 같은 상태'나 '모르지만 알 것 같은 상태'라기보다는 '알지만 말할 수 없는 상태' 혹은 '모르지만 느낄 수 있는 상태'에 보다 가까워 보인다.

안민이 관어한 학회가 무엇인지에 대해서는 작품 속에서 구체적으로 제시되고 있진 않지만 파편적으로 삽입된 정보를 종합해 보면 그것은 '조선어학회'로 추정된다. 통치권력의 강압으로 인해 조선인과 조선어가 제 구실을 하지 못하는 시대에 "한글은 말할 거 없고 그 외의 사학史學에 대한 조예도 깊"은 그는 "광명이 필요한 어둠의 순례자들"을 남겨 두고 자살이라는 극단적인 선택을 하고 만다.

그러나 안민의 제자는 안민의 죽음이 "아벨의 후예를 위하여 불사의 탄생不死의 誕生"이 되어주기를 바라며 울부짖는다. 본래 삶과 죽음은 쉽게 분리될 수 있는 것이 아니다. 살려는 의식이 가장 강력한 때는 "생명의 위협과 인간의 무상"을 느낄 때일 수 있고, 죽으려는 의식이 강렬할 때는 삶의 기쁨과 인생의 가치가 무르익는 순간일 수도 있기 때문이다.

작품 속에서 부재로서 존재하는 안민은 조선어를 연구하였고, 조선사에 조예가 깊었으며, 선비정신을 지닌 "서울 교육계의 의표"였다. 하지만 안민으로 대변되는 긍정적 가치들은 모두 과거형으로만 존재하고, 현재에 그의 자리는 부재로 그려진다. 그리고 그의 죽음을 둘러싼 가치 판단은 계속해서 보류된다. '안민安民'의 부재와 '안민安民'의 불가능 상태는 식민지 조선이 '삶의 정치'가 불가능한 공간임을 암시한다.

그러나 한설야와 달리 김남천은 대동아전쟁이 막바지를 향해 가던 1943년에 「신의에 대하여」라는 작품을 통해서 판단 불능 상태가 가능성의 소멸이 아니라 침묵 속에서 다양한 가능성들이 경합을 벌이는 상태임을 보여준다. 이 작품은 서술자인 '나'가 소학교 때의 은사인 '신성구' 선생을 회상하는 구조로 되어 있다. 일반적으로 작품 속에서 서술자가 회상에 젖는 설정은 중층의 이야기 구조를 만들어내는 전형적인 방식이다. 김남천이 사용하는 서사전략으로서의 회상은 단순히 회고적 취미나 애수에 젖어 과거를 오독하는 행위가 아니다. 오히려 지나간 역사 속에 묻혀 있던 가치를 현재의 시간 속에서 복원하려는 작업과 연결된다.

'나'가 소학교에 다니던 시절 신성구 선생은 재미있는 이야기를 자주 들려주었는데, "그의 이야기는 언제나 일정한 결론을 맺어 놓지 않는 것이 특증이었다." 그리고 "이야기의 밑을 흐르는 정신이 퍽 아름답고, 교훈적이긴 하면서도 수신책 모양으로 직선적이 아닌 것이 매력이었다."

어른이 된 나는 선생이 들려준 이야기 중 선생이 어렸을 때 산 속에서 폭우를 만난 경험을 떠올린다. 이 이야기는 다른 사람들에게 빚을 남기고 행방불명된 박 진사를 그의 가족들이 숨겨주었는데, 이 사실을 어린 신성구 선생이 알게 된 상황에서 '선생은 어떻게 행동해야 하는가?'라는 질문을 담고 있다. 선생과 마주친 박 집사는 새벽에 떠나고 박 집사의 부인은 선생에게 어젯밤 박 집사를 만났다는 사실을 비밀로 해달라고 부탁한다. 선생은 이 부탁에 대해 약속은 하지 않고 돌아온다.

이 이야기를 들려준 후, 신 선생은 학생들에게 박 집사를 만난 일을 이야기해야 옳은가, 이야기하지 않는 것이 옳은가에 대해서 질문한다.

나이가 많고 한문에 조예가 깊으며 지금은 군청의 '교화주사'가 된 장 덕원은 박 집사에 대한 '신의'를 지키기 위해 말하지 말아야 한다고 대답하였다. 반면에 '변호사'가 된 서대성은 부모님께 정직하기 위해 이야기를 해야 한다고 말했다. 그리고 마지막으로 호명된 나는 이 문제에 대해 가부를 잘 모르겠다고 대답했다.

선생은 이번엔 나를 불러 세웠다. 나는 일어는 섰으나 대답할 말이 없었다. 서군의 말도 역시 옳은 것 같다. 그러나 장군의 말도 틀린 것 같지 않았다. 나는 생각다 못해서,

"저는 어느 편이라고 가부를 잘 모르겠습니다."하고 대답할 밖에 도리가 없었다.

선생은 다시 시계를 보고,

"집에 가서 다 각각 생각해 보시오, 참고로 말한다면 나는 그 사실만은 고하지 않았는데, 그것이 절대로 옳다고 만은 믿지 않어."

그때 하학종 소리가 요란히 들려왔다.[2]

김남천은 이 작품에서 '신의'라는 전통적 가치를 통해 어떤 가능성을 모색하는 듯 보인다. 신성구 선생은 에둘러 말했지만 결국 그가 던진 질문의 핵심은 '신의란 무엇인가?'이다. 앞에서 살펴본 것처럼 이 질문에 대해 세 명의 인물은 다 다르게 대답한다. 그리고 신 선생이 던진 하나의 질문을 둘러싸고 세 가지 상이한 답변들이 등장하면서 '신의'에 대

---

2   김남천, 「신의에 대하여」, 『조광』, 1943.9, 143쪽.

한 정의는 미궁 속으로 빠져버린다.

하지만 '신의'를 둘러싸고 만들어지는 이 공론의 장 자체가 하나의 의미를 지닐 수 있다. 이 장면에서 그려지고 있는 질의응답은 신의의 긍정성을 최대한 이끌어내는 쪽으로 진행되기 때문이다. 이 공론장의 성격과 분위기, 질문자의 의도와 답변자들의 해석을 종합하여 '신의'를 적극적으로 해석해 보면, 신의란 공적이고 정치적인 사고를 회복할 수 있는 힘이며, 타인에 대한 용서와 이해를 가능하게 하는 토대라고 할 수 있을 것이다.

이 글은 한설야의 「두견」에 제시된 것처럼 가치에 대한 판단은 불가능해지고, 삶의 긍정성이 소멸되어 가는 식민지 말기를 권력담론이라는 문제의식을 가지고 접근해 보았다. 그리고 김남천이 「신의에 대하여」에서 보여주었던 것처럼 '가부可否'를 결정하는 것이 불가능해 보이는 시대적 상황 속에서도 긍정적인 삶의 지표들에 대한 논의가 전혀 불가능했던 것은 아님을 보여주고자 하였다.

이제 마지막으로 이기영·한설야·김남천의 작품에 등장하는 권력담론들을 종합하여 조선의 다양한 계층들이 식민지 말기라는 시대적 한계 속에서 나아갈 수 있는 정치적 삶의 가능성은 어디까지였는지에 대해서 생각해보고자 한다. 그런데 그 임계점을 상정하기 위해서는 우선 이 시기의 담론들이 지니고 있었던 균열들에 주목해야 한다. '친일과 반일'이나 '협력과 저항'의 이분법으로 회수되지 않는 균열들이야말로 식민지 조선의 정치주체들이 정치적 삶을 영위할 수 있는 공간이었기 때문이다.

식민지에서 담론의 균열들은 통치권력을 모방 혹은 확대 재생산하는 과정에서 불가피하게 나타나는 현상이었다. 산발적으로 존재하고 반복적으로 출현하는 이 균열들은 제국과 식민지 사이에서 완전한 동일화의 욕망이 지닌 허구성을 폭로하였다. 그리고 이와 함께 균열들을 봉합하기 위한 움직임들이 일어났다. 통치권력의 호명에 적극적으로 응답한 작가들은 균열을 봉합할 수 있는 작품들을 창작하였다. 하지만 이들이 만든 봉합선은 새로운 균열이 되어 오히려 균열들을 가시화하는 역할을 담당하였다. 그러므로 이 시기 식민지 조선에서 담론의 질서는 지속적인 균열과 그 봉합의 반복을 통해 만들어지는 것이라고 할 수 있다.

식민지 말기의 담론들 중에서 이와 같은 성질을 대표할 수 있는 것이 바로 권력담론이다. 지식인들은 권력을 유보하기 위해 중의성을 지닌 자조적 고백을 사용하였고, 기술자들은 권력을 판별하기 위해 당위적 성격을 지닌 연설이라는 모방의 언어를 사용하였으며, 민중들은 공동체의 권력을 분산시키기 위해 인용에 기반한 소문이라는 수행의 언어를 사용하였다. 이 언어들은 권력담론 안에 존재하는 균열과 그것을 봉합하고 다시 균열을 만들어내는 움직임을 드러낸다.

식민지가 된 후에도 조선의 권력장은 여러 권력축들과 그것이 만들어내는 담론들이 경합을 벌이는 장소였다. 그러나 중일전쟁과 태평양전쟁을 겪고 해방이 가까워올수록 조선의 권력장 안에서 다른 권력축들은 점점 사라져 가고, 제국권력만이 남게 된다. 다양한 힘들이 길항해야 하는 권력장 안에 압도적인 힘을 지니고, 수직적 권력관계만을 만들어내는 제국권력이 출현했다는 것은 다각적 관계를 기반으로 구성되는 권력장이 굴절되었음을 뜻한다. 뿐만 아니라 그 절대적인 힘으로 인해 권력관계의 다양한 축들이 소멸될 경우, 그 권력장은 스스로 붕괴될 위험에 처해진다. 중일전쟁을 넘어 세계대전의 운무가 감도는 가운데 제국권력은 식민지 조선이라는 권력장 안에서 기존의 모든 권력관계를 괴멸시키며 절대적인 권력으로 변해간다.

그리고 정치주체들의 온갖 언어와 움직임들은 '죽음의 정치'를 나르는 장치로 전락하였다. 푸코가 '순수한 폭력'이라고 명명한 것과도 이어지는 '죽음의 정치'는 인간의 육체와 사물에 작용하여 이전의 것들을 구부리고, 부러뜨리고, 파괴하며 모든 가능성을 배제한다. 이 안에서 정치주체들은 수동성 이 외의 성격을 지니기 힘들뿐 아니라 저항은 진압되는 형태로만 출현한다.

그럼에도 식민지 말기 조선의 정치주체들은 제국권력 쪽으로 휘어진 죽음의 권력장 안에서, 그리고 그 균열들 속에서 미끄러지고 비틀리면서도 '삶의 정치'로의 이행을 포기하지 않았다. 이들은 제국권력의 절대성에 굴복하기보다는 다층적인 권력관계 속에서 대답하고, 반응하고, 작용하기 위해 죽음의 정치판에 균열을 만들어내는 새로운 장치들을 끊임없이 고안해낸다. 자신의 촉각권 내로 식민지 조선인들을 장악하려고 했던 통치권력의 압제 속에서 식민지의 정치주체들은 통치권력을 흉내 내면서 비틀고, 그들이 만들어낸 담론들을 반복하면서 차이를 재생산하였다.

표층에 드러난 사실만을 본다면 식민지 말기에 통치권력과 지식인의 관계는 공모적이었고, 중간층들은 통치권력에 동조했으며, 민중들은 통치권력과 길항하는 관계였다. 그러나 이들 권력관계의 심층에는 '공모' 하는 듯 보였으나 '불화'가 존재했고, '동조'는 '횡단'을 위한 것이기도 했으며, '길항' 속에는 적극적이진 않더라도 '내파'의 가능성이 존재하고 있었다. 다시 말하면 이 시기의 통치권력과 식민지의 정치주체들 사이에서 작동했던 권력관계 속에서는 '공모'와 '불화'가, '동조'와 '횡단'이, 그리고 '길항'과 '내파'가 별개로 존재했던 것이 아니라 동일한 시공간을 점유하며 공존하고 있었던 것이다. 그리고 이 공존의 장 속에서 분투하는 식민지 조선인들의 삶을 이기영·한설야·김남천은 자신만의 언어와 기법을 사용하여 핍진하게 재현하였다

참고문헌

기본 자료

『국민신보』, 『동아일보』, 『매일신보』, 『조선일보』

『광업조선』, 『국민문학』, 『문장』, 『비판』, 『삼천리』, 『인문평론』, 『조광』, 『조선총독부』, 『춘추』

김남천, 『사랑의 수족관』, 인문사, 1940.

김남천, 권영민 편, 『韓國近代長篇小說大系』 1-대하, 사랑의 수족관, 태학사, 1988.

_____, 『韓國近代長篇小說大系』 2-낭비, 태학사, 1988.

_____, 『韓國近代短篇小說大系』 3, 태학사, 1988.

_____, 『韓國近代短篇小說大系』 4, 태학사, 1988.

김남천, 정호웅·손정수 편, 『김남천 전집』 1·2, 박이정, 2000.

김남천, 『맥-김남천 단편선』, 문학과지성사, 2006.

_____, 이경훈 편역, 「어떤 아침」, 『한국 근대 일본어 소설선』, 역락, 2007.

_____, 『1945년 8·15』, 작가들, 2007.

이기영, 『광산촌』, 성문당, 1941.

_____, 『생활의 윤리』, 성문당, 1942.

_____, 『동천홍』, 조선출판사, 1943.

_____, 『처녀지』 상·하, 성문당, 1944.

이기영, 권영민 편, 『韓國近代長篇小說大系』 9-생활의 윤리, 광산촌, 태학사, 1988.

_____, 『韓國近代長篇小說大系』 10-고향, 태학사, 1988.

_____, 『韓國近代長篇小說大系』 11-신개지, 태학사, 1988.

_____, 『韓國近代長篇小說大系』 12-봄, 태학사, 1988.

_____, 『韓國近代長篇小說大系』 13-동천홍, 어머니, 태학사, 1988.

_____, 『韓國近代長篇小說大系』 14-대지의 아들, 인간수업, 태학사, 1988.

_____, 『韓國近代短篇小說大系』 18, 태학사, 1988.

_____, 『韓國近代短篇小說大系』 19, 태학사, 1988.

_____, 『韓國近代短篇小說大系』 20, 태학사, 1988.

이기영, 『신개지』, 풀빛출판사, 1989.

_____, 『인간수업』, 풀빛, 1989.

_____, 『민촌-이기영 단편선』, 문학과지성사, 2006.

한설야, 『대륙』, 『국민신보』, 1939.6.4~9.24.

_____, 『초향』, 박문서관, 1941.

_____, 『황혼』, 동광출판사, 1989.

_____, 『한설야 선집』 1-황혼, 풀빛, 1989.

_____, 『한설야 선집』 2-청춘기, 풀빛, 1989.

_____, 『귀향-한설야 단편선』, 동광출판사, 1990.

_____, 『대륙』, 김재용 외편역, 『식민주의와 비협력의 저항』, 역락, 2003.

_____, 『과도기-한설야 단편선』, 문학과지성사, 2011.

한설야, 권영민 편, 『韓國近代長篇小說大系』 21-탑, 태학사, 1988.

_____, 『韓國近代長篇小說大系』 22-초향, 태학사, 1988.

_____, 『韓國近代長篇小說大系』 23-황혼, 태학사, 1988.

_____, 『韓國近代短篇小說大系』 29, 태학사, 1988.

한설야, 김외곤 편, 『한설야 단편선집』 1-과도기, 태학사, 1989.

_____, 『한설야 단편선집』 2-귀향, 태학사, 1989.

_____, 『한설야 단편선집』 3-숙명, 태학사, 1989.

국내 논저

연구 논문

간복균, 「1930년대 한국 농민소설 연구」, 단국대 박사논문, 1986.

강명효, 「1930년대 후반기 김남천 소설 연구」, 서울대 석사논문, 1997.

강병순, 「국가총동원법 개정에 대하여」, 『조광』, 1941.5.

강성애, 「김남천 소설 연구-고발론과 모랄론의 관계를 중심으로」, 영남대 석사논문, 1993.

고명철, 「동아시아 반식민주의 저항으로서 일제 말의 '만주 서사'-이태준의 「농군」과 한설
야의 「대륙」을 중심으로」, 『한국문학논총』 49, 한국문학회, 2008.

공임순, 「자기의 서발턴화와 코스모폴리탄이라는 이념형」, 『상허학보』 14, 상허학회, 2005.

곽승미, 「김남천 문학연구-인식적, 미학적 원리로서의 근대성」, 이화여대 박사논문, 2000.

권유, 「이기영 소설 연구」, 한양대 박사논문, 1991.

_____, 「민촌 이기영의 친일작품 연구」, 『한민족문화연구』 4, 한민족문화학회, 1999.

권명아, 「풍속 통제와 일상에 대한 국가 관리-풍속 통제와 검열의 관계를 중심으로」, 『민족
문학사연구』 33, 민족문학사학회, 2007.

_____, 「음란함과 죽음의 정치-풍기문란 근대적 주체화의 역학」, 『현대소설연구』 39, 한
국현대소설학회, 2008.

_____, 「식민지 내부의 감각의 분할과 정념의 공동체-병리학에서 정념-론으로의 전환을
위한 시론」, 『석당논총』 53, 동아대 석당학술원, 2012.

권보드래, 「1930년대 후반의 프롤레탈리아작가 소설 연구」, 서울대 석사논문, 1994.

권희영, 「1930년대 한국 전향소설 연구-개념 문제를 중심으로」, 숙명여대 석사논문, 2012.

김기진, 「프로문학의 현재수준」, 『신동아』, 1934.2.

김기훈, 「만주국 시기 조선인 이민담론의 시론적 고찰―『조선일보』사설을 중심으로」, 『동북아역사논총』 31, 동북아역사재단, 2011.

김동환, 「1930년대 한국 전향소설 연구」, 서울대 석사논문, 1987.

김미영, 「1930년대 후반기 리얼리즘에 미친 루카치 문예이론의 영향 연구」, 『관악어문연구』, 서울대 국어국문학과, 1997.

_____, 「일제강점기 내선연애(결혼) 소설에 나타난 일본여성에 관한 표상 연구」, 『우리말글』 41, 우리말글학회, 2007.

김민철, 「일제 식민지배하 조선 경찰사 연구」 경희대 석사논문, 1994.

_____, 「1930~40년대 조선총독부의 촌락 지배기구 연구」, 『역사문제연구』 20, 역사문제연구소, 2008.

김병구, 「고전부흥의 기획과 '조선적인 것'의 형성」, 『'조선적인 것'의 형성과 근대문화 담론』, 소명출판, 2007.

김부용, 「권력의 행사방식 논의에 대한 푸코의 비판과 보완」, 『철학사상』 38, 서울대 철학사상연구소, 2010.11.

김석종, 「김남천 씨의 억설을 읽고―어찌하여 조선의 르네상스를 나치스의 색채로 채색하려는가」, 『조선중앙일보』, 1935.11.1~2.

김석희, 「김시명(金時明)의 생애와 '친일'―식민지 관료소설로서의 「풀 속 깊이」를 출발점으로」, 『일어일문학연구』 75-2, 한국일어일문학회, 2010.

김성경, 「인종적 타자의식의 그늘」, 『민족문학사연구』 24, 민족문학사학회, 2004.

김성수, 「이기영 소설 연구」, 성균관대 박사논문, 1991.

김수림, 「식민지 시학의 알레고리―백석·임화·최재서에게 있어서의 결정 불가능성의 문제」, 고려대 박사논문, 2011

김오성, 「예술비평 통제와 문화의 옹호」, 『조선일보』, 1936.12.25·27.

김외곤, 「자의식의 과도와 현실의 왜곡」, 『한설야 단편선집』 3―귀향, 태학사, 1989.

_____, 「1930년대 한국 현실주의 소설 연구」, 서울대 석사논문, 1990.

_____, 「김남천 문학에 나타난 주체 개념의 변모 과정 연구」, 서울대 박사논문, 1995.

김용재, 「'소년행'의 미로와 '호반' 작가의 비약」, 『동아일보』, 1937.8.11.

김우진, 「김남천 소설의 창작기법연구―일제 말기 단편소설을 중심으로」, 인제대 석사논문, 2010.

김윤식, 「한설야의 일어창작론」, 『한국학보』 30-2, 일지사, 2004.

김윤재, 「김남천 창작방법론에 끼친 루카치 소설론의 영향」, 『한국어문학연구』 5, 한국어문학회, 1993.

김재용, 「일제하 프로소설사론 연구」, 연세대 박사논문, 1992.

_____, 「친일문학의 성격 규명을 위한 시론」, 『실천문학』, 2002.봄.

_____, 「새로 발견된 한설야의 소설 『대륙』과 만주 인식」, 『역사비평』 63, 역사비평사,

2003.

_____, 「민족주의와 탈식민주의를 넘어서-한설야 문학의 저항성을 중심으로」, 『인문연구』 48, 영남대 인문과학연구소, 2005.

김정훈, 「한국근대문학에 나타난 가족과 개인-1930년대 후반 김남천과 채만식 소설을 중심으로」, 동국대 석사논문, 2005.

김종욱, 「구술문화와 저항담론으로서의 소문-이기영의 『고향』론」, 『한국현대문학연구』 16, 한국현대문학회, 2005.

김주리, 「1930년대 후반 세태소설의 현실 재현 양상 연구」, 서울대 석사논문, 1998.

김지형, 「전환기의 사상, 리얼리즘의 조건-김남천의 『사랑의 수족관』을 중심으로」, 『민족문학사연구』 44, 민족문학사학회, 2010.

김진구, 「1940년 전후 가족서사의 정치적 상상력 연구-김남천의 『대하』, 한설야의 『탑』, 김사량의 『낙조』를 중심으로」, 서강대 석사논문, 2004.

김창록, 「일제강점기 언론·출판법제」, 『한국문학연구』 30, 동국대 한국문학연구소, 2006.

김철, 「1920년대 신경향파 소설 연구」, 연세대 박사논문, 1984.

___, 「근대의 초극, 『낭비』, 그리고 베네치아」, 『민족문학사연구』 18, 민족문학사학회, 2001.

___, 「동화(同化) 혹은 초극(超克)-식민지 조선에서의 근대초극론」, 『동방학지』 146, 연세대 국학연구원, 2009.

___, 「우울한 형/명랑한 동생-중일전쟁기 '신세대 논쟁'의 재독(再讀)」, 『상허학보』 25, 상허학회, 2009.

김한식, 「이기영 장편소설 『신개지』 연구-『고향』과의 비교를 중심으로」, 『한국문학이론과비평』 18, 한국문학이론과비평학회, 2003.

김혜숙, 「수사학과 대중매체의 이중적 상관관계-「고삐 풀린 보탄」의 연설가상을 예로 한 고찰」, 『수사학』 10, 한국수사학회, 2009.

_____, 「전시체제기 식민지 조선의 '家庭防空' 조직과 지식 보급」, 『숭실사학』 27, 숭실사학회, 2011.

김흥식, 「이기영 소설 연구」, 서울대 박사논문, 1991.

김희자, 「이기영 소설 연구」, 건국대 박사논문, 1990.

나경아, 「김남천 전향소설의 탈식민성 연구」, 숙명여대 석사논문, 2008.

나명순, 「1930년대 후반의 한설야 소설 연구」, 『우리어문연구』 19, 우리어문학회, 2002.

남상권·김병우, 「근대 장편소설에 반영된 향촌 지배층 변동-1930년대 농촌 배경 장편소설을 중심으로」, 『한문학논집』 32, 근역한문학회, 2011.

노상래, 「카프 문인의 전향 연구」, 영남대 박사논문, 1995.

민병휘, 「계급운동과 애욕문제」, 『비판』, 1932.2.

_____, 「춘원의 『흙』과 민촌의 『고향』」, 『조선문단』, 1935.5.

_____, 「민촌의 『고향』론」, 『백광』, 1937.3.

박경웅, 「1940년대 초기 장편소설 연구—『사랑의 수족관』,『화상보』,『벽공무한』을 중심으로」, 서강대 석사논문, 2005.

박기주, 「1930년대 조선 광공업의 기계화와 근로관리 통제」,『경제사학』26, 경제사학회, 1999.

박승극, 「푸로 작가의 동향—김남천의 과오에 대하여」,『조선일보』, 1933.9.3.

박어령, 「김남천 소설 연구—서술 기법과 식민 자본주의 제도 비판을 중심으로」, 서울대 석사논문, 2005.

박영희, 「민촌 이기영론—'고향'을 중심으로 한 제 작품」,『동아일보』, 1938.2.19~20.

박용규, 「일제 말기(1937~1945)의 언론통제정책과 언론구조변동」,『한국언론학보』46-1, 한국언론학회, 2001.

_____, 「경성제국대학과 지방학으로서의 조선학」,『'조선적인 것'의 형성과 근대문화 담론』, 소명출판, 2007.

박인순, 「일정기 조선총독부 보건복지행정의 내용분석—전염병 퇴치활동을 중심으로」,『복지행정논총』13, 한국복지행정학회, 2003.

박청자, 「문화분석 방법론으로서의 부르디외 문화사회학 연구—문화장의 변동과 '문화기획'을 중심으로」, 홍익대 박사논문, 2008.

박치우, 「교양의 현대적 의미—불감의 정신과 세계관」,『인문평론』2, 1939.11.

박혁, 「사멸성, 탄생성 그리고 정치—한나 아렌트(Hannah Arendt)에게 있어서 사멸성과 탄생성의 인간조건이 갖는 정치적 함의」,『민주주의와 인권』9-2, 전남대 5·18연구소, 2009.

박형준, 「1930년대 후반 장편소설의 일상재현 양상연구—『불연속선』,『사랑의 수족관』,『화상보』를 중심으로」, 동국대 석사논문, 2006.

박흥배, 「이기영의 장편소설 연구」, 동아대 박사논문, 1993.

방기중, 「1940년 전후 조선총독부의 '신체제' 인식과 병참기지 강화정책—총독부 경제지배 시스템의 특질과 관련하여」,『동방학지』138, 연세대 국학연구원, 2007.

방응모, 「內地商工視察記(一)—資本と科學の連結」,『朝鮮通信』, 1935.

배상미, 「김남천 소설의 여성인물 연구—여성인물과 '생활'의 관계를 중심으로」, 고려대 석사논문, 2011.

裵廷鉉, 「戰時行政關係法規概說」,『朝光』, 1943.5.

백철, 「작가 한설야에게」,『신동아』, 1936.9.

白岡, 「國家總動員法의 發動」,『批判』, 1938.11.

복거일, 「문화권력과 정치권력」,『본질과 현상』10, 본질과현상사, 2007.

相藏田池, 「國家總動員法 全面發動問題의 第十一條 適用經緯」,『朝光』1939.1.

서경석, 「1920~30년대 신경향소설 연구」, 서울대 석사논문, 1987.

_____, 「한국경향소설과 '귀향'의 의미」,『한국학보』13-3, 일지사, 1987.9.

_____, 「김남천의 「발자크 연구노트」론」, 『인문예술논총』 19, 대구대 인문과학예술문화연구소, 1992.

_____, 「한설야 문학 연구」, 서울대 박사논문, 1992.

서승희, 「전환의 기록, 주체화의 역설」, 『현대소설연구』 41, 한국현대소설학회, 2009.

_____, 「최재서 비평의 문화담론 연구」, 이화여대 박사논문, 2010.

서영인, 「만주서사와 반식민의 상상적 공동체-이기영, 한설야의 만주서사를 중심으로」, 『우리말글』 46-8, 우리말글학회, 2009.

서지영, 「소비하는 여성들-1920~30년대 경성과 욕망의 경제학」, 『한국여성학』 26, 한국여성학회, 2010.

서찬욱, 「이데올로기, 국가, 권력-알튀세르, 그리고 푸코의 이름으로」, 『진보평론』, 2011.

石田耕人(최재서), 「문예시평-한설야의 신선함」, 『국민문학』, 1942.1.

손미란, 「김남천의 신문연재소설 연구-중일전쟁기와 해방기에 나타난 사상의 연속성을 중심으로」, 영남대 박사논문, 2012.

송효섭, 「구술성과 기술성의 통합과 확산-국문학의 새로운 사유와 담론을 위하여」, 『국어국문학』 131, 국어국문학회, 2002.

신희교, 「이기영의 『광산촌』 연구」, 『한국언어문학』 43, 한국언어문학회, 1999.

심진경, 「식민/탈식민의 상상력과 연애소설의 성정치」, 『민족문학사연구』 28, 민족문학사학회, 2005.

안함광, 「농민문학문제 일고찰」, 『조선일보』, 1931.8.12~13.

_____, 「조선문학의 현대적 상모」, 『조선일보』, 1938.3.19~25.

_____, 「「묘목」의 매력」, 『조선일보』, 1939.4.11.

_____, 「김남천론-문학의 주장과 실험의 세계-『대하』 작가가 걸어온 길」, 『비판』, 1939.7.

_____, 「한설야 저 『청춘기』」, 『동아일보』, 1939.7.26.

_____, 「지향하는 정역의 호곡-작가 한설야의 노정을 말함」, 『동아일보』, 1939.10.8~15.

_____, 「로만논의의 제과제와 『고향』의 현대적 인식」, 『인문평론』, 1940.11.

_____, 「한설야의 작가적 행정과 창조적 개성」, 『조선문학』, 1960.12.

에비하라 유타카, 「일제강점기 한국작가의 일어작품 재고-『문학안내(文學案內)』 「조선현대작가특집(朝鮮現代作家特輯)」을 중심으로」, 『현대소설연구』 40, 한국현대소설학회, 2009.

오미일, 「총동원체제하 생활개선캠페인과 조선인의 일상-식민도시 인천의 사회적 공간성과 관련하여」, 『한국독립운동사연구』, 독립기념관 한국독립운동사연구소, 2011.

오재록, 「관료제 권력-개념화, 조작화 그리고 측정모형」, 『한국행정학보』 40-4, 한국행정학회, 2006.

와다 도모미, 「김남천의 취재원(取材源)에 관한 일고찰」, 『관악어문연구』 23, 서울대 국어국문학과, 1998.

와타나베 나오키, 「식민지 조선의 프롤레타리아 농민문학과 '만주'」, 『한국문학연구』 33, 동국대 한국문학연구소, 2007.12.

우종인, 「이기영 장편소설에 나타난 작가의식 연구」, 단국대 박사논문, 2012.

원용진, 「'식민지적 공공성'과 8·15해방 공간」, 『한국언론정보학보』 47, 한국언론정보학회, 2009.

유광준, 「정치권력의 특성과 그 정당성을 논함」, 『고시연구』 21-2, 1994.

劉永允, 「高度國防體制의 新法案」, 『春秋』, 1941.5.

유진오, 「문예시평—『대하』의 역사성」, 『비판』, 1939.4.

_____, 「구라파적 교양의 특질과 현대 조선문학」, 『인문평론』 2, 1939.11.

윤규섭, 「현대기술론의 과제」, 『동아일보』, 1940.7.10.

윤금선, 「1920~30년대 독서운동 연구」, 단국대 동양학연구소 편, 『근대 한국의 일상생활과 미디어』, 민속원, 2008.

윤기정, 「이기영 씨의 「민촌」을 읽고」, 『조선일보』, 1928.3.20~23.

_____, 「창작가로서의 김남천의 문학」, 『문학건설』, 1932.12.

윤대석, 「1940년대 '만주'와 한국문학자」, 『우리말글』 31, 우리말글학회, 2005.

_____, 「1930년대 '피(血)'의 담론과 일본어 소설」, 『우리말글』 51, 우리말글학회, 2011.

윤세평, 「한설야와 그의 문학」, 『현대작가론』 2, 조선작가동맹출판사, 1960.

윤해동, 「'식민지 인식의 회색지대'를 위한 변증—아래로부터의 근대 연구를 위하여」, 『역사와 현실』 66, 한국역사연구회, 2007.

이경재, 「한설야 소설의 서사시학 연구」, 서울대 박사논문, 2008.

이경훈, 「만주와 친일 로맨티시즘」, 『오빠의 탄생—한국 근대문학의 풍속사』, 문학과지성사, 2003.

이동수, 「하버마스에 있어서 두 권력」, 『정치사상연구』 5, 한국정치사상학회, 2001.

이미림, 「이기영 장편소설 연구」, 숙명여대 박사논문, 1994.

이병철, 「기술의 본질에 관한 하이데거의 존재론적 물음」, 『철학연구』, 고려대 철학연구소, 2004.

이상경, 「『조선출판경찰월보』에 나타난 문학작품 검열 양상 연구」, 『한국근대문학연구』 17, 한국근대문학회, 2008.

이상길, 「문화생산과 지배—피에르 부르디외의 '장이론'에 대한 비판적 고찰」, 『언론과 사회』 9-1, 언론과사회, 2000.

이상옥, 「담론의 균열과 지식인의 위치」, 『우리말글』 57, 우리말글학회, 2013.

이상열, 「일제 식민지 시대하에서의 한국경찰사에 관한 역사적 고찰」, 『한국행정사학지』 20, 한국행정사학회, 2007.

이선옥, 「이기영 소설의 여성의식 연구」, 숙명여대 박사논문, 1995.

이성혁, 「김남천의 발자크 수용에 대한 고찰」, 『이문논총』 18, 한국외대 대학원, 1998.

이수일, 「1920~30년대 산업합리화운동과 조선 지식인의 현실 인식」, 『역사와 실학』 38,

역사실학회, 2009.4.

이수형, 「김남천 문학연구—이데올로기와 실천의 관계를 중심으로」, 서울대 석사논문, 1998.

이승종, 「환원론과 결정론을 넘어서—하이데거 이후의 기술철학」, 『해석학연구』, 한국해석학회, 2004.

이운곡, 「선계(鮮係)—만주 생활 단상」, 『조광』, 1939.7.

이원동, 「이기영의 광산소설 연구」, 『어문학』 85, 한국어문학회, 2003.

_____, 「식민지말기 지배담론과 국민문학론」, 『우리말글』 44, 우리말글학회, 2008.12.

이원조, 「유월의 창작평 (2)—중도에 그친 자기 폭로」, 『조선일보』, 1937.6.21.

_____, 「『서화』 신간평」, 『조선일보』, 1937.8.17.

_____, 「교양론」, 『문장』, 1939.2.

_____, 「신간월평 「소년행」」, 『문장』, 1939.6.

_____, 「조선적 교양과 교양인」, 『인문평론』 2, 1939.11.

_____, 「창작 월평 (3)—대하의 중요성」, 『조선일보』, 1940.7.

이정환, 「식민지 국가권력과 관제자치—1930년대 한국 지방농촌사회의 국가-사회관계 연구」, 서울대 석사논문, 2001.

이종구, 「총력전 체제와 기업공동체의 재편」, 『일본비평』 2, 서울대 일본연구소, 2010.

이종희, 「이기영 소설 연구」, 대전대 박사논문, 2004.

이진경, 「식민지 인민은 말할 수 없는가?—'동아신질서론'과 조선의 지식인」, 『사회와역사』 71, 한국사회사학회, 2006.

이현식, 「정치적 상상력과 내면의 탄생—문학사적 관점에서 바라보는 1930년대 후반 김남천의 문학」, 『한국근대문학연구』 24, 한국근대문학회, 2011.

인정식, 「조선문화의 특수상」, 『문장』, 1940.3.

임명진, 「소설의 口述性에 대하여—한국소설의 서사론 수립의 가능성 탐색을 위한 試論」, 『현대문학이론연구』 3, 현대문학이론학회, 1993.

임병권, 「고백을 통해 본 내면성의 정착과 주체의 형성—현상윤과 양건식을 중심으로」, 민족문학사 연구소 기초학문연구단 편, 『한국 근대문학의 형성과 문학 장의 재발견—제도로서의 한국 근대문학과 탈식민성』, 소명출판, 2004.

임철균, 「김남천 문학의 여성주의 연구」, 가톨릭대 석사논문, 2011.

임화, 「이기영 씨 작 「서화」」, 『조선일보』, 1931.7.19.

____, 「1931년간의 카프예술운동의 정황」, 『중앙일보』, 1931.12.7~13.

____, 「6월중의 창작」, 『조선일보』, 1933.7.12~19.

____, 「비평의 객관성 문제—김남천의 「임화적 비평」에 대한 반론」, 『동아일보』, 1933.12.19~21.

____, 「작가의 눈과 문학의 세계—「남매」의 작가에게 보내주는 편지를 대신하여」, 『조선문학』, 1937.6.

____, 「작가 한설야론—「과도기」에서 『청춘기』까지」, 『동아일보』, 1938.2.22~24.

____, 「현대소설의 주인공」, 『문장』, 1939.9.

____, 「교양과 조선문단」, 『인문평론』 2, 1939.11.

____, 「소설문학 20년」, 『동아일보』, 1940.4.12~20.

____, 「한설야론」, 『문학의 논리』, 학예사, 1940.

____, 「文藝理論으로서의 新휴머니즘論－文藝學의 基礎問題에 비처 본」, 『문학의 논리』, 서음출판사, 1989.

장명학, 「한나 아렌트의 공동권력과 정치」, 『한국정치연구』 11-2, 서울대 한국정치연구소, 2002.

장문석, 「소설의 알바이트화, 장편소설이라는 (미완의) 기투－1940년을 전후한 시기의 김남천과 『인문평론』이라는 아카데미, 그 실천의 임계」, 『민족문학사연구』 46, 민족문학사학회, 2011.

장성규, 「김남천 소설의 서술 기법 연구」, 서울대 석사논문, 2006.

____, 「일제 말기 카프 작가들의 만주 형상화 양상」, 『한국현대문학연구』 21, 한국현대문학회, 2007.

____, 「1930년대 후반기 소설 장르 인식 연구」, 서울대 박사논문, 2012.

장성수, 「1930년대 경향소설 연구」, 고려대 박사논문, 1989.

전범진, 「지식인 인물의 유형과 권력의 상관성 연구－1930년대 후반기 김남천과 채만식의 소설을 중심으로」, 고려대 석사논문, 1996.

정명중, 『김남천 문학비평 연구』, 전남대 박사논문, 2002.

정병욱, 「자소작농 김영배, '미친 생각'이 뱃속에서 나온다」, 『역사비평』 87, 역사비평사, 2009.

정소영, 「김남천 「등불」에 나타난 서사 전략」, 『한국문예비평연구』 29, 한국현대문예비평학회, 2009.

정연태, 「1930년대 '조선농지령'과 일제의 농촌통제」, 『역사와 현실』 4, 한국역사연구회, 1990.

____, 「한국철도 100주년 만에 해부된 식민지 철도의 총체상」, 『역사학보』 164, 역사학회, 1999.

정인택, 「김남천 작 『사랑의 수족관』」, 『인문평론』, 1941.1.

정종현, 「식민지 후반기 한국문학에 나타난 동양론 연구」, 동국대 박사논문, 2006.

____, 「1940년대 전반기 이기영 소설의 제국적 주체성 연구－『동천홍』, 『광산촌』, 『생활의 윤리』, 『처녀지』를 중심으로」, 『한국근대문학연구』 7-1, 한국근대문학회, 2006.

정주미・김순전, 「한설야의 일본어 소설에 나타난 이중적 장치－잡지 『國民文學』에 실린 「血」과 「影」을 중심으로」, 『일본연구』 10, 고려대 글로벌일본연구원, 2008.

정창석, 「절대주의 천황제의 공간적 확대」, 『일본문화학보』 37, 한국일본문화학회, 2008.5.

정호웅, 「1920-30년대 한국경향소설의 변모과정 연구」, 서울대 석사논문, 1983.

조광제, 「미셸 푸코의 권력론」, 『시대와 철학』 2-1, 한국철학사상연구회, 1991.

조남현, 「1920년대 한국 경향소설 연구」, 서울대 석사논문, 1974.

조성운, 「戰時體制期 日本視察團 硏究」, 『사학연구』 88, 한국사학회, 2007.

조진기, 「일제 말기 국책의 문학적 수용―이기영의 광산소설을 중심으로」, 『한민족어문학』 43, 한민족어문학회, 2003.

_____, 「일제 말기 생산소설 연구」, 『우리말글』 42, 우리말글학회, 2008.

지명현, 「1940년대 전반기 소설 연구―김남천, 이기영, 이태준을 중심으로」, 홍익대 석사논문, 2004.

지수걸, 「지방유지의 '식민지적' 삶」, 『역사비평』 90, 역사비평사, 2010.

차승기, 「전시체제기 기술적 이성 비판」, 『상허학보』 23, 상허학회, 2008.

_____, 「문학이라는 장치―식민지/제국 체제와 일제 말기 문학장의 성격」, 『현대문학의 연구』 44, 한국문학연구학회, 2011.

_____, 「'비상시(非常時)'의 문/법―식민지 전시(戰時) 레짐과 문학」, 『사이間SAI』 12, 국제한국문학문화학회, 2012.

채만식, 「소재와 구성―민촌의 「묘목」과 남천의 「녹성당」」, 『동아일보』, 1939.3.9.

_____, 「김남천 저 『사랑의 수족관』 평」, 『매일신보』, 1940.11.19.

채호석, 「김남천 문학연구」, 『한국 근대문학과 계몽의 서사』, 소명출판, 1999.

천안총력연맹 사무국총장, 「전시국민생활 쇄신의 급무」, 『조광』 1941.9.

최갑진, 「1930년대 귀농소설 연구」, 동아대 박사논문, 1992.

최영욱, 「전향이라는 法, 김남천의 Moral」, 『어문학』 116, 한국어문학회, 2012.

최재서, 「현대적 지성에 관하여」, 『문학과 지성』, 인문사, 1938.

_____, 「교양의 정신」, 『인문평론』 2, 1939.11.

_____, 노상래 역, 「국민문학의 작가들」, 『전환기의 조선문학』, 영남대 출판부, 2006.

최정운, 「푸코를 위하여―지식과 권력의 관계에 대한 재고찰」, 『철학사상』 10, 서울대 철학사상연구소, 2000.

_____, 「현대 사랑의 사회정치적 의미」, 『전통과 현대』 13, 전통과현대사, 2000.

_____, 「문화와 권력」, 『세계정치』 7, 서울대 국제문제연구소, 2007.

_____, 「서구 권력의 도입」, 『근대한국의 사회과학 개념형성사』, 창비, 2009.

최지현, 「근대소설에 나타난 학교―이태준, 김남천, 심훈의 장편소설을 중심으로」, 동국대 석사논문, 2003.

최혜림, 「『사랑의 수족관』에 나타난 '일상성'의 의미 고찰」, 『민족문학사연구』 25, 민족문학사학회, 2004.

태영남, 「김남천 소설 연구―창작방법론과의 관계를 중심으로」, 국민대 석사논문, 2011.

하우백, 「김남천 문학연구―문학과 정치의 상관관계를 중심으로」, 경희대 박사논문, 1993.

한만수, 「1930년대 문인들의 검열우회 유형」, 『한국문화』 39, 서울대 규장각한국학연구원, 2007.

한민주, 「1930년대 후반기 전향소설에 나타난 남성 매저키즘의 의미」, 『여성문학연구』 10,

한국여성문학학회, 2003.

한승연, 「일제시대 근대 '국가' 개념 형성과정 연구」, 『한국행정학보』 44-4, 한국행정학보, 2010.

한효, 「현실인식의 태도와 '모랄'—도덕론에 대한 약간의 인상」, 『비판』, 1938.9.

한창호, 「일제하의 한국 광공업에 대한 연구」, 『일제의 경제침탈사』, 현음사, 1989.

함재봉, 「미셸 푸코의 권력관과 정치 비판」, 『현상과 인식』 60, 한국인문사회과학회, 1994.

허병식, 「한국 근대소설과 교양의 이념」, 동국대 박사논문, 2005.

_____, 「직분의 윤리와 교양의 종결—김남천의 『사랑의 수족관』을 중심으로」, 『현대소설
        연구』 32, 한국현대소설학회, 2006.

현민, 「문학의 영원성과 역사성—『대하』가 보여준 우리 문학의 신세기」, 『동아일보』, 1939.2.2.

_____, 「새 초석의 하나—김남천의 신저 「소년행」」, 『동아일보』, 1939.4.6.

홍기숙, 「국가의 "통치성"을 통해 본 푸코의 "바깥의 사유"」, 『문학과사회』 24-4, 문학과지
        성사, 2011.

홍순애, 「근대계몽기 연설의 미디어 체험과 수용」, 『어문연구』 35-3, 한국어문교육연구회,
        2007.

_____, 「近代小說의 장르分化와 演說의 미디어적 連繫性 硏究—1920~30년대를 중심으
        로」, 『어문연구』 37-4, 한국어문교육연구회, 2009.

홍종욱, 「중일전쟁기(1937~1941) 사회주의자들의 전향과 그 논리」, 서울대 석사논문,
        2000.

홍혜원, 「한설야 소설의 공간 연구」, 이화여대 석사논문, 1992.

_____, 「일제 말기 소설과 탈식민성—한설야와 박태원의 경우」, 『현대소설연구』 43, 한국
        현대소설학회, 2010.

황민호, 「일제의 식민지 언론정책과 법률관련 논설의 경향」, 『정신문화연구』 26-2, 한국학
        중앙연구원, 2003.

황지영, 「김남천 소설의 국가담론 연구」, 이화여대 석사논문, 2008.

_____, 「박태원의 『애경』 연구—'사이'의 구성력과 미시정치의 재현 양상을 중심으로」, 『한
        국문학이론과 비평』 59, 한국문학이론과 비평학회, 2013.

_____, 「식민권력의 외연과 소문의 정치」, 『국제어문』 57, 국제어문학회, 2013.

_____, 「식민지 농촌과 다층적 권력관계」, 『현대소설연구』 53, 한국현대소설학회, 2013.

_____, 「언론권력장과 전쟁의 가촉화(可觸化)」, 『한국민족문화』 49, 부산대 한국민족문화
        연구소, 2013.

후지이시 다카요, 「1930년대 후반 한국 전향소설 연구」, 서울대 석사논문, 1997.

단행본
고병권, 『민주주의란 무엇인가』, 그린비, 2011.

권영민, 『한국계급문학운동사』, 문예출판사, 1998.

김근배, 『한국 근대 과학기술인력의 출현』, 문학과지성사, 2005.

김명수, 『새 인간의 탐구―해방 전의 한설야와 그의 창작』, 조선작가동맹출판사, 1957.

김우종, 『한국현대소설사』, 성문각, 1982.

김윤식, 『한국근대문예비평사연구』, 한얼문고, 1974.

_____, 『한국근대문학사상사』, 한길사, 1984.

_____, 『임화연구』, 문학사상사, 1989.

_____, 『한국 현대 현실주의 소설 연구』, 문학과지성사, 1990.

_____, 『최재서의 『국민문학』과 사토 기요시 교수』, 역락, 2009.

김윤식 · 정호웅, 『한국 리얼리즘 소설 연구』, 탑출판사, 1987.

_____, 『한국소설사』, 예하, 1993.

김인옥, 『한국 현대 전향소설 연구』, 국학자료원, 2002.

김재남, 『김남천―민족문학을 위한 삶과 작품』, 건국대 출판부, 1994.

김재용, 『일제 말기 문인들의 만주체험』, 역락, 2007.

김재용 외 편역, 『식민주의와 비협력의 저항』, 역락, 2003.

김철, 『국민이라는 노예』, 삼인, 2005.

김현주, 『구술성과 한국서사전통』, 월인, 2003.

노상래, 『한국 문인의 전향 연구』, 영한, 2000.

노상래 편, 『전향이란 무엇인가』, 영한, 2000.

단국대학교 동양학연구소 편, 『근대 한국의 일상생활과 미디어』, 민속원, 2008.

문경연 외역, 『좌담회로 읽는 『국민문학』』, 소명출판, 2010.

문영희, 『한설야 문학연구』, 시와시학사, 1996.

문학과사상연구회 편, 『한설야 문학의 재인식』, 소명출판, 2000.

민족문화연구소 편, 『일제 말기 문인들의 만주체험』, 역락, 2007.

민족문학사연구소 기초학문연구단 편, 『한국 근대문학의 형성과 문학 장의 재발견―제도로
　　　서의 한국 근대문학과 탈식민성』, 소명출판, 2004.

박명규, 『국민 · 인민 · 시민―개념사로 본 한국의 정치주체』, 소화, 2009.

방민호, 『일제 말기 한국문학의 담론과 텍스트』, 예옥, 2011.

백철, 『신문학사조사』, 민중서관, 1955.

서경석, 『한국문학의 리얼리즘과 모더니즘』, 민음사, 1989.

서울시립대 인문과학연구소, 『한국 근대문학과 민족―국가 담론』, 소명출판, 2005.

서인식, 차승기 · 정종현 편, 『서인식 전집』 2, 역락, 2006.

여경우, 『헨리 제임스 생애와 작품세계』, 건국대 출판부, 1994.

오양호, 『농민소설론』, 형설출판사, 1984.

우정권, 『한국 근대 고백소설의 형성과 서사양식』, 소명출판, 2004.

윤대석, 『식민지 국민문학론』, 역락, 2006.

윤해동, 『지배와 자치』, 역사비평사, 2006.

윤해동 외, 『근대를 다시 읽는다』 1, 역사비평사, 2006.

이경훈, 『오빠의 탄생-한국 근대문학의 풍속사』, 문학과지성사, 2003.

이덕화, 『김남천 연구』, 청하, 1991.

이상갑, 『한국근대문학과 전향문학』, 깊은샘, 1995.

이상경, 『이기영-시대와 문학』, 풀빛, 1994.

이수영, 『권력이란 무엇인가』, 그린비, 2009.

이윤갑, 『일제강점기 조선총독부의 소작정책 연구』, 지식산업사, 2013.

이진경, 『외부, 사유의 정치학』, 그린비, 2009.

_____, 『근대적 시·공간의 탄생』, 그린비, 2010.

_____, 『불온한 것들의 존재론-미천한 것, 별 볼일 없는 것, 인간도 아닌 것들의 가치와
의미』, 휴머니스트, 2011.

이태일, 『정치학대사전』, 박영사, 1983.

임종국, 『친일문학론』, 평화출판사, 1966.

_____, 『일제하의 사상탄압』, 평화출판사, 1985.

전봉관, 『황금광시대』, 살림, 2005.

정태헌, 『문답으로 읽는 20세기 한국경제사』, 역사비평사, 2010.

조남현, 『그들의 문학과 생애, 이기영』, 한길사, 2008.

조맹기, 『커뮤니케이션의 역사』, 서강대 출판부, 2004.

조수웅, 『한설야 소설의 변모 양상』, 국학자료원, 1999.

조연현, 『한국현대문학사』, 정음사, 1988.

차승기, 『반근대적 상상력의 임계들-식민지 조선담론장에서의 전통·세계·주체』, 푸른역
사, 2009.

최준, 『한국신문사』, 일조각, 1993.

최경도, 『헨리 제임스의 문학과 배경』, 영남대 출판부, 1998.

최재현, 『현대 독일사회학의 흐름』, 형성사, 1991.

한병철, 김남시 역, 『권력이란 무엇인가』, 문학과지성사 2012.

한석정, 『만주국 건국의 재해석』, 동아대 출판부, 1999.

한중모, 『한설야의 창작 연구』, 조선작가동맹출판사, 1959.

현택수 외, 『문화와 권력-부르디외 사회학의 이해』, 나남출판, 1998.

황지영, 『타자들의 시공간을 열다-식민지 소설과 공감의 상상력』, 짓다, 2019.

황호덕, 『벌레와 제국-식민지말 문학의 언어, 생명정치, 테크놀로지』, 새물결, 2011.

국외 논저

연구 논문

Achille Mbembe, "Necropolitics", *Public Culture* 15-1. 2003.

Ben Anderson, "Modulating the excess of affect : Morale in a State of 'Total War'", Melissa Gregg and Gregory J. Seigworth ed. *The affect theory reader*, Durham & London : Duke University Press, 2010.

James Faubion, ed., Michel Foucault, "Governmentality", *Power*, New York : New Press, 2000.

나카노 토시오, 「미키 키요시와 제국적 주체의 형성」, 『동아시아 지식인 회의 관련 자료집』, 연구공간 '수유+너머', 2004.

다카시 후지타니, 박선경 역, 「죽일 권리와 살릴 권리-2차 대전 동안 미국인으로 살았던 일본인과 일본인으로 살았던 조선인들」, 『아세아연구』 51-2, 고려대 아세아문제연구소, 2008.

단행본

C. E. Merriam, 신복룡 역, 『정치권력론』, 선인, 2006.

David Held, 안외순 역, 『정치이론과 현대국가—국가 권력 민주주의에 대한 논의』, 학문과사상사, 1996.

F. K. Stanzel, 김정신 역, 『소설의 이론』, 문학과비평사, 1990.

니시카와 나가오, 윤대석 역, 『국민이라는 괴물』, 소명출판, 2001.

다이안 맥도넬, 임상훈 역, 『담론이란 무엇인가』, 한울, 1992.

다케우치 요시미, 서광덕·백지운 역, 『일본과 아시아』, 소명출판, 2004.

로버트 보콕, 이향순 역, 『그람시 헤게모니의 사회이론』, 학문과사상사, 1991.

루이 알튀세르, 김웅권 역, 『재생산에 대하여』, 동문선, 2007.

마쓰모토 다케노리, 윤해동 역, 『조선농촌의 식민지 근대 경험』, 논형, 2011.

미셸 푸코, 정일준 역, 『미셸 푸코의 권력이론』, 새물결, 1994.

_____, 박정자 역, 『사회를 보호해야 한다』, 동문선, 1998.

_____, 이정우 역, 『지식의 고고학』, 민음사, 2000.

_____, 박혜영 역, 『정신병과 심리학』, 문학동네, 2002.

_____, 이규현 역, 『성의 역사』 1, 나남출판, 2004.

_____, 문경자 역, 『성의 역사』 2, 나남출판, 2004.

_____, 이혜숙 역, 『성의 역사』 3, 나남출판, 2004.

_____, 오생근 역, 『감시와 처벌』, 나남출판, 2005.

_____, 이규현 역, 『광기의 역사』, 나남출판, 2005.

_____, 홍성민 역, 『임상의학의 탄생』, 이매진, 2006.

_____, 심세광 역, 『주체의 해석학』, 동문선, 2007.

_____, 이승철 역, 『푸코의 맑스-둣치오 뜨롬바도리와의 대담』, 갈무리, 2010.

_____, 이정우 역, 『담론의 질서』, 중원, 2011.

_____, 오트르망 역, 『안전, 영토, 인구』, 난장, 2011.

_____, 이규현 역, 『말과 사물』, 민음사, 2012.

_____, 오트르망 역, 『생명관리정치의 탄생』, 난장, 2012.

르네 지라르, 박무호 역, 『폭력과 성스러움』, 민음사, 2000.

버틀런트 러셀, 안정효 역, 『권력』, 열린책들, 2003.

베네딕트 앤더슨, 윤형숙 역, 『상상의 공동체-민족주의의 기원과 전파에 대한 성찰』, 나남
    출판, 2007.

사라 밀스, 김부용 역, 『담론』, 인간사랑, 2001.

_____, 임경규 역, 『현재의 역사가 미셸 푸코』, 앨피, 2008.

사이먼 스위프트, 이부순 역, 『스토리텔링 한나 아렌트』, 앨피, 2010.

스티브 룩스, 서규환 역, 『삼차원적 권력론』, 나남, 1992.

스티븐J. 볼 외, 이우진 역, 『푸코와 교육-푸코를 통해 바라본 근대교육의 계보학』, 청계, 2007.

슬라보예 지젝, 한보희 역, 『전체주의가 어쨌다구?』, 새물결, 2008.

쓰루미 슌스케, 최영호 역, 『전향』, 논형, 2005.

안토니오 그람시, 박상진 역, 『대중문학론』, 책세상, 2003.

앤드류 헤이우드, 이종은·조현수 역, 『현대 정치이론』, 까치, 2007.

_____, 조현수 역, 『정치학-현대정치의 이론과 실천』, 성균관대 출판부, 2009.

야마무로 신이치, 윤대석 역, 『키메라 만주국의 초상』, 소명출판, 2009.

에릭 홉스봄, 이왕우 역, 『극단의 시대-20세기 역사』, 까치글방, 1997.

엘리아스 카네티, 강두식·박병덕 역, 『군중과 권력』, 바다출판사, 2002.

엘리자베스 D. 하비, 정인숙·고현숙·박연성 역, 『복화술의 목소리』, 문학동네, 2006.

와카바야시 미키오, 정선태 역, 『지도의 상상력』, 산처럼, 2006.

요네타니 마사후미, 조은미 역, 『아시아/일본』, 그린비, 2010.

월터 J. 옹, 이기우·임명진 역, 『구술문화와 문자문화』, 문예출판사, 2012.

위르겐 슈람케, 원당희·박병화 역, 『현대소설의 이론』, 문예출판사, 1995.

이-푸 투안, 구동회·심승희 역, 『공간과 장소』, 대윤, 2011.

이효덕, 박성관 역, 『표상공간의 근대』, 소명출판, 2002.

자크 동즐로, 주형일 역, 『사회보장의 발명-정치적 열정의 쇠퇴에 대한 시론』, 동문선, 2005.

자크 랑시에르, 오윤성 역, 『감성의 분할』, 도서출판b, 2008.

_____, 양창렬 역, 『정치적인 것의 가장자리』, 길, 2008.

장 뤽 낭시, 박준상 역, 『무위의 공동체』, 인간사랑, 2010.

조르주 아감벤, 박진우 역, 『호모 사케르-주권 권력과 벌거벗은 생명』, 새물결, 2008.

_____, 양창렬 역, 『장치란 무엇인가』, 난장, 2010.

_____, 정문영 역, 『아우슈비츠의 남은 자들―문서고와 증인』, 새물결, 2012.

_____, 정문영 역, 『언어의 성사(聖事)―맹세의 고고학』, 새물결, 2012.

지그문트 바우만, 정일준 역, 『쓰레기가 되는 삶들―모더니티와 그 추방자들』, 새물결, 2008.

지그문트 프로이트, 임홍빈 · 홍혜경 역, 『정신분석 강의』, 열린책들, 2005.

지안니 바티모, 박상진 역, 『근대성의 종말』, 경성대 출판부, 2003.

淸水幾太郞, 이효성 역, 『유언비어와 사회학』, 도서출판 청람, 1977.

칼 맑스 외, 최인호 외역, 『칼 맑스, 프리드리히 엥겔스 저작 선집』 1, 박종철출판사, 1991.

칼 슈미트, 김항 역, 『정치신학―주권에 관한 네 개의 장』, 그린비, 2010.

콜린 고든 편, 홍성민 역, 『권력과 지식―미셸 푸코와의 대담』, 나남, 1991.

페터 슬로터다이크, 이진우 역, 『냉소적 이성 비판』, 에코리브르, 2005.

프랑수아 스티른, 이화숙 역, 『인간과 권력』, 예하, 1989.

프리드리히 니체, 백승영 역, 『우상의 황혼』, 책세상, 2002.

필립 한센, 김인순 역, 『한나 아렌트의 정치이론과 정치철학』, 삼우사, 2008.

하버마스, 한상진 · 박영도 역, 『사실성과 타당성―담론적 법이론과 민주주의적 법치국가 이론』, 나남, 2000.

한나 아렌트, 이진우 · 태정호 역, 『인간의 조건』, 한길사, 1996.

_____, 김정한 역, 『폭력의 세기』, 이후, 1999.

_____, 김선욱 역, 『칸트 정치철학 강의』, 푸른숲, 2002.

_____, 홍원표 역, 『혁명론』, 한길사, 2004.

_____, 김선욱 역, 『예루살렘의 아이히만―악의 평범성에 대한 보고서』, 한길사, 2006.

_____, 이진우 · 박미애 역, 『전체주의의 기원』 1 · 2, 한길사, 2006.

_____, 홍원표 역, 『어두운 시대의 사람들』, 인간사랑, 2010.

_____, 김선욱 역, 『공화국의 위기―정치에서의 거짓말 · 시민불복종 · 폭력론』, 한길사, 2011.

한스 J. 노이바우어, 박동자 · 황승환 역, 『소문의 역사―역사를 움직인 신과 악마의 속삭임』, 세종서적, 2001.

해럴드 A. 이니스, 김문정 역, 『제국과 커뮤니케이션』, 커뮤니케이션북스, 2008.

호미 바바, 나병철 역, 『문화의 위치』, 소명출판, 2002.

후지타 쇼조, 최종길 역, 『전향의 사상사적 연구』, 논형, 2007.

Barry Hindess, Discourses of power : from Hobbes to Foucault, Oxford, UK : Cambridge, Mass : Blackwell Publishers, 1996.

Graham Burchell, Colin Gordon and Peter Miller, ed., The Foucault Effect : Studies in Governmentality : With Two Lectures by and an Interview with Michel

Foucault, University of Chicago Press, 1991.

James Faubion, ed., Michel Foucault, Power, New York : New Press, 2000.

Terrence Doody, Confession and Community in the Novel, Louisiana State Univ.
Press, 1980.

谷口吉彦, 『新體制の理論-政治・經濟・文化・東亞の新原理』, 千倉書房, 1940.

ミシェル・フーコー・渡邊守章, 『哲學の舞臺』, 朝日出版社, 1978.

思想の科學研究會, 『共同研究 轉向』, 平凡社, 2012.